新中国70年70部
长篇小说典藏

新中国70年70部
长篇小说典藏

大刀记

第二部 下

郭澄清——著

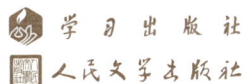

目 录

第十一章	"我就是八路！"	1
第十二章	再返宁安寨	62
第十三章	荒野斗智	124
第十四章	夺枪	178
第十五章	龙潭的早晨	233
第十六章	巧夺黄家镇	285
第十七章	夜战水泊洼	345
第十八章	围困柴胡店	409
第十九章	刀铣河山	463
尾　声		521

第十一章 "我就是八路！"

一转眼，战斗的枪声迎来了又一个战斗的春天。

每到这个季节，也就是在青纱帐起来之前，敌人总是要来一次大"扫荡"，进行"清乡"。今年，当然不会例外——这不，一次大规模的"拉网式""扫荡"，又气势汹汹地开始了！

我各地军民，早在敌人的"扫荡"开始之前，就已遵照县委的指示做好了充分准备。敌人的"扫荡队"下乡以后，我们大刀队的勇士们，和各村民兵配合一起，依靠广大人民群众这个铜墙铁壁，神出鬼没，连续出击，到处袭扰和打击敌人。

敌人，由于处处被动，连吃败仗，遭受了重大伤亡。后来，他们又增加了人马，改变了战术，一心要找到我们八路军进行决战。可是，我们的八路军大刀队，为适应上级更大的战略部署和全局的需要，按照县委新的指示精神，又化整为零，开始分散活动了。

敌人找不到八路，急得赛群疯狗，四处乱窜。

大刀队的同志们，一面分散在各个村里深入开展群众工作，一面利用分散活动的有利时机，又一次完成了县委布置的收集铜铁的任务。与此同时，还和各村的民兵配合一起，跟敌人的"扫荡队"进行周旋。

这天夜里。

一轮明月挂在天心。满天的繁星眨着眼睛。

梁永生和小锁柱两个人，在夜幕的掩护下，踏着月光来到了龙潭街的关帝庙上。

永生走路和他的为人一样,步步踏实有力。

他和小锁柱走进庙庭时,这村的一些民兵和群众已作好准备,正在等着他们。永生拍拍迎着他走过来的黄二愣的肩膀问道:

"怎么样?全准备好了吗?"

"都准备好啦!"

二愣一侧身,指着大殿的台阶说:

"队长!你看——"

梁永生点头一笑,朝大殿台阶走过去。

大殿的台阶上,摆着十来副挑筐。每副挑筐里,都装满铜铁。这些碎铜烂铁,是各村的抗日群众团体收集起来的。今天,梁永生根据县委的指示,要将这一批军用物资送到主力部队的修械所去。

因此,梁永生将挑筐检查了一遍,然后便从群众中挑选了十来名硬棒棒的壮汉子,担负挑着挑筐送铜铁的任务。这些人,全是抗日的积极分子,都高兴地愿意承担这项光荣任务。

于是,运输队立刻成立起来了。

在这支挑筐运输队中,有老羊倌儿乔士英的儿子,名叫乔世春。梁永生见他骨碌着两只大眼珠子,一个劲儿地各处乱撒打,就问:

"世春,你撒打啥呀?"

乔世春从梁永生的表情上已经看出,梁队长已经猜出他的心情了。因此,他没有正面回答梁永生的询问,而是反问永生道:

"梁队长,不是说有八路军同志护送吗?"

"是啊!"

"咋看不见他们?"

"他们是谁们?"

"八路呗!"

锁柱一步赶过来,拨拉一下世春的肩膀,又拍拍自己的胸脯

儿,质问道:

"这不是八路是啥?"

他又给了世春一撇子:

"你这个家伙!眼眶子可真大呀!连俺这么大个人都看不见?"

乔世春伸了下舌头,笑了。

稍一沉,他又去问永生:

"梁队长,还有吗?"

"啥?"

"护送我们的呀!"

"当然还有喽!"

"在哪里?"

"不就在这里吗?"

"在这里?"

"是啊!"永生浅浅一笑,"我不算一个?"

永生这一说,世春大吃一惊:"呀!"

永生知道他惊啥,却明知故问道:"咋?"

乔世春伸出两个指头,朝梁永生举过来:

"就你们两个人?"

梁永生也伸出两根指头,又举向乔世春:

"两人还少吗?"

永生这一逗,人们全笑了。永生笑笑说:"人少,有人少的好处——首先是目标不大,行动方便,不易被敌人发现……"

在梁永生说话的当儿,几个民兵来到了。

小锁柱望着武装得整整齐齐的民兵们,心里高兴起来。他挺挺胸脯儿,站在民兵们的面前大声说:

"当前敌人又疯狂起来了,这回去送铜铁可不同于那几回,风险是很大的!正因为风险大,梁队长才要亲自护送!"他缓了口气又说,"民兵同志们!不怕死的站出来!"

"我不怕死!"

头一个说话的是黄二愣。他学着锁柱的样子,也挺了挺胸脯儿,咔的一声向前跨进一大步,直挺挺地站在小锁柱的对面。接着,其余的民兵们,又都学着二愣的架势,一个紧跟一个地站了出来:

"我不怕死!"

"我不怕死!"

"俺也不怕死!"

锁柱开始部署了。他先点了几个民兵的名字,紧接着说:

"你们几个,跟我在一起!"

"是!"

"走在运输队的前头!"

"是!"

锁柱又转向黄二愣:

"你和其余几个民兵,跟梁队长在一起!"

"是!"

"负责断后掩护!"

"是!"

黄二愣要张嘴,可能是想要求上前头去。小锁柱没容他说出来,又道:

"我是传达的梁队长的命令!"

他这一句,还真顶劲,把二愣的嘴给封住了。

梁永生笑着走过来,轻轻地拍着黄二愣的肩膀:

"有意见?可以说嘛!"

二愣爽朗地说:

"没啦!"

梁永生一挥手臂,发布了命令:

"出发!"

随后,小锁柱第一个冲出了关帝庙门。其余的人们,一个紧跟一个,尾随其后,也全走出去了。就这样,这支既威武又精悍的运输队,便登程上路了。

他们出村不久,就消逝在夜幕中。

在他们的身后,留下了一溜吱扭咯扭的扁担声。在这扁担的响声中,还混杂着间而有之的金属的撞击声。

次日偏午。

梁永生见挑铜铁的人们实在走累了,就命令大家在一条大道沟里停下来,歇歇喘喘,并让人们利用这个时间,掏出随身带着的干粮,打打尖,垫补垫补,好使身上长点力气,继续往前走。

谁知,人们正在歇着,吃着,担任警戒的小锁柱忽然来到梁永生的面前,略带几分惊色说:

"糟了!"

"啥?"

"敌人上来了!"

正利用休息时间跟人们讲述红军长征故事的梁永生,听锁柱这么一说,便立刻停下故事来到道沟崖上。他从沟沿上探出半个头去,朝着锁柱指点的方向一望,只见在离此地一里多远的一片树林后面,转出了敌人的大队人马。

看其动向,敌人现在还没发现什么目标。

这伙步骑并进正朝这边扑来的敌军,人数不少,直蹚得草叶横飞,黄尘四起。

这时候,道沟里的人们,有的心里紧张起来。梁永生望着正在逼近的敌人,心里也有点焦急。因为,根据县委的通知,今天就应当把铜铁送到指定地点。永生知道,这种情况说明,我们的地下修械所,目下正迫切地需要这种原料。

这时,梁永生心里想:"这些碎铜烂铁,是各村群众一点一点地收集起来的。有的老大爷,为了支援战争,把自己心爱的铜烟袋嘴儿拧了下来;有的青年妇女,为了抗日救国,把自己陪嫁的铜洗脸盆也自动献出了;还有的人,为了保住这些铜铁,被敌人打得头破血流,宁死没有说出埋藏地点……这些东西,可真来之不易呀!我们得想尽一切办法,保住这些物资!"

他想到这里,猛然又想:"目前,敌人也正缺少这种物资。他们为了弄到铜铁,正在到处抢劫搜翻。因此,无论如何,也不能让这些铜铁落入敌人之手!"

怎么办?这个问题,梁永生早有思想准备。现在,他一看果然遇上了敌情,便胸有成竹地向锁柱命令道:

"你带领民兵,掩护着运送铜铁的群众快走!注意:一定要按照县委的要求送到指定地点!"

锁柱着急地问:

"你呐?"

梁永生斩钉截铁地说:

"不要管我!执行命令!"

黄二愣从旁插言道:

"队长!我和几个民兵跟你一块儿留下吧?"

梁永生又向二愣命令道:

"不!你们都和锁柱一起去掩护群众!"

锁柱盯着梁永生愣了一下。这时,他从看惯了的、熟知各种表情变化的梁永生的脸上,得出了这样的结论:不走是不行的了!于是,他捅了正然发怔的二愣一把,硬违背着自己的心愿说:

"二愣,服从命令!"

接着,他俩和其他民兵们,掩护着运输队,顺着道沟又迅速地前进了。

与此同时,梁永生只身一人,进了旁边的一条斜向道沟,迎着敌人飞跑而去。当他从道沟里赶到敌人的行军路线的左侧时,收住了脚步。随后,他趴在沟崖上举目一望,只见敌人离运输队的距离更近了。

看样子,再要迟延,敌人随时有可能发现运输队的目标。

怎么办?开枪!

于是,他将匣枪擎在手中,瞄准敌人稠密的地方,一搂扳机儿,嘎嘎嘎,匣枪吼叫起来。

几个敌人应声倒下去。

有的敌人一个倒栽葱从马背上滚下来;失去主人的战马在旷野里奔驰着,时而伸开长长的脖子发出一阵阵哀声丧韵的嘶叫。

整个敌群,顿时大乱。

在这当儿,梁永生就像生怕敌人不敢向他这里来一样,又一连打了几枪单发。这么一来,敌人可能已经发现永生这边人数不多了,伴随着一阵冲锋号声,他们便一窝蜂似的扑了过来。

梁永生的目的达到了。

这时他感到如同肩释重担一样,身上格外轻松,心里也格外高兴。接着,他便打一阵枪,顺着道沟跑一阵;再打一阵,又顺着道沟跑一阵,引着敌人的大队人马朝着同运输队相背的方向追下来了。

梁永生边打边撤,且战且走。

敌人尾随其后,拼命追赶。

后来,当敌人发现梁永生只是只身一人时,他们那种扬风扎毛的狂气劲儿更上来了。你瞧,这些家伙们又是尾追,又是包抄,小炮声声,机枪阵阵,人喊马嘶,军号长鸣,直闹得硝烟滚滚,飞尘满空,就像面对着千军万马的大敌一样。

这时候,一人一枪一口刀的梁永生,面对着这帮小题大做的饭桶们,情不自禁地笑了:

"喔哈哈!这声势还满不小哩!"

他自言自语地说了这么一句,又朝敌群投去蔑视的一瞥,骂道:

"一群菜虎子!"

说罢,他提着匣枪又继续向后撤去。

就这样,梁永生充分利用纵横交错的交通沟为掩护,牵着敌人的鼻子越走越远,越走越远,让他们在这辽阔的大平原上进行着"武装大游行"!

在这段时间里,敌人虽枉费了大量的子弹,可他们并没能伤着梁永生这位老游击战士的一根毫毛。我们的梁永生,一面迅速地但又是从容不迫地撤退着,又一面沉着还击,弹无虚发,使敌人的背后,留下了一大溜尸体,还有那嗷嗷乱叫的伤兵!

可是,光这个打法能行吗?打到多咱算个头儿哩?

梁永生在且战且走的路上,一直在琢磨甩掉敌人的脱身之计。他走着打着想着,走着打着想着,他想了好长时间,也没想出个好法子来。

怎么办?

只好继续边打边撤,且战且走,寻找着甩开敌人的时机。

当他撤退到宁安寨附近时,子弹打光了!

敌人三面包抄的椅子圈儿形成了。

而且,这个"椅子圈儿",正越来越近,越来越小。

梁永生面对着从三面扑来的敌人,别无他路可走,只好扎进村子。

敌人立刻将村子包围起来。

他们怕这个好容易被围住的八路跑掉,又设岗,又布哨,里一层,外一层,将个宁安寨围了个风雨不透。接着,敌人又像一股恶风似的卷进村来,实行了挨家挨户的大搜捕!

不一会儿,这宁安寨就翻了个过儿!

全村的群众,不论男女,也不分老少,全被强盗们赶到村中的一个大场院里。

只有杨翠花一人例外。

这是怎么回事儿?

事情是这样的:

梁永生进村后,知道自己再也冲不出去了,便朝他的家中奔去。真好!他还没到家,就碰上了杨翠花。也许有人会说:"太巧了!"按说,也不算什么巧。你想想吧,梁永生正背着枪声从村头上往家奔,杨翠花正迎着枪声从家中往村头上奔,他俩半路相遇,这能算什么巧哩?那么,杨翠花为啥迎着枪声跑出家?她要到那枪声大作的村头上去干什么?

因为她不放心,要到枪声起处去探望亲人,并想帮助自己的亲人干点什么。哦!这么说,杨翠花已经知道现在正跟敌人交火的是梁永生了?不!她怎么会知道哩?她是完全不知道的!可你要知道,经过几年战火熏陶的杨翠花,已经不再是从前那种贤妻良母式的杨翠花了!而今在杨翠花的心目中,亲人,不再仅是她的丈夫和儿子了,而是所有的八路军战士!另外,几年来的战争生活,还使杨翠花这个农家妇女有了这样的常识:既然村头上枪声大作,不是亲人遇险,便是两军交火!她基于这种认识,便想:"亲人遇险需要亲人营救,两军交火需要群众帮助,我怎能安坐家中不问不闻?……"

杨翠花在这种想法的支配下,只要听到附近响起枪声,她从来不是躲得远远的,而是迎着枪声赶上去。有一回,一位受了伤的八路军战士,正准备用最后的一颗手榴弹和敌人同归于尽的时候,杨翠花一步赶到了。她将那位伤员掩藏在一个柴禾垛里，又用那伤员仅有的那颗手榴弹，将追捕的敌人引开……还有一回，我们的一支且战且走的小部队，正和敌人的一支大部队在村头交火，杨翠花又一步赶到了。她利用农村妇女不易引起敌人注意的便利条件，将我们这支小队伍的一封联系信件，火速送到了另一支兄弟部队，为一次成功的夹击敌人的战斗做出了贡献……几年来，被杨翠花营救的革命战士何止一个两个？杨翠花帮助部队做的事情又何止一件两件？

因此说，今天梁永生和杨翠花的"相遇"，也算巧，也不算巧。所以说它"也算巧"，是从翠花那一方面说的；因为她万没想到，她正要去帮助的亲人，竟是她的丈夫梁永生！大概正是由于这个缘故吧，现在翠花一见到永生，感到有些惊奇！

可永生并不感到惊奇。

尽管这时的杨翠花还挎着一个红荆筐子，梁永生依然是对这样的"巧遇"没有丝毫惊奇的感觉。这是因为，永生是了解他的妻子的。

他既了解翠花为啥正在迎着枪声跑，他也了解翠花的胳膊上为啥还挎着一个红荆筐子——这个红荆筐子里，有几个干巴馒头，还有一些小枣儿、花生、核桃和柿饼子什么的，上面罩着一条蓝花条手巾。几年来，这个装饰好了的筐子，是杨翠花手边的常备之物。一旦上级让她去传送信件，她提起这个筐子就走，以走亲探病为掩护，完成上级交给她的任务。一旦听到枪声往外跑时，她也总是把这个筐子提在手中，为的是：万一跟敌人相遇，好以走亲探病的身份掩护自己；若是自己的亲人需要她外出，她有这个筐子在手可以马上就走，用不着窝回家来再做什么乔装改扮的准备了……

由此足见，梁永生既然了解上述情况，他显然是不会为目前和翠花的"巧遇"而感到惊奇的。可是，他虽不感到惊奇，喜悦的感觉,高兴的感觉,却还是有的,而且是很强烈的!

可也是啊!由于战争的原因,尽管梁永生一直在这一带转悠,可是,到今天说话,他和翠花已有两个来月没有见到面了!你想啊,永生在今天这样的情况下,突然见到了翠花,他怎能不喜悦?怎能不高兴哩?当然是喜悦的,高兴的!而且是应当喜悦,应当高兴的!

不过,永生之所以喜悦和高兴,主要不是因为他们夫妇之间别来日久,更不是因为他在这安危莫测的严峻时刻见到了他的妻子!那么,使永生喜悦、高兴的主要原因由何而来呢?

主要是:梁永生在意识到自己难以突出重围的情况之下,在预见到可能会出现的种种情况之后,心里突然产生了一个念头;这个念头,带来一项艰险的紧急任务;这项任务,永生打算交给他的妻子杨翠花同志去完成!这便是梁永生进村后一直往家奔的原因。你想啊,这不,他还没有奔到家,就在街巷里碰上了翠花,他不该喜悦吗?他不该高兴吗?

按常情,一别俩月的夫妻突然在这种情况下见了面,特别是这两个月又是在战争中度过的,他们该是多么亲热?又该有多少话要说哩?可是,在今天这种特定的情况下,这对志同道合的革命夫妻所共有的革命责任感,不允许他们把这极其珍贵的时间用在那一方面!他们现在用那一闪即逝的目光代替了素常该说的所有话语,冲口而出的头几句见面话竟是这个:

"你到哪去?"

"我要找你!"

"你找我干什么?"

翠花这句话,在永生的感觉中,却自然延伸地变长了——也就是说,在这已经出口的话语之后,仿佛还有一句她觉着该说,而且也想说的话,只是没有说出口!那句话是:"有什么任务,你就下命令吧!"

是的!这时翠花的心里确实是有这样一句话,只是她那不大听从指挥的嘴没有替她说出来!不过,这也无妨!因为她的眼神和表情,已经帮助她的嘴巴作了补充;而且,它们的补充,比她用嘴来说还要真切,还要清晰,还要明白!

梁永生说话了。

他虽没有说"我命令你",可却又是以十分明显的命令口吻说话的:

"你马上出村,要想尽一切办法找到大刀队的同志们,传达我的命令:无论我发生什么情况,不许他们轻举妄动!"

永生在说这句话时,心里是这样想的:"我现在已经被围,看来也可能被捕!我现在已经遇险,看来也可能遇难!如果,大刀队的同志们,万一听到了我在宁安寨被围或被捕、遇险或遇难的消息,是肯定要发火,要急眼的!倘若他们在一急之下,感情冲动,采取了营救或报仇的行动,那必将遭受重大损失!因为敌人的人马太多了,又是在这大白天,是无论如何不能容许他们为了我一个人的安危而采取孤注一掷的行动的!……"

梁永生这么多的心头想,到了他的嘴头上却变成了那么简单的两句话,显然杨翠花是不能马上就理解他那道命令的全部含意的。可是,杨翠花对她的丈夫梁永生这个人,是深刻了解的;她知道已经成了共产党员的梁永生,无论在任何情况下,所想的,所说的,所做的,都是从党的需要和人民的利益出发的。翠花出于这种对丈夫的信任,她啥也没想,啥也没问,并将千言万语归纳成一句最简练的话,说:

"好!"

翠花要走时,永生嘱咐她:"你要勇敢!"

翠花点点头,又嘱咐永生:"你要坚强!"

杨翠花告别了她的丈夫梁永生,拐弯抹角地向村边走去。由于她对自己村子的地理情况太熟了,尽管敌人的岗哨林立,她通过各种地形地物作影身,还是一层又一层地穿过了敌人各个岗卡的空隙,避开了敌人哨兵的眼睛,悄没声儿地闯出村去,进入了一条道沟。

到这时,翠花的心里踏实多了,便加快了步子朝前走下去。她要奔向哪里?她能和那些没有固定地点的大刀队战士们取上联系吗?能!

战争教育了群众,战争锻炼了群众。几年来的战争风暴,使杨翠花增长了智慧。杨翠花从与敌人作斗争的实践中,也积累了丰富的经验。另外,她通过多次地给八路军传书信、送情报,还学会了一些和自己人取联系的方法,知道了一些我党、我军的联络地点。因此,翠花对完成这次永生交给她的传令任务,是信心十足的。

谁知,她正满怀信心地走着走着,突然发现了一个新情况——前边的路口上,走动着好几个伪军!原来是,敌人除了在村子附近设上了层层岗哨而外,还在这远离村庄的地方设上了流动哨!

怎么办?杨翠花急中生智,立刻转过身来,朝宁安寨的方向走开了。就在她刚刚转过身,才迈出一两步的时候,敌人的流动哨也发现了杨翠花!一声大嗓的嚎叫,从翠花的背后追上来:

"站住——!"

杨翠花闻声扭过头,佯装惊恐地朝后张望着。她还没有说啥,那伪军紧跟着又是一声:

"回来!"

翠花转过身,迎着敌人的流动哨走去。

她走了一阵,来到了敌人的面前,站住了。

好几个伪军,好几双贼眼,一齐朝杨翠花打量着。只见,站在他们面前的这个人,身上穿着一身皂青,头上梳着发髻,无论打扮,无论神态,都像一个地地道道的庄稼妇女。那个领头的伪军看了一阵开腔问道:

"哪庄的?"

"龙潭的。"

"上哪去?"

"上宁安寨。"

"干啥去?"

"走亲看病人去。"

这个伪军和杨翠花一问一答地说着,那个伪军撩开了杨翠花那罩在红荆筐子上的手巾:

"嘿!枣儿!"

他嬉笑着,抓一把装进自己的衣袋里,又抓一把装进衣袋里。这时,其余的几个伪军也凑上来了。他们抓枣的抓枣,抓花生的抓花生,拿核桃的拿核桃,抢柿饼子的抢柿饼子……眨眼之间,杨翠花的筐子成了空的了!

这当儿,杨翠花的表情一直是,见伪军们抢她筐子里的东西,既不高兴又不敢言语。

伪军们将东西抢完后,一个伪军朝翠花一挥手臂说:

"回家去吧!宁安寨已经封锁了,不许进!"

杨翠花又装成不懂事的样子,问:

"老总,为啥不让进?"

伪军不耐烦地说:

"少废话!"

杨翠花还在要求:

"老总,俺老姐病得厉害呀!你们当行好,让我过去吧?……"

一个伪军火儿了:

"你成心找麻烦怎么的?"

他说着,就要用枪托子来捣翠花。

翠花装出一副害怕的神色,往后退着。

她和这几个伪军纠缠了一阵,最后,又佯装成无可奈何的样子,往龙潭的方向走去……

就这样,杨翠花胜利地闯过了敌人的最后一道岗卡。也就在翠花安全闯过敌人的最后一道岗卡的同时,梁永生却正处在一种十分困难的境地里!

自从杨翠花走后,梁永生就马上决定找个地方隐蔽起来。

可是,隐蔽在什么地方合适呢?

永生正想着,魏大叔来了。

魏大叔也是因为听到枪声不放心,出来探风的。他一望见梁永生,猛然大吃一惊,并泼着命地跑过来:

"永生! 快,快上我家去!"

"窝藏八路的,和八路一律同罪!"敌人是这样说的,也一向是这样做的。这一点,魏大叔不仅是有所耳闻,而且曾不止一次地目睹其景。现在,魏大叔是,"明知山有虎,偏向虎山行",他要豁上自己这条老命,把梁永生掩护下来。那么,梁永生呢? 他是不忍心让这大年纪的魏大叔跟着受连累的,因而有些犹豫。可是,这个决心下定了的魏大叔,不管永生犹豫不犹豫,更不等他表示同意不同意,拉上永生就走。好在他家离此地不远,不大一会儿,魏大叔便将梁永生硬拽到他家来了。进家后,他一面喝招老伴儿替永生更衣换装,一面亲自动手将永生的匣枪和大刀埋藏起来。

这一切,对梁永生来说,都是属于"半强迫""半自愿"的。他所以还有个"半自愿",心里是这么想的:"匣枪没子弹了,留在身上也没用了! 大刀虽还有用,可是,光靠这一口刀是不能突围的了,而且还会因我和敌人进行以命换命的搏斗,势必给这'窝藏八路'的魏大叔老夫妇造成一场大灾大难！……"至于永生为什么还"半自愿"地更衣换装，那显然是不言而喻的事了：几年来，不是曾有许多游击战士，将自己打扮成老百姓混过了敌人的眼目吗？

梁永生改扮已毕，又让魏大婶去把那上了门闩的角门儿敞开，他便随手拿起泥板、瓦刀，蹲在屋门口上砌起墙根来。

魏大婶愣沉一下，凑过来提议道：

"永生，叫我说，你不如去躺在炕上，盖上被……"

永生笑道：

"装病？"

"是啊！"

"没用！"永生摇着头说，"帝国主义，口头上最爱讲的是'人道'，可是他们所想的，所做的，又是最惨无人道！"他见大婶对这些话不大懂，又说，"敌人是永远不会发'慈悲'的！期望敌人发'慈悲'的人，比傻得不懂事的人还要傻！"

大婶觉着永生言之有理，点了点头。可她紧接着又劝永生：

"要不，你就先到屋里去呆一会儿——"

"为啥？"

"在这里干这个太显眼儿呀！"

"咱能期望敌人进了院子不进屋？这一回呀，我看他们非要把这宁安寨翻个底儿朝上不行！"永生一面忙着一面说，"大婶，咱们跟敌人作斗争，可存不得侥幸心理呀！"

魏大婶被永生说服了。

梁永生仍在忙着砌墙根。

魏大叔又搬砖，又和泥，在给永生当小工。

这时，垣墙外头，村中处处，鸡飞狗咬，人喊马嘶，一片大乱。忽而东边响起暴烈的砸门声，忽而西边响起疾跑的脚步声；有时越墙飞来粗野的嚎叫，有时又传来婴儿的哭啼……

外边是如此之乱,可梁永生和魏大叔仿佛一点也没听见。他们一面忙着活儿,一面啦着闲叨儿,就像院外那些事,根本与他们没有任何相干似的。特别是梁永生,他这时不仅泰然自若,谈笑风生,镇静如常,就连对待他那正在忙着的活儿,也竟是那样的细致,认真,竭尽匠心,一丝不苟。

魏大叔嫌他太认真,有时带着催促的口气说:

"行啦!就这样吧!"

梁永生郑重其事地说:

"喔!砌一回墙根,要管多少年哩,可打不得马虎眼哟!再说,墙根上的一块砖摆不正,要影响到整个儿房子,可不是闹着玩的!"

他说着,还是将那块没有摆好的砖拿下来,翻了个过儿,换上新泥,又重新摆上去。摆上后,他照例是横瞅瞅,竖看看,里磕磕,外扳扳,直到那砖横平竖直了,他自己也觉着称心如意了,这才又摸起另一块砖。

魏大叔认为永生将注意力全集中到这借以影身的活路上了,便从提醒的动机出发向他说:

"永生!你听——敌人闯进咱这条胡同了!"

"噢。"

永生有一搭无一搭地但又是很礼貌地回照一句,可他那注意力,从表面看仿佛依然是倾注在他手中的活路上。

他们正说着忙着,忙着说着,伴随着一阵像驴蹄刨土似的脚步声,三四个伪军一齐闯进院来。这些外强中干的家伙们,端着枪闯进院后,摆出一副如临大敌的架势,忽地围住了梁永生和魏大叔。

这时的梁永生,头不抬,眼不睬,照旧在从容不迫、有条不紊地忙着。一个伪军向永生盯了一眼,又指着永生向魏大叔逼问:

"他是你的什么人?"

"他是俺的儿了!"

这句跟得很紧的话,是魏大婶答的。因为魏大叔正想答话时,那位赶出屋来的魏大婶抢在老头子的前头答了这么一句。魏大叔对老伴儿的回答很满意,所以没再说啥,把那已经张开的嘴又合上了。那伪军朝魏大叔抢前一步,张开臭口继续逼问:

"他妈的!我问他是你的什么人,怎么不吭声儿?该死的老家伙!"

其实,该死的不是别人,正是骂人的这个小子他自己!今天的魏大叔,早就不是抗战前那个"认命"的魏大叔了!战争的生活实践替他赶跑了"认命"那个魔鬼,党的教育又将"革命"引进他的头脑。因此,在今天敌人骂骂咧咧的这种情况下,他要不是由于想到了永生常说的"斗争要讲策略"的话,要不是由于考虑到永生的安危,早就用手中这张大铁锨把那个伪军的脑瓜子铲下来了!

你听,魏大叔答话了。他面对着敌人的再次逼问,指着他的老伴儿向伪军们说:

"她是我的老伴儿。俺俩是老两口子。她已经告诉给你们了,还非要我再重说一遍干啥?"

魏大叔这几句形软质硬的话,不仅将敌人的注意力从梁永生的身上引开了,还使他和敌人的"舌战"由被动变成了主动。现在,好几个伪军面对着魏大叔这既是回答又有质问的话儿,全大眼瞪小眼地回不过话来了。

敌人所以回不过话来,主要是因为魏大叔这话无隙可乘,完全在理。那么,敌人没了理,怎么办?认输吗?当然是不可能的!因为我们的敌人,有这么一个脾气儿——只能在武力面前投降,决不肯在道理面前服输!

不过,敌人当中,毕竟还是有"能人"的——现在就有个"聪明"的伪军,将那旧的话题甩开不管了,又重起题目喝唬道:

"少说废话!走!"

他这一句,将其他几个伪军也从窘境中"解救"出来!他们全都咋唬起来了:

"走!"

"走!"

直到这时,永生还依旧在继续砌他的墙根。而且,依旧是那么细致,那么认真,那么不慌不忙、有条不紊。后来,当两个伪军端着刺刀在他的眼前晃动着、喝唬着的时候,他还是眼不眨动,面不改色,并坚持到把已经拿在手中的那块砖放平,摆正,然后这才住了手。

当梁永生和魏大叔被敌人押着要往外走的时候,魏大婶上前拦住说:

"他爷儿俩都是老实巴交的庄户人家,你们要带他们到哪里去呀?……"

"连你也得去!"一个伪军说,"到了你们去的地方,你就知道了!"

就这样,梁永生和魏大叔、魏大婶一起,被扬风扎毛的敌人押着,走出家门,来到那个大场院里。梁永生虎蹲在场院中央,掺杂在群众之中,心中暗想:"估计会出这一章,果然就出了这一章!现在,也不知翠花她把令传到没有?"他一面心中想着,一面瞟扫着眼前的场景。只见这个场院里,挤满了全村的上千号人,看来只少杨翠花。这时,那些群众在发现梁永生后,都吃了一惊。不过人们只是心里替永生捏了一把汗,可并没有人把这吃惊的心情表露出来。同时,人们见梁永生坦坦然然,镇静如常,又都不由得从他的身上受到了鼓舞。

这时节,许多人都在不约而同地想着:不管敌人耍什么花招儿,宁可豁上命,也要把梁永生掩护下来!

与此同时,梁永生也作了种种设想。他给自己确定的斗争目标是：我的第一个任务,是千方百计保住群众的生命安全;第二个任务,是自己胜利脱险。

梁永生想到这儿,不由得向广场扫视了一眼。

只见,大场院的周遭儿,敌人围了一个大圈儿。那些横鼻子竖眼的家伙们,全都端着大盖儿枪,枪上上着刺刀,刺刀闪着寒光,摆出一副张牙舞爪杀气腾腾的凶相。在广场后面的高坡上,还架起了四挺水压重机枪,瞄着这些赤手空拳的无辜百姓。

梁永生看了这种情景,心里又气又恨又觉可笑。他不由得暗暗自语道:

"我倒要看看这些强盗们搞个啥名堂!"

过了一会。

石黑的翻译官阙七荣,遵照他主子的旨意,人模狗样地站出来,开始向群众讲话了。

他先点着一支洋烟卷儿,狠狠地吸了一口,又慢慢地吐出来,然后把嘴角子一耷拉,半露着一嘴金牙,撅撅着几根根老鼠胡儿,恶声恶气地说:

"你们注意听着!有个八路,跑到你们村里来了。现在,他就在你们当中。你们要立刻把他指出来。你们只要说出来,我阙某保你们安全无事⋯⋯"

全场人怒目而视,没人吭声。

阙七荣的脸绷得像面狗皮鼓。他卷了卷红蒜头鼻子,抽了口烟,愣沉一下,提高了嗓音又说:

"你们要是不说,统统枪毙!"

全场依然鸦雀无声。

阙七荣老羞成怒了。

他把那文文静静的假象一收,露出一副狰狞面孔,瞪开两只肉黄的贼眼,像匹野驴似的吼叫起来:

"他妈的！净些不识抬举的愚民！你们是活够了怎么的？哎？今天我阙某……"

他说着说着，抽出了手枪。

这时，石黑向阙七荣作了个手势，把他止住了。在石黑看来，阙七荣这个奴才，实在太无能了。无能怎么办？只好亲自出马呗！于是，他抽缩着短粗脖子，撅着小胡子，一只手摁着挂在腰间的军刀，作出一种"善意"的姿态，皮笑肉不笑地说：

"众位！八路军是大大的土匪！你们的明白？"

他用食指指着自己的歪歪鼻子又说：

"我们大日本皇军，是为了你们中国人的幸福和安宁，来帮助你们中国人维持治安的。所以说，我们和你们是大大的朋友，你们的明白？"

群众中依然没人说话。只有远处传来驴子的吼叫。

石黑耐着性子，伴随着那咴儿咴儿的驴叫声，又接着讲下去：

"我们下乡剿匪，是为了你们老百姓，你们的明白？我们日中两国，应当共存共荣，你们的懂不懂？"

没人理他。

石黑又说：

"我们大日本，是高等民族，是文明国度，因而是最讲人道的！我们，只杀共产党，只杀八路军，不杀老百姓，你们的明白？"

还是没人理他。

石黑的脸上挂了色：

"你们一定要把那个八路说出来！明白？谁说出来，对谁就大大的有好处，大大的有好处！我讲的你们的明白不明白？明白不明白？……"

石黑将这个"明白不明白"一连重复了无数次。其结果怎么样了呢？还和每次一样——没人理他！这时候，真气得个石黑活像

猪叫似的,他那歪歪鼻子嘿嘶嘿嘶地响着。他强按着火气,再次向人群逼问:

"你们的嘴,都用铁水灌住了吗?为什么不说话?不说话是不行的,大大的不行!你们的明白不明白?哎?明白不明白?说!……"

因为依然没谁理睬石黑,石黑的走狗阙七荣,替他的主子冒了火:

"你们的耳朵里全塞上棉花啦?"

他抢前一步,舞弄着两只手爪,满嘴里喷着唾沫星子,又声嘶力竭地狂叫道:

"你们都他妈的是哑巴?还是全把舌头咽到肚里去啦?太君跟你们说话,你们怎么竟敢不吱声?真是胆大包天!简直净些愚民!"

那石黑眼珠一转,转向广场上的人群,奸险地笑笑:

"我看,这样吧——你们谁要是指出那个八路来,我们皇军赏他钞票五万元!"

他说着,伸出五个指头举在半空,再一次重复着这个成千上万的巨大的数字儿:

"五万元!五万元哪!"

结果怎么样?无情的事实回答了石黑这个强盗:全场人还是鸦雀无声。

石黑提高嗓门儿说:

"十万元!"

他将两只手爪儿全都伸开,一齐举起来:

"你们的听明白:十万元!"

其结果又怎样?依然没人吭声。

狡黠、谲诈的石黑,是不甘心失败的。

他随着嗓门儿的步步高升,一次又一次地把他那"赏金"的数字加上去。

因为石黑坚信：钱，总是万能的东西！有钱，就能买得鬼上树！人，能见财不动心？不会的！人为财死，鸟为食亡，那是千真万确的呀！

谁知，石黑的"赏金"，已经增到"八十万元"了，广场上的人们，还是没有说话的！

可也是啊！这"八十万元"，确乎得算个十分可观的巨额大数了！但，它仍然不能打动这些中国穷百姓的心！这叫个石黑怎么能不生气？又怎么能不着急？你看！急得个石黑快要发疯了！

于是，石黑将他那两只毛茸茸的黑爪子再次举起来，声嘶力竭地叫道：

"一百万元！"

他将一双黑手在半空猛地一抖，又道：

"一百万元哪！"

在石黑的估计中，这一回，是一定会有人说话的了！尽管钱色比从前更毛了，这一百万元，对这些穷光蛋们来说，该有着多么大的吸引力呀？何况，他说罢，还将一大叠票子摔在桌子上了呢！在石黑看来，只用一句话就可变成百万富翁的千载难逢的大好时机，除了那些傻瓜而外，谁肯轻易放过呢？不会的！他们是不会再放过这个机会的了！

以上，这是石黑的想法。

可他哪里知道，他这个想法完全错了！

英雄的宁安寨人民，以顽强不屈的气概告诉了石黑这个强盗——全场依然是寂静无声。

石黑耐心地满怀希望地等着，等着……

时间一分一秒地过去了。

他等来的结果仍然是——没人说话！

到此，石黑这场想用金钱收买的"文戏"算是演完了！可怜的是，他的强盗目的并没达到。怎么办？他由焦急而羞怒，由羞怒而发火了！你瞧，他将那奸笑一收，翻脸变态地露出了他那野兽一般的凶残而又丑恶的真面目。这时的石黑，一脸歇斯底里的神色。他将那雪亮的军刀抽出来，双手抓住举在半空，还像诈尸似的跳一下，咬牙切齿地说：

"巴格亚鲁！限你们三分钟。再要不说，统统的，统统的，死了死了的！"

他说罢，又向他的喽啰们命令道：

"机枪的准备！"

敌人的机枪手们，全都赛只狗熊似的趴在地上，拿好架势，扣住机钮，在等待着他们的主子发布射击的命令。

广场上的群众，怒目相对，鸦雀无声。

时间在迅速地流逝着，一秒一秒地过去了！

石黑捋起袖子，看看手表，举起一根指头，朝人群嚎叫一声：

"一分钟！"

一犬吠影，百犬吠声。石黑的众喽啰，也随着其主子的声调，一起嚎叫着：

"一——分——钟！"

过了一会儿。

石黑再次看看手表，伸出两根指头，放开那大叫驴嗓子，又嚎叫了一声：

"二分钟！"

那些应声虫们，像为他的主子助威似的，又嗡嗡了一阵：

"二——分——钟！"

时间，继续流逝着。流逝了的时光，正在由秒积成分。

"三分钟"的时限，正在越来越近，越来越近，眼瞅着就要到了！

显然,伴随着"三分钟"时限的到来,一场无情的灾难,即将降临到这些无辜百姓的头上!这些手无寸铁的无辜百姓现在怎么样呢?

这是一个严峻的时刻!是的,这是一个严峻的时刻!在这无比严峻的时刻里,英雄的宁安寨人,都虎蹲在这杀气腾腾的大广场上,气不粗喘,面不改色!

多么坚强的人民呀!

坚强,在斗争不甚激烈的时候,是比较容易做到的,也是不易被人注意的;只有斗争到了严峻的时刻,坚强,才会放射出照人的光彩。

你看这些英雄人民的英雄气概吧——他们在敌人的枪口面前,没有一个心慌的,没有一个眨眼的!目下,与敌人的枪口相对峙的,是一张张怒气飞扬的面孔,是一双双像要喷出火焰的眼睛!宁安寨人民的这种神态,使敌人望而生畏,心寒骨颤,并给他们一种切莫轻薄不可冒犯的强烈感觉!

其实呢,岂但感觉而已?现在被困在这广场上的上千号人,上千双拳头,都已经不约而同地握起来了,紧紧地握起来了!甚至,有的人正将拳头攥得嘎嘎响,有的人已经在手心里攥出汗来了!

这时人们的心境里,没有一丝一毫的怕。他们不怕时光走得快!他们不怕敌人开枪!他们都已下定了决心,攒足了力气,抖起了精神,单等敌人真的胆敢开枪下毒手的时候,他们就要像溃堤而出的河水那样,冲向敌人;他们就要像随着暴风扑来的海潮那样,扑向敌人;用这凝聚着仇恨的拳头,把刽子手们砸个脑浆迸裂;夺过敌人手中的刀枪,消灭这些罪恶的敌人!

这当儿,掺杂在群众之中的梁永生,被身边这些群众的昂扬斗志深深地感动了!他怀着十分激动的心情,望着这些亲如骨肉的阶级弟兄,并通过阶级弟兄们这一双双的眼睛,又看到了他们那动人的心境——他们,为了掩护一个共产党员,为了掩护一个八路军战士,都在随时准备牺牲自己的一切!

这时,刽子手石黑那血红的眼里,射出两道阴森森的凶光!他抽出军刀抢了一下,又像个魔鬼似的把那大嘴一咧,放开他那破锣般的嗓音歇斯底里地嚎叫道:

"三分钟的时限到了!开……"

在这千钧一发之际,早已做好了战斗准备的群众,都将怒气屏在胸口上,都将仇恨凝聚在拳头上,单等石黑那个"枪"字出了口,他们就要一齐冲上去,跟敌人拼个你死我活!他们不约而同的决心是:"我宁可自己一死,也要保护下毛主席的好战士梁永生!"

在这千钧一发之际,早已做好了战斗准备的梁永生,他没有一丝一毫的犹豫,他只有一个坚决用自己的生命来保卫群众的决心!你看他,忽地从人群里站起来,昂首挺胸,面对着石黑那个正要行凶杀人的强盗,发出一声雄狮般的吼声:

"住口!我就是八路!"

他这一声破天惊地的吼喊,就像个落地沉雷,直震得天颤地抖,树撼村摇。停落在广场旁边树头上的一群乌鸦,也全都惊慌失措起来。它们拍打着翅膀,哇啦哇啦地叫着,飞向远方去了。

这些老鸹的叫声,仿佛是:

"可怕呀!可怕呀!"

可是老鸹们哪里知道,这时比它们更感到可怕的,是人家那个没有翅膀的石黑。你看他,直吓得眼一闭,嘴一咧,脸上唰地没了血色。紧接着,他腿也颤,手也抖,活像一只正要挨刀的草鸡一样,浑身上下一个劲儿地打开了哆嗦。他那秃而亮的脑门儿上,冷汗珠子足有黄豆粒子那么大,一个接着一个地往下滚着。稀稀拉拉的几根根黄头发,也全竖起来了!

石黑为何竟是如此惊慌?

主要是他没有思想准备!

在人家石黑原先的意料中,世界上根本就不会有这样的人——他竟敢面对着无情的枪口站出来,并公开承认:"我就是八路!"

可是,钢铁一般的事实正在教训石黑——梁永生却出其所料地站起来了!并正在大声吼喊:

"我就是八路!"

你想啊,石黑怎能不惊慌呢?

可是,正当石黑定睛稳神要仔细瞅瞅这位挺身而立的八路时,突然,在梁永生的前面,又站起一位雄赳赳气昂昂的中年汉子:

"我就是八路!"

这个壮年人,他是尤大哥。

尤大哥的吼声未落,蹲在他的前头的铁蛋,又忽地站起来了:

"我就是八路!"

蹲在铁蛋前头的是魏基珂。他也站起来了。这位老汉年老声更壮:

"我就是八路!"

继而,又站起一个,又站起一个……他们有青年、有壮年,也有老年,全都是些穿着破旧衣裳的农民。从这些年龄不一、相貌各异的农民口中,发出了一个声同情更同的巨吼:

"我就是八路!"

"我就是八路!"

"我就是八路!"

"……"

这众口同声的吼喊,势如突然暴发的山洪。这一批批站起来了的人民群众,就像一道道的高墙,将梁永生挡在了他们自己的身后,并遮住了敌人那贼闪闪的目光。

石黑,早就眼花缭乱了!

他瞪着红得快要滴血的牛眼,发疯似的挥舞着军刀,歇斯底里地狂吠着：

"住口！住口！"

可是，那机枪既然吓不倒英雄的人民，这军刀又岂能封得住人民的嘴巴？

就在石黑又舞刀又狂叫的同时，只听见广场上忽啦一声，忽啦啦一声，忽忽啦啦又一声，所有的群众都站起来了！

他们中，有五大三粗的小伙子，有身强力壮的大姑娘，有须发皆白的老头子，有拄着拐杖的老太太。还有，抱着孩子的妇女们，穿着开裆裤的娃娃们……这男男女女老老少少的上千号人，同时发出了一个声音：

"我就是八路！"

"我就是八路！"

"我就是八路！"

"……"

就连那被娘抱在怀里的刚会说话的婴儿，也学着母亲的样子挥动着小拳头喊着：

"我就是八路！"

在人群中腾起的这巨大吼声，如风暴，如海潮，飞向天涯，升入九霄，在大地上滚动，在天空中缭绕，从天上到地下掀起了一阵像天崩地裂般的巨大回响！

这声音还告诉帝国主义分子石黑：伟大民族的伟大人民，誓死不做奴隶！

侵略者在誓死不做奴隶的人民面前，他能有什么办法？

他只能惊恐万状！他只能洋相百出！

到这时，那位挺身而出的梁永生，又和挺身而出的人民群众掺杂在一起了！这上千号群众，成了敌人根本没法攻破的铜墙铁壁！

石黑面对着这种局面，他能有什么本事？真是黔驴技穷，无计可施！

不！黔驴技穷归黔驴技穷，无计可施归无计可施，可人家石黑并不甘心失败，更不肯就此罢休！

不罢休又怎么办？

开枪吗？他不敢！

因为自从他侵华以来，无数的事实早已告诉石黑这个刽子手——他的刀枪，在站立起来的人民面前是毫无用处的。现在，面前的事实，又一次向他提出了警告；他面对着这一双双握得嘎叭嘎叭乱响的拳头，不寒而栗了！他已经意识到：只要他那罪恶的枪声一响，这上千号人必将像溃堤而出的河水那样，把他们一下子淹没掉！

因此，石黑现在是虽有开枪之心，而又无开枪之胆！你看他，尽管一口接一口地咽着唾沫，极力地镇静着自己，可还是止不住地手抖腿颤，身不由主地摇动起来！

那又怎么办哩？

继续软硬兼施纠缠下去吗？石黑也不敢！

因为如今已是夕阳西下天近黄昏的时候了，再加上西北天角又响起隆隆的雷声，看样子，一场暴风雨就要来到！石黑当然知道，如果天一黑，风一刮，雨一下，那些八路军游击队，还有各村各乡的民兵们，会从四面八方围攻上来！曾多次吃过夜战之亏的石黑，他当然不会不明白，在这既无城堡又无工事的乡村之中，和八路、民兵进行风雨夜战，那对他们来说将意味着什么！

那么，就这么不了了之？

"不——！"

这是那个残暴绝伦、毒辣透顶的刽子手——石黑内心的誓言！

可又怎么办呢？正愁得石黑抓耳挠腮团团打转，人群中又突然爆发出一阵炸雷般的吼声：

"打倒日本帝国主义!"

"严惩汉奸卖国贼!"

"……"

天正在黑下来。

风正在刮起来。

柴胡店据点的一座牢房里,坐满了宁安寨村的青壮年。他们,这些用胸口对着敌人的枪口斗争了半天的钢铁汉子们,如今都窝着一腔子火,憋着一肚子气,坐在敌人牢房里这湿漉漉的土地上。有的低着头,一声不吭,让那仇恨的火焰在胸中燃烧;有的气得面色铁青,青筋暴起,正在悄声地骂着敌人;有的将一双拳头握起来,越握越紧,越握越紧,直到握得发出嘎叭嘎叭的响声,仿佛他马上就要去跟敌人拼命似的……

窗外,正在响着呜呜的风声。风声在催促着人们的回忆;风声将人们的思绪引回了刚刚离开的故乡宁安寨——

"孩子他爹呀,我的心你是知道的!你不论到哪个地步,做出事来可要对得起救了咱的恩人呀!"

"孩子啊,你无论走到哪里,别忘了你爷爷是叫谁打死的,你爹是叫谁杀死的……"

"爹!你就放心大胆地去吧,我盼着你早日回到家来,我也准备为你报仇!"

"宁安寨的孩子们!你们是中国人的子孙,你们是穷苦百姓的后代,说出话来,做出事来,一定要对得起我们的国家,对得起我们的祖先……"

这些语重心长的话语,是这些青壮年们入狱之前,他们的家属和乡亲们嘱咐的。当时,黔驴技穷的石黑,是把这些人作为人质带进据点来的。在石黑向宁安寨的群众要人质的时候,梁永生为了保护群众,首先挺身而出:"我去!"宁安寨的群众怎肯让梁永生自己去呢?因而又有一些青壮年也说:"我也去!"就这样,这批人便一齐被石黑带进据点来了。在他们和乡亲们分手的时候,曾一致表示:

"乡亲们!放心吧!我们永远不会忘本,宁死不会变心!"

这些被捕的人被带进柴胡店据点后,就被关进了这个临时牢房里。

柴胡店据点上没有牢房吗?为啥关在临时牢房里?

不!这里的牢房是很多的。可是,由于敌人天天出去"扫荡",天天抓来许多无辜的百姓,如今,那些所有的牢房,都已经挤得满满的了!目下,他们又从宁安寨一下子带回二十几号人,再往哪里搁放呢?于是,敌人才又开设了这座临时牢房,将这些宁安寨的青壮年们都关在这里!

梁永生呢?他也在里边吗?

是的!你看,现在的梁永生,那不挺着胸脯儿,站在窗前,忽闪着两只豁豁亮亮的大眼,正在向窗外瞭望吗?

这个窗口很小很小。一根根的窗棂又粗又密。梁永生那两条炯炯闪光的视线,穿过窗棂的空隙射向窗外。

窗外,正在刮风。

好厉害的风啊!

它活像个失去了理智的疯子,在这宽阔的庭院中颠颠扑扑,乱碰乱撞。它时而把地上的柴草碎叶旋卷起来,忽地扔到东边,忽地抛到西边,忽地卷上高空飞舞,又忽地推到一个墙旮儿里不动了。

窗前的老榆树,被风一刮,摇摇晃晃,枝丫扫着屋檐,发出唰啦啦唰啦啦的响声。

肿胀的云朵,正乘着风势拥上来,严严地罩住天空,低低地垂悬着。由于压顶的浓云越铺越厚,再加黄尘弥空,天,提前黑下来了。

灰蒙蒙的夜色,正向这牢房的窗口探视着。渐渐被黑暗填满了的庭院,仿佛正在抽搐着,缩小着。

几只尚未钻窝的老鸹,停落在摇摆不定的榆树梢头,朝向天空哇哇地叫着。两个值岗的伪军,背着上了刺刀的大枪,在这临时牢房窗外不远的地方,来来回回遛遛跶跶地走动着。

他们,时而扭着脖子朝这牢房望望,又时而低下头去瞅着自己的脚尖儿慢慢腾腾、慢慢腾腾地走过去了。可是,这牢房中的任何动静,都会引起他们的注意。

在梁永生向窗外观望的当儿,尤大哥正蹲在一边悄悄地打量这座临时牢房。

这是三间大北屋。

屋顶是平的。

四面的墙壁,不是砖的,也不是用土坯垒的,而是用黄土打成的。这一带的劳动人民有这样的本事:将黄土洇湿,调匀,夹在两片厚厚的木板中,用石杵一遍遍地砸实;砸完一板再一板,一板板地接上去,一节节地高起来,渐渐地就形成一堵墙了。这样打起来的墙,用以盖成屋,不仅由于墙厚而冬暖夏凉,而且由于墙很坚硬,能达到百年以里不会倒坍。

用黄土打成的墙能有这样坚固?

能!这不仅是一种高超的技术,甚至可以说是一种惊人的艺术!打得质量好的土墙,在墙干之后,要往墙上楔个钉子,比往木头上楔钉子花费的力气要大得多。因此,在这一带的农民中,有这样一种世代相传的说法:

"庄稼地里三大累:扒老房,拉大锯,抱着孩子看野戏!"

这就足见墙块土的坚硬了!

尤大哥撒打了一遍墙壁,又瞅门窗。

两扇厚厚的门板,关得严严实实,连点透亮的缝儿都没有!窗口上,安着两层窗棂。除了里头这层又粗又密的木头窗棂而外,外头还有一层铁棍子!

尤大哥为啥要端详这墙壁和门窗呢?

因为,他现在正在琢磨从这座牢房里逃出去的办法。可是,他瞅了这里又瞅那里,瞅呀瞅,瞅呀瞅,瞅了好大一阵,一点办法也没想出来!

正在这个节骨眼上,他忽然注意到了梁永生。只见永生沉静地站在窗前,就像出外做客乍到了一个从未到过的新地方一样,细细地观赏着窗外的庭景,还仿佛正在暗自品评着什么。梁永生在这种处境中表露出来的这种神态,使尤大哥感到有些奇怪!

于是,他凑过去,把永生拽过来,悄声问道:

"老梁,你在看啥呀?"

梁永生没有回答尤大哥的发问,而是朝前就了就那蹲踞着的身子,另起一个话题问尤大哥道:

"从前,你不是在这个镇上扛过活吗?"

尤大哥忽闪着一双迷惑的眼睛,顺口答道:

"是啊!"

梁永生指着这座牢房又问:

"这座房子过去是个啥地方?知道不知道?"

尤大哥带着一副莫名其妙的神情回答道:

"知道。这座房子,那时是苏秋元的油坊!"

梁永生扑闪着沉思的眼睛点点头,没有做声。

尤大哥望了望永生的神色,又补充说:

"我就是在这个油坊里给苏秋元扛活的……"

永生想了一阵儿,又问:

"苏秋元现在还在镇上不?"

"听说还在。"尤大哥现在虽然并不知道梁永生问这些事要干什么,可他已在有意识地尽量向永生提供更多的情况,"苏秋元有两处宅子。鬼子在柴胡店安据点的时候,这处宅子归了鬼子……"

永生又问尤大哥:

"从前,这座房子是干啥用的?"

尤大哥说:

"那时是油坊的仓库。"

他指指门窗又说:

"从这设备上你还看不出来?"

梁永生没再吱声。

显然,他又在思索着什么。

尤大哥朝永生呆呆地出了一阵神,然后往前挪动一下身子,问道:

"哎,老梁,你方才往窗外看得那么认真,是不是想着……"

尤大哥本来想问:是不是想着逃出去的法子?可是,没等他把这个意思全说出来,梁永生就笑眯眯地接上了他的话茬儿:

"我是想仔仔细细地看看这里的地理环境。将来我们来攻打这个据点的时候有用处……"

尤大哥听了这话,思想一振。他想了想,又说:

"老梁啊,你看得远,这我信服!可是眼时下咱是蹲在敌人的监狱里!你不赶紧想法子怎么逃出去,怎么还顾得先看地理环境预备打据点呀?"

"尤大哥,这监狱好比是老虎口,咱不进入老虎口怎能看清楚老虎口里的情况哩?"梁永生说,"我们到这据点里头来一趟是不容易的,我们要不趁这个机会看个清清楚楚,将来用着的时候再要了解这些情况那就晚了!你说是不是呀,尤大哥?"

尤大哥听了梁永生这些话,在他的心里刮起一阵风,把他心房

上的那扇小窗户忽地刮开了,使他坚决斗争胜利出狱的想法更坚定了。他问永生:

"你是不是想好了:咱们怎么个出法?"

梁永生笑了:

"具体办法嘛,我现时也说不上来!"

有些人,一碰到困难,就觉着自己碰上的这个困难是阖天底下最大的困难了!可是我们的梁永生,并不是这号人。现在,他尽管说不出一个具体的出狱的办法来,可他坚信办法总是能想出来的。

于是,他一面鼓励尤大哥他们多动脑筋,一面自己默默地拿主意。

入夜了。

屋里没有灯,就像一下子掉进煤窑里,黑得举手不见掌。屋子里,还有一种说腥不像腥说臭不像臭的湿乎乎的霉气,一个劲儿地直往鼻子里钻。

窗外的夜风,越刮越大了。

风声像金属鸣叫一样地呼啸着。

被狂风摇撼着的牢房,仿佛说不定什么时候会从地上旋起来。说真的,这时候人们真希望狂风能把这牢房卷走,不管刮到什么地方去,也比这个鬼地方强!可是,风暴并不能帮助他们,反而给他们增加了麻烦!因为,这初夏的夜风,仍带有寒意,阴森森的牢房被夜风一灌,闹得人们都觉着身上凉飕飕的。

一个小伙子实在耐不住了,粗声大嗓地嚷起来:

"哼!蹲在这里活受罪,哪如来个痛快的!"

铁蛋就着那个人的话音,扯起嗓子骂开了:

"老子犯了什么法?为啥平白无故地把俺搁在这里受这号洋罪?⋯⋯"

这时,一个在屋门前值岗的伪军听见了。那个家伙收住步子,

凑到窗前,朝屋里狂叫道:

"谁他妈的在嚷咆?活腻歪了吗?"

方才铁蛋那些话,是故意说给这个伪军听的。现在,他一听那伪军嘴里不干不净,火气更大了,忽地站起来,拍着胸膛说:

"老子就是活腻歪了!小子你有种吗?有种你就开枪吧!"

他一面说着,一面向窗口冲去。

尤大哥一把拽住铁蛋,劝他说:

"铁蛋!你跟个站岗的嚷个啥劲儿?没意思!"

铁蛋又蹲下来。

站岗的过去了。

另一个人也凑过来劝铁蛋说:

"铁蛋,留着这股虎劲儿吧!"

"留它啥用?"

"留着它,等见了敌人的头子再用呀!"

铁蛋懊悔地说:

"我要早知道拼也是五八,不拼也是四十,看起来,不如在大场院里跟石黑拼了!"

尤大哥不解地问:

"你这话是啥意思?"

铁蛋用失望的语气说:

"现在再想跟他拼,也见不着那个狗养的了!"

"能见着!"

"能见着?"

"嗯喃。"

"咋能见着?"

"准能见着就是了!"

人们正说到这里,那个值岗的伪军又溜达过来了。他听见屋

里有人唧唧哝哝地说话,又凑到窗前来,瞪着牛眼朝里嚷道:

"你们甭穷叽歪!等会儿一过堂,就全老实了!"

伪军说罢,又夹起尾巴溜过去。

屋里屋外一片沉静。

人一静下来,很多念头便在头脑中活跃起来。这一阵儿,蹲在一旁的梁永生,正在默默地想着:"锁柱他们把铜铁送到没有?也许早就到了目的地,这间正在灯下跟县委书记方延彬同志汇报哩!……"

他美滋滋地想到这里,突然一转念,又吃惊地想道:

"呀!也不知小锁柱是怎么说的?老方要知道我只身一人引开了敌人的大队人马,准又得为我担心!……我被捕这件事,也不知志勇他们知道了不?要叫那些愣头青们知道了,他们脑子一热,万一再来劫狱,损失可就大了……"

永生想到这里,思绪又拐了弯儿:

"对我们这伙人,敌人是必定要过堂审讯的!在敌人的刑具面前,会出现一些什么情况呢?那些身子骨儿不大结实的人们,会不会死在敌人的刑具之下?那些脾性儿暴躁的人,会不会由于硬拼而吃亏?……"

他想着想着思绪打了个滚儿,又一根线头儿蹊起来:

"我们在宁安寨,还埋藏着一些准备上交的枪支、弹药,万一有人不小心,在敌人的诈骗下露出破绽来,那就……"

永生一念及此,又拢住了思绪,自己在提醒自己:

"永生啊永生!你要抓紧这个时机,快多想些对策,想些办法吧,也好叫人们有个思想准备呀!……"

梁永生默默地想着,想着,久久地想着。

忽然,尤大哥捅他一把,问道:

"老梁,你又在想啥?"

"噢！我正想敌人将用啥法儿治咱们——"永生说,"为的是好想法儿对付他……"

"这个呀！我早想过了——"

"你早想过？说说看——"

尤大哥满口是轻蔑的语气,不以为然地说:

"他能有什么新玩意儿？叫我看,石黑过堂是狗熊耍扁担——也只不过就是那么两下儿了！"他缓了口气又说,"提讯,逼供,你若不招,他就上刑——烙铁烫,上压杠,灌辣椒水,倒吊屋梁,还有什么老虎凳,过阴床,电椅子,火镲子……"

尤大哥的话题一转,变成了十分自信的口吻:

"他们五花八门儿的这一套,我只用一个法儿就全对付得了——"

"啥法儿？"

"啥法儿？要命,给他;要话,没有！"

最后,尤大哥用万话归一的调子说:

"这里,用得着两句古语:他有千方百计——"

永生替他说出下半句:

"咱有一定之规！"

"对！"尤大哥又说,"来个一问三不知——"

永生接道:

"气死那个老小子！"

在梁永生和尤大哥谈论的当儿,小铁蛋一直在旁边听着。当他听到这里的时候,不以为然地插言道:

"我不用你们这法儿！"

"为什么？"

"太窝囊！"

"你有法儿？"

"当然有!"

"你有啥新点子?快说说——"

"咱没'新点子',还是'老法子'!"

"啥'老法子'?"

"还是白天在宁安寨的大广场上用过的那个老法子呗!"铁蛋见别人没有领会透他的意思,又摹声绘影地说,"石黑过堂时,准得一拍桌子,问:

"'谁是八路?'

"我就一拍胸膛,答:

"'我就是八路!'……"

人们都无声地笑了。

一沉,有人又问尤大哥:

"敌人那刑罚能顶得住?"

尤大哥自豪地说:

"魔鬼并不像画的那么可怕!他们那些小把戏儿,我是尝试过的,没啥了不起!"

他停了一下,加重语气又说:

"那回我被捕以后,就是这么硬抗出去的!"

小铁蛋也不知想了些什么,他凑合到尤大哥的身边,先捅一把,继而问道:

"哎,你上回坐牢,他们提审过堂的时候,上绳不上绳?"

尤大哥说:

"没。不上绳儿!"

铁蛋没说话。

尤大哥问他:

"你问这个干啥?"

铁蛋仍未答。

梁永生看出了铁蛋的意思,就说:

"铁蛋,你问上绳不上绳,是不是要动……"

"对!跟那杂种们动这个——"铁蛋把拳头握得紧紧的,在胸前抖动着,兴冲冲地说,"死我倒不怕,就怕死得不值过!"

他语气一变又说:

"我核计过——反正是扯了龙袍也是死,打了太子也是死,那咱就豁出个死去,跟他来个命换命!"

铁蛋的拳头又抖动两下:

"砸死一个够本钱,砸死两个赚一半!……"

铁蛋正说到劲儿上,从窗口里传进一声怪叫:

"老实点儿!"

一向不能忍事的铁蛋,现在正说得有气,叫那值岗的伪军隔窗一嚷,成了火上浇油——他把嗓门儿一伸,当即原话交回:

"你老实点儿!"

伪军当然不会就此了事!他又以威胁的口吻嚷道:

"你们别不识抬举!给你们留脸怎么不觉?你们要是不老实,可别怪老子不客气!……"

"小子你不客气又怎么的?啐!地猴子戴上顶帽子也想装人吗?"

这是铁蛋的声音。紧接着铁蛋的声音,屋中又有好几个人开了腔:

"你还不兴说话吗?"

"我们说个闲话儿解解闷儿!"

那伪军觉着这话比方才铁蛋那话软,他更硬上来了:

"不兴说闲话儿,老老实实儿地伏着吧!谁要再穷嘀咕,我就把他送到太君那里去,死了死了的!"

"屁!讲个话也不兴?我们要讲!偏讲!就是讲!"铁蛋吐一

口唾沫,"呸!你官儿不大,管的事儿还怪不少哩!"

那伪军撇着嘴角子带着不屑的语气说:

"嘿!真不觉愁!也不想想,到了啥时候啦,还讲闲话儿?放着你那闲话儿,一会儿上西天讲去吧!"

铁蛋一点也不让过儿。他将嗓门儿升上去:

"呸!老子就是不愁!上西天也要捎着你这个小子!"

这时,梁永生望着铁蛋这种冒腾腾、气刚刚的虎劲儿,不由得回想起了自己年轻时的性体儿。他正想凑过去说铁蛋几句,又听见那个被铁蛋顶得下不来台的伪军,一面拉栓顶火儿一面喝唬道:

"你他妈的要造反吗?小子放明白点儿,可别忘了这是个啥地界儿!"

伪军一拉栓顶火儿,把全屋的人都气火儿了!大家伙儿齐打忽地站起来,忽忽拉拉朝窗口拥去。顿时,在窗台近前挤成了一个人疙瘩。他们你一言我一语,又骂又喊:

"这爷们不怕死!怕死来不到这里头!"

"老子就是要造反,小子有种你就开枪吧!"

"你唬俺这庄户人家来能耐了!别忘了,还有收拾你们的呢!"

"小子你自己个儿倒应该放明白一点儿,给自己留点后路吧!"

"……"

人们这一吵嚷,倒把那个伪军吓住了。

他只是说了一句:"你们等着瞧吧,到明儿个,叫你们知道我的厉害!"尔后,他又不干不净骂骂咧咧地嘟囔几句,自己给自己竖了个梯子下了台,在人们的怒骂声中夹起尾巴走开了。

这一锅就这样过去了。

这场牢房斗争的胜利,更鼓舞了人们的勇气。当即有许多人表示:跟敌人斗下去,坚决斗到底,宁死不向敌人屈服!

梁永生抓住这个时机,把人们召集到自己身边,说道:

"宁死不屈斗到底,这固然很好！不光应当这样,而且必须这样。不过,在目下的处境中,我们应当做两手儿准备——"

"两手儿?"

"对!"

"哪两手儿?"

"一手儿是,准备过堂,斗!"梁永生说,"另一手儿是,准备越狱,走!"

"越狱?"

"是啊!"

"能越?"

"能越!"

"咋越?"

"天下无难事,只怕有心人!"梁永生鼓励人们说,"咱们大家琢磨个办法呗!"

"我琢磨过了,不大好办!"尤大哥说,"门窗这么结实,弄开是不容易的!况且还有两只看门狗,想从门窗里出去难呀!……"

在尤大哥说话的当儿,铁蛋用指甲在抠墙皮。那墙太硬了!他抠一下一道白印儿,抠一下一道白印儿,简直是连点土末末儿也抠不下来。因此,他越抠越丧气,就拦腰打断了尤大哥的话,插嘴道：

"真倒霉！这墙偏偏是土的!"

有人不解地问：

"不是土的又咋样?"

"要是砖的,或者是坯的,那就好办了呗!"

"咋好办?"

"一块块地抽开嘛!"

尤大哥叹息一声,接言道：

"是啊！我也想过,要是砖砌的、坯垒的,都能找个头儿抽开。可这土打的墙,连个插针的缝儿也没有,没铁器家什是甭想挖开的！"

他变一变语气,又惋惜地说:

"要能想个法儿挖开这堵后山墙,那可就好了!"

"好啥?"

"准能逃出去呗!"

"怎见得?"

"鬼子在这里修据点的时候,我被抓来干过活。因为这个,这里头的情况我大体知道——"尤大哥说,"这堵后山墙外头,是个空场子。在这个空场子北头儿,有个小便门儿。那个小便门儿旁边,有个岗楼子。岗楼上,平常日子只设一个岗……"

尤大哥这么一说,引起了许多人的兴趣。有人说:

"哎,这个屋里,也不知有个铁器家什不？要是大小有件家什,那可该着咱们这伙子人走时气了！"

人们听了这话,都不由得在自己的身子周遭儿摸索开了……

屋外,风更大了。

而且,又下起雨来。

密密麻麻的雨点敲打着屋顶。屋顶发着嘭嘭的响声。在屋门外头值岗的那两个伪军,被雨淋得跑到小南屋里去了。

那个小南屋,和这座牢房门对门。两个伪军狗蹲在南屋的门槛里头,守着一盏"保险灯",一个打瞌睡,一个正抽烟。

看样子,他们对牢房这边并不十分注意。

因为在他们看来,牢房的门窗这么坚固,慢说还有人哨着,就是没人哨着,也甭想跑出人去。

事实上,要想逃出去,也确实是不易的！

人们在梁永生的指挥下,将整个屋子都摸遍了,不用说摸着个什么挖土的铁器家什,连一根半寸长的小钉子也没摸到,就是有时摸着一根草棍儿,也是潮乎乎软绵绵的!

怎么办?

人们全都焦急起来。

梁永生又鼓励大家说:

"大家别急!只要我们沉住气,静下心来,一齐开动脑筋,越狱的办法总是能够想出来的。俗话说:'三个缝皮匠,顶个诸葛亮。'我们二十几号人,该能顶得上多少诸葛亮呀?还能叫这点事难住?……"

永生这段话,又把人们的劲儿鼓起来了。

人们都默默地想着,坐着,坐着,想着。

时间过得可真快呀!特别是当人们穷思苦虑想不出个头绪的时候,对时间的感觉就更加敏感。

沉思的人们正然焦急,突然有个人气恼地说:

"呦!人倒霉了,喝口凉水也塞牙!"

这一阵,梁永生一直靠墙坐着,一边心思琢磨着越狱之计,一边漫不经心地用手指甲刻着墙皮。他原来曾这样想过:"到底能不能用指甲在墙上挖个洞呢?"经过试验,确实不行!

为什么?

墙太硬,挖不动!

可是,由于他心里着急,又一时没想出更好的法子,所以尽管明知挖不动,指甲还是在不由自主地而又是毫无效果地刻着,刻着……

正在这时,那人说的那句"喝口凉水也塞牙"的话,一撞击他的耳鼓,使得他的脑海里就像窗外的闪电一样,忽地亮了一下。当他正要赶紧去捕捉时,那亮光又唰地消逝了!

方才那一闪,究竟是个什么念头要出现呢?

梁永生又觉着仿佛啥也没有了！

于是，他便朝那人凑过去，悄声问道：

"什么事儿呀，惹得你这么生气？"

那人摸着他自己的脖颈子说：

"老天爷也跟我过不去！它这一下雨不要紧，把房顶下漏了，滴了我一脖子水！"

窗外，风在刮，雨在下，电在闪，雷在鸣。

这时梁永生的脑子里，也像这风雨之夜的漫空一样，一阵黑，一阵亮，起起伏伏很不平静！他略微思索了一下，又向那人问道：

"漏水的地方在哪里？"

那人向身旁一指：

"在那边！"

他知道天黑，永生看不见，故而又说：

"你听！"

这时永生才注意到，有一种啪嗒啪嗒的声音，正在那人身旁不远处响着。于是，他按照声音指示的方向凑过去，伸出一只大手掌接起水点来。

一颗颗的大水点，像断了线的串珠一般，一个接一个地滴在梁永生的手心里。突然，永生觉着头脑中又是一闪，一个令人兴奋的念头油然而生：

"要是用手接水，洒在墙上，墙皮一湿，不就松软了吗？再用指甲挖，挖了这层挖那层，一层一层挖下去，还能挖不透一个洞？……"

他越想越有理，越想越高兴，便赶紧把人们召集过来，将他的想法跟大家说了一遍。人们听后，都高兴起来，全说是好办法。

于是，一场挖墙战斗，便立即开始了。

他们用手捧着轮流着在漏雨的地方接水，接了水，就洒到墙皮上去。

然后再用指甲搂墙皮。

这个捧着水走了,那个人的手捧又接上去。

这个人的手指搂疼了,那个人又接着搂。

全屋的二十几号人,接水的接水,挖墙的挖墙,接了水全往一个地方洒,好多双手全在一个地方挖。就这样,他们洒一层水,挖一层土,再洒一层水,再挖一层土,众人一心,轮流交替,持续不停,七手八脚地忙活起来。

可是,水太少了,挖墙的进度很慢。

梁永生估计一下,照这个挖法,就是一直挖到天亮,也挖不透这堵厚墙。

显然,到天亮以前要挖不通,不仅走不了,还要出事的!

咋办?

梁永生号召大家开动脑筋,群策群力想了个办法——他们人摞人,肩搭肩,筑起了一座下头大上头小的三节人塔。

梁永生登上人塔,用手硬把房顶捅了个窟窿。

这一下真顶劲!

雨水顺着窟窿淌下来,流进人们特地挖好的小坑里。

尔后,人们又一捧一捧地捧水,洒到墙上去。

水一多,挖墙的进度大大地加快了。

阖屋里的人,全都高兴起来。

可是,人世间的事情,并不总是让人们欢喜的。他们正然高高兴兴地挖着挖着,突然,发生了一件令人不快的事情——雨,停下了!

雨一停,水的来源就断了!

到这时,墙洞还没有挖通!

没有水了,怎么继续挖下去呢?

当然是要继续挖下去的!因为谁都知道,这墙洞挖不通,天一明将意味着什么!你看,那些急眉火眼的人们,在没有水的情况下,就用手指头继续硬挖!

墙硬,人的骨头更硬!

他们用指甲在那坚硬如石的墙上噌呀噌地搂着,这个搂了那个搂,三个两个一齐搂,你也搂,我也搂,他也搂,众人一心拼着命地搂!

搂呀搂!

搂呀搂!

指甲磨秃了,又用手指继续搂!

手指磨破了,鲜红的热血流出来,人们谁也不说疼,谁也不叫苦,谁也不泄气,咬紧牙关忍着钻心的疼痛,还是搂,还是搂!

他们一边搂着,还一边在鼓励着自己,鼓励着大家。

有的说:

"钢梁磨绣针,工到自来成,没有挖不通!"

有的说:

"碎麻拧成绳,能提千斤顶。我们只要齐心合力干到底,用鲜血也能把墙洇湿,把洞挖透!"

还有的说:

"磨没了指甲有指头,磨没了指头有手掌,手掌后头还有两条长长的胳臂接着呢,我就不相信这么多人连个墙洞也挖不通!"

梁永生一面亲自带头挖洞,一面跟人们讲八路军战士负伤不下火线的故事。人们听后,劲头更足了,决心也更大了。

人们正挖着挖着,在窗口近前负责监听屋外动静的尤大哥,突然干咳了两声。

这是人们早已规定好的暗号——说明敌人来了!

于是,人家立刻住了手。

铁蛋和另外两个人,一齐坐在墙根底下,身子倚着后山墙,用那宽宽的脊梁将那尚未挖通的洞口遮起来。

有的人急速把那个刚才存水的小坑填埋好,坐了下去。

其余人,也都各自坐下来。

不一会儿。一阵皮鞋声由远渐近。

在一阵门锁的响声之后,两扇厚厚的门板又哐当哐当地响了一阵,敞开了!伴随着几道手电筒的光亮,四五个持枪的伪军出现在门口上。

走在尽前头的那个小子,肥头大耳,短脖子粗腰,肩膀上还驮着两块亮闪闪的板子,看样子是个伪军小头目儿。他先抽头探脑地用电棒子往屋里照了一遍,然后扯起他那破锣嗓子气势汹汹地嚎叫了一声:

"走!过堂去!"

"走!"

这个声音,是从全屋人的腹腔中同时发出来的。这吼声叫屋外天空中的沉雷一衬,更显得雄壮了。吼声未落,忽啦一声,除了用身子遮着墙洞的几个人以外,其余人一齐拥到屋门口上。

虽说"过堂如过鬼门关",可是英雄的宁安寨人却没有一个害怕的!他们大瞪着一双双的火眼,心中狂烧着仇恨的怒火,一面朝外拥挤着,一面相互争着说:

"我去!"

"我去!"

"我先去!"

"……"

也不知是谁,还提高嗓门儿嚷了这么一声:

"咱们一块儿去!"

敌人怎敢让这么多人一块儿去"过堂"呢?他们死命地拦住门

口,说:

"别争!别争!谁也拉不下!"

还有的伪军在说俏皮话儿:

"这是去过堂,不是去坐席!争啥?"

那个肩上扛着板子的大老肥说:

"太君有令——只去三个!"

"好!我算头一个!"

挤在前头的梁永生说了这么一句,迈步跨出门槛。

"我算第二个!"

"我算第三个!"

又有两个小伙子跟在永生的身后走出来。随后,咔嚓一声,牢房的门又锁上了。

他们仨,踏着庭院中的泥水,被伪军们押着进了后院儿,走入一条长廊。

长廊里,尽是不堪入目的惨景!梁头上吊着好几个人!有的人,手被反绑起来,那件被皮鞭抽烂了的褂子上,布满了一道道的血印;有的人,被拴住两个大拇指,高悬在屋梁上,腿腕子上还挂着两摞砖!……

除了这些正在受罪的人以外,长廊两边还摆着一些烧得正红的烙铁,灌辣椒水的台子,夹板,压杠,老虎凳,皮绳,竹针,铁火盘,手铐,脚镣,钉子板,等等,等等!

这些刑具,就像有生命的活物一样,仿佛正在张牙舞爪,注视着梁永生他们这三个新来的人!

敌人把这些玩意儿摆在这条进入"审讯室"前必须经过的走廊里,显然是想给被审讯的人先来个下马威!可是,它们对梁永生这样的人来说,所起的作用却是相反的——它不仅没能使梁永生等人产生一丝一毫的恐怖和畏惧的感觉,反而使他们那满腔的怒火燃烧得更旺,使他们更增加了对敌人的无比仇恨,更坚定了他们一定要打败日本帝国主义的决心!

梁永生对这些罪恶的刑具投去蔑视的一瞥,大摇大摆地走过去了。

长廊的尽头是"审讯室"。

梁永生他们被带进这间灯光灰暗的房子里。

歪歪鼻子石黑,对他的"审讯本领"十分自信。虽然过去每次审讯都使他头疼,但这次他仍要亲自审问这批"人质",显然是毫不奇怪的。现在,他像青面判官似的坐在审讯桌子后头的椅子上。肘子支着桌沿儿,手掌捂着前额,眯着眼,咧着嘴,好像又在头疼!

俗话说:仇人相见,分外眼红。

梁永生一见石黑那个熊相,仇恨、愤怒一齐涌上心头,火气立刻满了肚子。他真想一个箭步蹿上去,抡起拳头要那个老小子的狗命!可是,他不能那么干!因为牢房中还有几十名阶级弟兄,正在拼命挖墙洞,准备越狱,梁永生要来个大闹审讯室,显然是要影响他们的越狱计划的!

并且,梁永生打了石黑,鬼子还一定会在那些人的身上进行报复!

永生一想到狱中那些正在挖洞越狱的阶级弟兄,便立刻拿定了这样一个主意:在石黑"审讯"的过程中,我要尽量和他拖延时间,好让那些亲人们把洞挖通,安全脱险。这个念头,使永生极力忍住了心里的火气。他昂首挺胸站得溜直,紧紧地闭着嘴巴,眼睛一眨不眨地盯着正前方,在迎接着一场即将到来的"过堂"战斗。

过了好大一阵。

他只见那个杀人魔王石黑,像死里还阳似的撩起了下垂着的眼皮,将梁永生他们三个人逐个地上上下下打量一遍,又像老母猪似的吭了一声,然后指着其中的一个人恶声恶气儿地问道:

"你的八路的干活？"

那人摇摇头，爽朗地答道：

"不是！"

石黑指指另一个人，又问：

"他的八路的干活？"

那人再次摇摇头：

"不是！"

石黑的手指头又指向梁永生，仍问那个人：

"他的八路的干活？"

那人照例摇头道：

"不是！"

石黑照这样的问法，问完了这个又问那个，将那两个人都问了一遍以后，便轮到问梁永生了。也不知是因为什么，石黑对永生的问法与前两人稍有不同——他不是先问梁永生自己是不是八路，而是先指着永生身旁的一个人问道：

"他的八路的干活？"

梁永生早就分析到石黑有可能要来这一手儿，现在他胸有成竹地板着脸说：

"他不是八路。"

"他是啥？"

"老百姓。"

"你的担保？"

"我担保！"

石黑指指另一个人，又问：

"他的八路的干活？"

梁永生依然是板着面孔：

"他也不是八路。"

"他又是啥？"

"也是老百姓。"

"你也担保？"

"我也担保！"

石黑问到这里，脸色唰地黑下来。他指着永生，厉声叫道：

"这个的不是八路，那个的不是八路，你的一定是八路的干活了？"

他说着说着忽地站起身，一手拄着桌子边儿，一手指着永生，朝前倾着身子，以威吓的态势连声逼问着：

"你的说！快！快快说！……"

该怎么回答呢？

这个问题，永生是用不着考虑的！因为早在刚刚入狱的时候，他在想着越狱的办法的同时，就已经下定了这样的决心：一旦敌人"审讯"，我什么也不承认！

是的！在大场院里，他所以吼出一声"我就是八路"，那是为了用这句话来堵住敌人的枪口，好救下那上千号被围困的阶级弟兄。而今，他为什么还要再承认"我就是八路"呢？

当然，永生也曾想到，我硬不承认，石黑一定是要给我上刑的。可是在永生看来，敌人的刑罚，对一个革命者来说，它的作用只能是锻炼革命的意志！同时，还可以借此和敌人多纠缠一些时间，有利于那些正在挖墙越狱的人们逃出虎口，安全脱险……因此，永生摇了摇头，坦然而有力地回答石黑道：

"我不是八路。"

石黑又问：

"你的什么的干活？"

梁永生说：

"老百姓。"

"你的不是老百姓!"

石黑的一双尖眼珠子盯着永生张了几个跟头,又以非常肯定的口吻加重语气说:

"你的,八路干部大大的!"

梁永生听了,冷冷一笑,心中暗道:"石黑这个狗强盗,又用上他这套诡骗伎俩了!"因为永生早在进入这"审讯室"前,已经做过分析,现在又经过观察,便得出了结论:石黑是不认识我的!因此,他面对着石黑的发问,先仰天大笑了两声,又以轻蔑的口吻继而道:

"石黑先生!你的眼力真不怎么样啊!"

石黑一愣:

"你这是什么意思?"

永生反问道:

"你们成天价兴师动众,扯旗放炮,捉八路,逮八路,可你知道那八路净是些什么样的人吗?"

石黑拍打一阵眼皮:

"八路净些什么样的人?你的说!"

梁永生兴冲冲地说:

"干八路军的,都是些不怕死的英雄好汉!都是些决心抗战到底的爱国志士!而且他们坚信:中国人民的抗战必将胜利!侵略人的日本帝国主义必将完蛋!……"

永生越说越有力,石黑越听越生气。当永生说到"侵略人的日本帝国主义必将完蛋"时,内心恐怖的石黑不寒而栗地抖喽一下。这时的石黑,心里是又气又怕。他那两个黑乎乎的探着一小撮黄毛的歪歪鼻孔,在一张一合地直动弹。最后,他猛地拍一下桌子,打断了梁永生的话弦:

"住口!再要这样放肆,死了死了的!"

梁永生摆出一副昂首天外的姿态,眼里闪射着藐视的光波:

"我死了就死了,这倒满没关系!不过,石黑先生,我告诉你:中国人民的血是不会白流的!欠下血债的人,定要他用血来还!"

石黑理屈词穷、老羞成怒了。他忽地站起来,两腿叉开,提着拳头,恶狠狠地盯着永生愣了一阵,然后向他那些侍候在两旁的喽啰们一挥手臂,满脸黑风、口沫横飞地说:

"给他个厉害的尝尝!"

几个伪军将梁永生推出门外,来到长廊里,抡起了蘸水的皮鞭。

梁永生眼不闭,头不低,挺身而站:

"你们当心,今日给我厉害的,明日定会有人给你们更厉害的!"

伪军在永生的胳膊上抽打出一条血印子:

"你还嘴硬……"

可是,伪军打着打着,一眼瞅上了梁永生那高山傲视的神态,吓得身子像风前的小草似的,一抖一抖的。这当儿,伪军的心里,在悄悄地想着自己的心思……可是,敌人哪里知道,梁永生正在有意识地拖延时间,好让牢房里的阶级弟兄们把墙洞挖通,胜利越狱。

一个伪军小头目儿,龇牙咧嘴,又举起皮鞭:

"我倒要看看你的嘴有多硬……"

"八路军大刀队的拳头更硬——我不信你们就没尝过!"

咋能没尝过!你瞧,永生这一句,吓得伪军倒吸了一口凉气,那根已经举起来的鞭子,像根油条似的耷拉着,没有劲儿了!

过了一阵,受刑之后的梁永生,再次挺立在石黑的面前。

这时的梁永生,脸上滚动着怒涛,眼里喷发着仇恨的烈焰。

石黑望着永生的神色,心里更加恐怖起来。他极力镇静着自

己,再次逼问道:

"你是不是八路的干活?说!"

"惨无人道的家伙!"梁永生心里骂了一句。他那两只冒着怒火的眼里,喷射出两道刚毅不屈的光芒,把头一横,说道:

"不是!"

石黑暴跳如雷:

"你的不是哪一个是!"

梁永生把那顽强的火眼一瞪:

"不知道!"

"不知道"这三个字,就像三颗连发的炮弹,在石黑的耳边爆炸了!直震得石黑的耳膜嗡嗡作响,身子也抖动了一下。

石黑尽管狠毒、残暴,可他对于这宁死不屈的刚强汉子,又能有什么办法?固然,石黑一向是非常自信的,他认为软硬兼施总有一天是能够逼问出他所需要的口供的。可是,他这时已"明智"地认识到,现在自己是没有办法问出什么"口供"来了!于是,他只好无可奈何地暗自决定:明天另想别的办法,继续审讯。随后,他又向伪军们说:

"把他们押下去,统统地关起来!"

"是!"

伪军们像群应声虫似的应了一声,又转向梁永生他们三个人,喝道:

"走!"

那两位农民含着悲愤的热泪凑过来,要搀扶永生。

永生坚强地说:

"不用,我能走!"

他说着,一转身,甩开膀臂跨着大步,大摇大摆地走出了这道鬼门关。

他一边走着,一边在高兴地想:

"现在,墙洞可能早已挖通,那些阶级弟兄们也许已经胜利越狱了!"

谁知,当永生回到这座牢房时,人们还都在里边。永生正然惊疑,尤大哥凑过来了。他抱住永生,高兴地说:

"你可回来了!"

梁永生劈头问道:

"还没挖通?"

"早挖通了!"

"挖通啦?"

"对!"

"那你们咋还没走?"

"等着你们仨哩!"

梁永生听了这话,被阶级弟兄们的深情厚谊感动了。他镇静了一下儿,克制着感情说:

"事不宜迟,马上行动!"

话毕。他又和人们安排一下行动计划,越狱便既迅速又从容地开始了——他们这二十几号人,先一个接一个地钻出洞口,又清点一下人数儿,然后,梁永生让人们先在一边等着,他和小铁蛋、尤大哥三个人,悄悄地向后便门儿摸过去。

后门旁边的小岗楼里,亮着昏黄的灯光。

有个值岗的伪军,抱着大枪独坐灯前,正在做美梦。嘀!这是多么美好的天地呀——大叠的钞票,金色的勋章,还有升官的委任状……都摆在他的眼前!

这个伪军,正巧是刚才骂铁蛋的那个小子。梁永生悄悄地登上岗楼,猛地卡上了那伪军的脖子!他这一卡,那伪军的满脸笑纹唰地消逝了,那齁齁的鼾声也立刻停止了!这是因为,永生这一卡,使他离开了那神往的梦境,还使他,结束了这可耻的一生!

随后,梁永生拿起这个值岗伪军的大枪背在肩上,解下他的子弹袋扎在腰里,又随手拣起几颗手榴弹,便脚轻步快地下了岗楼。

永生来到岗楼门口时,负责把门的小铁蛋正在等着他。他将几颗手榴弹攥给铁蛋,继而用手势说:

"走!"

在梁永生收拾那个值岗伪军的当儿,尤大哥已经打开了小便门儿,并按照原订计划,将在后头等待的人们全都召集到门口近前来了。

永生又攥给尤大哥几颗手榴弹,低声命令道:

"你打头儿!"

"是!"

尤大哥低声应着,跨步出了便门儿。

永生又命令铁蛋:

"你断后!"

"是!"

就这样,他们这二十几号人,一个紧接一个地走出了那窄窄的便门儿——胜利越狱了!

最后离开据点的是小铁蛋。

不!铁蛋后头还有个梁永生。

他们安全地出了敌人的据点以后,在永生的指挥下,穿大街,越小巷,拐弯抹角,一阵疾走,很快来到了围墙根下。

这时,天色已近黎明。

启明星正在安静而迟缓地升起来。

每到这个时刻,敌人城门上、围墙上的岗哨,就都有些麻痹了。巡城哨也撤了。几年来,敌人摸到了这样一条规律——八路军和民兵们攻打据点,或者对据点采取什么突袭行动,大都是在入夜之后,而不是在黎明之前。一般说来,实际情况也确乎是这样。因为,若在黎明前后采取行动,不大一会儿天就明了,那对我们显然是不利的。

可是,敌人哪会想到今天竟有这么多人集体越狱呢?正是因为这个缘故,梁永生他们在翻越围墙时,并没碰上什么大的波折,便安全地脱险了。

曙光明媚。

晨风和煦。

梁永生带领着这伙越狱脱险的人群,正在悄然疾行,火速前进,敌人的大队人马拖着尘烟从背后追上来了!这时,梁永生朝后一望,只见敌人的追兵宛如成群的蝗虫一般,散乱一片漫野而来!

看样子,敌人仗凭他们人多势众,又量欺这些越狱者都手无寸铁,所以其来势是很凶的!

永生见此情景,心中在悄悄地想着对策。

铁蛋凑过来,向永生建议道:

"梁队长,咱们快跑吧!"

永生听了,心中暗想:"这么多人,又没武器,光硬跑怎么能行?不行又怎么办呢?……"他一面想着,一面观察着附近的地形地势。一霎儿,他在道沟里将人们召集起来,指着前面的一个岔道口儿,发布命令道:

"你们顺着那个岔道的左股道沟赶紧后撤!"

他在发布这个命令的当儿,又突然想道:"这些人都是宁安寨的,敌人要是追不上,会不会再到宁安寨去闹腾?"永生一念及此,又道:

"你们撤得越快越好,越远越好!只是别进宁安寨!"

有人问:"梁队长,你呐?"

梁永生笑着说:

"我牵着敌人游行去!"

人们被永生好说歹说劝走了。

可是,铁蛋仍然不肯走。他拿着手榴弹,凑到永生身边,说:

"梁队长!我帮你打掩护!"

永生对铁蛋这种勇敢精神很高兴。不过他想:"我们这么多人集体越狱,敌人一定急眼了!要再被他们逮回去,无论是谁,敌人也会下毒手的!"他想到这里,便立刻拿了个主意:"一定要用最小的代价,换取更多的人安全脱险。"于是,他向铁蛋说:

"把手榴弹给我几个。"

"干啥?"

"给我几个嘛!"

铁蛋照办了。

永生又说:

"铁蛋!你是民兵,要服从命令——走!"

梁永生这道命令,好像十万座大山一样有分量。它把铁蛋那股涌动的感情,一下子硬压下去了。铁蛋瞪着两只无可奈何的眼睛,望了望梁永生那十分严峻的面容,只好尾随在人群的后边,按照永生指定的路线撤去。

天放亮了。

平平展展的大平原,正在一会儿比一会儿地扩大着,伸延着。

梁永生趴在道沟沿儿上,望望越撤越远的人群,心里乐滋滋的。这时他想:"石黑呀石黑!你想再把这些人捉回你的监狱去吗?那比登天还难!……"

永生正然暗暗地想着,敌人越来越近了。

看来,敌人认为这些越狱逃走的人们,不仅是手无寸铁,而且是毫无斗志,是没有什么战斗力的,所以他们根本就没有提防会有人打阻击。他们像一窝蜂似的,忽忽啦啦地拥上来。

梁永生呢?

他虽只有一人,却是稳如泰山,正在静静地等待着追捕的敌人向他靠近。因为他知道,自己的子弹和手榴弹都是不多的,应当让它们最大限度地发挥作用。

过了一会儿。

敌人已经很近了。梁永生先打了两枪,又扔出一颗手榴弹,便顺着道沟向后撤退。

敌人见有埋伏,就找好地势,乱放起枪来。

过了一阵。他们见没动静,这才又追上来。

梁永生撤退到岔道口上,又连打了几枪,引着敌人顺着右股道沟追下来,使那越狱的阶级弟兄们,又一次脱险了。

可是,故意被敌人发现目标的梁永生,却被尾追的敌人紧紧纠缠住。怎么办?他打一阵,走一阵,牵着成群的敌人,在这辽阔的大平原上,以纵横交错的交通沟为线路,开始了又一次"武装大游行"!

他们游来游去,游来游去,游了好长时间,过了偏午,梁永生又被迫撤进宁安寨。

这是梁永生在一天之内二进宁安寨!

永生是被迫撤进宁安寨的。尽管是被迫,他在撤进宁安寨时,也有一些想法——他既想到了宁安寨的青壮年都没回村,他又想到了利用彻底熟悉村情的有利条件,力争穿村而过,借以甩开敌人……可是,没想到,敌人追得紧,上得猛,他进村以后,还没出村,敌人的大队人马,忽啦一声,又和昨天下午一样——将个宁安寨围了个风雨不透,水泄不通!

怎么办?

永生闪身扎进一所院落。

这所院落,东面有段矮墙。

当梁永生正要越墙离去时,忽然听见那边的院子里已经进去敌人了。而且,这时有个敌人,正在墙那边咋咋唬唬地喊叫:

"梁永生!梁永生!"

咦?怪!敌人怎么知道我是梁永生呢?永生正纳闷儿,又见敌人已堵上院门口,并有一颗冒着黄烟的手榴弹扔进院来,落在梁永生的脚跟底下!

手疾眼快的梁永生,猛一弹腿,将手榴弹踢向正往院里闯的那群敌人,并就劲儿腾身一跃,来了个箭步儿,嗖地窜进屋去!

轰!

永生刚进屋,院中那颗手榴弹响了!

这声巨响,直震得门窗乱动。顿时,庭院里就像突然下了一场大雾似的,从半空到地上,角角落落,全被黄尘黑烟塞满了。

冲进庭院的敌人,全都倒下去!

他们,有的是吓倒的,有的是炸倒的;有的呜呼哀哉了,有的嗷嚎嗷嚎地叫起来……

到这时,那位二进宁安寨又陷入重围的梁永生,他该怎么办呢?

一场更加艰苦的战斗,即将在这座院落里展开;一场更加严峻的考验,正向我们这位富有经验的老游击战士梁永生又一次猛扑过来……

第十二章　再返宁安寨

梁永生被围在屋里。

屋外响着阵阵枪声。

枪声惊扰不了梁永生。梁永生还在仔细地打量着屋里屋外的情景。他要在这里跟敌人决战了！

这是一所"四合院儿"。这个院落，是个粉坊。可是现在没人住。

四四方方的天井里，宽宽绰绰，空空荡荡。

天井的东南角上，也就是在东房和南房之间，有个走廊式的角门洞子。

永生看罢屋外又看屋里。

这是三间北屋。屋里，是"两明一暗"。在中间和西间之间，有道"隔墙"。隔墙门南，有个长方形的小孔洞，名叫"灯窑儿"。

"灯窑儿"，是放灯的地方。每到夜晚，把灯放在这里，一盏灯可以把里间屋和外间屋同时照亮。

这有隔墙的西里间里，靠着窗台盘了一条土炕。

这土炕是睡人的地方。

土炕的对面，靠着后山墙放着一张破桌子。桌子上面和桌子底下，摆放着粉坊里使用的各种家具。

在中间和东间之间，没垒隔墙，两间通连着。

在这两间屋里，靠西边安着一盘大水磨。冲门外有口大水缸。这水缸是过箩用的。为了过箩方便，把水缸的大半截埋在了地下。

屋门右边的门扇后头,紧靠隔墙盘了个锅台。

除此而外,就是散放在各个角落里的筛子、笸箩什么的一些零碎家什了。

总之,这座屋子里的一切,都是根据粉坊的特殊需要安排设计的。

现在,刚刚挖墙越狱的梁永生,为了掩护阶级弟兄们化险为夷安全脱身,他只身一人又被敌人围在这座粉坊里。

过去,梁永生和战友们在一起的时候,和人民群众在一起的时候,不论碰上什么样的敌情,也不论遇上多么大的风险,他总是浑身是胆,觉着就算天塌下来也没啥可怕的。今天,他独自个儿被敌人围困在这座屋里,情势迫使他离开了战友,离开了群众,但他也并不感到孤寂和空虚,反而有一种强烈得从未有过的欣慰的感觉,涌上他的心头。

这不仅是因为宁安寨的青壮年安全地甩开了敌人的追捕,而且,永生还意识到,这座屋子并不是与世隔绝的。现在,敌人虽然把我围在了这里,可是,他们却已陷入了人民群众的重围!如今,该有多少双眼睛盯着这座屋?何况,我们的战士和群众,又必然是正在各处打击着敌人哩!

永生一想到这里,就觉着他仍是和群众在一起,心里十分踏实,十分轻松。因为,他目下再也不用担心群众受连累,可以自由地和敌人拼杀了!何况他的手中还有一棵大枪呢?

当然,对梁永生来说,大枪,不如匣枪应手!可这总比赤手空拳好得多呀!因此,现在永生的想法是,只要武器在手,即使流血牺牲,也要战斗到底!

永生想到这里,便将大枪端在手中,仔仔细细地检查起来。谁知,他拉开枪栓一瞅,猛然吃了一惊:

"呀!枪膛里只有三粒火儿啊!"

随后,他又捏开了子弹袋子。

子弹袋子已经空空的了。

这时,外边的枪声,一阵阵地响着。在这枪声的间隙里,还夹杂着敌人的狼嗥鬼叫。

在这样的时刻,在这样的处境下,梁永生情不自禁地回想起了他那半生中的全部生活和斗争。他想到了云城街头,他想到了运河岸边,他想到了雒家庄上,他想到了药王庙中,他想到了走延安,更想到了救星共产党和领袖毛主席……这一切,使得梁永生用三粒子弹面对着数以百计的敌人胆不怯,气不馁,心不慌,从而更加充分地显露出了他那沉着、冷静的特点。

眼下,在梁永生那钢铁般的体魄里,充满了旺盛的生命力和顽强的意志力量。这些,又使他获得了难以令人置信的胆略和智慧。现在在梁永生看来,三粒子弹,虽不能算多,可也不能算少了!

于是,他猛一吃劲,嘎啦一声,将一颗子弹推上了枪膛。随后,两手紧紧握住枪杆,又用食指勾住扳机,昂首挺胸站在隔墙门里,严阵以待,等待着那些胆敢闯进屋来送死的敌人。

梁永生眼下一切杂念都彻底地消逝了,身上的勇气和力量已骤然增大到了前所未有的程度。他正将其全部精力贯注在杀敌上,又忽听屋外头枪声大作,房顶上喊声连天,继而便是一颗手榴弹飞落窗前。

轰!

手榴弹爆炸了!

浓烟四起,黄尘弥空,就像院子里突然下了一场大雾,天井的情景再也看不清楚!屋里,栖息在梁头上、墙壁上的灰尘,被这巨大的爆炸声一震动,争先恐后地张落下来。梁永生根本不注意这些。他一面注视着门口,准备对付随时可能窜进屋来的送死鬼,一面监听着外边的喊声、枪声和手榴弹的连续爆炸声,心里悄悄地推断着可能发生的情况。

不过,他一不还言,二不还枪,只是心中在想:"让敌人多消耗些子弹吧!"是啊!如今的梁永生,只有一个人,三粒火儿,与这么多的敌人对阵相持,显然他自己是不能随便放枪的!

再说敌人。

他们放了一阵枪,扔了一阵手榴弹,见屋里始终没有动静,便将枪声停下了。敌人原来的打算是,千方百计引着梁永生开枪还击,待他的子弹打光了,好进屋去抓活的。可是,他们现在见永生并不还枪,便趴在南屋的房顶上对着北屋嚎叫起来:

"姓梁的!投降吧!"

梁永生不吱声。

"姓梁的!投降吧!"

梁永生还是不吱声。

敌人将这句屁话也不知重复了多少遍,而且是嗓门儿一遍更比一遍高。

不过,不管他们怎么叫唤,梁永生由始至终不吭一声。

敌人八成是急了!他们将一颗小甜瓜式的日本手榴弹从门口扔进屋来。

手榴弹在外间屋里爆炸了。

随后又是一颗。

又爆炸了。

顿时,屋里烟雾滚滚,尘土飞扬,强烈的火药味儿直钻鼻子,呛得梁永生总想咳嗽。可是,永生为了不让敌人判断出屋里的真实情况,就极力抑制住自己,没有咳嗽出声来。

这时候,这座变成了烟雾世界的屋子,就像正在起火似的,一股股的黄烟,可着门口窗口往外冒着。

过了一会儿。

南房顶上的敌人,又朝着这北屋喊叫起来:

"姓梁的!投降不投降?快说实话吧!"

梁永生呢?还是老办法——不做声。

接着,又听敌人嚷道:

"姓梁的!你再不投降,可别怪我们来厉害的啦!"

他们还有个屁厉害的?管它哩!永生依然没答腔。

这当儿,仿佛听见外头有个家伙在说:

"咦?怪呀!怎么就是不答声儿哩?是不是已经叫手榴弹炸死了?"

又听另一个家伙接着那个的下音儿说:

"对!八成儿是这么回事儿!"

"你、你们俩,进、进去看看!"

这是白眼狼的声音。

永生一听,心里乐了。

为啥?因为他不还枪不吭声的目的,就是为了诱敌深入——闯进屋来。梁永生的想法是:一来,敌我人数悬殊,只有把他们引进屋来,才能让这少得可怜的子弹充分发挥其作用;二来,梁永生已明确地意识到,他自己有子弹少的短处,但又有不怕死和会武术的长处,只有和敌人在屋里拼杀才是最有利的。除开这两点,梁永生还有个打算,就是把敌人引进屋以后,好想个法儿从敌人手里夺取枪支和子弹,用来武装自己。

现在,他一听白眼狼派两个敌人进屋,他的目的要达到了,他怎能不高兴呢?于是,他提起精神,又擦了擦被呛得正在流泪的眼睛,便全神贯注地盯住了屋门口。

不大一会儿。

有两个伪军,真的朝这北屋的门口闯过来了。

这俩送死鬼,一个在前头,一个在后头。

前头这个,是个大兵。他两手端着一支大鼻子捷克式步枪,枪筒上还安着一把闪光的刺刀。不过,这种武器,拿在他的手中,并不给人一种威武的感觉。这主要是因为他那像个柳叶似的小脸儿,如今已吓得比秋后的柳叶还要黄!

后头那个,看来是个伪军的小头头儿。他猫弓着腰,龟缩着脖子,将身子藏在那个伪军的脊梁后头。这个小子一手推着前头那个不肯前进的伪军,一手提溜着一支三把二十四响匣子枪。看这个贼眉鼠眼的家伙的态势,就像他觉着这个屋门口如同老虎口一样可怕,随时都有可能把他生吞下去。只见他一边推搡着前头那个伪军,蹑手蹑脚地向北屋走着,一边抽头探脑地东张西望左顾右盼,简直像只避猫鼠!

外间屋里硝烟弥漫。

梁永生早已作好了准备。

当这两个送死鬼慌慌张张闯进屋以后,只听嘎勾儿一声响,从灯窑儿里射出一枪。那个拿匣枪的伪军官儿,应声倒在地上。那个端大枪的伪军,一听见枪响,就知梁永生并没有死,立刻吓没了真魂。

他回头就往屋外跑。

谁知,这个慌忙外逃的伪军刚一迈步,被那个四脚拉叉躺在屋门口上的伪军尸体绊倒了。当他昏头涨脑地爬起来的时候,梁永生已把第二粒火儿推上了膛。这时节,只要是梁永生的二拇手指一动弹,这个伪军的小命儿也就上西天了!

不过,永生并没开枪。

因为他想:"眼时下,一粒火儿太宝贵了,用它打死一个已经吓破了胆的小玩意儿,实在怪可惜的!"

正在这个节骨眼上,趴在南房顶上的白眼狼,朝着想往外跑的这个伪军喊道:

"你、你往外跑,我、我枪毙你!"

丧魂落魄的伪军一听这话,又嗖地窜回屋来。

他进屋后,一步蹿上锅台。将他那乱打哆嗦的身子,紧紧地贴在隔子墙上,又把枪口伸向隔墙的门口,光打抖喽不再动了。

这一阵,梁永生那两条怒冲冲的视线,透过窗棂的空间,在南屋的房脊上搜寻着。他要寻找那个正在房上指挥的汉奸白眼狼。可是,他瞅了老半天,只是听见白眼狼在叫唤,却望不见那个老杂种的影子。

突然,永生正望着望着,就听见背后隔墙上的"通天框"嘚嘚地响了几下儿。他猛一回头儿,只见有个雪亮的刺刀尖儿,贴着"通天框"已露出了二寸多长。

八成是因为那个端枪人正在打哆嗦的缘故吧?那个刺刀尖儿正然一阵阵地颤动着,并且时而磕在"通天框"上,发出嘚嘚的响声。

梁永生看清情况后,不由得心中笑道:

"胆小鬼儿!"

于是,他不慌不忙地从灯窑儿里伸出一只手去,将二拇指头挺直,猛地顶住了那个伪军的脊梁,并以命令的口气喝道:

"别动!"

那个伪军,浑身猛一收缩,打了个冷战。梁永生又紧接着命令他说:

"放下武器!饶你活命!"

那伪军以为是枪口挂在了他的脊梁上,吓得浑身的冷汗流成了河,哪里还敢动一动呢?于是,便乖乖地把枪扔在地上,举起双手,哭声丧韵地央求道:

"我投降!我投降!饶命啊!……"

梁永生把手抽回来。又命令道:

"进来！"

"是！"

伪军哆哆嗦嗦走进里间屋。

他进屋后，一面用一双失神的直眼盯着梁永生，一面用口舌哽结的鼻音央求着：

"长官，不，同志，饶，饶我一条活命吧，我是被抓来的呀！……"

梁永生让他蹲下，随后自己也跳下炕来，蹲在炕根底下，又向伪军说：

"饶你可以……"

"谢谢！"

"可你要老实儿地听我的命令！"

"一定听！"

梁永生朝屋门口一指，说：

"你去把那支匣枪拿过来！"

伪军点头应道："行！"

永生又指着屋门口上那个伪军的尸体说：

"连他身上的子弹袋子也要解下来！"

"行！"

"去吧！"

"是！"

伪军来到屋门口，拿起匣枪，又解下子弹袋子，扭头一望，只见梁永生正端着大枪冲着他，便老老实实地又朝屋里走回来。

正在这个当儿，南房顶上响了一阵排子枪。

一颗颗的子弹，从伪军的身边吱溜吱溜地擦过去，有的钻进地去，有的打在墙上，还有一颗子弹擦伤了伪军的胳膊。

鲜血突突地流出来。

那伪军一见血,身子一抖,摔倒地上。

梁永生匍匐着身子,来到外间,拾起匣枪和子弹袋,又把吓傻了的伪军拖进里间。

永生使用匣枪已经使熟了。所以方才总觉着大枪不顺手。现在,他得了这支二十四响的匣子枪,不仅枪的成色比他几年来使用的那支还好,而且子弹袋里的子弹又装得满满的,这一下子就像猛虎添了翅膀一般,他的心里高兴极了。

再说那个伪军。

他望着自己受了伤的胳膊,又痛,又怕,又气,又恨,不由得咬牙切齿地骂起来:

"白眼狼那个老杂种!"

梁永生抓下罩在头上的羊肚子手巾,一边给伪军包扎伤口,一边教育他说:

"以后,别替他们卖命啦!啊?"

那伪军见梁永生待人挺和善,还替他包扎伤口,一点也不像石黑、白眼狼说的那样,人一当上八路就"六亲不认",伪军落在八路手里"有死无活"。于是,他就试探着说:

"你真好!我一辈子也忘不了你的恩惠……"

梁永生严肃地纠正他说:

"不!你这个说法不对!"

伪军迷惑不解地问:

"咋不对哩?你待我好,我不应当感谢吗?"

梁永生说:

"我没啥值得你感谢的。你要感谢的话,就感谢共产党和八路军吧——我是按照我党、我军的俘虏政策来对待你的。"

伪军点点头。又说:

"不管咋说,反正是庄乡爷们儿……"

庄乡爷们是啥意思？原来这个伪军不是别人,他是宁安寨老中农田金玉的儿子田宝宝。

田宝宝在当伪军之前,一直在外地念书。梁永生呢？离开宁安寨去闯关东了。他回到宁安寨后,没站住脚,又奔了延安去。因此,永生只是听人说过,田金玉有个儿子,叫田宝宝。后来也知道田宝宝当了伪军。可是一直没有见过面儿。所以,直到今天,永生并不认识这个田宝宝。

永生虽不认识田宝宝,可田宝宝却明确地知道,给他包扎伤口的这位八路军,就是那位大刀队队长梁永生。

他是怎么知道的呢？

因为他在闯进这座屋子之前,听到石黑、白眼狼以及大大小小的伪军头目们都在吆呼：

"今天围住的这个八路,是大刀队队长梁永生,一定要想法活捉住他！活捉住他！"

而且,他被俘以后,一见梁永生的面,也大体上认出来了。这是因为,梁永生他们夜袭柴胡店的那天夜里,田宝宝不是被捆绑起来放在门后头了吗？那时,他的嘴虽然被堵住了,可是眼睛并没被捂起来。在当时,梁永生虽没去注意田宝宝,可是田宝宝,却就着时隐时现的星光,把梁永生的形象大体看清了。

可是,在他俩刚见面时,田宝宝虽然认出了梁永生,却并没敢对永生说出自己是谁。因为,石黑、白眼狼常说,"八路六亲不认"。他虽不完全相信,可又不完全不信,所以没敢攀乡亲关系。况且,田宝宝还曾听爹说过,梁永生为借粮来到过他家门口,田宝宝他爹怕永生还不起没有借给他。为这件事,田金玉还曾嘱咐过儿子：

"过去咱没借给梁永生粮食,他八成会恨着咱的；如今你和他又在两面上混事,可得处处留点神呀！"

田宝宝对他爹这些话,过去是深信不疑的。可是今天,他被他们自己人打伤以后,梁永生又对他这么好,使他很感动,所以这才开始试探着和永生攀攀乡亲。可是,他刚说了个半截话儿,梁永生的注意力,却忽地飞到房顶上去了。

原来是,房顶上的苇帘子,突然发出一阵咔嚓咔嚓的响声。

永生定神一望,又转念一想,立刻明白了:这显然是,那些黔驴技穷的敌人,派其喽啰来闯屋没有成功,现在又派人来挑房顶了!一念及此,永生又想:"要是让敌人把房顶挑开一个大窟窿,再从窟窿里扔下手榴弹来,那可就糟了!"

梁永生想到这里,把匣枪往腰里一插,将大枪背在肩上,又将田宝宝那支步枪端在手里,然后朝外间的水磨一甩头,对田宝宝说:

"你先到那个磨北面去藏一藏吧!"

他见田宝宝不解其意,又用枪指着房顶说:

"你听! 他们要挑房顶扔手榴弹了!"

田宝宝终于领悟了永生的意思,照令而行,躲到外间的水磨北面去了。

梁永生不声不响地监视着房顶。

房顶上的响声,正在越来越大,越来越大。

过了一阵。

又过了一阵。

铁锨铲苇帘子的声音都听得清清楚楚了。这时节,永生听着,瞅着,心中暗自分析着:"听这响声,房土已被挑开了,现在正用铁锨铲房顶上的铺材!"他想到此,便从容不迫地把手中的大枪朝上一举,瞄准了正在咔嚓咔嚓乱响的地方,一勾扳机,砰的一枪。

这枪声一响,只听见房顶上吭噔一声,就像有个什么沉重的东西从半天空中落到房顶上一样,震得房顶颤动了一阵,有些檩梁上的灰尘,纷纷飘落下来。

此后,那铲苇帘子的声音,再也没有了。

这显然是,那个撅着屁股挑房顶的家伙,被梁永生这一枪给放倒了。

不大一会儿,那边的苇帘子又响起来。

早已顶上火儿等着的梁永生,等敌人把房土挑开后,又给了他一枪。这一枪,和那一枪一样,房顶上又是吭噔一声,苇帘子又不响了!

梁永生隔着苇帘子一连撂倒两个以后,敌人只好把挑房顶的把戏收起来。可是,屋外的枪声,还在紧一阵慢一阵、稀一阵密一阵地响着。这时,按照梁永生的分析,敌人这个闹腾劲儿,看来有两种意图:一是,他们正在想尽一切办法,逼迫永生投降;二是,尽量引着永生还枪,等永生的子弹打光了,他们好闯进屋来抓活的。永生根据这样的判断,便暗自决定:我来个将计就计,跟敌人消磨时间,等天黑下来以后,再想法子突围。于是,他又招了招手,把外间屋的那个伪军又叫过来。他俩一同蹲在炕根底下。永生问那伪军:

"你今年多大岁数啦?"

"二十三岁。"

"你叫个啥名字?"

"田宝宝。"

"田宝宝?"

"嗯喃。"

这时,梁永生对田宝宝发生了兴趣。他的兴趣,并非源于"田宝宝"这个名字起得怪有意思,而是"田宝宝"这个名字使永生打开一条新的思路——他想起了田金玉那个当伪军的儿子。可他又想:"同名同姓的人多着呢,这个田宝宝是不是就是田金玉的儿子呢?"于是,他又接着问下去:

"你是哪村人？"

"宁安寨人。"

"你爹可叫田金玉？"

"对！"

到此，梁永生算把这个田宝宝核对实了。随后，他口吻一变又问：

"你认识我不？"

"认识。"

"我是谁？"

"梁永生。"

"你见过我？"

"见过！"

"在哪里？"

"柴胡店！"

"啥时候？"

"你领着八路军夜袭柴胡店的那天夜里……"

这时，田宝宝将他被捆绑起来放在门后的过程简单地说了一下。在他陈述这件事的过程中，屋外的敌人又喊叫又打枪，还是闹得挺凶，吓得个田宝宝几次把话停下来。

永生朝窗户甩一下头，向田宝宝说：

"不管他！说下去——"

最后，田宝宝又接上这样一段话：

"从那，我虽侥幸没死在狼羔子手里，可是却无缘无故地受上气了——白眼狼三天两头儿威胁我，不许我吐露狼羔子枪杀伪军的真情；阙七荣就三六九儿地审讯我，要我证明狼羔子是八路的内应；另外，石黑也暗地里逼问过我好几回，要我告诉他事情的真情实况……后来，咱不知是谁的主意，也不知为了什么，把我从柴胡店调到水泊洼来了!"

这一阵,梁永生一面听着田宝宝的叙述,一面听着屋外的动静。

忽见杨翠花身上带着血迹,出现在南房顶上,两个敌人押着她。这个完全出乎永生意外的新情况,使得他的心中猛然一震:"翠花被捕了……"

继而,永生又见,而今的杨翠花,在那高高的南房顶上,昂首而立,正在冲着北屋的窗口高声喊道:

"永生!我相信你一定会:宁做烈士,也战斗到底!"

翠花这肺腑之言,带着感人的音韵,带着动人的力量,冲进那战斗的北屋,撞击着永生的耳鼓,震动着永生的心弦。

梁永生,在这样的时刻,在这样的处境中,得到了翠花的鼓励,了解了翠花的愿望,心里有说不出的高兴!他为自己有这样的妻子而感到自豪,感到骄傲!他为自己的妻子能在这样的时刻说出这样的话来,而兴奋,而激动!因为,翠花这短短的一句话,使得永生心潮翻滚,热血沸腾;这短短的一句话,还使他力量加倍,勇气倍增!这时的梁永生,是多么想说几句话来回答他的妻子啊!可是,尽管他的心里有千言万语,万语千言,嘴里,却是连一句话也说不出来!

正在这时,又听翠花大声疾呼道:

"永生!该开枪就开枪,不要顾我!……"

翠花为啥这样疾呼?永生完全理解翠花的想法:因她已落入魔掌,敌人要把她作为人质引诱永生,企图迫使永生放下武器;现在,翠花这么一喊,就用不着永生再去考虑了!可是杨翠花这句话还没有落地,倒吓得敌人急忙把翠花拉下房去,只怕永生开枪要了他们的小命!敌人的阴谋诡计又破产了。

接着,从窗口里射进一排密集的子弹。敌人又在南房顶上开枪了,子弹打在北山墙上。到这时,直打得那北山墙坑套坑,洞连洞,好像核桃皮一样了。梁永生见田宝宝有些惊慌,问他说:"怎么?害怕啦?"

田宝宝点点头:"有一点儿!"

"来,你瞅着——"永生道,"我教训教训他们!"

他说着,一甩腕子,朝着南房顶上砰砰两枪。伴随着这两声枪响,那南房顶上的敌人中,一个吭噔一声倒下了,另一个发出一声惨叫后,骨骨碌碌地跌下房去!这一来,那南房上的枪声立刻停下了。你想啊,尽管那南房顶上的敌人并没死净,可是,那些还活着的怕死鬼们,一见梁永生的枪法这么准,都吓成了王八吃西瓜——滚的滚,爬的爬,光是顾命了,还有谁顾得上探头放枪呢?

梁永生所以打这两枪,一来是为了教训南房顶上那些扬风扎毛的敌人,二来是给田宝宝壮壮胆,也是向他表示:不许他心怀二意,轻举妄动。除此而外,永生还想用这两枪向石黑表明:"尽管我的妻子落入你的魔掌,可我梁永生和你们拼到底的决心,并没有一丝一毫的动摇!"他还想用这两枪回答他的妻子:"翠花啊!你的话说得对,说得好!我一定那样做,也一定做得到!"

落入敌人魔掌的杨翠花,将会出现什么情况?这个问题,永生想过没有?没有!因为他完全相信自己的妻子,能够经受住这次考验。而且,永生还满怀信心地认为:翠花在经受这次严峻的考验之后,必将更加坚强起来!那么,梁永生现在心里在想什么呢?他还和原先一样——我一定想法突出去,也一定能突出去!他在这样的念头支配下,将那还在冒烟儿的匣枪往腰里一插,又随随和和、沉沉静静地问田宝宝:

"你们这次来了多少人?"

这一阵,被梁永生那百发百中的枪法惊呆了的田宝宝,一直在盯着个永生出神。永生这一问,他像才从梦中醒来似的,慌忙答道：

"准数儿闹不清！我光知道，柴胡店据点上，来了一百多人。"

"别的据点上呢？"

"听说，黄家镇据点上来人了，来了多少闹不清，只知道是乔光祖亲自带队来的；水泊洼据点上，是疤癞四带队来的，来了二十多人。"田宝宝说，"另外，据说还有'扫荡队'的一些人哩！"

"你估摸估摸，总共有多少？"

"咱连个边儿也摸不着，没处估摸去！"

"连个大荒数儿也估摸不出来？"

"要说荒数儿——"田宝宝拍打着眼皮想了一阵儿，"喔！怎么也有好几百！"

"这些人都在宁安寨？"

"对！全在宁安寨。"田宝宝说，"梁队长，你是没看见，石黑为了你一个人，把这宁安寨都垛成兵山啦！"

"他们怎么知道这个被围住的八路就是我呢？"

田宝宝摇摇头说："闹不清他们是怎么知道的！"

梁永生又问："为了我一个人，他们为啥调来这么多兵？"

"我刚才不是说过吗——为了逮着你呗！"田宝宝说，"咱听人说，长期以来，石黑因为捉不到你，又羞又怒；这一回，他已经下了决心：非要活捉住梁永生不可！听说石黑还将今天的情况报了他的上司荻村。荻村也命令他一定要捉活的！因为这个，他们把守得很严……"

"他们把守得怎么个严法？"

"先说这个院子吧！房顶上，角门上，还有院子的周遭儿，各处都有人！"田宝宝说，"再说这条胡同。三步一岗，五步一哨，还有来来回回巡逻的。胡同口的两头儿，都架起了重机枪……"

"噢！村边上呢？"

"村边上,大大小小的路口,全都布上岗哨封锁住了!"田宝宝说着说着加上了议论,"梁队长,叫我看,你的枪法虽好,武艺也高,可是,好虎架不住群狼多呀!他们的人,实在是太多了!你要想突围,恐怕是,恐怕是,唉,难呀!"

梁永生这个人,脾气就是这样怪——有时候,他一讲就是一大串;有时候,却又一句话也不讲,光听别人说。只有当别人的话弦断了的时候,他才肯插上一句,引着人家再说下去。

今天,他和田宝宝的谈话,又是这样——他对田宝宝叙述的情况,发表的议论,一律不加可否。有时候,拿起一根草棍儿,在手里折来折去;有时候,向田宝宝笑笑,又追问下去:

"柴胡店据点上的人,在什么地方布防?"

"在村子的北面。"

"南面儿是哪一部分?"

"是黄家镇据点上的人。"

"东面呢?"

"是水泊洼据点上的人。"

"西面呢?"

"是那些'扫荡队'!"

梁永生和田宝宝一问一答地说着,同时他将一半精力悄悄地用在了监听外面的动静上。这一阵,屋外比较平静。永生想:"方才那一阵,他们在翠花身上下了毒手,想让翠花劝降;眼下这一阵,敌人又在搞什么鬼名堂?……"梁永生尽管耳朵在听,心里在想,可是,从他的表面看来,好像他的神情非常专一,只是在和田宝宝谈话,别的,啥也没听,啥也没看,啥也没想。

过了一会儿。梁永生还在和田宝宝谈着,忽听院子里有人喊叫:

"走!"

继而又是一声:

"快!"

这声音是很低很低的。可语调又是急促的,粗野的,生硬的。在这粗野的声音后头,又听有人说:

"你光催不是白搭!我是上了年纪的人了,腿脚不给做主啦!……"

这个说话的人,听嗓音是个老头子。可是,他的声腔却特别高,仿佛是故意让藏在屋里的人听见似的。

这两种声音,一高一低,形成了明显的对照。

梁永生听了一阵,觉着那个高声说话的老年人的声音很耳熟,心中猛然一惊:"咦?这是谁呢?……哦!这不是魏大叔吗?他来干啥哩?"

这些念头,在一眨眼的工夫,就从梁永生的头脑中闪过去了。并且,就在这同时,他腾地站起身来,透过窗棂朝外一望,只见魏大叔果然出现在庭院中。

又见,在魏大叔的身后,还有两个穿便衣的人:

一个是尤大哥;

另一个是田金玉。

在他们的身子后头,还有几个穿着伪军装的家伙。他们都一手提着枪,一手推着群众,正然朝这北屋门口闯过来!

梁永生一见这种情景,心里豁然明白了:这是狡猾的敌人想钻共产党、八路军的空子,用和八路军有着血肉关系的人民群众做"挡箭牌",他们好就势冲进屋来!

面对着这种局面,应当怎么办?

这可真把个梁永生难住了:

开枪吗?不行啊——那会伤害走在前头的群众!不开枪?也不行——敌人很快就会闯进屋来了!因此,这个从来不爱着急的梁永生,如今却着起急来了!他,恨不能一下子想出个好办法来,可是,越急越觉着没有好办法!

时间,在不停地流逝着。

敌人,在迅速地靠近着。

永生,越来越焦急了。

精明的魏大叔,可能早已替永生想到了这步棋。他一面佯装出害怕的样子,一步挪不了四指地跬步前进着,一面在和伪军说着,其实是说给梁永生听:

"你们光推着俺们就挨不上枪子儿了吗?枪子不是光能从前面打,人家要是从上往下打哩?……"

伪军猛搡了魏大叔一把:

"快走!"

另一个伪军喝道:

"少说废话!"

魏大叔装作耳聋没听清,又一次重复着:

"枪子儿,是能从上往下打的呀!那一年,闹土匪,我藏在门扇后头……"

魏大叔这些卯不对榫的话,一下子提醒了梁永生。

永生一个箭步蹿上锅台,昂首挺胸站在了门扇后头。

魏大叔他们迈步进了屋门口,一下子站住了。不管敌人怎么推搡,魏大叔和尤大哥说啥也不走了。他俩挺身一站,把他们身后的伪军全都挡在了屋门口上。这时候,魏大叔和尤大哥的心情是一样的——他们要用自己的身子,把身后的敌人挡在门外,宁可自己一死,也决不让狗杂种们闯进屋去伤害梁永生!

在这时,对那些眼看就要大功告成、请功受赏的敌人来说,当然是万分焦急的。焦急怎么办呢?两个伪军正在又推又搡,白眼狼在南房顶上嚷道:

"开、开枪!"

伪军把枪一端,真要下毒手了!

正在这时,挺立在门扇后头的梁永生,突然从门扇上头伸出了匣枪,一搂扳机,当!当!一连响了两枪!

这两枪,使那两个要下毒手的伪军倒下去,永远趴在地上啃黄土了!

其余的几个伪军,都将屁股一掉,抱头鼠窜了!

与此同时,魏大叔,尤大哥,忽啦一声跑进里间。

田金玉也跟着跑进来。

他一见他那宝宝,又惊又喜,便一头扑上去,抱住他的儿子,淌着悲喜交加的泪水说:

"我那宝宝哟!你还活着呀?阿弥陀佛!谢天谢地!"

梁永生跳下锅台,手提着匣枪也走进里间屋来。让大家都隐在炕根下。他瞅瞅魏大叔,望望尤大哥,有许许多多念头,从他的脑际闪过。另外,还有一股激动的感情,正在梁永生的胸口上涌流着。

可是,梁永生还没来得及说话,只见那个田金玉,把他的儿子一扔,扑到永生的面前,连连央求道:

"梁老弟,你知道,我就是只有这么一个宝宝儿子。咱人不亲土亲。你看在咱是老庄乡哥们儿的面上,可得给我留下这条根呀!要不价,俺田家的祖坟前头,可就绝后啦!……"

听田金玉这话,仿佛梁永生马上就要枪毙他的宝宝似的。这时的梁永生,面对着一面说一面扑簌簌扑簌簌滚着眼泪的田金玉,觉着心里好笑。可是,当他正要解释几句时,那田金玉没等他张口又开了腔:

"大兄弟,过去的事,千错万错全是我的错!你宰相肚子能撑船,可千万别往心上搁呀!"

田金玉说完这些话,还觉不放心,这又扯起他那三绺稀落的灰色胡子,摆出一副可怜的苦相,继而道:

"大兄弟,你瞧!你傻大哥这大的年纪了,要是你那侄子宝宝他,有了三长两短,谁给我养老送终啊?……"

田金玉正不顾别人地没完没了地说着,田宝宝在一旁打断了他爹的话弦开了腔:

"爹!梁队长对我很好。他……"

田金玉又打断了儿子的话说:

"不,不,不能叫梁队长!要叫梁大叔!"

他缓了口气,又以教训的口气向田宝宝说:

"要知道,咱和你梁大叔,是老乡亲,老街坊,老哥们儿。俗话说:'远亲不如近邻,近邻不如对门。'叫大叔比叫队长近乎得多呀!……"

他说着说着,又突然转向永生:

"大兄弟呀,咱宝宝这孩子不懂事,你不看僧面看佛面,全看在你傻哥我的脸上,可千万别怪他呀……"

在这样紧急的时刻,在这样危险的境地,梁永生和魏大叔、尤大哥他们,该有多少要紧的话要说?该有多少重要的事儿要做?可是,这个田金玉,别的全不想,更是全不管,他那肉肉头头的大脑袋里,只有他的儿子。眼下,对他来说,儿子就是他的心,儿子就是他的命,只要能保住他的儿子,别的,都是无关轻重的。

可是,别人谁肯跟他纠缠这些事?

特别是魏大叔,气得脸都发白了!

说起来,魏大叔瞧不惯田金玉这号德行,已经不是一天两天了。早在日本鬼子刚进县城的时候,有人劝田金玉躲一躲,可田金玉不躲。他说:

"外国人进中国,主要是照着官家干,与咱老百姓有啥相干?"

当时,魏大叔顶他说:

"八国联军进北京的时候,那些外国鬼子们是怎么干的呀?……你忘啦?我没忘!那时节,光绪和慈禧他们,全跑到西安去了!鬼子们进了京城,又烧又抢,大火着了七天七夜……"

他俩争执一番,田金玉那种鬼子侵略中国与百姓无关的说法,终于被魏大叔顶回去了。今天,魏大叔正要把田金玉这些闲言淡语顶回去,可是话头却被尤大哥拦住了。原来是,尤大哥见梁永生面对着絮絮叨叨的田金玉,面有急容,便冲着田金玉嚷了一句:

"别咧咧这些废话!"

尤大哥拦腰这一杠子,把田金玉的话头儿给揳回去了!梁永生苦笑了一下儿,就劲儿开了腔。他问尤大哥:

"你们是怎么落到敌人手里的呢?"

魏大叔抢先说:

"俺们仨,三种情况——"

梁永生觉着很有意思:

"哟!还挺复杂呀!"

魏大叔又接着说:

"我,是被狗杂种们抓住了,硬被他们逼着进来的!"

永生"噢"了一声。

魏大叔又指着尤大哥说:

"他,是'自投罗网',混进来的!"

梁永生对尤大哥"自投罗网"感到惊奇,正想问什么,还没开口,魏大叔又指指田金玉,以轻蔑的口气说:

"人家他,是来看他的宝宝儿子的!"

大叔在说这话的时候,由于气愤,满脸充血,变得火红。等魏大叔说完后,梁永生问尤大哥说:

"尤大哥,你真是'自投罗网'的吗?"

尤大哥笑了：

"这不假！"

梁永生又问：

"有事？"

"有事。"

"啥事？"

"你听我说呀！"尤大哥说，"我们越狱的那些人，听说你被围困在这里，全都急坏了！要不是我泼死泼活地拦着，人们非要来跟敌人拼命不可！我好说歹说把人们说服以后，就决定去找大刀队的同志们，让他们来宁安寨给你解围……"

"找到没有？"

"我们仨一伙，俩一帮，分头跑了半晌，终于找到了他们。"尤大哥说，"他们当即研究一下，决定马上行动，来给你解围。梁志勇还让我们分头送信，召集了八个村的民兵，配合大刀队一齐行动……"

"他们现在哪里？"

"哪里都有。"尤大哥说，"在这宁安寨的四周，全埋伏好了！"他缓了口气又说，"要是依着同志们，早就发起总攻打进村子来了！可是，志勇说啥也不同意。为这事，他还和几个同志吵了一阵呢！当时志勇说："

"'队长有令——不许轻举妄动！'

"有人反驳说：'队长的命令，是根据昨天那个场景下的！今天不是昨天……'

"志勇又说：'今天就该轻举妄动？何况现在我们一点情况都不了解，为了营救一个人，让这么多人去拼命，那不是瞎胡闹？我坚决不能同意！'

"可是，他说着说着，眼里的泪水滚下来！我知道，人们也全知道,志勇听说爹只身一人被围在这里,围兵又竟达几百人之多,当然是凶多吉少,心里怎能不难过?又怎能不着急呢?"尤大哥变换成称赞的口吻说,"可是,志勇这孩子,可真是好样儿的。他不论自己的心里多么难过,多么着急,可他始终不答应猛冲硬干!当黄二愣急得要领着一伙人单独行动时,志勇把桌子一拍,厉声道:

"'二愣!你给我站住!'

"二愣站住了。志勇又道:

"'不许自由行动!这是命令!'……"

尤大哥说到这里,梁永生插问一句:

"最后怎么样了?"

"最后,志勇决定,先让我混进村来,打探情况,然后,再根据情况决定怎么个干法。"尤大哥说,"可巧,我混进村以后,正赶上敌人抓人当'挡箭牌',我想:'只有见到你,才能把各种情况摸到实底儿。要不,我们外头和你里头怎么紧密配合起来一起行动呢?'于是,我就想了个'自投罗网'的法儿,故意让敌人抓住了。这不,终于混进来了……"

尤大哥一气说了这么多。

这一阵,梁永生除了听,便是问,一直不说啥。后来,尤大哥把话说结了,并单刀直入地问永生道:

"咱下一步棋该怎么走哇?"

到了这时,梁永生还是没拿主张,而是继续问尤大哥:

"外头,敌人的情况怎么样?"

尤大哥又把敌人的情况说了一遍。

魏大叔还作了一些补充。

梁永生听了他俩谈的这些情况,又和田宝宝方才谈的那些情况联系起来想了一阵,接着问道:

"你们看,咱下一步棋该怎么走哩?"

屋里沉默起来。

永生见人们不好插嘴，又另起话题问道：

"你们看敌人那个劲儿，他下一步棋要怎么走？"

他这么一问，人们的话就多了。头一个开腔的是魏大叔。他气冲冲地说：

"叫我看，敌人要下毒手！"

"怎么下毒手？"

"放火烧房呗！"

田金玉也答话了。他变脸失色地说：

"对啦！他们把一大垛柴禾都准备下了。方才，他们正到各家各户去搜翻煤油哩！……"

他说着说着转了话题：

"大兄弟，你反正是出不去的了，我求求你，你当行行好，把咱宝宝放出去吧？"

他一面观察着梁永生的神情，一面继续说下去：

"俗话说：'胳膊折了总得袖子盖'。你把你侄子放出去，也好叫他到他的上司那里去给你讲个人情呀！他翠花婶子，还在人家的手里受刑！你要是放了宝宝，他翠花婶子也许能被放出来……"

田金玉一面说着，一面揣猜着梁永生的心理。当他说到这里时，又突然来上这么一句：

"大兄弟，你甭不放心！你放了宝宝，不还有你傻大哥我在这里吗？"

在田金玉说话的当儿，外边的枪声猛地停下了。

这是怎么一回事儿哩？梁永生正然暗自琢磨着，忽听白眼狼在南房顶上嚷道：

"梁、梁队长！请、请听我贾永贵奉劝几句：现、现在，你、你已经陷入我们的重围；你、你的妻子，又、又被我们捉住！你、你是个久经世故的精明人,面对这种局面,应、应当有个自知之明——你、你既无吃的,又、又无救兵,这样抵、抵抗下去,会、会落个什么结局呢?难道你就、就不该为你的妻子想一想吗?"

他咳嗽了一阵,又说:

"梁、梁队长!我、我作为你的老街坊,对、对你当前这种山穷水尽的绝境,是、是深表同情的!古、古人道:'亲不亲一乡人'嘛!因、因此,我、我有一言相谏:你、你只要缴出枪来,向、向皇军投降,我、我可以保你高官得做,骏马得骑!还、还可以保你的妻子安然无恙,马上释放!"

他说到这里提高了嗓门儿:

"梁、梁队长!如、如果我贾永贵说话不算话,我、我不是娘养的!"

到此,白眼狼的狗臭屁算放完了。

梁永生听了白眼狼这些屁话,心里犹如火上浇油,怒气升腾起来。他话在心里说:"方才,你们又是闯屋,又是挑房,又是逼着翠花'劝降'……那一套花招儿全失败了,现在,又耍开了这套鬼花狐!……"永生想了一阵儿,便亮开了他那洪亮的嗓门儿,带着轻蔑的口气开了腔:

"白眼狼!你也太不自量了!我先问问你——你可知道我们八路军是干什么的吗?"

白眼狼没有答腔。

梁永生增添上冷嘲热讽的语气又说下去:

"我们八路军,是抗日的队伍!我们的敌手,是日本鬼子!你是什么东西?你只不过是日本鬼子的一条走狗,有什么资格跟我来说三道四?你们要是真有什么屁要放的话,就把你的主子石黑'请'出来吧!"

梁永生这一套话,直骂得个白眼狼脸赛猴腚,他再也张不开嘴

了。南房顶上,沉寂下来。过了一会儿,白眼狼的主子石黑,真的说话了:

"梁永生的听着!你是大大的好汉!你是中国人的大大的英雄!我石黑,久仰阁下的大名,对阁下大大的佩服!"

他先给永生上了一阵刷子,又说:

"我们大日本,是文明国度,对你这样的人物,大大的喜欢!阁下只要愿意,我们可以诚心诚意地合作,实行中日亲善,共荣共存!请阁下放心,我们决不埋没你的才能,保证大大的重用,大大的重用!"

待石黑话毕,梁永生为了消磨时间,按压住火气说:

"你们要是有什么'诚心诚意',那倒好办……"

石黑一听,高兴极了,忙插言道:

"阁下大大的明智!大大的明智!"

梁永生没理石黑的插话,接着他方才的话茬儿又说下去:

"不过,我有个条件——"

"好的好的!"石黑说,"条件嘛,可以商量,可以商量!你的说说看——"

"要说倒很简单——"梁永生说,"条件就是:你们向我们投降!"

石黑沉默了片刻,先冷笑两声,又佯装并不介意地说道:

"梁队长!鄙人素闻阁下是个很有风趣的人。今日一谈,果然名不虚传!现在,请阁下不要逗趣了!就让我们进行实质性的……"

石黑说到这里,话弦被梁永生打断了:

"谁跟你逗趣?石黑先生,请你想一想,你们是侵略者,是强盗,要不向我们投降,怎么能谈得上'诚心诚意'?我们之间,哪里又有什么'合作'可言呢?"

石黑听了梁永生这些话,心里当然十分生气。可是,这个老奸巨猾的家伙,却依然是佯装不察,又用惋惜的口吻说:

"哎呀!梁队长!我们的诚意,你不理解,鄙人甚为遗憾。不过,我们大日本帝国,是个文明国家,是十分注重人道的。今天,我们虽然围住了你,也捉住了你的妻子,可是,我们的士兵,也有的做了你的俘虏!鉴于这种情况,我们从人道主义出发,愿意向阁下提出这样的建议:你,把我们的人放出来;我们,释放你的妻子,并把你也放走。这样,两不相伤,和平解决,你看好不好?"

田金玉一听石黑这话,觉着来活门了。他那皱纹纵横的面孔,立刻泛出一脸喜气,并急忙凑到永生近前,劝说道:

"大兄弟,人家日本人说的这个办法满好哇!你就应下他,把宝宝放了吧?要不价,不光你出不去,他翠花婶子的命也难保呀!……"

梁永生没有理睬田金玉。

他朝着窗口向石黑说道:

"石黑先生!你说的什么?你们把我放走?好大的口气呀!我们共产党人,我们八路军的战士,从来是把被你们日本法西斯放走看作最大的耻辱!……"

永生特别把"放"字加重了语气。

像狐狸一样狡猾的石黑,表面上仍不着急。目下,在石黑看来,梁永生已是笼中之鸟,就算计着他扑棱,他也是跑不了的。于是,他又向梁永生说:

"梁队长!阁下是非常重视名誉的人,不愿落个被放出去的名声,这我完全谅解。那么,咱再这样商量一下你看怎么样——只要你把我们的人放出来,我们马上撤退,让你自己安全地走开,你看怎么样?"

田金玉见缝插针,他又插话道:

"我说大兄弟,这就更好了,我看你赶快答应他吧!要不,咱屋里这些人可就都完啦!……"

"永生,孬人肚里疙瘩多,你可别上当呀!叫我看,你要把宝宝放出去,敌人就要放火烧房子了!"

这话是魏大叔说的。

梁永生那颗心,不论在什么情况下,总是按照它那既定的规律跳动,半点也不会变,在这个方面魏大叔是完全放心的。可是,放心归放心,在魏大叔的心目中,年近四旬的梁永生,仍然是个孩子,在一些事情上,还是需要当老人的给他掌眼的。因此,他才拦腰打断了田金玉的话,插上这么一句来提醒永生。

梁永生点点头。

尤大哥又接言道:

"魏大叔说得对!看来敌人耍的八成就是这么个把戏。石黑来这一手儿,大概是为了摆出一副'爱兵爱将'的假象儿,好用这一套来笼络伪军们的心,使伪军以后更加为他卖命……"

在这个时候的田金玉,怕只怕梁永生被他俩说转了主意。因此,他接着尤大哥的话音儿又说:

"哪能那样哩!像人家石黑那么大的官儿,还能说话不算话?再说,真要有那一章,我田金玉就跟他拼老命!要不,弄得俺们爷儿俩,不是个瓠子不是个瓜,人往哪里站?脸往哪里搁?……"

其实,田金玉的担心是多余的。

因为根本就不存在梁永生被说转了的问题。

石黑耍的这套鬼花狐,梁永生比魏大叔和尤大哥看得还要透彻。在永生看来,石黑这个花招儿,包含着两个阴谋:

一是,像尤大哥的看法那样,石黑怕的是在伪军们有目共睹之下,把田宝宝烧在里边会影响到伪军们对他的忠诚,今后再没人给他卖命了,所以才耍了这么一套房檐谈判要求释放田宝宝的鬼把戏；

二是，他用了衡量他自己的尺度来衡量一个共产党人，完全错误地估计了梁永生，妄想用软硬兼施的手法儿诱骗梁永生投降，以达到他用武力所达不到的目的。

梁永生在暗自分析了石黑的恶毒用心之后，倒想来个顺水推舟，利用这个时机，将田宝宝释放，也好顺便把魏大叔和尤大哥他们带出去。

永生的具体算盘是：

不放田宝宝，魏大叔和尤大哥就出不去。他们出不去，不光是势必受连累，还没有办法和大刀队取上联系。更糟糕的是，要是大刀队和民兵们见尤大哥老不回去，一急之下耍了老粗儿，来个强攻硬打，那可就损失大了！至于田宝宝和田金玉，梁永生觉着留下他们没用处，倒不如放出他们去还有些好处。

那么，他们会不会对永生出坏心呢？

这一层，梁永生也考虑过了。他认为那是不大可能的。因为田家父子不会不知道，他们要那么办了，不用说大刀队会收拾他们，就是宁安寨街上的群众，也是不会轻饶他们的！

梁永生正暗自盘算着，一直没插嘴的田宝宝也说话了。他向梁永生说：

"梁队长，不，梁大叔，你要放我出去，需要我做些什么的话，就只管说；我就算豁上这条命，也要把你交给我的差事办妥。要不，我对不起你刚才开导我的一片心意！再说，我要是做出恩将仇报的事来，我跑了和尚能跑了寺吗？"

田金玉也就势帮腔道：

"那是！当庄不向外来的，谁能胳膊肘子往外扭？再说，我也有一颗四两重的人心啊！人嘛，还能昧良心？俺爷儿俩又不傻不茶的，还能压着泰山不知重，顶着鹅毛不觉轻？更不会搬块石头砸自己的脚呀！……"

田金玉话还没说结,石黑又在外边催促道:

"梁队长!你的主意拿好了没有?"

梁永生心里说:"好狡猾毒辣的狗强盗啊!"可他就着石黑的话音却答腔道:

"石黑先生!你说话果真兑现吗?"

石黑当即答道:

"我石黑历来把信用看得比生命还重要。梁队长,由于我们长期以来处于敌对状态,我这话你可能信不着,那我就按照你们贵国的风俗习惯,向你盟个誓吧——我要是说话不算话,天打五雷轰!"

他说罢,又跟问一句:

"梁队长,怎么样?这该行了吧?"

梁永生向田家父子说:

"你们先到外间水磨后头去!"

田家父子走后,永生又向魏大叔、尤大哥悄声说:

"一会儿,我放田宝宝的时候,你俩也随在他后头跟出去……"

魏大叔有些不解地说:

"真放他吗?永生,'一着看错,全盘皆输',这步棋你……"

梁永生顾不得多解释,只是说:

"魏大叔,你老人家只管放心,咱不会上敌人的当!你出去以后,告诉同志们,告诉乡亲们,让他们也都只管放心!"

"好!"魏大叔说,"我就怕你叫人家赚了!"

梁永生笑笑说:

"这方面大叔也放心吧——他们赚不了我!"

尤大哥插嘴说:

"永生和白眼狼斗了几十年了,再加上走南闯北地跑过好多地界儿,经历的事儿是不少的,他是不会叫敌人赚了的!"

梁永生摇摇头,解释说:

"我说敌人赚不了我,倒不是因为这个。主要是,党教育我好几年了,我和石黑也斗了好几年了,所以说已经不是从前的梁永生了,是不会轻易被他们赚了的!"

尤大哥有些焦急地说:

"永生,你快说说——让大刀队和民兵们怎么援救你?我回去好向志勇他们传话呀!"

他说罢,用一双期待的目光盯着梁永生。看样子,他准备去做永生让他去做的任何事情。

梁永生腆起脸,朝窗一望,看了看天色,而后,悄声说道:

"现在,太阳快下山了。我准备等天色完全黑下来以后,就着夜幕影身设法突围!尤大哥,你出去以后,要想尽一切办法,争取和志勇他们取上联系,告诉他们:在天黑以后,先在村西打一下,然后就赶紧转移……"

"好吧!"

"你还要告诉他们,让他们随机应变,相机行事,得打便打,不得打便走。就是打,也要猛打一阵,打了就走,万万不能恋战。因为,敌我力量对比,悬殊太大,决不允许感情用事,招致损失!"

永生说到这里,又以严峻的神色说:

"这是我的命令!你要如实地向他们传达!"

"是!"

尤大哥在梁永生严峻的神色、语气的极力感染下,也自觉不自觉地打破了平素和永生说话的常规,郑重其事地应了一声"是"。尤大哥这种在永生面前从未有过的神态,闹得个永生倒不好意思起来。他情不自禁地笑了笑,紧紧握住了尤大哥的手,语重心长地嘱咐说:

"大哥,如今敌人到处布岗设哨,你出村去和大刀队取联系,是十分危险的,也是相当困难的,可要多多留神,处处小心呀!"

尤大哥斩钉截铁地说:

"老梁,放心吧!只要我死不了,你的命令,就一定能传达到大刀队!"

魏大叔接言道:

"永生,不要紧!他万一出了事儿,不还有我吗?我出了事儿,还有咱宁安寨那么多的人哩……"

他们仨又喊喊喳喳说了一阵,永生便将田金玉和田宝宝叫了过来。

永生向田宝宝说:

"宝宝,你愿意出去吗?"

田宝宝忽闪着一双迷惑不解的眼睛,在思考着梁永生这句话的意思。田金玉代子答道:

"当然愿意……"

梁永生没让田金玉继续说下去,又道:

"现在,我就放你们爷儿俩出去!"

田金玉一听,喜出望外,心里高兴得就像一出门拾了个大元宝似的。他忙说:

"还是老庄乡嘛!俺爷儿俩,一辈子忘不了大兄弟的大恩大德!"

他说着说着,猛捅了他宝宝一把,又用责备的语气向儿子说:

"瞧你这个不懂事儿的孩子,咋光瞪着个傻眼儿?还不赶紧谢谢你大叔!"

田宝宝遵父命向梁永生道:

"谢谢大叔!谢谢大叔!"

田金玉还觉不够,又道:

"快给你大叔磕头!"

田宝宝望着永生的面容,犹豫着。

田金玉着起急来,伸出手要搋儿子的脑袋。

永生拨开田金玉的手说:

"来那一套有什么用?"

他又转向田宝宝说:

"你出去后,要向石黑、白眼狼他们讲,就说我梁永生腿上受了伤,子弹也不多了!……"

田宝宝以为梁永生在考验他,忙说:

"不,不,我又不是没颗人心……"

梁永生非常严肃地说:

"宝宝啊,道理我不和你多讲了。你今后要不当铁心汉奸,就照我说的这么说。你要是不这么说,你要知道,今后我们是不会轻饶你的!"

田金玉见梁永生脸上挂了色,眼里含着火,他有点慌了神,便忙向儿子说:

"你大叔叫你咋说就咋说呗,别发犟!"

田宝宝也赶紧改口说:

"行,我一定照大叔说的说!"

他们要走了。

魏大叔和尤大哥在临行之前,都把眼睛盯在梁永生的脸上,溜溜地停留着,仿佛他俩正把永生的模样深深地刻在自己的心里。因为他们知道,梁永生处在这样的环境中,什么样的事情都是可能发生的。

后来,他俩终于把心一横,含着热泪告别了永生,随在田宝宝的身后,和田金玉一起,走出了这座被敌军围困着的粉坊。

田宝宝一出屋门口,就向房顶上的伪军们嚷道:

"弟兄们!我是田宝宝!不要打枪!"

他嚷了一遍又一遍。一遍接一遍地嚷着,走着。

刚才,梁永生为啥让田宝宝说他受了伤呢?他是想以此来勾起敌人想"捉活的"的欲望,引诱他们再组织几次向屋里的冲杀。

这又是为了啥?

第一,这么一来,可以更多地杀伤敌人,取得更大的战果;

第二,眼下天还不大黑,永生不能突围,这样还可以拖延敌人放火烧房的时间,等天一黑下来,他好就着夜色设法突围。

敌人的算盘,向来是靠我们替他拨动的。

田宝宝出去以后,石黑果然又连续组织了几次冲杀。其结果,还像方才的几次冲杀一样,每次都是留下了一些尸体和枪支、弹药,以彻底失败而告终了!

天色眼看就要黑下来。

老羞成怒的石黑,急眉火眼,又向永生喊话了:

"姓梁的,你说痛快话吧——缴枪不缴枪?"

梁永生以嘲笑的口吻说:

"真是天大的笑话儿!我们八路军的枪,是打日本鬼子的!你想想,怎么能把它缴给你这个日本鬼子呢?"

石黑又道:

"你要不听劝,那可就别怪我不客气了!"

梁永生道:

"你什么时候对我们'客气'过?你们这些法西斯匪徒们,什么惨无人道的事都能干出来,是永远不会对我们'客气'的!石黑!我告诉你:我作为一个共产党员,作为一个抗日战士,要是期望你这个帝国主义分子对我'客气',那是最大的耻辱,也是对我们伟大祖国的背叛!"

到了这时,气急败坏的石黑,对迫降、诱降、捉活的都绝望了!他像只发疯的野兽一样,哇哇地嚎叫起来:

"动手!"

继而又是一声:

"快点!"

随后,一捆捆的秫秸,隔着墙头扔进院来。

一个又一个的秫秸捆,相互撞击着,发出一片乱嘈嘈的响声。

伴随着这秫秸捆一齐而来的,还有一股强烈的煤油气味儿。这显然是秫秸上已经喷洒上了煤油。梁永生见此情景,心中暗自想道:"石黑终于拿出了他这个最后的绝招儿——他们要放火了!"

怎么办?梁永生一面琢磨着突围的办法,一面警惕地监视着天井里的动静。

天井里,横三竖四的秫秸捆,已经摞了半人深。

看样子,敌人还嫌不够,一捆接一捆的秫秸,还在继续不停地往里扔着。

这些秫秸捆,由于是隔着墙头扔过来的,所以都横的横,竖的竖,歪的歪,斜的斜,乱七八糟! 有的,这头倚着墙壁,那头戳在了地上;有的,这一捆南北着,那一捆东西着,两捆排成了一个"十"字形。

在秫秸捆与捆之间,缝道挺多,空隙不小。

梁永生望着,想着,想着,望着,觉着头脑中忽地一闪,一个美妙的念头油然而生:

"咦! 我从这秫秸捆下头钻出去……"

他又反复想了好几遍,觉着这个办法能行。于是,他将匣枪往腰里一插,就要出去。可是,他来到屋门后头,偷偷向院中一瞅,又想:"哎呀! 不行! 屋门口处秫秸太少了! 我要是从秫秸捆底下一钻,上边的秫秸捆万一滚动了,那不就被压房顶的敌人发觉了吗? 这再怎么办哩?"

梁永生在屋门后头想了一阵,又暗自决定:"等敌人把秫秸扔完,再见机行事。"他刚这样决定下来,忽而转念又想:"不行啊! 等敌人把秫秸扔完了,就没有这喊吱咔嚓的响声了。到那时,我从秫秸空里一钻,秫秸一响,不是更容易被敌人发觉吗?……"

梁永生正然细致而周到地琢磨着脱身的办法,忽听南房顶上有人在喊:

"靠、靠屋门扔! 把、把屋门堵起来!"

这公鸭嗓子加上结巴嘴,显然就是白眼狼了。

看来白眼狼正在房顶上亲自指挥,由此可见他对这件事是非常重视的。这个老杂种生怕烧不死梁永生,还喝令他的喽啰们用秫秸把门口堵起来,多歹毒啊!

屋门口上的秫秸骤然多起来了。

一个压一个的秫秸捆,将屋门口屯住了多半截。

这时又听石黑说:

"好的好的! 大大的好! 梁永生插翅难逃了! 一点火,房子会马上着起来,梁永生就要和房子一块儿上西天了!"

随后,是一阵狗咬驴叫般的狂笑。

就在石黑、白眼狼这对蠢种笨蛋洋洋得意的当儿,梁永生已悄悄地离开北屋,钻进秫秸空里去了。

社会生活中,一项计划的实行,大概都是这样——在实行的具体过程中所碰到的实际困难,往往要比事先预想到的多得多。当永生钻进秫秸空去以后,才发现秫秸捆之间的空隙,并不是从屋门口一直畅通无阻地通向院门口!

因此,他想通过秫秸的空隙奔向院门口的想法遇上了障碍!

怎么办呢?

他原先想将秫秸捆拨动一下,可是,拨不动。因为上边压的秫秸捆太多了! 于是,他只好按照各个秫秸捆之间现有的空隙,拐着弯儿地向院门口靠近着。

有时候,他钻了一阵,前边成了"死喉头"——不光是往前去已无路可通,就是想往左右两边拐弯儿,再也找不着能挤过人去的空隙了!

咋办?

只好从原路窝回,另找空隙,再往前钻。

就这样,他一次次地失败,一次次地重钻,一直不灰心。他想:"天大的困难,难不住共产党员。一个革命者的决心,能抵住十万个困难。现在,国家正需要我,人民正需要我,我一定要钻出去,也一定能胜利突围!"梁永生在这种强烈意志的鼓舞下,以无比的决心和毅力跟困难顽强地斗争着,斗争着!

崇高的目的能产生无穷的精力。

好一个顽强不屈的梁永生啊!他,这儿不通再从那儿钻,底层不通再从中层钻,钻到"绝路"上就窝回来再重钻,钻呀钻,钻呀钻,一次一次又一次,一次一次又一次,终于排除了重重障碍,闯过了道道难关,带着通身大汗钻到了院门口的附近。

梁永生停下来。

他透过秫秸捆的空隙,朝角门儿那边一望,只见,那两扇门板一扇开着一扇掩着;门口外头,有两个端着大枪的伪军,全像捆卖不了的秫秸的地直呆呆地竖在那里。

永生想:"在这种情况下,我要硬钻出去,显然是不行的!谁知门口两边还有多少敌人呀?"于是,他只好停在那里,不动了。他这时的主意是:"如今,天色还没黑透,不能莽干硬冲!等天色彻底黑下来以后,我瞅个空子猛地钻出去,来个冷不防,先将敌人的门岗干掉,而后再往村边冲杀!"

梁永生这边正悄悄地盘算着,石黑在那边又嚷咆开了:

"点火!"

"是!"

一瞬间，满院的秫秸捆，呼呼地燃烧起来。

噼噼啪啪！

噼噼啪啪！

被火烧着的秫秸，一阵阵地响着。

一股股的浓烟，夹带着无数颗火星，腾上高空！

这冲天而起的火光，烟柱，惊动了埋伏在宁安寨四周的战士们，民兵们。他们望着愈升愈高的火光，望着越来越粗的烟柱，每个人的心里都像乱箭穿刺一样难受！有的人，因迟迟不见梁志勇发出攻击的信号儿，竟急得抽抽搭搭地哭起来！

这火云笼罩、烟柱冲天的情景，虽然把远远望见的人们都急坏了，可是，就趴在这个火堆底下的梁永生，却一点也没有着急。他，还和往常一样，越到危急时刻，越是更加镇静。现在，他正悄悄地琢磨着对策，从容地等待着时机。

火势越来越大了。

满院子的秫秸捆，自上而下一层层地燃烧着。

趴在秫秸捆最底层的梁永生，觉着囫囵个儿的身子就像钻进了烧开锅的蒸笼一样，有一种高温暴热正在燎烤着他那汗津津的脊梁，闹得他的嗓子眼儿里干得冒烟，一阵阵地热辣辣地发痛！舌头黏在嘴里，已转动不灵，因为口腔的唾液早就耗干了！两只豁豁亮亮的大眼睛，如今被浓烟呛得也正在流泪！

梁永生用手背抹一把罩住了瞳孔的泪水，扭着脖子朝上一望，只见自己的身子上头，烟雾滚滚，火光冲天，成了一片火海！又见身子上头那一层又一层的秫秸捆，眼下大都已经烧着，有的早已火化成灰了！

尚未燃着的，只剩下紧贴着他的这一层秫秸了！

这时，永生觉着，浑身的血液都被浓重的烟熏气撺得冲到头上来，使他感到一阵阵的晕眩。

但是,他的神志是十分清醒的——这儿,已经不能久呆!如今,已不容许再有什么犹豫了。于是,他聚集起全身的力气,瞅了个一股浓烟扑向院门口的时机,用力一扛身边的秫秸捆,脚一蹬地,猛地从秫秸空里蹿出来,顺着那股浓烟一头扎进角门洞里。

梁永生进了角门洞,将身子隐蔽在那扇半掩着的门板后头,又透过门板的缝隙就着火光朝外一望,只见那两个站岗的伪军还在那儿,只是比刚才离这门口略远了一些。

这时,仇恨的怒火,好似这满院的大火一样,在梁永生的心中燃烧着。只见,他从腰里抽出了匣枪。

他真想搂一下扳机把这两个丧门鬼干掉,就劲儿冲出院去,跟敌人拼杀一场!可是,他一转念,又否定了自己的想法:"不行啊!现在抗战还没有胜利,革命更远没成功,我是一个共产党员,党还有许多工作需要我去做,我不能随便牺牲自己的生命,必须想法胜利突围!"他还想道:今天,如果我能在这种情况下挫败石黑,胜利突围,不仅是今后我还能为党、为人民做点事情,更重要的是,这将给敌人的心理上一个重大打击,对瓦解敌军斗志,壮大我军声威,鼓舞群众情绪,都将起到一定的作用。

永生想到这些,斗志更加旺盛了。

就在这样的时刻,村西突然响起密集的枪声。

在那枪声中,还夹杂着此起彼落的喊杀声:

"同志们!冲啊!"

"杀呀!"

枪声、喊声混在一起,声威甚大,就像有千军万马的大部队要冲进村来似的。当然,永生心里明白:这是尤大哥已把话传到,策应他突围的大刀队和民兵同志们已经打响了!

在这一刹那间,梁永生的头脑中想了很多。

首先,久经战阵的梁永生,显然可以想象到,同志们为了打乱敌人的包围圈儿,正在奋不顾身地进行猛烈冲杀,这是多么英勇呀!同时,他当然还可以意识到,当同志们望见村中这浓烟滚滚、火光冲天的情景时,他们的心情是何等的焦急,沉重!

永生一想到这些,身上涌起一股狂潮般的力量,勇气也成十倍、百倍地增加着。他那胜利突围的信心更足了,决心也更大了。

这时,这突如其来的枪声、喊声,闹得敌人全都晕头转向。围着这个宅子的敌人,都惊慌失措地乱了营。压房顶的那些家伙们,也全瞪起直眼朝西张望起来。那两个被烟雾熏得离门口越来越远的门岗,这时已经不大注意这个门口了,正在向从他们身边跑过的伪军打听消息。

永生觉着突围的时机已经到了,便利用烟雾影身悄悄地离开了这座门洞,在烟雾弥漫的胡同里贴着墙根向北走去。

出了这条南北胡同,是一条东西后街。

后街上和这胡同里一样,灰土飞扬,烟雾迷茫,天空中的星光月色都看不见了,只听见那边吵吵嚷嚷,一片人声。

这是哪里来的人声呢?

原来是,那些撤出村外的群众,一见村中起了火光,就知是石黑、白眼狼对梁永生下了毒手,便不顾生死地冲进村来了!

当永生走近这条胡同的北口时,只见几百号人已将石黑和白眼狼团团围住。在这两个家伙的周遭儿,站着一圈儿敌人的士兵。他们全端着上了刺刀的大枪,和群众那一双双的拳头对峙着。

这时候,村中的大火烧得更旺了。火光映着群众那一张张愤怒的面孔。有的人正在气冲冲地怒斥敌人:

"你们惨无人道!凭啥烧老百姓的房子?"

有的群众则破口大骂:

"你们这些畜牲!不会有好下场!"

还有的人说：

"你们烧死了我们的梁队长，我跟你这些杂种们拼了！"

白眼狼在众目睽睽之下颤抖着身子，挥动着手枪，正暴跳如雷：

"起、起哄的杀头！闹、闹事的枪毙！杀、杀头！枪、枪毙！……"

石黑，也被这些豁出命去的群众吓得面无人色了。可是，他还故作镇静，强装着笑脸，假眉三道地说：

"你们不要发火。你们的不明白。我的来跟你们作解释：八路的大大的不好！你们统统是大大的良民！你们不要受共产党的欺骗宣传！……"

魏大叔越听越火，领着人们呼起口号来：

"打倒日本帝国主义！"

"石黑是杀人魔王！"

"白眼狼是刽子手！"

"为梁队长报仇！"

"……"

梁永生望着这种情景，有一股感动而振奋的感情，随着人们的声音流进他的心里，使得他那浑身的血液全沸腾起来了！有一股无比强大的力量，正在他的身上扩张着。由于这种力量的灌注，他面前的敌人就算比现在再多十倍，他也完全可以抵得住！革命征途中再艰险的局面，他也能够冲破！

这时，永生见石黑正要朝着魏大叔开枪，便将手中的匣枪一举，瞄着石黑的脑袋射去！

大家知道，梁永生的枪法，是百发百中的。只要他的枪声一响，石黑就准得完蛋了吧？

没有！

为什么？

因为在梁永生正扣扳机的当儿,突然有个群众的脑袋晃动一下,永生的手腕子一歪,只打中了石黑的耳朵!

石黑发出一声惨叫。

敌人慌作一团。

梁永生本想就着这个机会干掉几个敌人,可是没有法子下手了。因为敌人和群众都混杂在一起。于是,他趁这混乱的当儿,一溜飞跑,朝向村子的东北角儿奔驰而去!

梁永生已经跑出二三百米了。

在他背后,突然响起了乓乓乓乓的枪声,还夹杂着咚咚咚的脚步声。永生回头一望,原来是一大帮敌人忽忽啦啦地追上来了!

永生暗想:"要任凭这帮敌人这么猛追,我是走不脱的!怎么办呢?"他灵机一闪,拐弯儿钻进了一条胡同,尔后,把身子一闪,在一个黑旮旯儿里隐蔽起来。

尾追的敌人只有四五十米了。

梁永生一甩匣枪打了一梭子,并大声喊道:

"同志们!冲啊!"

他用匣枪一扫,又这么一喊,敌人全蒙了。他们,除了死伤的以外,全都原路窝回,抱头鼠窜了!

从这以后,又反扑回来的敌人,全像瞎子探路似的试试探探地前进,再也不敢不管盆子罐子地一路傻追了。可是,与此同时,梁永生却加快了步伐,以革命军人特有的矫健和敏捷,继续朝村子的东北角儿奔过去!

村东北角来到了。

永生先找了个蔽身之处,然后朝村东北角的桥口处打了两枪,又继而喊道:

"同志们!冲啊!"

接着,一阵稠密的枪声,从对面打过来。

永生仔细一听,从对面射过来的子弹,大都刺溜刺溜地从高空飞过去了。他不由得心中暗道:"守桥的伪军八成是水泊洼据点上的人,看来坊子茶馆那一课起作用了!"于是,他飞起双腿,一直向桥口扑过去。

在战斗中,梁永生向来有这样一种看法:无论在任何情况之下,我们都不能轻信敌人;要使敌人真正听话,必须得先用武力镇住他们,在精神上压倒他们!他基于这种认识,现在一面飞跑飞颠,还一面抡起胳臂挥动着匣枪高声大喊:

"我们八路军来了!愿意活着的闪开!"

守桥的伪军们,见梁永生跑得像支箭头,又见他舞动着匣枪,都吓得身子一抖,仓皇后撤着,无形中给飞步而来的梁永生闪出一条通道。

再说梁永生。

这时在他的身上,血液的狂潮在奔流,生命的烈焰在燃烧,英雄的意志使他振奋,意志的力量又使得他格外精明,格外勇猛。仿佛,他将十年的生命力,全集中到这一秒钟来使用了!

你看他,跑着,喊着,喊着,跑着,一溜风烟来到桥头上。桥口那边不很远的地方,便是一条道沟。梁永生纵身一跃,亚赛出膛的子弹、离弦的箭头一般,嗖的一声,扎落进道沟里去了。

在他的身后,带起了一股清风。

梁永生进入道沟后,并没有马上跑开。他趴在道沟的崖坡上,先朝村里打了几枪,然后高声喊道:

"伪军士兵们!请你们告诉石黑和白眼狼:我梁永生告辞了!咱们后会有期。再见吧!"

他说罢,爬起身,顺着道沟朝前跑去。

永生刚跑出不远,敌人的大队人马就兜着屁股追上来了。这时候,他只听见背后枪声大作,喊声连天,又见尘土飞扬,大皆地暗,把那本来就不太明亮的月光,遮得更加灰暗了!

永生不还枪,还是往前跑。

可是,由于他一连几顿没吃饭了,身上又有刑伤,再加两个昼夜没合眼,身子实在太疲乏了!因此,尽管他用上了全身的力气一路飞跑,背后的追兵还是越来越近。

梁永生已跑出二里多路了。

这时,背后的追兵,离他已经很近。

怎么办?和敌人拼了?继续跑下去?一个又一个的念头,在他的脑海里闪出来。可是,一个一个地又被他自己否定了。就在这样的节骨眼上,永生的脑子里灵机一闪,产生了一个新的念头。于是,他收住脚步,一闪身,蹲在了道沟边上的一个土坑里。

这个土坑,是在夏季被雨水冲开的,俗名叫做"浪窝"。

这个"浪窝"的面积很小很小,梁永生两臂交叉抱着肩膀刚刚蹲下去。

永生蹲在这里干啥?是听天由命碰时气吗?不!他的手里仍然紧紧握着那支匣子枪,时刻都在准备战斗!

追兵来到了。

他们没有发现梁永生,都朝前追下去。

有的敌人,就在梁永生隐蔽的土坑边上跑过去。他一边跑着,还一边丧气地说:

"都是两条腿,怎么就是追不上呢?"

跑在他身后的另一个伪军气吁吁地说:

"伙计!可别盼着追上!"

"咋?"

"追上他,咱就完了!"

其实,这话半点不假。现在他们多亏了忙忙迭迭地没有发现永生,要是真的发现了,梁永生的二拇手指头一动弹,他俩就马上呜呼哀哉了!

这俩伪军跑过去了。

又一伙伪军跑过来。

这个问那个:

"算破天,你算算——梁永生哪里去了呢……"

算破天自作高明地说:

"这还用算?他既不会'土遁',又没长翅膀,钻不了地,上不了天,能到哪里去?正在拼着命地往前猛跑呗!"

敌人,向来是用量他自己的尺子来量别人的。所以在他们看来,那个好不容易才突围脱险的梁永生,现在必定是像只惊弓之鸟那样,豁上命地往前傻跑,是一步也不敢停留的!因此,他们哪能预料到,梁永生竟敢在这路边的一个小土坑里站下哩?

一伙敌人跑过去了。

又一伙敌人跑过去了。

待最后的一伙追兵跑过去以后,梁永生从小土坑里站起身来,他冲着正在远去的敌群轻蔑地一笑,骂道:

"饭桶!笨蛋!"

到哪里去呢?梁永生心中暗自盘算着。在一定的条件下,最危险的地方会变成最保险的地方。他思谋了一阵,话在心里说:"来个重返宁安寨!"尔后,他窝回头去,又顺着原路向宁安寨奔去了。

永生一边走着,一边回想着这场风险。他想来想去,最后得出了这样的结论:"世界上没有什么力量能够制服我们,因为我们有党,有毛主席,有在党和毛主席领导下的广大人民群众……"

遭了一场大劫的宁安寨,眼下就像正在下雾似的,被一层浓重的烟雾笼罩着。

一颗愣大愣大的流星,拖着长长的光带,划过烟雾弥漫的灰蒙蒙的夜空,坠下去了。

替孩子担忧是老人的特点。当梁永生走近宁安寨村头时,愁容满面的魏大叔正站在村口的高台上,心神不安地张望着。一个儿女一条心呀!如今梁永生生死不明,魏大叔这当老人的咋能不焦虑呢?

这时,他一见梁永生迎着他走过来了,心里又惊又喜,一头扑过来,亲热得恨不能把个梁永生举起来。他们这种见面时的情景,叫人看来,好像他们不是才分别了只有若干个小时,而是一别若干年没见面了!现在魏大叔扑到梁永生的近前,仿佛怕他还会再跑掉似的,死死地抓住他,前前后后,上上下下,一遍又一遍地打量着,端详着,抚摸着。

梁永生望着魏大叔的面容,笑笑说:

"大叔,你瞅啥?浑身上下啥也没少,连个小小的零件儿也没丢给敌人!你看是不?"

魏大叔这时无心逗哏。他迷惑不解地问永生道:

"孩子,你咋又回来了?"

梁永生又笑了。

他拍拍身上的土,轻松地说:

"敌人滚蛋了,我就又回来了呗!"

魏大叔一向敬佩梁永生那旺盛的精力和宽敞的胸怀。可他现在又不能理解:永生他不光是刚刚脱离险境,而且是一天多水米未沾牙了,现在怎么脸上竟没有半点惊色?为啥也没有一丝儿愁容?

魏大叔心里这么想着,又听梁永生风趣地说:"还不到两天的时间,我这是第二次重返宁安寨了!"魏大叔望着梁永生那乐津津喜洋洋的神色,不由得感叹地说:

"你们这些人呀,也不知怎么闹的,不论到啥时候,总是美不够!"

现在魏大叔嘴里的"你们这些人",显然是指的八路军。梁永生听了这句话,觉着心里很舒坦。因此,他乐呵呵儿地说:

"大叔这句话算说对了!要没这点'道行',还能算个八路?"

魏大叔出于对梁永生的关心,直到这时还是有点儿紧张:

"走!"

"哪去?"

"我送你出村!"

"出村?"

"是啊!"

"为啥?"

"到别的村去——"

"又为啥?"

"这宁安寨不安全呀!"

"不!"

"咋?"

"敌人目下是不会再来宁安寨的!"

"不会?"

"不会!"

"为啥?"

"因为他们知道我已经从宁安寨冲出去了!"

"他不会想到你再重返宁安寨?"

"不会的!"

"咋见得?"

"因为他们是敌人!敌人,永远不能真正理解共产党员是个怎样的人!"梁永生说,"大叔你想想,侵略者的逻辑能推断出一个共产党人的胆量吗?"永生说着说着又带上了幽默的口吻,"因此,我已经给敌人算好卦了——他们不会想到我敢重返宁安寨……"

魏大叔明白了。

他信服地点点头,又向村里一挥手说:

"那,你就快回家吧。我在这里给你放哨。"

梁永生"哎"了一声。

当他要走的时候,魏大叔又嘱咐说:

"你到家后,先弄点东西吃,然后躺在炕上好好地睡一觉儿……"

"哎!"

永生又应了一声,走进村去。

他来到魏大叔家,端过放在炕头上的烟笸箩,先抽了一袋烟。这当儿,永生觉着又累、又渴、又饿,肚子也一个劲儿地咕咕叫。嘴里的舌头,好像搅在了粘胶里,连一个唾沫星儿也吐不出来。

于是,他从锅台上抄起一只大水瓢,又掀开水缸上的盖子,从缸里舀了半瓢凉水,一直脖儿,咕噔咕噔地喝了个净。接着,又扳着干粮筐子,拿出两个凉窝窝头,狼吞虎咽啃了个饱。现在在永生的感觉中,这井白凉水,这红高粱窝头,香甜得仿佛要连舌头也咽下去。

永生吃饱喝足以后,困神又缠上了他。他觉着浑身精疲力尽,两条腿也在发胀,就像有许许多多的小虫儿正在肉里乱爬。于是,他就往炕头上一躺,又扯过一床棉被搭在身上,蒙头盖脸地睡上了。

梁永生安安稳稳睡了一大觉。

当他一觉儿醒来时,天已放亮。魏大叔和黎明的曙光,一同出现在他的身边。窗外,正刮着小风。小雀儿那唧唧啾啾的叫声,时起时落,忽高忽低,随着晨风从窗口里阵阵传来。

正坐在炕沿上抽烟的魏大叔,见永生睁开了眼,忙凑过来说:

"永生,我告诉你个喜事儿!"

"喜事儿?"

"是啊!"

"啥?"

"翠花回来啦!"

"回来啦?"

"对呀!"

"她是怎么回来的?"

"县委派人送来的!"

随后,魏大叔告诉永生这样一些情况:

梁永生冲出宁安寨以后,石黑一面亲自带领大队人马去追梁永生,一面派了一支伪军,要他们将杨翠花押送柴胡店。当押送杨翠花的这支伪军走到半路时,正巧碰上县大队的第三排。一场伏击战,这支伪军被三排的同志们打散了头,杨翠花得救了!

魏大叔讲完上述情况,又兴冲冲地说:

"这真是不幸中的万幸!原来我真怕……"

他说了个半截话儿,便合上嘴了。永生问道:

"大叔,你是不是怕石黑就地杀害翠花?"

"原先咯,我是怕他来这一手儿!"

"我也想过这个问题,断定他不会那么办——"永生说,"石黑必将用翠花做饵,来钓我这条鱼!"

"你猜对了!"魏大叔说,"在石黑要派人押送翠花回柴胡店时,有的敌人曾提议将翠花杀掉。可是,石黑不干。他说:'杀个八路老婆顶什么用?留着她倒有用处!'他的手下人问他有啥用处,他又说:'只要杨翠花在我手,不怕他梁永生不来降!'……"

永生听后,笑了:

"大叔,这些事儿,你是怎么知道的?"

"石黑这些话,是当着翠花说的。"魏大叔说,"翠花告诉了护送她的那两位同志,那两位同志又告诉了我,所以我就知道了呗!"

"现在翠花在哪里?"

"把她安排在了龙潭街上。"魏大叔说,"人们怕敌人再来抓她,没敢让她回宁安寨……"

梁永生又笑了:

"那你又是怎么知道的?"

"翠花怕这宁安寨的乡亲们不放心,请秦海城送了个信来。"魏大叔说,"翠花还让老秦在这一带顺便打听打听你的情况哩!"

"你把我的情况告诉给秦大哥了吗?"

"告诉给他了。"魏大叔说,"我还让人给县委捎了个口信去呢!"

"给县委捎了口信?"

"是啊!"

"叫谁捎的?"

"让护送翠花的那两位同志。"

"他们到宁安寨来过?"

"来过。"

"他们来干什么?"

"他们说,县委书记方延彬同志是这样指示的——要他们将杨翠花安排在龙潭街以后,再到这宁安寨一带转一遭,了解了解梁永生的情况。"魏大叔说,"他们来到这村头,正碰上我给你在村头上放哨……"

永生一面倾听着魏大叔的叙述,一面心中在想:"当前敌我斗争的形势非常复杂,敌人又常常冒充我们的人讹取情报,魏大叔说的那两个人是不是真是县委派来的?"他想到这里,便插嘴问道:

"魏大叔,你把情况告诉他们啦?"

"哎!"魏大叔望望梁永生那机警的、思索的神态,又补充说,

"放心吧——那两位同志我都认识;就在几天之前,还和县委的其他同志一起,在我这屋里住过一天一夜哩!"

梁永生点点头,高兴地笑了。

随后,他将一双目光转向窗户。

窗纸上已布满曙光。

这时的梁永生,觉得那连日鏖战的疲乏,已消散净尽,一股旺盛的火力,又蓄满全身。

魏大叔见梁永生对着窗户出神,就说:

"刚才你睡醒的时候,我才从村头上回来。外头,平静无事。叫我说,你抓紧这个空儿再睡上一觉。要不,下一觉又不知到什么时候去睡了!……"

"睡足啦!"而今,永生正在筹划着今天的活动计划。因此,他答了这么一句便转了话题:"夜间没有发生什么敌情吧?"

魏大叔笑道:

"没有。"

大叔继而感叹地说:

"敌人的脉,算叫你摸准了——他们就真的没来宁安寨!"

梁永生站起身,扯下一块毛巾擦了擦脸,然后走到屋门口,望着南边树上出巢而去的喜鹊沉思了一阵,回过头来笑呵呵儿地说:

"大叔,我该走啦!"

魏大叔着急地说:

"不能走!"

"为什么?"

"这里安全呀!"

永生笑了。说:

"不!"

"咋?"

"大叔,我不能因为这里安全就光呆在这里呀!"永生说,"再说,我估摸着,今天早上,敌人有可能要重来宁安寨的……"

"你不是说不可能吗?"

"那是我昨天晚上说的。"

"今天早上就不一样啦?"

"对啦!"

"为啥?"

"因为时间不同了,情况也不同了……"永生说,"大叔,你要告诉村里的人们,让大家继续保持警惕,提防敌人的反扑……"

"好吧!"

魏大叔应了一声,又思忖了片刻,问永生道:

"那,你打算上哪去哩?"

梁永生笑着说:

"我到村西破窑上去转转。"

村西的破窑,是八路军大刀队的若干个无人联络点之一。现在永生要到那里去,是为了要通过暗号儿了解到大刀队的去向。

魏大叔虽然不知道大刀队取联系的具体暗号儿是什么,但他知道那破窑是个无人联络点。因此,他习惯地照例思忖了一阵,大概是想明白了梁永生要去破窑的意思,欣喜地笑了:

"好。你等等。我先出去看看。"

大叔话没落地,人已出了屋子。

过了一阵。院外突然响起咚咚的脚步声。正在屋里抽烟的梁永生,先是闻声一愣,继而,脸上又泛起一层笑容:"锁柱来了!"这个念头,在永生的心中激起一片兴奋的浪花。浪花正在起落翻滚,锁柱像只小燕儿似的一翅子扎进屋来。

锁柱进屋后,一下子扑在梁永生的身上;从他那忽忽闪闪的笑眼里,涌出两行兴奋的泪水,淌在红光荡漾的面颊上。看来,他因一时无法用语言来表达自己那种兴奋的心情,只好盯着永生嘿嘿地笑。

这时的梁永生,也浸沉在兴奋的激浪中。过了一霎儿,他那汹涌奔放的炽热感情稍微平静些了,这才和锁柱一齐坐下来,问道:

"锁柱,你怎么知道我在这里?又是揣摸的?"

"不!我在村头上,碰见魏爷爷了——"

"你知道我在宁安寨?"

"知道!"

"咋知道的?"

"县委方书记告诉我的。"锁柱说,"关于你的一些情况,县委都知道了……"

锁柱正要说下去,永生插嘴转了话题:

"铜铁都送到啦?"

"送到啦!"

"见到方书记啦?"

"见到啦!"

"县委有没有新的指示?"

"有!"

"啥?"

"打仗!"

锁柱兴冲冲地说着,将手伸进衣袋,掏出一封信来,递给永生,又道:

"这是方延彬同志给你的信。"

梁永生接过信,伏在桌上看起来——

永生同志:

目前,我军主力某部,正以优势兵力在某地进行一场歼灭战。敌人由于没有机动兵力可派,正从各地据点上,抽调一些零散兵力,妄想驰援被围之敌。敌人这些援兵,来自各处,分为多股,多者一个连,少者一个班。根据我们的情报,他们将于十一日中午十二点,先赶到某地集中,然后去援救被围之敌。

据此,上级党委指示我们,要和邻近的兄弟县一起行动,将敌人的各路援军,分别消灭在他们到达集中地点之前。县委根据上级分配给我县的具体任务,已作了具体研究,进行了全面部署,并确定让你们大刀队也参加这一战役行动。分配给你们大刀队的任务是,负责对付敌人由杨柳青抽调出的一股援军。这股敌军,兵力一个加强班,将于十一日上午八点乘一辆卡车由杨柳青据点出发,沿着通往云城的公路开向其集中地点。

至于作战的方法、地点和时间,由你们根据你们的情况自行决定。不过,在作出此项决定时,请注意到以下几点:

一,这股敌军,全是鬼子兵,将由一个少尉军衔的头目儿带领;

二,他们的武器配备,除步枪外,还有一挺轻机枪;

三,这股敌军进入我们的游击区以后,沿途将有各个据点上的敌伪军分段掩护;

四,你们的作战目的,应当是力求全歼。因为我们这次行动,除了不让被围残敌得到增援外,还与下一个战役部署紧密相关。

总之,意义是重大的,任务是艰巨的,时间是紧迫的;望你们充分发扬艰苦奋斗、连续作战的作风,再接再厉,英勇奋战,务歼这股由远路入境之顽敌。

此致

敬礼!

方延彬

这封信,永生一连看了三遍。然后,他将信纸倒提在手中,划着一根火柴,点着了。永生两眼注视着火苗,心中闪现出这样一个念头:"这一仗,应当来个长途奔袭,到敌占区去打……"这时的小锁柱,见梁永生正在沉思,就插言提醒他道:

"梁队长,这一仗,咱是不是到敌占区去打?"

锁柱这句话,显然已经说明,县委的指示精神,他都知道了。其实,梁永生也知道他已经知道了。因为,在当前情况下,特别是锁柱还是大刀队的支部领导成员,县委书记在把信交给他的同时,会把信上的内容告诉他的。这样做的好处是,在锁柱返回大刀队的途中,万一碰上什么紧急情况,将信销毁了,他回来后还可以口头传达县委的指示。那为啥还要写信呢?让锁柱口头传达不行吗?不行!如果因为什么意外情况,锁柱不能马上赶回大刀队,他还可以设法把信交给一位可靠的同志,让那位同志替他完成传达县委指示的任务。现在,梁永生尽管从经验中已经知道锁柱早已知道了这封信的内容,可他还是问了这么一句:

"这封信上的内容你都知道了吧?"

"主要意思方书记都跟我谈了——"

"那好!"永生把将要烧尽的信纸扔在地上,"你既然比我知道得早,一定是动过脑子了,说说看——"

"我觉着,到敌占区去打的理由有两条——"锁柱说,"第一,我们人数不多,又要全歼敌军,作战方式应以伏击为宜,并要力求速决。这样,就得来个出其不意,才能制胜。要出其不意,显然是在敌占区为好。第二,一旦敌人进入了我们的游击区,不仅他们自己谨慎了,而且沿途还有敌伪军掩护,我们的行动就困难得多了……"

在锁柱陈述的当儿,梁永生掏出一张自己画的军用地图,铺展在桌子上,一面听,一面瞅。他瞅着瞅着,将手指点在一个地方,仿佛自己正和自己商量:这里行不行?

锁柱凑过来了。他瞧了瞧梁永生手指点着的位置,兴冲冲地说:

"行!"

永生笑了:

"啥呀——行?"

锁柱说:

"就在你指的这个地方打伏击!"

"为什么?"

"因为我们深入敌占区太远了容易暴露,离我们的游击区太近了又做不到出其不意——"锁柱说,"你刚才指的那个地点,离我们游击区的边沿十多里路,离敌人的杨柳青据点十多里路,我认为比较合适……"

永生站起身来,望望天色,心里暗自盘算着:"现在大概有五点钟了。从这里到伏击地点,有五十多里路,来个飞行军,两个多小时能够赶到……"他想了一阵,回转身来,一面折叠着桌上的地图,一面向锁柱说:

"咱们走!"

"上哪去?"

"找队伍去!"

"好!"

话毕。他俩走出屋子,回手掩上屋门,便一直向外走去。

他们来到村头上。

这时天已大亮。

风吹云荡。

云蒸霞蔚。

尚未露面的朝阳,已经烧红了半个天空。

梁永生挺立在村口的高坡上,极目四望,豪情满怀。他伸展双臂,深深地吸了一口清新的空气,心窝里甜滋滋的,继而不由得对天自语道:

"好啊!又是一个战斗的早晨!"

魏大叔凑过来了。他那银色的胡须,在晨风里飘动着,闪射出可敬的感人的亮光:

"你们要走?"

"是啊!"

"上哪去?"

"找队伍去!"

他们到哪里去找队伍?魏大叔不知道。不过,他相信永生和锁柱是能够很快找上队伍的,因为魏大叔知道,大刀队在这一带设有很多无人联络点,在当前情况下,那些大刀队上的同志们,一定会在无人联络点上留下联络暗号儿。事情也果然是这样——梁永生和小锁柱,将两副迸发着火花的笑脸留给魏大叔,告别了这战斗的宁安寨以后,通过无人联络点上的暗号儿,很快找到了大刀队。他们见面后,都激动得热泪盈眶。他们分别的日子虽然不多,可是,在梁永生与战士们分别期间,经历了一场生死的搏斗啊!战友们相互亲热了一阵,永生便向大家传达了县委指示。经过一阵简短的而又是热烈的讨论,一个伏击战的作战方案便很快定下来了。

随后,梁永生挑选出十九名战士,连上他自己,不多不少整整二十人,组成了一支长途奔袭小分队。其余的人,留下来,由梁志勇带领,和各村民兵配合一起,负责对付石黑的"扫荡队"。

奔袭小分队出发了。

初夏的原野,一片碧绿。和时间赛跑的勇士们,顺着道道相接的交通沟飞步前进着。进入敌占区后,他们又以天然的道沟和树林、庄稼为掩护,继续向前奔驰。在快要靠近伏击地点的时候,永生命令战士们在一块麦田里隐蔽下来。

他和锁柱来到公路边上,蹲在麦田里,仔细地勘察着地形。

这是一个十分辽阔的大洼。洼里分布着各种各样的庄稼。一条敌人的军用公路穿洼而过,将这绿色地毯般的大洼切成了两半。由于这个大洼地势低下,夏日积水,敌人的公路培起一道高高的路基。公路边上,有个面积很大的水汪。为绕过这个水汪,公路在这里拐了个大弓弯儿。

永生指着公路边上的水汪向锁柱说:

"我看,我们就隐蔽在那个水汪里。"

小锁柱两眼盯着波光粼粼的水汪:

"对!我们将身子蹲进水中,头露在外边,等待敌人的到来;敌人离近了,我们把头抽进水里;他们来到近前了,我们再猛地冲上去……"

永生点点头。又说:

"可不知那水汪的水多深……"

"试一试——"

锁柱说着,抓起一块坷垃,一甩胳膊投过去。坷垃沿着一条弧形的路线飞向水汪,不一会儿,嘭的一声落进水里,水面上激起一根半尺多高的水柱。

永生又点点头:

"行!听这声音,水深至多不过二三尺。"

他沉思了一下,又向锁柱说:

"你去把同志们叫过来!"

"是!"

锁柱走了。

永生两眼凝望着公路,想象着战斗打响之后可能出现的种种

情景。一会儿,战士们都来到近前了,他指着公路那边的几座坟堆向锁柱说:

"你带领两名战士,埋伏在那坟堆后边,等我们这边打响后,你们再冲出来……"

"是!"

锁柱和两名战士领命而去。

永生又指着公路拐弯处,向小胖子说:

"你瞧!那里不是有个崖坡吗?"

"是啊!"

"敌人从那边来——"永生指点着方向说,"我们贴着崖坡埋伏下几个人,他们非到近前看不见……"

"对!"

"你带领两名战士,埋伏到那里去!"

"是!"

"以我的枪声为令!"

"是!"

小胖子领着两名战士又走了。

永生指着一块麦田又向炮筒子说:

"你带领两名战士,埋伏到那块麦子地里去。敌人的汽车开过来,不要管它;等我们打响后,你们在远处喊杀助威,制造疑阵,以壮大我们的声势……"

炮筒子和另外两名战士走后,永生又向其余的同志一挥手说:

"你们跟我来!"

"是!"

他们来到水汪边,都学着梁永生的样子,在靠公路的水汪里蹲下来。随后,永生又向战士们讲了几条注意事项,便都严阵以待不动了。

这时的梁永生,就着一个崖坡影住脑袋,两条视线顺着公路注视着杨柳青的方向。不一会儿,敌人的汽车便在远方的地平线上出现了。先是像个屎壳郎似的在地皮上蠕动着,继而渐近,渐大,渐快,眨眼间,车上的鬼子兵已能看出个轮廓了。永生用眼点了点数儿,共总一十五个,外加那个带队的小头目儿,的确是一个加强班。汽车临近了。永生眼里望着心里说:"我们上级的情报真准呀!"他在这样想着的同时,向战士们打了个手势。这手势就是命令。战士们一抽身子,全都将头沉进水里去了。

水面上留下了十个小小的漩涡。

眨眼登时,漩涡消逝了,水面又恢复了原有的平静。这时候,有几只燕子在水汪上空飞来飞去,有几只青蛙在水边叫着。鬼子他怎能想到,就在这光平如镜的水中,竟然埋伏着全副武装的八路军战士?

敌人的汽车飞快地开过来了。

待汽车进入了有把握的射程之后,梁永生瞄着汽车司机搂动了匣枪的扳机。伴随着匣枪那清脆的响声,司机的身子趴在了方向盘上;伴随着这匣枪的响声,车箱里那些惊慌失措的鬼子兵们,吱吱哇哇地嚎叫起来。他们一边叫着,一边在手忙脚乱地拉栓顶火儿。就在这时,我们那些埋伏在水中的大刀队战士们,也伴随着枪声一齐钻出水来。由于十个人同时猛力向外一钻,掀动得水汪就像翻了花似的,发出哗啦一声巨响,整个水汪也晃动起来。这哗啦啦的水声,还夹杂着撼天震地的喊杀声,这两种声音搅在一起,愈显得高亢、雄壮了!在这种声音撞击着鬼子们那耳膜的同时,被水的波光影衬着的闪闪刀光,又映入了他们的眼帘!

汽车,在拐弯处向前冲着。车上的鬼子兵,都吓得浑身发抖,胡乱开枪。眼时下,他们将一切希望全寄托在汽车轮子上——盼它快跑,快跑,快快跑出这个险地!

这辆无人操纵失去控制的汽车,如今是光会往前冲不会拐弯了! 一刹那间,它嗖地蹿出路基,一个跟头张了下去!

这时节,分别埋伏在不同方向的三处伏兵,也和梁永生他们同时吼喊起来。他们一面高声吼喊,还一面一手挥刀一手端枪向滚翻的汽车飞奔着。

这么一来,那些本来就已经吓坏了的鬼子兵们,现在连摔带震,又见八路军冲到近前,更是眼花缭乱昏头涨脑,知不道东西南北了! 当他们稍微清醒一些时,大刀已抡到他们的头顶;有的,枪,早已被八路军掳过去了!

就这样,这场我们只放了一声发令枪的伏击战,没用了抽袋烟的工夫,便胜利结束了! 除了被梁永生击毙的汽车司机,两个被汽车砸死的鬼子兵,还有几个因企图顽抗而丧命的以外,其余的敌人全部被俘,无一漏网!

随后,大刀队的战士们,用汽车上的汽油点燃起一把大火,把汽车烧着了。小锁柱整理好队伍,问永生道:

"队长! 队伍开往哪里?"

梁永生看了看天色,喜气洋洋地说:

"这一阵,咱和敌人,是他打他的,咱打咱的;现在,咱这一仗打完了,该回去了……"

"重返宁安寨?"

梁永生就着锁柱的话音,一挥手臂发布了命令:

"对! 重返宁安寨!"

"是!"

紧接着,在小锁柱那喜腔笑韵的一溜口令声之后,这支威风凛凛的大刀队,携带着缴获的武器弹药,押着俘虏的鬼子兵,一溜风烟飞驰而去。不多时,便消逝在那花红柳绿天地相连的远方,只将一堆熊熊烈火和滚滚的尘烟,留在这敌占区的战场上!

第十三章　荒野斗智

五黄六月。

一个暴风雨后的早晨。

油绿色的漫洼里,升腾着白濛濛的雾气。

见年一到这个季节,总是草苗齐长,害虫群飞,庄户人家算忙上劲儿了!

一条涓涓流水,划破朝阳普照的绿野,在燕子唧唧喳喳的啼叫声中,沿着一条弯弯曲曲的沙河古道,缓缓地流向那霞光万道的东方。

祖国的河山多壮丽呀!

地是肥的,苗是旺的,按说满洼遍野该是一派丰收在望的景象。可是,眼前的庄稼,并不是那样。有的地块儿,被敌人的"扫荡队"连蹚带踩闹得缺苗断垄,或者倒伏在地上;有的地块儿,由于敌人闹得百姓不得安宁,除虫灭草不及时,眼下已经荒芜了!

只有那"野火烧不尽,春风吹又生"的野草,经得住种种摧残,在那路边上、河滩上正旺盛地生长着。天真的孩子们,跟这野草一样,不论环境多么恶劣,不论时局多么紧张,他们照例放开喉咙唱他们的童谣:

　　天无边,
　　地无沿,
　　祖国的山河金不换!
　　小鬼子,

大坏蛋,
张牙舞爪胡捣乱!
儿童团,
意志坚,
齐心合力来抗战!
…………

一位扛着大锄的庄稼人,披着金色的阳光,跨着稳健的大步,在那浅草茸茸的溪水岸边走着。他听到这儿童的歌唱声以后,脸上闪动着笑意。这个人,身上的衣裳全湿透了,挽得高高的裤筒上,迸溅上很多泥点点。这些情况说明,他是在夜间冒着风雨赶路的。

有几只栖息在水边草窝里的青蛙,时而从行人的脚下蹦出来,又扎进水里去了。

平平静静的溪水,被它们激起许多圆形的波纹,环环相套地向四外扩展着,渐远渐细,慢慢地消逝在水草相连的岸边。

扛锄人将锄拄在地上,挺立在溪水岸边,稀里哗啦地涮了涮脚丫子,尔后将锄往肩上一扛,又甩开膀臂忽呀颤地赶路了。

这位扛锄人,虽是个农民打扮,但他不是农民。

他是谁?他,就是八路军的大刀队队长——梁永生。

梁永生来到龙潭附近,跨过龙潭桥,穿过松树林,沿着枣行的边缘走进村,穿街越巷,朝着黄二愣家的门口走去。

黄二愣家正在准备吃早饭。

当梁永生跨进他的庭院时,二愣娘正忙着掀锅,一团热腾腾的雾气从屋门口扑出来,在天井里散发着一种浓厚的野菜气味儿。

永生一边朝屋里走着,一边学着半生不熟的当地口音喊道:

"东家!使人不?"

二愣娘透过雾气往屋外一瞅,又回过头去。

她一面蘸着凉水往笊篱里拾那黏得粘手的菜团子,一面用一种腻歪的口吻不耐烦地说:

"不使人,去吧!"

永生走到屋门口了。二愣娘还在嘟嘟:

"多得活像鹰赶的!简直把人腻烦死了!……"

她的话未落,永生闯进屋。

二愣娘听见脚步声,猛一抬头,只见身边的雾气里,站着一个扛锄的大高个儿。进院找活干,就是才添的新风俗,哪有闯进人家的屋里问活儿的?二愣娘一面在心里这么想着,一面急眉火眼地嚷道:

"你是个啥东西?哪有你这号儿找零活干的?怎么跑到俺这屋里来啦?……"

二愣娘嚷着嚷着,梁永生扑哧哧笑了。

永生这一笑,把个二愣娘笑蒙了。她虚眯着眼睛,透过那白茫茫水濛濛的雾气朝永生的面目仔细一瞅,也不由得嗤地笑了:

"哎哟!老梁啊!"

梁永生乐呵呵儿地问:

"你把我当成谁啦?"

二愣娘多少带着一点抱歉的口吻,笑哈哈地解释道:

"唉唉!方才你在院子里一喊,我又一瞅你这身打扮,以为又是来了个找零活干的哩!……"

一向好说好笑的二愣娘,连说带笑地说到这里,乐不可遏地拍一下巴掌,叽叽嘎嘎地大笑起来了。她笑了几声,又说:

"老梁啊老梁啊,你这个人呀!唉——!"

"我怎么的啦?"

"你三天不吃饭,也忘不了逗闷子!"二愣娘将垂下来的一绺灰白发梢撩上去,指指永生身上的衣裳说,"你瞧你,都淋成落汤鸡了,方才在天井里还顾得南腔北调地出那洋相!……"

她絮絮叨叨地说着,在瓦盆里涮了涮手,撂下尚未收拾完的锅不管去给永生找衣裳了。

锅里,蒸的菜团子。野菜的香味,阵阵扑鼻。

二愣娘趴在箱上一面翻找衣裳一面向永生说:

"老梁啊,真是来得早不如来得巧——今儿个,你一步攮进来,不早不晚,正赶上饭碗!……"

梁永生笑哈哈地说:

"今天真算来巧了!不光是正赶上饭碗儿,你锅里这个饭食,也正合我的口味儿!"

他说着,将肩上的大锄戳在门旮旯儿里。

接着,他又抓下头上的毛巾,拧了拧,便在脸上头上擦起来。他一面擦一面向二愣娘说:

"老嫂子啊,将二愣随身穿的孬好找一件子就行啊,用不着挑三拣四的……"

他一提到二愣,这才突然意识到二愣不在,于是改口问道:"哎,二愣呢?"

"出去啦!野得一天到晚不着家!"二愣娘声烦韵喜地说,"准是又跟他那伙儿民兵钻到一堆子去了呗!"她说着说着,突然一眼扫上了梁永生今儿这身不寻常的穿章儿,心里一纳闷儿,话就拐了弯儿,带着好奇的口气问道:

"老梁,你这是唱的哪一出呀?"

"咋?"

"怎么打扮成这个样儿了?"

二愣娘说着,将二愣的一套旧裤褂儿递给永生。这时,她见永生正往桌上端咸菜碟子,就没好气儿地嘟囔说:

"你这整天价耍刀摸枪的人,别在这里多手多脚地乱抓挠了,这锅头灶脑的事儿,用不着你这一号儿的,快到一边子换衣裳去吧!"

梁永生来到二愣住的小东房里,把门一掩,脱下了湿褂子,露出了那紫红色的光脊梁。他的身上不算胖,可是前胸后背却又厚硕又宽阔,肌肉也挺瓷实。他那两条胳膊,活像两根铁杠子。

永生换完衣裳又回到北屋。

二愣娘望望永生,笑道:

"你穿上这一身儿,更添上'人才'了!"

永生笑呵呵地说:

"怎么样?像不像个庄稼人?"

二愣娘说:

"像!可像了!你没见?方才你猛孤丁地闯进来,我都不敢认你了!"

梁永生将鞋脱在炕根底下,两腿一盘坐到用布补过几回的炕席上,用筷子撅起一根萝卜条儿放进嘴里,一边嚼着一边笑吟吟地说:

"近来敌人闹腾得挺欢,化化装,便于活动呗!"

一提到敌人,二愣娘皱起眉来:

"那些狗杂种,也不知又是变的什么戏法儿……"

梁永生将嚼碎了的咸菜咽下去,说道:

"是啊!这一阵,敌人正在变换新花招儿。咱呢?就跟他来个你变我也变!……"

他俩正说着,二愣回来了。

二愣一进门,娘就跟他说:

"二愣,快到门口上放哨去!"

"谁来啦?"

"你梁大叔。"

"啊!"

二愣虽然"啊"得挺痛快,可他还是一撩门帘扎进里间屋里去了。因为二愣这孩子,几天见不到梁永生,心里就想得没法儿,人也像掉了魂!现在,他一听说梁队长来了,咋能不进去看看呢?

二愣一见永生穿上了他的衣服,先打了个愣。因为他觉着永生这么一打扮挺新鲜,便望着永生嘿嘿地憨笑起来。梁永生问他说:

"二愣,笑啥?"

"笑你呗!"

"我有啥可笑的?"

"你这么一扎裹,不像个八路样儿了!"

"你看我像个啥样儿?"

"很像个下乡找零活儿干的!"

黄二愣这么一说,梁永生心里想:"咦?他们娘儿俩,怎么都对下乡找零活的人印象这么深?最近我到县委开了几天会,莫非说这一带又出了什么新情况?"他想到这里,就问二愣:

"哎,二愣,这两天来找零活的人挺多吗?"

"嗬!海啦!"二愣说,"见天都来。有的人,还跑进家来问呢!"

"净些干啥活儿的?"

"干啥的都有。有扛锄的,有扛锨的,还有扛铡刀的,扛木笣的……"

"扛木笣的?"

"是啊!"二愣一撇嘴角子说,"不光有扛木笣的,还有拿镰的呢,真是天大的笑话儿!"

梁永生越听越觉有趣儿。他又问:

"这些人,你有认识的不?"

黄二愣摇头道:

"全不认识。净些生人!"

"你看他们净些什么人?"

"什么人?庄稼人呗!"

"你咋知道他们是庄稼人?"

"除了庄稼人,谁干这一行?"

"那为啥突然多起来?又为啥净些生人呢?"

"这我倒琢磨过——"二愣说,"准是从外地逃过来的难民……"

"你净胡诌八扯!"二愣娘一撩门帘走进屋来,"我活了大半辈子,也没见过这种德性的难民!"

她用食指点着二愣的前额又说:

"你这个孩儿呀,一见了你梁大叔,就啥也忘了!刚才我叫你干啥去来?"

二愣挏拉一下脖颈子,又吐一下舌头,嘿嘿地笑着,跑出去放哨了。他那两只大脚板儿,蹬得大地咕噔咕噔响了一阵,好像外头跑了一匹大骡子。

梁永生盘着腿坐在炕头上,半倾着身子吃着饭,又问二愣娘:

"老嫂子,这几天儿,还有些啥情况?"

二愣娘咬了口干粮,在嘴里嚼着,想了一阵儿,然后咽下去,说:

"盘乡的小买卖人儿也添了些生人……"

永生转动着眼珠子,琢磨了一会儿,像是向二愣娘又像自言自语地说:

"噢!这里头八成有文章!"

二愣娘接着下音儿问道:

"这有啥文章呀?"

梁永生没回答。

他喝了口菜汤又问:

"老嫂子,我记得见年这个时候,好像是没有这些变化呀——是不是?"

"啥变化?"

"你看!这不找零活的也多了,小买卖人儿也多了,还净是些生人……"

在他俩谈话的当儿,二愣一会儿跑进来听听,一会儿又跑出去看看。当永生说到这里的时候,二愣又一步攮进屋来。他愣头愣脑地插言道:

"都叫鬼子闹的!"二愣仿佛听到外头有动静,收住话头警惕地听了一阵儿,又说,"这兵荒马乱的年头儿,鬼子和汉奸们成天价横抢竖夺,闹得一些穷庄户人家越来越难过,谁大瞪着两眼饿死?都出来想个活门混饭吃呗!"

二愣这种论调,尽管谱不上永生的弦,可是一向耐心的梁永生,依然是一面吃饭一面听,并不插嘴截舌地去打断二愣的议论。等二愣说完后,永生这才眯笑着将了他一军:

"二愣,我问你——凡是穷庄稼人,该懂庄稼活吧?"

"当然是喽!庄稼地的穷人,不懂庄稼活凭啥活着?"

"二愣,你想想——"永生又说,"脚下这个季节,拿着镰出来找活儿干,也能算是个正经八道的庄稼人?"

"二百五呗!"二愣说,"树林子大了,啥鸟都有!"

梁永生摇摇头。

二愣以迷惑不解的口气问:

"怎么?不对?"

永生带着三分批评七分教育的口吻说:

"不对!完全不对!二愣啊,你太麻痹呀!"

"麻痹?"

永生意识到,二愣还没完全理解他的意思,于是,他便举出一些生活中的例子,讲明了"麻痹"的危害。黄二愣听了,又辩解说:

"民兵不该麻痹大意,这我知道;可对这伙人,原先,我只认为净是些穷人,所以没注意他们……"

永生说:

"要看一个人是个什么人,不能光看他的说话和外表,主要是看他的行动和本质!"

他说到这里,缓了口气,又说下去:

"二愣啊,革命的战士,是阶级的眼睛。麻痹可不行啊!你要知道,敌人是狡猾的,斗争是复杂的;现在,敌人的兵力一天不如一天,可是他们的毒辣心肠并没变,而是比过去更狡猾了,因此斗争也就比过去更复杂。不怕敌人诡计,就怕我们麻痹,在这种情况下,谁麻痹谁就吃亏。往后儿,你再碰上生人,只要见他可疑,就不要轻易放过他。你还要把我这个意思,传达给你们村的全体民兵。啊?记住了不?"

"记住啦!"

二愣说罢,拿起一个菜团子啃着,一转身,又跑出去放哨了。

窗外,飞来一只喜鹊,落在庭前那高高的白杨树上,喳唧喳唧地叫了几声,将尾巴一翘,拍起翅膀又朝东南飞去了。

过了一阵。

梁永生刚撂下饭碗,黄二愣闯进屋来。他一见梁永生的面,就大声小气地嚷道:

"梁队长!我逮着一个!"

梁永生嗤地笑了:

"逮一个啥?"

二愣说:

"找零活干的!"

他说完后,发觉这话不大行,继而又道:

"我觉着那个人不大地道!"

永生问:

"那人在哪里?"

二愣说:

"在民兵队部里。"

永生又问:

"是个什么样的人?"

黄二愣把那人的年龄、相貌和衣着说了一遍。永生笑乎乎儿地说:

"把他带到这里来!"

"带到这里来?"

"对!"

"是!"

二愣走了。

不一会儿,二愣将那人带进屋来。

永生上眼一瞅,笑了。原来,二愣抓来的这个人,不是别人,是沈万泉。

他只见,沈万泉扛着一张扒锄子,戴着一顶破草帽儿,赤着脚,裤腿挽得高高的,露着半截布满筋疙瘩的毛茸茸的泥腿,倒很像个干庄稼活的老汉。

沈老头子是个热烘烘的人。他是带着一股热气走进屋来的。他一见永生的面,就指着二愣问永生:

"老梁,这个愣小伙子,八成就是你常提到的那个黄二愣吧?"

梁永生点点头,又笑了。

接着,他指指沈万泉,故意逗二愣说:

"二愣,说说你抓他的根据——"

二愣一见梁永生和沈万泉见面的情景,心里就已经蒙了。现在永生又故意这么一问,二愣的脸像当时喝下二两烧酒似的,腾地涨红起来。他那两只大手,也仿佛成了多余的东西,把它搁在哪儿也觉着不大合适,结果又习惯地伸到脖子后头去了。他一面用手搓着脖颈子,一面两眼盯着自己的脚,讷讷地说:

"他,他是个生人……"

正在刷锅的二愣娘没容儿子说完,就把炊帚一撂嚷上了:

"你们瞧瞧俺这愣小子!"

她又转向二愣叱咤道:

"阖天底下还有你这么二愣的不?凡是生人你就抓人家呀?抓出祸儿来怎么办?……"

二愣抱屈地说:

"娘,不光这个!"

"还有啥?"

"他不大地道嘛!"

"又说傻话儿……"

永生抢过二愣娘的话头,问道:

"哎,二愣,你看着他哪里'不大地道'?"

二愣解释说:

"我见他的脚上光有泥没有趾!"

二愣这一说,永生挺高兴。

他拍一下二愣的膀头儿,笑盈盈地夸奖他一句:

"二愣啊,你这一手儿不简单!"

永生这一夸,夸得个二愣倒挺不自在。你看他,那股手也没处放脚也没处站的劲儿又上来了,腆着一张红彤彤的脸只是嘿嘿地笑。稍沉了一下,这才又搓手又摸胸地说:

"俺净耍二愣!"

"这回又叫你愣对了!"梁永生风趣地说,"二愣啊,由我来'审讯审讯'这个'不大地道'的'生人',你呐,还去放哨,行吗?啊?"

到这时,黄二愣对这个"不大地道"的"生人"的身份,已看出一些门道。于是,他"啊"了一声,继而又朝沈万泉笑笑,抱歉地说:

"同志,我是个二愣,你别跟我一般见识!我对不住你,你打我两下子吧!"

二愣这股实落劲儿,又把人们逗笑了。

笑声正在高涨着,二愣一头窜出屋去。

梁永生和沈万泉笑望着二愣的背影在院门口消逝后,两人一同进了里间,在炕沿上坐下来。梁永生问沈万泉:

"有事?"

"我来汇报个情况——"

"啥情况?"

"石黑搞了个'地下线'!"沈万泉说,"他把叛徒余山怀从水泊洼据点调回柴胡店去了,并叫那个小子当了这个'地下线'的头子!"

"地下线?"梁永生问,"地下线是什么?"

"他们叫'地下线'。叫我说,就是特务!"沈万泉说,"他们从伪军中挑选出一伙子人,又从社会上雇用了几个坏蛋,全化装成各种各样的身份,到各个村庄去串游,只要见到八路军的行踪,或者是闻到一点什么消息,就回据点去报告……"

前几天梁永生到县委去开会,县委曾谈到,当前敌人在日趋末路的情况下,正在大搞特务活动。县委就此还向与会人员提出两项要求:

一、注意收集有关这方面的情报,及时报告县委;

二、根据当地具体情况,采取相应的措施,与敌人这种阴谋进行坚决的斗争。

因此,梁永生对沈万泉谈到的情况很感兴趣。他想:"这个所谓的'地下线',是不是就是石黑大搞特务活动的一种具体形式?"于是,他进一步追问道:

"'地下线'是咋的个组织法儿?"

"搞不清楚!"沈万泉说,"他们这套玩意儿,弄得还好严密哩!"

"还了解什么具体情况吗?"

沈万泉作了一些补充,然后说:"暂时就这些了。我今天是专为这件事来找你的。"

"近来敌人的动向怎么样?"

"自从那回我们的主力部队、地方部队和游击队配合一起,干了他们一家伙,近来敌人老实多了!"

沈万泉这里说的,是那一次主力部队的围歼战和地方部队、游击队对敌人援军的分歼战。那次围歼战,消灭敌军一个营。各地的分歼战,消灭敌军近两个连。

现在永生接着沈万泉的话尾又补充说:

"近来敌人不那么嚣张了,与那一仗固然有关系,不过,还不光是因为那一仗——"

"还因为啥?"

"还因为,近期以来,我们八路军、新四军在各地打了许多胜仗,使整个战局发生了很大变化!"永生一面装烟一面说,"从今往后,敌人的日子将越来越不好过了;而我们,仗将越打越大,形势也将越来越好……"

永生的话音落下。屋里沉静下来。这时,希望的火花,在老沈的心窝里迸发着;兴奋的浪涛,在他的胸腔中奔流着。

过了一会儿,梁永生抽了口烟,又转了话题问老沈:

"哎,疤癞四近来有啥动静?"

老沈沉思了片刻,轻轻地摇摇头:

"没听到他的新情况。"

梁永生又关切地问：

"你近来的处境怎么样？"

"没啥事儿。挺好的。"

"你短不了出来跑，他们不怀疑你？"

"原先，我是以孩子生日娘满月的家务事跟他们请假的。后来，我觉着这样长期下去，会引起他们的怀疑，于是，就干脆公开提出来了——"

"提啥？"

"我向他们说，我家的日子不好过，当伙夫又不能像旁人似的下乡找点外快，光靠那点薪水是养不住家口的。特别是最近以来，票子更毛了，闹得家里的锅盖三六九儿地张不开口儿，内当家的成天价跟我打唧唧，不让我干这个差事了。"沈万泉说，"我将难处摆出来以后，就向他们说，往后儿，我得抽空摸空地出去找点零活干，也好挣个仨瓜俩枣儿的添补添补。要不价，我应的你们这个差事就干不成了！"

"他们说什么？"

"他们应下我了。"老沈说，"因为我有一手儿拿着他们，他们怕我辞职。"

"你哪一手儿能拿住他们？"

"烧鱼。"

"烧鱼？"

"对啦。"

"从前，我知道你做抻条挂面、烫面饺儿挺拿手。"梁永生说，"可还真不知道你有一套烧鱼的好手艺哩！"

"我是现学的。"老沈说，"从前，烧鱼这手活儿，倒是凑合着能弄，可是，弄不到好处……"

"你学这一套干啥?"

"黄家镇据点上的汉奸头子乔光祖爱吃这一口儿呀!"老沈说,"我知道那个小子爱吃这一口儿以后,就偷偷地访师拜友学了点特殊技术……"

永生故意把嘴一撅,跟他逗闷子说:

"喔哈!你对那个姓乔的,可真算得上'忠心耿耿'了!"

永生说罢,哈哈地笑起来。

接着,永生的笑,又传染给老沈,老沈也笑了。

笑声未落,门帘一摆,二愣娘走进来。她见永生和老沈的脸上又是烟火又是戏,就说:

"你们这些人呀,真叫俺纳闷儿——"

永生笑着说:

"老嫂子呀,革命工作要有分工,俺们说的这些事,不需要告诉你……"

二愣娘说:

"这个俺懂,保守秘密嘛!别说你们,就是俺二愣,有些事还跟他娘保守秘密哩!……"

永生说:

"老嫂子啊,你懂得这个很好!"

二愣娘说:

"我刚才说纳闷儿,不是这个意思!"

"是啥意思?"

"我是说,你们这些人,整天价这一宿那一夜,一顿饱一顿饥,一天也不知道开几回火儿,这不等于是把脑袋瓜子挟在胳肢窝里混日子呀?怎么一到一堆子,还有闲心打嘎叽腔哩?"

她说着,把收满碎烟叶儿的小笸箩儿放下,一闪身又出去了。

沈万泉又跟梁永生谈叙了一阵之后,便走了。

他刚走,黄二愣又回到家来。

梁永生一边往烟荷包里装烟叶儿,一边带着批评的口吻向二愣说:

"二愣,刚才,我在来这里的路上,正巧路过你那块谷子地头儿。我见到你那谷子地里,草都快赶上苗高了,还不该耪呀?你只有那么一点地,种成那个样子,像个过庄稼日子的样儿吗?二愣啊,一年之计在于春,一日之计在于晨,庄稼之计在于勤。你这么懒,就不怕乡里乡亲们笑话?"

其实,别看梁永生这么说,可他完全知道二愣是个勤快孩子,而且也知道二愣是因为忙于抗日工作才把地耽误了的。他现在所以这么说,是要故意逗逗二愣,看看二愣怎么回答他。

二愣呢?他听了梁永生的批评,没有半点抱屈的表示,也没作一句解释,只是扤着头皮嘿嘿地笑:

"耪去,耪去!"

"走,我正找不着活儿干哩,去给你当半天'短工'。"

梁永生说着,笑着,走到门旮旯儿里,摸起了大锄。

黄二愣上前拽住他,急眉火眼地说:

"哎呀呀,合而巴总像个鸡舌头似的那么一溜溜儿,还用得着仨呀俩的!……"

梁永生笑笑说:

"既然用不了这么多人,那你就甭去了呗!"

黄二愣只是憨笑,没拿的了。

他扛起大锄,乖乖地跟在梁永生的身后,下地去了。

永生和二愣已经走远了,二愣娘还站在天井里嘟嘟囔囔:

"唉唉唉,老梁这个人呀,他是多咱也不会让自己没活干的!……"

梁永生和黄二愣,一人扛着一张大锄,一前一后走出村庄。村外的漫洼地里,到处都是庄稼。各种各样的庄稼,不是缺苗断垄,便是七高八低参差不齐。梁永生一边走,一边望着满洼的庄稼,一边向黄二愣说:

"二愣啊,你们村的变工组,这一阵是不是又松下来了?得想些办法,再赶紧抓上去……"

"是松下来了!"二愣说,"因为这一阵子抗日工作太忙,生产上的事,没顾得抓……"

"错了!"

"错了?"

"错的可厉害!"

"厉害?"

"就是嘛!抗日工作当然重要。而且很重要,是中心工作。"永生说,"问题是,生产也重要。因为生产也是抗日工作。而且,它在整个抗日工作中,还是很重要的一个组成部分。"梁永生先把大前提肯定下来,稍一停顿又举上实际事例了,"二愣,你想想,能喝着西北风打鬼子吗?能光着屁股抗战?不能吧?战士也罢,民兵也罢,群众也罢,都得吃饭穿衣裳!是不是?吃的穿的从哪里来呢?搞不好生产怎么能行?……"

他们说着走着,谷子地来到了。

经过风吹雨洗的庄稼,显得更清新,更碧绿了!如今被初升的阳光一照,又像擦上了一层油!

他俩来到地头上,一人一垄地耪起来。

梁永生一面耪着地,一面褒贬二愣:

"二愣啊,你这块谷子地,土挺肥,苗也旺,可就是种得不强!"

"咋不强?"

"缺苗断垄呗!"永生说,"有句农谚说得好:'豆收长秸麦打齐,谷苗断垄不用提。'"他将拉过来的锄头扔出去,喘出一口大气又说,"二愣啊,土地无偏心,专爱勤劳人。你这块谷苗,要叫懂行的一看,准得说你懒,还得说你的庄稼活不撑劲!……"

永生一褒贬,二愣上火儿了!他气冲冲地说:

"这缺苗断垄的地方,全是叫鬼子、汉奸给踩的!那些狗杂种们,下乡'讨伐',怕八路、民兵伏击他,他们放着道路不敢走,就以蹚八路为名,满地里乱跑乱窜!"

二愣停住锄,向周遭儿一指,又说:

"梁队长你看,这满洼遍野,还有几块囫囵苗儿?这些野兽!可把庄户人家糟蹋苦啦!"

"是啊!"永生将扔出去的锄头拉过来,又说,"岂但是庄稼?别的,被敌人糟蹋得还轻呀?"

永生一激,二愣气更大了!他先骂了一句,又指着地头上的那条大道说:

"那条道上,原先个,道两旁一边一溜白杨树,笔管儿条直,一搂多粗,多威武呀?脚下你再看,光秃秃了!全叫敌人给锯了去,修据点用了!"

他一面用脚搓着锄刃,一面指指附近的村子,继而又道:

"再说村里吧——到处都是破瓦烂窑,哪村能挑出几所囫囵宅舍?大墙小壁,还有没枪眼儿的?门窗还有不被烧焦熏黑的?"

二愣将大锄往前一扔,又跟上一句:

"一想起这些,我就活活气煞!"

永生问:"你生谁的气呀?"

二愣答:"生敌人的气呗!"

"敌人对我们的摧残是严重的。可是这并不奇怪。因为敌人是侵略者。侵略者嘛,要是不抢夺,不破坏,不杀人,他们干什么去?要是真那样,他们也就不是侵略者了!"梁永生用锄角儿铲去苗根底下的一棵小草,又说,"地里不长草,世界上就没有锄。世上假若没有这些欺压人民的反动家伙,我们这些干革命的人们,那不就该'失业'了?"

二愣听到这里,像忽然想起了什么,他问:

"哎,梁队长,前天你给我们民兵开会,说敌人一天不如一天了,我们的胜利已经不远了,怎么他们现在又是加固碉堡,又是抢铜抢铁,闹腾得更欢了呢?"

"猪在临死之前还要吱啦两声,鸡在临死之前也要打个扑拉,日本鬼子就不兴挣扎挣扎?"永生说,"这就叫垂死挣扎嘛!"

"日本鬼子完蛋以后,咱们这大刀队再干啥呢?"

永生没有立即回答二愣向他提出的问题,只是笑乎乎儿地瞟了二愣一眼,反而向二愣提出问题道:

"二愣,你知道共产党员是干什么的吗?"

黄二愣冲口而出地说:

"抗日的呗!"

梁永生沉乎一下儿,说道:

"你这种说法,也算对。不过,我们的县委书记方延彬同志,他对这个问题不是这么个说法——"

二愣问:"他是怎么说的?"

永生说:"老方说:共产党员的使命,就是要在革命斗争中,用自己的血和汗,将这乌七八糟的世界,冲刷个干净,染它个通红!因此,每一个共产党员,都应当是为了革命的利益而活着,还得要,随时准备为了革命的利益而死去!"他稍一停顿又道,"从老方说的这个意思里可以看出,打败了日本鬼子,并不等于完成了共产党人的使命!二愣,懂吗?八路军呢,是共产党领导的队伍,也不应当只是为了抗日,打败了日本鬼子就算完事了,还要继续革命嘛!……"

他俩说着话儿,耪着地,来到了地头上。

地头上,有一条横穿而过的大道沟。

梁永生一边用毛巾擦汗,一边指指道沟向二愣说:

"二愣,这条道沟,还有其他的道沟,原先个,不都是平平展展的大道吗?如今呐,全挑成一道道的壕沟了,横三竖四,错综交织,大车走不通了,走路也不方便,对这个,你生气不?"

二愣摇头道:"不生气。"

永生追下去:"为啥哩?"

二愣慨然道:"这是咱自己挑的嘛!"

永生转移了目标——他指着道沟口上的一座桥又问:

"那座桥,原先并不坏。是不?如今,拆了!这,你生气不?"

二愣又摇摇头:"也不!"

永生还是追问:"又为啥?"

二愣答得仍是那么爽利:

"也是因为咱自己拆的呗!"

"自己挑的、自己拆的就不生气?"

"自己挑的、自己拆的生谁的气?"

"不也算'破坏'吗?"

"要说算也得算!"

"算也不生气?"

"算也不生气!"

永生追问到这里,话头又拐了弯儿:

"哎,二愣,你不生气,心疼不?"

二愣笑笑道:"说真心话,心疼倒是有点儿!"

永生继续追问:"拆桥你不也是积极分子吗?既然心疼,为啥还那么积极?"

二愣扪着脑袋皮说:

"你净出这刨囵题儿!闹得俺是茶壶里煮饺子——肚儿里倒

是有,就是倒不出来!"

梁永生笑而未语。

黄二愣想了想,又道:

"上级叫拆嘛,心疼也拆!"

梁永生仍未说话。

二愣又补充一句:

"俺只是知道,反正上级不害咱!"

梁永生听了黄二愣这些说法,觉着二愣对战争和建设的关系还理解得不够透彻,他所以能够做到心疼也拆,不生气,只是出于对共产党、八路军的信任。于是,永生一面耪着地,一面又耐心地向黄二愣解释道:

"二愣啊,在当前,要一切服从战争。仗打胜了,啥都有了;仗打败了,一切全完。咱现在根据战争需要破坏了旧的,正是为了在打赢战争以后再建设新的;破坏这个,正是为了保住那个。你琢磨琢磨,是这么个理儿不?"

"对。是这么个理儿。"

接着,永生又满怀激情地和二愣讲述起抗战胜利以后的美好前景。黄二愣听梁永生这么一说,心里觉着豁亮多了。可是,他有个事儿觉着奇怪,就问:

"梁队长,你怎么懂得这么多道理呢?"

"大地明亮,全靠太阳的光芒。"梁永生说,"我懂得的道理,都是跟咱毛主席学的!"永生停住锄,从衣袋里掏出一本书,指着书说,"就是从毛主席写的书上学的。"

二愣忽闪着大眼,双手接过书去,擎在眼前,瞅了又瞅,瞅了又瞅,一直瞅了老大晌。最后,他把书又递给永生,说:

"给你吧。俺这肚子里没有半滴文化水儿,一个大字不识,看也白看。"

梁永生鼓励二愣说：

"往后，你该学着识字呀！识了字，等抗战胜利了，对建设新中国大有用处哩！……"

他们说着话儿，一趟地又耪下来了。

地头上，大路旁，长满了许许多多叫不上名来的野草，密密匝匝，毛毛茸茸，活像一床绿色的毯子铺在地上。天越来越热了。热得就像头上顶着一团火。永生把大锄一戳，向二愣说：

"咱抽个地头烟儿吧！"

他说着，一屁股坐在草地上，用毛巾擦着脸上的汗水。

黄二愣"啊"了一声，和梁永生面对面地坐下来。

永生一面掏烟袋一面问二愣：

"你愿意不愿意识字？"

"当然愿意喽！"

"那你为啥不积极上夜校呢？"

"俺从小穷得掉底没帮，如今已经这么大岁数了，指着上几天夜校能识几个字？"

"能识很多字啊！你只要积极上夜校，长期坚持下去，就能摘掉文盲帽子。"永生说，"如果，你再随时随地认些老师，进步就会更快。"

"到哪里去认老师呀？"二愣说，"在这龙潭街上的穷人中，找个夜校教员就找不着！现在教夜校的，是个富农子弟。我腻歪他那号德性。这也是我不愿去上夜校的一个原因。"

"这不对。在政治上，你应当帮助他；在文化上，你应当向他学。"永生说，"你腻歪他，不接近他，在政治上也就不能帮助他了，在文化上也就不能向他学了。这对抗战是不利的！"

二愣忽闪着大眼，点点头。永生将话题一转又说：

"好！我先给你当个先生——"

他说罢,用小烟袋在地上写了五个大字:

"毛主席万岁!"

写完后,二愣就一个字一个字地念出来了:

"毛主席万岁!"

永生把这几个字擦去,重新写了五个大字:

"共产党万岁!"

刚写完,二愣又念出来了:

"共产党万岁!"

"喔哈!"永生高兴地说,"你已经认字不少了嘛!"

"哪里!"二愣笑笑说,"总共认识十一个!"

"十一个?"

"嗯喃。"

"哪十一个?"

"除了刚才你写的这八个字以外,还认识三个——八路军。"

梁永生兴冲冲地点点头。又问:

"这十一个字你是怎么认识的?"

"我是从墙标上认识的。"

接着,永生又在地上写了十一个字:

"黄二愣热爱共产党、毛主席。"

二愣又指着"共产党、毛主席"念道:

"共产党、毛主席。"

永生高兴地笑着,又指着其余的字问:

"二愣,这些念什么?"

黄二愣摇摇头:

"不认得!"

于是,梁永生又一个字一个字地教起来。不一会儿,黄二愣又把其余的五个字全学会了。永生心里想:"行!别看二愣是个粗鲁

脾气儿,学识字儿,还满心灵哩!"接着,他又鼓励二愣道:

"二愣啊,只要你肯呛劲,你头上这顶文盲帽子,是准能摘掉的!"

"能?"

"能!"

随后,梁永生将他从前跟房兆祥学文化的过程讲了一遍,继而又道:

"二愣啊,现在,你要决心学文化,条件比我学文化的时候可好多了!眼时下,不光是村里有夜校,咱们队伍上,有好多同志也都在学文化。而且,有些人,已经认字不少了,满能给你当个老师。"

黄二愣忽闪着大眼安安稳稳地听着。

梁永生停顿一下又说:

"俗话道:'井淘三遍吃甜水,人从三师武艺高。'往后儿,你要注意随时随地向认字的人们学习,多认些老师……"

永生讲到此,二愣乐起来:

"梁队长,我向你保证:今后一定积极努力,坚决摘掉文盲帽子!"

二愣一表决心,永生的话又变了味道:

"二愣啊,可要知道,立志容易成功难呀!"

二愣又是听而不语。

永生的话题在步步引申:

"做一件事,要成功,必须走完从说到做这段路程。那些只有志愿而没有行动的人,只能靠做梦来实现他那美妙的理想……"

梁永生一面和二愣谈着,眼角在不时地向四外瞟扫。他在看什么?似乎什么都看,又似乎什么也没看——这是他的一种习惯!作为一个老游击队员,大概都养成了这样的习惯——无论在什么地方,也无论在干着什么,他都是在自觉不自觉地留心着四外的动静,而且,对那些发生在他周围的任何动静,他还非同寻常的敏感。

突然,有一群叫不上名来的野雀儿,从那边路畔的几棵高粱梢上忽地飞起来。

梁永生那正然瞭扫的视线一望见这种景象,立刻收住了话头,冲口而出地提醒二愣道:

"来人了!"

二愣朝四外撒打了一圈儿:

"哪有人呀?"

黄二愣的话未落地,从那边的高粱地边上,走出一个扛锄头的人来。

这个人,约有五十来岁年纪。身上的衣裳十分破旧,上面还有一层闪光的油渍,上眼一看,就跟剃头棚里的荡刀布差不离,使你辨认不出他这身衣裳原本是个什么颜色儿了!

黄二愣没顾得留心这个人。他在好奇地问永生:

"刚才,他还被高粱稞影着,你怎么就知道'来人了'呢?"

永生未答。

他一边擦着地上的字,一边朝那来人一甩下颏儿:

"二愣,你认识那个人不?"

黄二愣扭着脖子,朝那来人看了一眼:

"不认得!"

稍一停,他又道:

"是个找零活儿干的。"

"你咋知道?"

"好像前天来过。"

黄二愣这么一说,梁永生对那来人发生了兴趣。于是他就悄悄地向那人打量起来。

这时,那扛锄人正向这边散散漫漫地走着。他那刮得溜光光、青徐徐的脸上,笑乎乎、乐津津的,还用他那贱声贱韵的音腔,轻哼着一支民间小调儿。

永生望着,想着:"不对劲儿呀!这个人,既然是出来找零活儿干的,可是天已到了这般时间,他还没有找上个饭门,怎么还这么美不够哩?再说,听他这口音,显然不是当地人,可他哼唱的又是当地流行的《打牙牌》;如果他是才从外地逃过来的难民,这小调儿是哪时学会的呢?……"

永生想到此,便朝二愣悄声道:

"注意!来人不对头!"

二愣也低声说:

"嗯。我觉摸着他也不地道!"

永生嘱咐二愣:

"你别吱声儿——看我的!"

二愣点点头,用喉音发出一个字:

"嗯。"

他俩的悄悄低语,到此断了弦。

梁永生将那根一拃长的小烟袋,插进烟荷包里,一边捻捻搓搓地装着烟,一边悠闲地望望天。

天幕上,飘来一块黑云彩。

它,将蓝天那纯净的美景给破坏了!

永生朝天空望了一阵,向二愣说:

"虽说刚下了一场好雨,要是再来一场,按说也不算多!"

这时的黄二愣,正凝视着西北天角,还鼓着两腮轻轻地吹着口哨。他听了永生这句话后,摆出一副口无心的神态,顺嘴应道:

"那是!"

梁永生没话找话地又说:

"眼时下,正是'六月六看谷秀'的季节,只有'脱泥秀谷',才能'有苗就收'啊！……"

"可不！"

二愣有一搭无一搭地应付一句，又吹起他那动听的口哨来。

他俩正东一句西一句平平淡淡地啦着闲呱儿，那个扛锄人来到了他们的近前。

梁永生站起身来，架着小烟袋迎上去。

在永生的目光和那人的目光一碰头的当儿，永生的心里蓦地产生一种感觉："咦？这人好面熟呀！"这时，他一面悄悄地翻腾着记忆，一面摆出一副毫无所察的神态，朝那人伸过一只满是老茧的手掌，并歉意地笑眯着两只憨厚的眼睛：

"麻烦你，借个火儿使使！"

永生这句话，是拙口钝腮的，土里土气的。

那人朝永生投来一副蔑视的眼光，在一种无可奈何的神态下，将手插进裤荷包儿，掏出一盒火柴，扔在梁永生那只端平久等的大手掌上。

永生划火点烟。

就在这一瞬间，许多念头掠过永生的脑海："这个人，手上怎么这么干净？而且连一个茧子也没有！这哪像个干庄稼活的手呀？……磷是军用物资，眼下敌人控制甚严！因此，火柴早就绝了市。敌人配给火柴，两个月才每户只给一盒儿！这盒儿火柴，老百姓都舍不得轻易使用！现在，人们都用灰盒子打火做饭，用火镰打火抽烟！可是，火柴在这个人的手里，怎么竟是这么不贵重？就从这一点看，他也不是个真正的庄户人家！……"

只是一瞬间，梁永生就想了这么多。

可是，要看其外表，给人的感觉是：梁永生现在啥也没想，只是点火，抽烟。

在梁永生点火抽烟的当儿，那人趁机和黄二愣搭搭上了：

"小伙子,榜儿遭啦?"

黄二愣佯装无心的样子:

"五遭。"

"唔!不少哇!"

"嗯。"

"姓啥?"

"姓黄。"

二愣边答边想:"不能让他这么问下去!"于是,他答罢,没容那人张口,又反问开了:

"你姓啥?"

"姓张!"

"是从外地来的吧?"

"哎,对,对对!是来找零活儿干的。"那人见永生已将烟点着,又转向永生,"你们是哪村的?"他的轻贱腔调里,潜伏着残暴的音韵。永生佯装一无所察,很随便地向左一甩头:

"龙潭街的。"

永生说着把火柴还给那人。

那人一面装着火柴,一面又问:

"你们村里平静不?"

"唉——!"永生先长叹了一声说:

"平静就好啦!"

"也是不平静?"

"嗯!"

梁永生这一声"嗯",引起了那人的兴趣:

"怎么不平静?"

永生摆出一副胆小怕事的神态,先朝四下里撒打一阵儿,又用拇指和食指比了个圆圈儿说:

"白天来这个!"

继而,他把拇指和食指全都挺直,"○"变成了"八"字儿,又说:"夜里就来这个!"

他说罢又叹息了一声。随着这声叹息吐出一口浓烟,接着说:

"脚下这个兵荒马乱的年头儿,像咱们这号庄户人家,不好混呀!"

永生说罢,又摇着头叹了一口长气。

他在叹息的同时,还哈下腰去摸锄杠,看样子,像是不愿再谈这些事,他要插手干活了。可是,这时那人的神色和永生截然相反——兴致是越来越高。他用手比着"八"字儿,又问永生:

"这个,常到你庄上来?"

梁永生拙口钝腮地说:

"敢是的!"

他说罢,又故作惊慌地压低嗓音,低语道:

"咱不谈这个,不谈这个……"

"为啥?"

"说不得呗!"

"怕啥?"

永生那严峻的神情和那人的放肆神情形成鲜明对照:

"怕啥? 这才胡来哩! 要叫汉奸那些狗杂种们知道了,还不得惹场大祸呀? 像咱们这号老实巴交的庄户人家,扯大拉小的一家巴子,不过啦?……"

梁永生一面说着,一面用眼角儿瞟扫着那人的表情。当他提到"汉奸那些狗杂种们"的时候,只见那人的神态突然一变,立刻又强力抑制住他的感情,佯装出镇静的样子。

这时,梁永生已从那人身上明显地嗅到一种敌意。不过,他给那人留下的印象却是:这个庄稼佬,既胆小怕事,嘴又不严! 因此,

那人暗自决定,要在梁永生这个"庄稼佬"身上捞点油水儿。于是,他又用手比着"八"字儿,再次追问梁永生道:

"这个,真常到你们庄上来?"

"那还撒谎?"

"谁们常来?"

永生反问那人:

"你听说过大刀队不?"

"听说过。"

"他们就三六九儿地来!"

永生一说这个,那人兴致更高了。他强拉着永生坐下,并说:"生人相会,都是有缘的,坐下唠扯唠扯!"他见永生不大随意,又掏出他那好像新安装上的旱烟袋,递给永生说:"来,尝我一锅子,我这是上等黄烟,味道特别香……"

梁永生显出无可奈何的样子,坐下了。

他磕去自己烟锅里的烟灰,将小烟袋插进那人的烟荷包,捻捻搓搓地装着烟。那人坐在梁永生的对面,不太熟练地佯装着漫不经心的样子,又问梁永生:

"哎,咱想起啥来说啥了——听人说,大刀队上那个队长梁永生,可是能耐不小……"

"嗯。"

"他也常上你们庄上来吧?"

"嗯。"

"那你当然会认识他了?"

"嗯。"

"他现在在哪里?"

"谁?"

那人这时心里腻烦起来:"这个庄稼佬儿的脑袋瓜子太迟钝

了!"他虽心里暗暗地这么想着,可并没把这种感情表露出来,而是强耐着性子不厌其烦地说:"梁永生啊!"

"梁永生干啥?"

"他现在在哪里? 是不是在你们庄上?"

梁永生蓦地惊慌起来:

"你问这个,俺可不敢说!"

"怕啥呀? 说也没关系嘛!"那人说,"反正咱们都是老百姓,哪说哪了,当说着玩儿呗!……"

永生的脑袋像货郎鼓似的摇着:

"不,不,俺不!"

"咋?"

"这可不是说着玩儿的!"

那人拍打着薄薄的眼皮儿,转动着阴险的眼珠儿,悄悄地想了一阵儿,又说:

"哎,你听说过没有——"

"啥?"

那人凑前一步,诡秘地说:

"谁要能帮助皇军……不,日本鬼子捉到那个梁永生,赏洋五万元呀! 你没听说过?"

"这倒听说过。"

"五万元,可真是不少的钱呀!"

"那敢是!"梁永生土里土气地说,"俺这阖庄的家业全可上,怕是也值不了这么多的钱哩!"

那人为了进一步激发梁永生的"爱财之心",又说:

"咱听说,因为票子又贬值了,人家日本人还要按出示悬赏布告时的币值折价行赏哩! 谁要有造化,能得着这笔外财,可就一步登天无穷的富贵了!"

梁永生咯出一口痰吐出去,又佯装同感地点着头:

"可不是呗!"

那人乘机攻上来,撺掇他说:

"那你咋不去报告?"

"俺一个庄稼汉子,哪知道上哪里去报呀!"

"上据点上去报呗!"

"喔!俺可不敢!"

"咋的?"

"俺怕!"

"怕啥?"

"自古以来,不都是'兵扰民,民怕兵'吗?特别是那些汉奸狗子,见了鬼子紧蹀躞,见了八路就草鸡,专爱欺负老百姓!"梁永生稍微停顿一下儿又说,"有一回,我去给据点上送柴禾,也不知怎么弄得不对劲儿了,不光镏子儿没给,还差一点儿叫那汉奸杂种们把我打死!"他点着烟抽了一口接着说,"这话,已是一年多以前的事了。可是,直到脚下,我一寻思进据点那个鬼门关就脑袋痛,脊梁骨也发凉!……"

那人来了个仰天长叹,故作惋惜地一摊双臂:

"可惜呀,可惜呀!这是一笔不费吹灰之力唾手可得的外财……真是太可惜了!"

梁永生也叹息了一声,说:

"可惜也没法儿呀,俺反正不愿进据点儿!"

沉默了片刻。那人见永生总是想起身去糁地,忙不迭地又说:

"哎,要是据点上来人,你敢不敢报告?"

"那要看来个啥样的人了——"永生说,"要是来个挺善静的人,我当然敢报。要是来个穿军装的,身上带着枪呀刀儿的,说话又吹胡子瞪眼挺横的,俺还是不敢报!"永生打了个唉声又说,"我

155

这个人呀,从小胆小怕事,就是见不得官面儿上的人!"

那人突然转了话题,傲然自得地说:

"你见了我害怕不?"

"你有啥可怕的?咱们是一样的庄户人家!"

"我算善静不?"

"善静!"

"那你就向我报吧!"

"向你报?"

"是啊!"

"报啥?"

"报梁永生现在在什么地方呀!"

永生一听,扑哧笑了。他用一种故意逗哏的语调,有一搭无一搭地说:

"俺向你报不是白报,你又不给俺钱!"

"我要是给你钱哩?"

梁永生满脸泛起取乐儿的神色:

"你要是给我钱呀,别说是五万,就是五百,我也向你报!"

"咋这么贱?"

"来得便宜呗!既不用担险,又不用害怕,说句话费了啥?"

梁永生说到这里,见那个家伙求功心切,就故意装作要起身的样子,望着日头说:

"呀!天不早了!跟你扯了些没用的,耽误了一趟地!咱别穷逗这些没要紧了,下回再拉吧!……"

"别走!"

"别走做啥?扯拉这些闲言淡语,不是做梦娶媳妇?又不当吃又不当喝!……"

梁永生说着说着站起身来。

那人一见永生要走,忙说:

"你别走哇——我给你钱!"

"去吧!别拿俺开心了!"

"真的呀!"那人掏出一沓子票子,朝永生眼前一举,带着引逗的神色说,"你看——!"

梁永生佯装一见票子动了心:

"喔哈!这么一大沓子,得有一千块吧?"

"一千?五千!"那人说,"你向我报了,这些钱全给你!"

"你是据点上的人呀?"

"我,我,我不是——"

"不是你为啥……"

那人故作神秘地说:

"我给你五千,你说给我,我再上据点上去报,人家给我五万——我是为了赚钱呀!"

这时永生心里想:"石黑'悬赏缉拿'的'价格'是,谁捉到梁永生才给五万,怎么他一去报就给五万?"从这里,永生更断定这个老小子不是好人了!可是,他并没把这种心情表露出来,只是"哦"了一声,佯装猛醒,又叮嘱说:"那,咱得先讲好一条儿——"

"哪一条儿?"

"你到据点上去报告,可不能说是我说给你的!"梁永生带着提心吊胆的神色说,"你要是说了俺,万一叫八路军知道了……"

"不说你,保证不说你就是了!"那人说,"再说,我还不知你老哥贵姓哩,我想说你也没法儿说呀!"

梁永生笑乎乎地点点头。

那人静静地等待着。他等待梁永生告诉他梁永生的下落。谁知,梁永生向四处一撒打,又摇摇头滑扣了:

"不行!"

"咋又不行?"

"这个地界儿不行呗!现下正是收工的时候,这儿又是大道——"梁永生指指那边正在收工回家的农民说,"你看!人来人往的,哪能说这个呢?要是叫人家听了去,报告给那个梁永生——"梁永生指指自己的脑袋又说,"俺这个玩意儿管甭要了!"

"那,你说,哪里行?"

梁永生向四周瞭望着。

一霎儿,他指着漫洼地里的一个"小瓜屋儿",以商议的语调说:

"哎,咱上那里头去说行不行?"

那人朝永生指的方向瞅着:

"小瓜屋儿里?"

"啊!"

那人想了想,说:

"就依着你!"

永生要走时,又嘱咐二愣:

"你别光贪玩儿,要哨着人点儿!啊?听了不?可千万不能走露了风声呀!要不价,咱们这一家巴子,钱也得不着,人也全做酱了!听见了不?咹?"

永生这些话,是想暗示给黄二愣两层意思——一是,叫他注意放哨,留心随时可能发生的敌情;二是,他想用这些话,来点明他和二愣是一家人。

他这后一层意思,除了使二愣明白以后好跟他合作而外,主要是想说给那人听的。其实呢,方才永生敢于当着二愣说那些话,那人就已经认为他们是一家人了。而且,给那人造成的这种错觉,永生也已经意识到了。不过,梁永生毕竟是个非常细心的人,他目下所以再一次来上这几句一语双关的话,意在彻底打消那人万一可能有的疑虑。

说到黄二愣,这个粗中有细的小伙子,在方才这一阵里,由始至终,一直跟梁永生配合得很好。

开初时,他见梁永生装出那股傻里傻气的神态,心里觉着好笑!可也是哩!自从黄二愣认识梁永生那一天起,无论何时何地,无论在任何情况之下,他多咱见到梁永生有过这样的神态?当然是没有的!

多少年来,梁永生留给黄二愣的深刻印象,是一种令人敬慕的英武形象!他听人说过的梁永生大闹黄家镇,是如此;他亲身参加过的营救小锁柱,也是如此。特别是抗日战争以来,黄二愣曾和梁永生一起夜袭柴胡店,也曾一起鏖战在龙潭的街头巷口,在这些战斗中,永生留给二愣的形象,更是如此!大概正是因为这样的缘故,二愣对永生目下的神态才感到可笑!

不过,黄二愣虽然心里觉着很可笑,可从他表情看,却丝毫没有流露出来。就说刚才梁永生和那人通过啦叨儿进行斗智的时候吧,人家黄二愣,一直是装出一副不关心这号儿事的样子。

一忽儿,他跑到东边的花生地里去逮蝈蝈儿;

一忽儿,他又窜到西边的芝麻地里去追小兔儿。

有时候,他也坐在旁边,听一阵话儿。就是在他听他们说话的当儿,他还不时地探出身子伸出手,不是将正在啃食庄稼的一个蚂蚱弄死,就是将一丛谷苗附近的小草拔下来。

因此,黄二愣给那人留下的印象是,这个小伙子,是个"不懂政治"的庄稼孩子;而且,这个孩子在他的大人面前,还有几分局促,有时看来想插嘴而又不敢插嘴。

二愣这种神情,当然是他故意装出来的。

现在,二愣听永生这么一说,灵机忽地一转,立刻领会了永生的意思。于是,他用传情的眼睛望着永生"哎"了一声,又说:

"叔,你可快点来呀!要不,我不等你了!"

二愣以撒娇的语气说着,脸上流露出一种叔侄之间特有的那股既敬重又诙谐的神色。永生用嬉笑、责备兼而有之的口吻说:

"瞧你这孩儿!这么大了,还是没点大人气儿,净是一片玩儿心!"

梁永生说罢,就踏着漫洼地斜棱八角地朝那座"小瓜屋儿"走下去。

这时,有两只灵巧的燕子,在人们的头顶上低低地飞着。它们,时而飞得挺高挺高,时而又俯冲下来,去追捕那人眼不易看见的无名小虫儿。

梁永生领着那个不知道名字的汉奸向"小瓜屋儿"走着,那汉奸一面气呼呼地跛着步子,一面挂着轻蔑的神色向永生说:

"你们这号庄户人家呀,总是怕掉下树叶来砸着脑袋,胆子小得像个豆粒儿!在那里说了够多好?唉!净自找着费这股二蔓子劲!……"

在这走向"小瓜屋儿"的路上,梁永生一直在用语言来拨动那个老小子的思路。现在,他又在边走边说地消磨着时间:

"唉!庄稼佬庄稼佬嘛!像俺这号庄稼汉子,见过啥呀?啥也没见过!不怕你笑话了,就说吧,俺打小连火车也没见过……"

"没见过火车?"

"没见过!"永生说,"我到过的地方,方圆连十里地也没有!……"

"像你这样的人,死了也算一辈子?"

"谁说不是哩!想起来也真冤呀!"永生又自暴自弃地叹息一声,"你看!脚下这个世道儿这么打仗,我就没见过什么这枪那炮的!……"

那汉奸讽嘲地问:

"见过洋炮吗？"

"洋炮倒是见过！"永生说，"可没敢放过！因为这个，俺一听见枪响就吓破胆，一见到穿军衣的就噗通心，在老远望见当兵的背着大枪心里就发怵……"

他俩且走且说，且说且走，说到这里便迈进了"小瓜屋儿"。"小瓜屋儿"，间量很小，横着竖着都不过一庹多长。

这个"小瓜屋儿"，是瓜农看瓜时住的地方。自从闹鬼子以来，鬼子、伪军一见瓜地就不走了，糟蹋个一塌糊涂才算了事。因此，瓜农们不敢种瓜了，大都把瓜地改种成了五谷杂粮。这"小瓜屋儿"的主人，也属于这种情况。因为这样的缘故，当前虽是瓜季，"小瓜屋儿"周围却没有一棵瓜蔓。"小瓜屋儿"里头，除了一条小土炕而外，便是四个墙旮旯儿，什么玩意儿也没有。

他俩进了"小瓜屋儿"以后，都半斜着身子夯拉着腿，坐在炕沿儿上。梁永生掏出那根小烟袋，将烟锅子插进烟荷包里，慢慢沉沉捻捻搓搓地装起烟来。看他那股沉住气的神态，就像他已经忘了到这"小瓜屋儿"里来干什么似的！

那汉奸催促道：

"说呀！"

梁永生低着头不吱声。

汉奸又是一遍：

"你还不快说吗？"

梁永生摆出一副后悔的神情，摇着头说：

"不行！俺越琢磨越不行！"

"咋又不行？"

"你赚俺！"

"赚你？"

"可不是呗！你也是个庄户人家，俺也是个庄户人家，俺说出来,只得五千,你去一报,得四万五,这'买卖儿'干不得!"梁永生说,"那俺哪如去直接报给人家据点上的人呀?……"

那汉奸一看梁永生啰嗦起来了,他的心里越来越不耐烦。他想:"我有一支枪,他两手攥空拳,又在这漫洼居中的'小瓜屋儿'里,亮出我的身份,大量也不要紧!"他想到这里,于是便说:

"你别胡裹黏了!我就是据点上的人,快说吧!"

梁永生这时依然是不着急,不上火,不以为然,还是那股不紧不慢的憨厚劲儿:

"你说这个,俺信不着!"

"为啥信不着?"

"嘴是两张皮,连点儿证据也没有!"

永生说罢站起身来,一边朝外走,一边嘟囔着:

"多一事不如少一事,散伙吧!"

那汉奸见永生真要走,忙上前拽住了他,并从腰里掏出一支小手枪,向永生一亮,说:

"你瞧!这是啥?"

梁永生装着害怕的样子,变脸失色地说:

"枪?"

那汉奸说:

"这算证据不?"

梁永生像惊呆了似的,瞪着疑惑的眼睛,不吱声。那汉奸紧跟着又加上一句:

"你想想,庄户人家能有枪?"

梁永生呆呆地愣了一阵,佯装忽然醒了腔,摸着后脑勺儿憨笑了:

"我信着了!看来你还真是据点上的呢!"

他继而又感叹地说:

"我这个人好说实话,据点上的人,像你这么善静的可真不多呀!"

"既然信着了,那你就快说吧!"汉奸追问道,"梁永生现在哪里?"

梁永生好像没听见。他直瞪着一双好奇的眼睛,瞅着汉奸手里的手枪,并一边瞅一边孩子气儿地叨叨着:

"哎,这玩意儿挺有意思!这么一丁点儿小东西儿,也能放得响吗?"

那汉奸不耐烦地说:

"不响带它干啥?如掂着个掏灰耙吗?"

梁永生憨笑着要求说:

"叫俺看看行不?"

那汉奸以斥责的口气说:

"这是看着玩的玩意儿?"

"那怕啥的呀?这是铁的,又不是纸儿的,还能摸坏了?"

"摸响了怎么办?"

"别逗俺啦!你还没装药呢,它能响得了?"

那汉奸一听,嗤地笑了。他直笑得那高牙床子上的鲜红的牙花子全露了出来,又说:"你真是个地地道道的庄稼巴子!"

"我说错了?这玩意不是铁的?"

"不是那个——"

"啥?"

"这枪用子弹,不用装药!"

"噢!那么说,你没搁上子弹,叫俺看看不也看不响吗?……"

那汉奸又笑了:

"别胡啰嗦了!你快说梁永生在哪里吧!"

"你不叫俺看看,俺就不说!俺要是说了,你准更不叫俺看了！"梁永生说，"那俺管这一辈子也捞不着开开眼了！……"

汉奸在犹豫。

梁永生又说：

"嚄！你再这么厉害干啥？俺光看看，又不要你的，为啥不叫看哩？……"

永生嘟嘟着，那汉奸暗自想道："给他个空枪，让他看看，也不会出什么事儿的！"于是，他将子弹梭子抽出来，把手枪扔给永生，没好气儿地说：

"给你，看看吧！"

"可好，可好！……"

梁永生装出特别高兴的神色，讷讷地说着。与此同时，他还故意慢慢沉沉地伸出一只颤颤巍巍的手，格外小心地抓起了那支手枪。

那汉奸一面望着梁永生的神情和动作，一面轻蔑地笑着：

"你这人，真是啥也不懂，还啥也要看！看完了，可得告诉我——梁永生在什么地方呀？"

"行行行！"

梁永生一边瞅着手枪，一边顺口应着。他瞅了一会儿，笑笑说：

"喊！就是这么个玩意儿呀！"

"这玩意儿你瞧不起？"那汉奸说，"它，放上子弹就能打死人！……"

梁永生像逗趣儿似的不紧不慢地说：

"其实，这玩意儿，俺也有一个！"

"你也有？"

"可不是呗！"

那汉奸又轻蔑地笑了。

他掏出一支烟卷儿,叼在嘴角儿上,点着,狠狠地吸了一口,又将口腔的浓烟喷出来,而后,以嘲笑的口吻撇着嘴角子说:

"你有枪?你有烟枪啊?"

"不!真有!就是比你这个大点儿!"

"泥儿捏的吧?还是木头做的?"

"不!"梁永生从腰里抽出匣枪,笑笑说,"你瞧!这不也是铁的吗?"

这时节,梁永生的神色、语气,都不像在跟敌人斗智,而是像在跟熟人逗趣。可是,在这种特定的情况下,这样的神色和语气,其威力却是比声色俱厉还要大的。你看,那个汉奸瞪着两只眼直盯着梁永生的匣枪,脸上的颜色在急速地变化着——时而白,时而黄,时而灰,时而暗!

眼下,在那个汉奸的感觉中,有一股冰水流过他的脊梁骨,使得他浑身颤抖起来。他的心境,就好像一瓢冷水倒进烧红了的锅中,唰地凉下来,并炸出了一道道的裂纹。与此同时,他头上的凉汗珠子,足有黄豆粒子那么大,正稀里哗啦地往下滚着。这时候,他那双失神的眼睛,好像突然间在梁永生的身上发现了一种东西,一种非常瘆人的东西。因此,他不由得暗暗悔恨自己——为什么方才就没发现这一点?

那汉奸愣了一阵儿,嘴里结结巴巴地说:

"你,你,你是……"

梁永生不慌不忙地站起身来。

他冷冷静静地平端着匣子枪。

枪口正对着那个汉奸的胸口。

这间,在那个汉奸的眼里,梁永生的形象蓦地变了!他再也不是傻头傻脑的"庄稼巴子",而成了一位英武可畏的八路军!

他只见,在梁永生的眼里,正闪射着一种可怕的光亮。当那汉奸的眼光和梁永生的眼光碰了头的时候,那汉奸便赶紧地回避开了,仿佛他怕梁永生那锋锐的眼光会把他的眼珠子刺伤似的!

继而,梁永生的脸上,又泛起一种轻蔑的神色,不紧不慢地说:

"你,不是要找那个梁永生吗?"

那汉奸瞪着一对傻眼不敢吭气儿。

梁永生停了一下又自问自答地说:

"我,就是你要找的那个梁永生!"

梁永生这句话,尽管声音并不大,嗓门儿也不高,话语之中也没有什么吓唬人的字眼儿,可是你说怪不,这话却吓得那个汉奸立刻打了个冷战,脸色唰地煞白了!同时,他还失声地发出一声嚎叫:

"啊——!"

梁永生轻蔑地一笑,又说:

"瞧!你不是迫不及待地要找那个梁永生吗?唵?如今真的见着我这个梁永生了,怎么却又吓成这种熊相儿了?"

说实话,到了现在,那个汉奸已经吓得真魂出壳,啥也看不清,啥也听不见了!只见他,半自觉半不自觉地从炕沿上溜下来,噗噔一声,双膝跪地,身子宛如经过霜打的树叶在风中抖动着。他先把自己的脸打了几下儿,带着一副爹死娘亡的苦相,磕头如捣蒜地连连央求道:

"梁队长呀!你行行好!我有眼不识泰山!饶了我吧!饶了我吧!饶了我吧!……"

那汉奸不住声地叨叨着。

看来这小子的脑袋瓜儿已经失灵,仿佛是除去"饶了我吧"以外,再也不会说别的话了。梁永生用枪口点点那个汉奸的前额,说:"你只要说实话,我就留下你这条狗命!"

那汉奸直瞪着一双灰溜溜的眼睛,变颜失色地满口答应着:

"说实话！说实话！我一定说实话！……"

"好吧！"梁永生说，"那你要如实回答我向你提出的各种问题——"

"行行行……"

"我告诉你——你的情况，你的罪恶，我们早就掌握起来了！"梁永生又用枪口点一下那汉奸的额盖，并在语气上增加了几分严厉，一字一顿地说，"你要说瞎话，我就枪毙你！"

"是！不敢！不敢！"

随后，一场严肃的审讯，便在这漫洼地中的"小瓜屋儿"里开始了。

梁永生端着匣枪端坐在炕沿上。

那汉奸像个直橛儿似的跪在炕根底下。

梁永生问："你叫啥？"

那汉奸答："叫，叫，叫张温。"

这时的张温，是多么不愿说出自己的真名实姓啊！他在作出这句最普通最简单的答供的一刹那间，头脑中进行了一场激烈的斗争，眼角儿还连续瞟扫了永生好几次。当他想不说真实姓名时，梁永生刚刚说过的那句话，强烈地在他的耳畔响着："你的情况，你的罪恶，我们早就掌握起来了！"除了这句话在促使着他改变说假话的主意而外，还有另外一种强大的压力，那就是梁永生那支瘆人的匣枪口，正在对着他那被虚汗覆盖着的亮脑门儿。这个无情的压力使他想道："我要是说了假话，他二拇指头一动弹，我这条小命儿就算交代了！"张温基于保命的想法，这才万般无奈地道出了真名实姓。

张温这么一说，永生心里一震。

他的头脑中忽忽地闪了一阵，终于将这个眼熟的家伙认出来了——目前跪在面前的这个汉奸，原来就是曾在杨柳青"福聚旅馆"见过面的那个张温。

张温在据点上当伪军的事,永生当然是知道的。

可是,他不仅当了伪军,而且又当了敌人的特务,这一点,永生还不清楚。特别是,跪在面前的这个特务就是那个张温,原来永生更没想到能有这么巧!

现在,永生正是由于感到遇得巧而有点吃惊的。

不过,他只是内心里有点吃惊,外表上却没任何变化,并将他的审讯毫无间断地继续下去了。下面,便是梁永生和张温的一段对话:

"你是杨柳青人吧?"

"对,对对。"

"多大岁数?"

"五十。"

"从前在'福聚旅馆'混过事吧?"

"对,对对。"

"你现在在据点上干什么?"

"当汉奸!"

"属于什么组织?"

"地下线。"

"地下线是什么?"

"就是特务队。"

"你们特务队里多少人?"

"十八个。"

"都是谁?"

"蝎子,蚰蜒,老刺猬,蛤蟆,老鼠,大眼贼——"张温急促地喘息了一口又说,"还有,屎壳郎,绿豆蝇,花蟒蛄,可怜虫……"

张温说着。

永生算着。

张温说完了。

永生问他道：

"你说的这些代号儿都准吗？"

"准,都准！"

永生严厉起来：

"你叫什么代号儿？"

张温萎缩着身子：

"可怜虫！"

"你们的头头儿是谁？"

"余山怀。"

"他是什么代号儿？"

"绿豆蝇！"

梁永生这时望着可怜虫的"可怜相",心里一鼓鼓的,差一点儿没笑出来。他将一口唾沫吐在地上,极力忍住笑,又问下去：

"你们这里边,不还有个罗矬子吗？"

"对！有。"

"他的代号是啥？"

"屎壳郎！"

"豁嘴子呢？"

"大眼贼！"

"你把你们这十八个人的名字说一遍！"

"是！"

张温将十八个特务的名字说完了。梁永生又叫他重述一遍,然后说：

"你们归谁领导？"

"太君……不,石黑！"

"这回是谁派出你们来的?"

"石黑!"

"派出你们来的任务是啥?"

"他叫我们,打听梁永生——"张温忙改口说,"不,不,打听长官你的下落……"

永生等张温说完后,又进一步追问:

"你们这帮'绿豆蝇'、'可怜虫'们,全是怎么伪装的?"

张温像说数来宝似的说:

"装成干什么的都有——算卦的,相面的,卖姜的,卖蒜的,化缘的,要饭的,换针换线收破烂的;也有提篮挎筐冒充走亲访友、赶集上店的;还有带着各种各样的家什串街盘乡找零活儿干的……"

"有没有暗号儿?"

"有!"

"啥?"

张温又说起特务们伪装的暗号儿来。他在那边说,永生在这边看,等他说完后,永生觉着张温的说法和他自己的穿戴打扮完全相符,便转口又问:

"还有啥没交代?"

"没了!"

"胡说!"

"真没了!"

"你们在哪活动?"

"哦! 对,对,对!"张温说,"我们目前的活动范围是,坊子镇,龙潭街,雒家庄,宁安寨,十里铺,七里桥,张家集,岱家庙,王马店,苏家庵,秦村,关庄,纸坊,马厂,董家庄……"

"还有啥?"

"这回真没有了!"

"今天余山怀在哪里活动?"

"雒家庄!"

"用啥作伪装?"

"卖洋蒜!"

梁永生严肃地说:

"张温!你这些话,可都是实话?"

"实话,都是实话!"张温指指划划地说,"长官!上有天,下有地,这当中间儿里还有颗良心嘛!长官你待我这么好,我要再说假话欺骗长官,那还对得起人呀!再说,我要是昧着良心做事,天爷爷也是不会饶我的呀!长官要是信不过我,我可以当着你的面对天盟个誓……"

梁永生打断了张温的话弦:

"少来这一套!"

"是!"

永生又警告张温:

"我们不管'天爷爷'饶你不饶你!你要记着:你要是用假话来欺骗我们——"

张温利用永生稍一停顿的当儿,又加了声"不敢"。永生没理睬他,掂掂匣枪接言道:

"它,是决不会饶你的!"

"知道!"

"知道啥?"

"枪毙!"

"对!"

张温身子一抖。永生向他申明:

"你方才那些话,如有遗漏,还允许你补充;如有假话,还允许你校正!可是,过了现在,就再也没有这样的机会了!……"

永生跟张温谈到这里,朝"小瓜屋儿"外边喊道:

"二愣!"

"有!"

永生喊声未落,二愣应声而入。

他怎么来得这么急爽?原来是,在梁永生审讯张温的过程中,好奇的黄二愣,早就凑到"小瓜屋儿"门口旁边来了。他一面瞭望四野,一面听屋里的问答。现在,他听永生一喊,跨步进了"小瓜屋儿",端端正正地站在梁永生的面前,打了个敬礼以后郑重其事地说:

"报告梁队长!民兵黄二愣,奉命来到!"

"好!"

永生指指张温向二愣道:

"你将他带回村去,先关押在民兵队部,派上几个民兵严加看守!"

"是!"

永生点一下头,又道:

"然后,迅速组织一些民兵,到各村去分头送信,向各村的民兵干部,还有住在那村的大刀队战士,口头传达我的命令——让各村的民兵和大刀队战士配合起来,火速行动,把所有……"

"明白啦!"

"明白啥?"

"把所有戴草帽、穿铲鞋、褂子只扣仨扣儿的生人,全部逮捕起来!"

"你咋知道的?"

"我已经听见了!"

"送信的村庄……"

"我也知道——主要是坊子镇,宁安寨,雒家庄,十里铺……"

二愣真是好记性呀！他将方才张温提到的那些村名,一口气儿说了一遍。虽然顺序不尽相同,可是一个也没漏下。

永生听后,将高兴掩藏在心内,朝二愣说：

"不要到雒家庄去送信了！"

"你去？"

"对！"

永生忽闪着笑眼像突然想到了什么,他又以启发的口吻问二愣道：

"你对要去完成的任务都明白了吗？"

"有一点还不明白——"

"哪一点？"

"将那些特务逮捕以后,在什么时间、送到什么地方去？"二愣一缓气又跟上一句,"请队长指示！"

黄二愣不仅记性特别好,还竟是这样的细心,这哪还像个二愣呀！永生心中高兴地想着。一向细心的梁永生,今天竟没嘱咐这一点,是不是因为一时粗心？不是的。这是因为,过去二愣有个粗心的毛病,永生帮助他改正这个毛病也下过不少工夫,今天永生是想通过这件事看一看,二愣改正得怎么样了。现在他怀着兴奋的心情,迈步走到"小瓜屋儿"门口,先扶着二愣的肩膀低语了一阵,然后又拍拍二愣的肩峰,笑盈盈地问道：

"行不行？"

"行！"

"那就火速行动吧！"

"是！"

二愣得意地笑着,点一下头。尔后,他转向张温,又喝令道：

"走！"

方才二愣说"行"的时候那么得意地一笑,就把个疑神疑鬼的张温吓了一跳,现在他又横眉冷目地喝了一声"走",更把个张温吓没了真魂。你看他,身子就像被人抽去了全部筋骨似的,软瘫瘫的,连立都立不稳了,他怎么还能跟着二愣走呢?

张温不走,二愣当然不干!

二愣不干,张温向永生祈求:

"长官!我求求你,我求求你,以后我一定改,一定改……"

永生没有答话。

张温又泪濛濛地说:

"你们不是要枪毙我呀?"

永生心里好笑,说:

"你先别害怕,不是去枪毙你!"

张温那蜡黄的脸上渐渐泛起血色:

"谢谢长官!谢谢长官!"

这时永生想道:"利用张温这个小子多了解一些有关余山怀的情况,火候到了。"永生想到这里,就说:

"如果你不立功赎罪,就凭你当铁心汉奸这条罪恶,是应当枪毙你的!"

永生这一句,把张温脸上那刚刚泛出的一丝儿血色又吓回去了!他颤动着铁青色的薄唇正要再说什么,永生没容他出声先开了腔:

"张温!我问你——你认识我不?"

说真的,张温是不认识梁永生的。你想啊,过去张温在"福聚旅馆"混事的时候,天天迎迎送送,该有多少张脸孔在他的眼前闪过呀!像当年梁永生那样一个"穷光蛋",尽管在去找余山怀投亲时是张温"接待"的,可他怎么能给这张温留下什么印象呢?况且事情又经过了这么多年,永生当时连个名字也没留给他,所以现在他冲着永生瞅了好久最后只好说:

"不认得!"

"你在'福聚旅馆'混事的时候,不是曾经接待过去找余山怀投亲的一家人吗?"梁永生说,"我,梁永生,就是那个'自找没味儿'的'穷光蛋'!"

他这一说,吓得个张温又噗噔一声跪在地下,连磕头带作揖地央求道:

"长官!你宰相肚子撑开船,君子不见小人怪——过去那一章,千错万错我的错!再说,我当时……"

梁永生现在重提旧事,意在揭开张温和余山怀的老根!这时,没容他继续说下去,便拦腰插言道:

"张温,我把话说回来——我是了解你的。也知道你和余山怀所干的勾当。今天,你要如实交代,立功赎罪;不然,我们是不会轻饶你的!……"

随后,梁永生简要地讲了讲我军的俘虏政策。张温说:

"我一定如实交代,一定如实交代!……"

张温交代了有关余山怀的一些情况。其中,包括梁永生宁安寨被围时,敌人所以知道他的名字,就是在梁永生越狱之后、被围之前,余山怀向石黑报告的。他交代完后,梁永生又说:"我再次向你讲明白——你说的这些要都是真的,我们一定按照党的政策对你进行宽大处理……"

张温急忙自我表白说:

"保证真实!"

"你自己保证不行!"

"谁给保证行?"

"得让事实来给你作保证!"永生说,"我们马上就要采取措施!只要将来的事实证明你没撒谎,我们对你就宽大处理!如果事实证明你是用假话骗了我们,那就说明你是死不悔改的铁心汉奸,我们定将严办!"他稍一停顿,继而又道,"你要还有什么事情愿意交代,现在还不晚!"

永生说罢,将手中的匣枪往腰里一插,又从小土炕上拣起张温那支手枪,并让张温交出子弹,他熟练地推上子弹梭子,递给二愣说:

"你先用着它!"

二愣得意地端着手枪,再次命令张温道:

"跟我走!"

"是!"

张温乖乖地走在二愣的前头。

他朝前走几步,回过头来瞅瞅二愣的面色,瞅瞅二愣手中的枪口;他又朝前走几步,再回过头来瞅瞅二愣的脸色,瞅瞅二愣的枪口。他越走越不放心,越瞅心越噗噔,又禁不住地问道:

"长官!你不是去枪毙我吧?"

黄二愣警告他说:

"你只要老老实实地走,我不会枪毙你;可是,你哪时不老实,我就马上崩了你!"

张温吓得瞪着一对傻眼:

"我老实!我老实!我保证老实!"

二愣见张温还是挺紧张,他就利用走路的时间,给张温上起了政治课。这时,他尽管努力学着梁永生的口气,可是,他所讲的内容,还是"黄二愣式"的:

"张温,你是中国人,应该抗日嘛!为啥偏当汉奸?当了汉奸,就是卖国贼;当卖国贼,不改,就要枪崩……"

黄二愣边走边说,和张温一起消逝在青纱帐里。

在黄二愣押着张温返回龙潭的同时,梁永生向雒家庄奔去。

太阳偏午了。

因为正是个热时候，大地被晒得好像快要着起火来似的，一股股的热气从青纱帐里升起来，腾呀腾地朝天上钻着。

一点风丝儿也没有。

几片黑云在离太阳老远的地方老实儿地趴着。

几只机灵的小燕儿，不顾天气的炎热，正在掠空飞翔，捕捉着不易被人眼发现的小虫儿。一只蝼蛄将半截身子钻进土里，正撅着屁股蛀食庄稼的根儿，被一只突然自天而降的老鹰叼走了。

梁永生悄然疾行，直向雒家庄飞奔着。

他走一里又一里，奔一程又一程，走呀走，走呀走，走着走着，雒家庄迎上来了。

村头上，报时的雄鸡正站在大土堆的顶巅声声长鸣。

村子里，伴随着咴咴的驴叫传出了串乡喝卖声：

“卖——洋——蒜了——！”

…………

第十四章 夺 枪

傍晚。

万花筒般的嫣云,浮游在遥远的天边。

羊群好似雪白的花朵,点缀着绿色的田园。

碧野蓝天,相互烘托,彼此影衬,使得这诗情画意般的原野,给人一种格外辽阔,格外雄伟,格外秀丽可爱的感觉。

嘴里叨着短杆儿旱烟袋的老农,在嗓子眼儿里轻哼着抗日小调,驱赶着拉耪锄的毛驴,晃晃悠悠地朝村里走着。一忽儿,驴儿站下了,它伸长脖子,要去啃食路边的青草。那老农甩起响鞭,嘚嘚呀吆喝地喊几声,毛驴咴儿咴儿地叫着,又走开了。这张为军属代耕的耪锄走在田野里,不仅反映出蕴藏在群众内心的抗战热情,还为这生气勃勃的村野又增添上一种无以名之的活力。

路边上,有个清水塘。

水塘里,咕儿呱儿的青蛙们,提前唱起夜歌。

一只讨人喜欢的喜鹊,忽闪着两只灵活的翅膀,从那彩霞万里的天外飞来,停落在水塘边的树头上,伴着正在窝外久等的母鹊,一同钻进窝巢。

水塘边上,有条弯弯曲曲的羊肠小道。小道的尽头,从万绿丛中闪出一位红脸大汉,正忽呀颤地朝着这边快步走来。

这位红脸大汉是个虎虎势势的小伙子。上身,穿着一件半新不旧的月白色小褂儿,没扣扣,敞着怀;下身穿的是浅灰色的单裤,裤腿挽过膝,露着半截腿。一顶用藤批儿编成的大檐儿草帽儿,偏戴在他那宽阔的前额上。

这个粗眉大眼的小伙子是哪一位？

他就是龙潭街上的民兵队长黄二愣。

参加完民兵队长会议归来的黄二愣，目下沿着小路跨着大步，一面朝前走，一面左顾右盼地瞟扫着平平展展的四野。这时节，光闪闪的水塘，蓝瓦瓦的天空，绿油油的大地，一齐映入他的眼帘，使得他那美丽的心境更加美丽，使得他那多彩的理想更加多彩了！

黄二愣来到一个桥头上。

桥两旁，绿草镶着清澈的流水，流水泛起银白的浪花。浪花，层层相推，滚滚翻翻，绵绵不断。这时，黄二愣的脑海中，正像这河水的浪花一样，有一条活跃的思绪也正在绵绵不断地翻腾着。

他在想什么？

他在想今天会上的一些事情。

今天的会，是个战斗经验交流会。会上，各村的民兵队长们，在相互交流经验的过程中，讲到了许多动人的战斗故事。这些故事，都给龙潭这位新上任不久的民兵队长黄二愣，留下了深刻印象。尤其是关于那些民兵夺枪的故事，更使黄二愣感兴趣。因此，直到现在，他还一边走路，一边在想——

在一个伸手不见五指的夜里，天上下着淅淅沥沥的小雨。坊子镇的民兵们，抬着根据需要特制的"云梯"，悄悄地摸到水泊洼据点近前。这个据点的西北角上，有个凸出墙外的角楼子。敌人管这个角楼子叫"哨楼"。民兵们根据长期的侦察，并利用上了田宝宝这个关系，了解了一些必要的情况，并掌握了敌人哨兵的活动规律——每到下半夜，哨楼上的哨兵便开始打瞌睡。特别是那个"瞌睡虫"，一打上瞌睡就三脚踹不醒。这天夜间在哨楼上值班的，正是那个"瞌睡虫"。民兵们来到据点近前以后，先弄了个响动，见哨楼上没有反应，便剪断了铁丝网，破开鹿砦，又将云梯靠在哨楼上，神不知鬼不觉地爬上去,将正打瞌睡的敌人哨兵捆绑起来。尔后,他们带着哨楼上的枪和子弹下了哨楼,安全地撤走了……

这个"哨楼夺枪"的故事,在黄二愣的头脑中刚刚闪过去,又一个"过岗夺枪"的故事,在他的头脑里闪现出来——

那是一个黄家镇赶庙会的日子。敌人为了他据点的安全,在黄家镇四外的路口上,都设上了临时岗哨。宁安寨的民兵小铁蛋,也杂在赶庙会的人流中。他利用走路的时间,和几个同伴商量出一个"过岗夺枪"的方案。在接近敌人的岗位时,铁蛋装成瘸子一瘸一拐地向前走着。敌人的岗位来到了,他啥也不说,还是往前走。一个伪军凑上来,给了铁蛋一枪托子:"站住!"这时,铁蛋心里明白:敌人是想要钱!因为谁都知道:路过敌人的岗卡,得既有"良民证"又有钱才能过去。可是,这时的小铁蛋,对此却佯装不知:

"老总,干啥呀?"

伪军喝道:"'良民证'呐?"

铁蛋佯装猛醒:"噢!忘了,对不起!"

他说着,掏出"良民证"递过去。伪军将"良民证"扔给他以后,他正要走,另一个伪军,又给了他一枪托子:

"站住!"

铁蛋又装蒙了:"又干啥?"

这时,后边有人答腔道:"老总,你们别见怪,这孩子在天津学徒才回来,不懂得咱这儿的规矩……"

另一个老乡帮腔道:"咱们给老总凑个茶钱儿吧!"

铁蛋歉意地说:"噢!要钱呀,好说,好说!"

他一面说着,一面把手伸到腰里去掏钱。当两个站岗的伪军全伸着长长的手臂争着接钱的时候,小铁蛋突然猛喝一声:

"别动!"

原来铁蛋从腰里掏出来的不是钱,而是枪!这是一支假枪。

这假枪是他们大刀炉上自己制作的。枪的样子,和手枪一模一样,就是放不响。现在,小铁蛋用假枪威住了那两个站岗的伪军,眨眼间,他们手里的真枪便到了小铁蛋的手里了……

继"哨楼夺枪"、"过岗夺枪"的故事之后,又有杨大虎"送粮夺枪",尤大哥"卖水夺枪",魏基珂"领路夺枪",等等,等等,一系列的夺枪故事,在黄二愣的脑海里嗖嗖地闪过去……

黄二愣且走且想,且想且走。

一个村庄过去了。

又一个村庄过去了。

每个村头的墙面上,都写有抗日的墙标。前边,又一个村庄迎上来。这个村口的墙面上,也毫不例外,照样有一行惹人注目的大字墙标:

"打倒日本帝国主义!"

黄二愣一边呱嗒呱嗒地朝前走,一边扭着脖子朝那墙上瞅,就觉着那行振奋人心的大字全像长了腿一样,嗖儿叭地蹦进二愣的眼里。于是,他眼在一个字一个字地瞅着,心里一个字一个字地念起来。越念,二愣的心里越热;越念,二愣的心里越甜!

黄二愣正走着,瞅着,念着,一阵响亮的歌声,从村中传出来:

> 背起大刀片,
> 披上手榴弹,
> 保卫家乡民兵个个是好汉!
> …………

这支歌子,是二愣最爱唱的歌子。

现在,这"背起大刀片"的歌声,一撞击黄二愣的耳鼓,二愣的嗓子眼儿里又痒痒起来。与此同时,他心窝儿里那股兴冲冲乐呵呵的劲儿,也更加高涨起来,而且高涨到了无法控制的地步!

一到这种情况下,这位不善于抑制感情的黄二愣,便情不自禁

地随着村里传出的歌声唱起来了:

拿起锄镰咱就生产,
拿起刀枪咱就作战,
日本鬼子来捣乱打他个脸朝天!
…………

二愣唱着唱着,蓦然想起一句话来:
"二愣啊,眼下敌人更狡猾了,咱可来不得半点麻痹大意呀!……"
这话,是从前梁永生对黄二愣的批评。
目下,二愣一想到它,便立刻收住歌声,并懊悔地自己责备起自己来:
"二愣呀二愣!你咋又犯了老毛病!"
黄二愣的话在心里这样说着,还向周围的四野里撒打一阵,没有发现什么敌情,这才塌下心来。
人们总是各有爱好的。
黄二愣虽然嗓子不算怎么好,可他却是挺爱唱歌儿。特别是他当了几年民兵以后,学会的歌子多了,他那股爱唱劲儿就更显得突出了。他无论走到哪里,往往是,人还没到,歌声先到了。
据说,他曾向人们说过:
"我三天不吃饭能活,一天不唱歌儿不能活!"
这话,未免有些夸张。可是,二愣好唱,确是事实。尤其是当他心里高兴的时候,这爱唱的特点就更加突出。今儿个,要论高兴,可以说是他从来没有过的。大概就是因为这个缘故,你看他闷着头儿走了不大一霎儿,就将那"麻痹大意"忘净了,又开始轻哼起小调儿来。
黄二愣一面哼唱着,还一面从衣袋里再次掏出了那张油印的表格。

这张表格,二愣在这一路上曾经看过三回了。现在,他双手拿着表格擎在面前,面部泛起一层既严肃又兴奋的神色,仿佛他的手里正在托着一件世界上最珍贵的无价之宝。

　　这是一张什么表格,竟能引起二愣这样的激动?

　　喔!这张表格可非同一般——原来是黄二愣的入党志愿书啊!

　　你想啊,黄二愣盼着入党盼了多久啦!如今终于将入党志愿书领到手了,他对这志愿书怎能不心爱?心里又怎能不激动呢?可能正是由于心情激动,他那两只擎着表格的手,在不能自禁地微微颤抖着,抖得那张表格在他的手中发出瑟瑟的响声。

　　这时的黄二愣,又将他的全部注意力集中到这张表格上了。他一面乐津津地走着,一面美滋滋地看着;看了一遍看二遍,看了二遍看三遍……他看着看着,心血又涨起大潮。这时候,他那原先只在嗓子眼儿里轻哼着的小调儿,不由得越来越高,越来越响,最后,竟放开喉咙尽情地大唱开了:

　　　　三月里来三月三,
　　　　有志男儿把军参;
　　　　拿起刀枪上战场啊,
　　　　保卫祖国好河山!
　　　　…………

　　什么样的歌声最动人心?是名家谱出的高级曲调?还是著名歌手那婉转的歌喉?不!不是!都不是!

　　是啥哩?

　　是从心窝儿里发出来的革命歌声!

　　要知道,黄二愣今天的歌声所以分外动人,是因为他现在的心中喜上加喜,高兴里头还包含着高兴!当然,在支部已经通过了自己的入党申请,正在等待上一级党组织批准的时候,叫谁也是高兴的！这有什么奇怪？可是,你要知道,对黄二愣来说,除了入党这个大喜讯之外,在今天的民兵队长会上,小锁柱还悄悄地透露给他另一个喜讯——这就是:关于黄二愣要求参军当八路的事,大刀队党支部也已经研究过了,并在原则上已经同意了黄二愣的要求！这里边,只是因为两个原因,还需要暂先推迟一些日子。

这两个原因是:

第一,要求参军的人很多,枪支不够;

第二,二愣的民兵队长职务,还需要找个人来接他的班。

在锁柱告诉二愣这个消息时,二愣曾向锁柱说:

"枪,不成个问题！"

"咋不成问题？"

"我有！"

"你有？"

"嗯！"

"在哪里？"

"在石黑的仓库里放着呢！"

小锁柱扑哧笑了。黄二愣认真地说:

"你笑啥？他会派人给我送来的！要不,我抽个空儿去拿来也就是了！"

如今,二愣走在回家的路上,边走边想,而且越想越多——在他看来,甭管咋说,参军的事,那是定了的;至于多咱去,只是个时间问题了。你想啊,人家黄二愣,一下子得到这么两个大喜讯,叫谁谁能不高兴呢！

二愣走着走着,他的家乡龙潭街来到了。

这时,天色正在渐渐地黑下来。二愣娘正呆愣愣地站在村头上,两手交叉帮在腹前,心神不安地朝这边望着。要知道,自从黄二愣离家不久,当娘的就开始盼着儿子归来。在这一天之中,她被

"盼"指使着,曾三番五次、五次三番,也不知出来张望过多少回!

可也是啊!在这年头儿,儿子孤身一人出去开会,为娘的咋能不挂心?何况,在这一天之中,周围的村子里,还响过好几回枪哩!

真急煞人呀!二愣娘心在盼眼在望,一直盼望到现在,儿子还不见回来!在这一天当中,曾有多少远方的人影引起过她的希望?又曾有多少个这样那样的念头引起过她的忧虑?

眼下,也许她已经影影绰绰地望见儿子的苗影儿了吧?你看!她不已经用那皱纹很多的手掌,久久地打着亮棚,正在朝二愣这边眺望吗?

哦!她望来望去,终于辨认出来了——那个迎面走过来的大小伙子,正是她那二愣儿子!尽管这时她还看不清二愣的面目,可她的心里已十分肯定——她是绝对认不错的!

顿时,二愣娘那一直是阴沉沉的脸上,蓦然间变了样子——里里外外全是喜,犄里旮旯儿都是笑了!可是,当儿子一步闯到她的眼前时,她那满脸的笑意里,却又似乎掺杂上一种迷惑不解的成分!

这是为啥?

因为这时黄二愣的脸上,笑颜横溢;他这笑颜,比母亲因突然见到儿子而立刻爆发出的笑颜还要浓!母亲,该是多么了解儿子呀,可是,二愣今日这种笑容喜面,使他的老娘也觉得是头一回见着!你想啊,就凭这一点,咋能不使当娘的产生迷惑之感哩!

因此,二愣娘盯视着儿子的笑面迎头问道:

"瞧你乐得这个样儿!活像那中了状元回来似的!得了啥喜事儿啦?"

乐不可遏的黄二愣,当即向娘说:

"娘,你是不知道——今儿这个大喜事,跟那中'状元'可不能比呀!"

娘半信半疑，又喜又惊：

"哟呵！你说得真玄乎！倒是啥事儿呀？能值得这么喜！"

"啥事儿？告诉你吧——批准啦！"

二愣这句话，既没头，又没尾，把他的老娘逗笑了！娘喜嗔兼有地点着儿子的额头，眼笑心急地说：

"瞧你这孩儿！为从说个啥事儿，总是这么少头没尾巴的！你说的倒是啥呀——批准啦？"

二愣嘿呀嘿地憨笑着，将嘴贴在娘的耳朵上，神秘地、一字一顿地说：

"当——八——路！"

"当八路"这三个字，立刻引出一股喜色爬满了二愣娘的面颊。要知道，当八路，这不仅是黄二愣自己长期以来的宿愿，也是当娘的对她的儿子的一种最高的希望啊！她早就从内心里悄悄地盼着，自己的儿子能当上个八路，出息成一个像他梁大叔那样的人！她还曾想："要是能有那一天，我这个当娘的，总算没有白生他白养他！"可是，在这种盼望之中，二愣娘还有点担心："唉，八成不行！像二愣这孩儿，无论说话办事，都愣头愣脑，那队伍上能要他这一号儿的？"你想啊，二愣娘原来是这么个想法儿，今天突然听说儿子当八路的事队伍上批准啦，她咋能不喜？又咋能不乐？

她喜！她乐！她喜得心里开了锅！她乐得脸上开了花！在这又喜又乐的当儿，一句嘴不从心的话脱口而出：

"二愣！可是真的？"

黄二愣当然不满意娘这种打人兴头的问法儿。便说：

"娘，我啥事儿哄弄过你呀？"

娘想："可说哩！二愣从来是没跟娘说过瞎话儿的！"于是，她说：

"要是当真，那可好！儿呀，你只要参加到咱那队伍里去，娘就是闭上眼,也放心了!……"

娘正说着,二愣想起永生说过的几句话:"二愣啊,光争取参军是不够的,还要争取入党啊!革命的队伍,是温暖的革命大家庭;党,是无产阶级的先锋队!你想想,光入伍,参加到这个大家庭中来,就能算最幸福,到此满足了吗?……"二愣一想起这话,当然会和他入党的事联系起来的。于是,他挺挺胸脯儿,又向娘说:

"还有个比这更喜的事哩!"

"更喜的事?"

"当然喽!"

"那是啥?"

向来放不住话的黄二愣,这时又把嘴凑到娘的耳边去了。显然,他是想把入党的事告诉给娘,好让娘跟他一起来个高兴加高兴。

这时的二愣娘,已将她的注意力,全集中到耳朵上。

谁知,二愣的嘴刚凑到她的耳朵上,啥还没说,又缩回去了。

这是为什么?

因为二愣这时又想起梁永生嘱咐过他的两句话:"二愣呀,入了党,要遵守党的纪律,党里的事,要绝对保密!就是亲爹亲娘,可也不能说呀!"可是,二愣越不说,娘就越纳闷儿。最后,直急得二愣娘没好气儿地说:

"瞧你这孩儿!越长越没出息!跟娘也没正格的!你成心闷煞娘呀?"

"娘,我不是没正格的……"

"不是没正格的为啥还不快说?"

黄二愣为难地说:

"不能说呀!"

二愣娘当然不能理解:

"胡扯！一个儿，一个娘，还有啥话不能说？"

二愣傻眼了！他该怎么解释呢？要是别人，也许是有法子解释的。可是黄二愣，他算没了辙！没辙怎么办？在娘追逼得无法的情况下，他只好搪塞支吾地说：

"这是秘密，不能告诉你！"

他这样说了以后，又怕娘领悟不到这话的含意，因而他感到不满足，便又加上一句：

"反正是，往后儿，我就快成了像梁永生那样儿的人了！"

二愣娘听了儿子这话，禁不住失声地笑了。

她用手往后拢了拢被风吹散的头发，指着儿子的眼胡子说："你呀你呀，俺那二愣儿哟！你怎么这么不知道天高地厚？你也想着跟那梁永生比？你要能赶上你梁大叔的一个指头也好哇！"

娘这套话，说得个红脸大汉黄二愣脸更红了。

方才，黄二愣在说那句话的时候，心里只是想到：梁永生，既是个军人，又是个党员。至于别的，他啥也没有想到。现在，经娘这么一说，他也觉着那么个说法有点不大得体，又嘿嘿地憨笑起来。

黄二愣大步小步闯进家，屁股没沾炕，就开箱倒柜地翻腾开了。

他要翻腾什么？只有黄二愣自己知道。

二愣娘因为走得慢，被二愣拉在了后头。谁知，当她一步迈进屋时，二愣已将包袱流星的摆了半截炕！二愣娘一见这光景，又急又蒙，便大声小气地嘟嘟道：

"哎哟哟！俺那个愣大爷哟！你这是要找啥呀？无论找啥，你除了知道脑袋长到肩膀上，还知道啥东西放在哪里？就不会等娘回来言语一声儿叫娘给你找？看你乱抓一把花椒，给俺驰翻了个扬而翻天！叫俺怎么拾掇？……"

娘在一旁不住声地嘟嘟，二愣低着个脑瓜子还是驰翻他的：

"俺找衣裳!"

"找衣裳?"

"嗯。"

"黑灯瞎火的,找衣裳干啥?"

"准备走!"

"走?"

"嗯。"

"往哪走?"

"当兵去嘛!"

娘由烦变喜:

"哦!多咱走哇?"

"没准儿。"黄二愣说,"日期还没定下来呢!"

"这又不是什么娶媳妇、嫁闺女,还要挑选个什么好日子啊?"这时娘比二愣还要急,"叫我说,既然上头批准了,那你就赶紧上队伍上去呗!早去总比晚去好,还定的什么日期呀!……"

"唔!可不是那么简单!"

"这有啥简单不简单的?一不用套车,二不用雇轿,捎上几件子衣裳,俩脚一挠,就走呗!"

"批准虽说批准了——"二愣说,"可是,至于多咱到队伍上去,还得听上级的通知哩!"

二愣娘一听这话,口气又变了味道:

"唉唉,俺那个愣小子嗳!照这么说,你用得着这么毛毛草草的?"

二愣说:

"喔!那可不行!咋不行?这是军事行动!通知到手,腿就得开路!误了一分钟,也是大错误!"

当娘的,当然知道儿的心情,所以没再去管他,就自己忙着掀锅去了。

二愣娘一面忙着从锅上往下饸饼子,一面又问儿子道:

"二愣啊,你这回去开会,还有啥新鲜事儿呀?跟娘唠叨唠叨,也好让俺这老婆子心里豁亮豁亮!……"

娘这一问,把个二愣提醒了。他两手一拍大腿,急眉火眼地说:

"糟糕!"

"啥呀?"

二愣没迭得给娘解释一句,将那乱七八糟摆了一炕的烂摊子一舍,撒开丫子窜出屋去。

他去干啥?

原来是这样:在这次民兵队长会上,梁永生还布置给黄二愣一项任务呢!这一阵,他被去当八路这件事迷住了心,竟把那么重要的事给忘了!

二愣冲出屋去以后,从角门洞子底下搬过那个榆木梯子,往屋檐上一竖,噌呀噌地爬上了房顶。

二愣像疯了似的这个闹劲儿,闹得他娘摸不着头脑了:"他这是要干啥哩?"二愣娘正纳闷儿,忽听房顶上传来一阵清脆悦耳的鸟叫声:

"唧呱呱!唧呱呱!唧唧呱呱!……"

这鸟叫声,是龙潭街上的民兵们规定的集合讯号儿。

这种讯号是非常细密的。人们从不同的鸟叫声中,不仅可以听出是让什么人集合,为什么集合,还可以听出带什么东西、在什么时间、到什么地方集合。

这套讯号儿虽与二愣娘并没有什么直接联系,可是由于日子久了,她听常了,如今大体上也能听出个七成八脉的来。

因此,待二愣从房上下来后,娘又问他说:

"你们又要去破公路呀？"

"嗯喃！"

黄二愣顺口应了一声，又自己忙活起来。

只见，他抽开一个炕坯，从炕洞里拿出一条宽宽的皮带，还有一口大刀、两颗手榴弹，然后将皮带在褂子外头扎了个齁紧，又将大刀背在身后，手榴弹斜插在腰间的皮带上。

二愣自顾自己在这边打扮着，没有发觉娘在那边生他的气了。过了一会儿，娘一边用礤床子礤着瓜菜，一边没好气儿地朝二愣嘟噜道：

"你看人家老梁，见回来到咱家，总是跟俺这老婆子坐到一块儿叨叨一阵子。你瞧你，还短不了的跟你梁大叔在一块儿泡，也没泡出点出息来……"

二愣懵懵懂懂地问：

"啥？"

"啥？你见回开会来到家，啥也不跟娘说！娘问一句，你'嗯'一声，三掴子扇不出个闷屁来，就像打鬼子不关俺的事似的！……"二愣娘一边拌着瓜菜一边说，"二愣啊，往后儿，你也要成了那八路军了，要知道，那八路军里可没有你这一号儿的窝囊废！将来，你要真的到了队伍上，可得好好地跟你梁大叔他们学着点儿！听了不？咳？对娘的话别这么牛头木耳的！……"

二愣听了娘这些话，知道自己不对了。

他嘿嘿地笑着说：

"娘，是我不对！"

二愣这种爽朗性体儿，确实叫人喜欢。

吃饭了。二愣娘拿起一个饼子，揭下饼子上的硬嘎渣，递给二愣说：

"人老了，牙越来越不行了，吃这饼子嘎渣真费劲，你那牙口儿好,替娘吃它吧!"

"哎。"

二愣接过来,放在嘴里,嚼得嘎嘣嘎嘣响。随后,他一面吃着饭,一面跟娘唠扯起开会的事来了。

黄二愣狼吞虎咽地吃了晚饭,抄起一把镐镐冲出屋去。他走得那个急劲儿,带得桌子凳子一阵乱响,屋门口上还掀起了一股小风。

"不擦擦汗就往外跑哇?俺那愣大爷!"

二愣娘大声小气地喊着,紧跑慢颠追到角门儿上,只是望见那边有个影影绰绰的黑影,又听见一声"没关系",随后一闪便不见了!

黄二愣到哪里去了?

他奔向了民兵队部。

民兵队部,设在村北头的关帝庙里。

如今的关帝庙,由于年久失修,已经破烂不堪了。墙壁上,布满了弹洞。在这弹洞累累的庙院门口上,挂着一块小小的木头牌子。木头牌子上写的是:"义合成木作铺。"

庙院内的东厢房里,井井有条地摆列着一些木匠用的工具,例如拐尺呀,墨斗呀,还有那些大小不等、用途各异的锛凿锯斧呀,等等,等等。屋内的地面上,除了木条、板片,便是锯末、凿屑、刨花子。冷眼一看,倒还满像个乡间木作铺的样子哩!

其实呢,只要让个内行人仔细一瞅,便可看出破绽。因为,许多常用工具的刃子上,全都生了一层褐色的铁锈,只有那一根根的锯条是锃亮的。这是因为,民兵们短不了用它去锯敌人的电线杆。

这所关帝庙,自从常明义被打死、常秋生逃走以后,一直没人居住。只是有的讨饭人或逃难人,有时在这里躲风避雨,安宿过夜。可是,打从这里安上民兵队部,又突然火爆起来了。平日里,民兵们总是在这庙院附近放有暗哨。一到天黑,这里更是有众多的人进进出出。随着形势的越来越好,出进这个庙院的人越来越多。现在,在出进庙院的人中,除了民兵们而外,还有一些上了年纪的抗日积极分子,也三六九儿地往这里凑合凑合。

今儿个,黄二愣嘴里轻哼着抗日小调儿,跨着大步走进了庙院儿。这时节,早到的民兵们,除了正在魁星楼上值班站岗的乔世春而外,其余的人们,正在天井里闹得挺火爆。

有的,托着棍棒当枪,闭着一只眼,睁着一只眼,正然练习瞄准儿。那当枪用的木棒,久久地停在那里,纹丝不动。

有的,手里舞着大刀,两腿又蹦又跳,正在演习拼杀。那明晃晃的大刀,伴随着手臂的舞动,在星光下闪着一道道的弧光。

有的,又弹腿,又折腰,又舞拳,又跺脚,正然练武术。

还有的,正在学着埋地雷。

滑稽二摸着一个来看热闹的娃娃的头说:

"小洪,听说你们儿童团里也在练武,是吗?我去给你们当个'教师爷'吧?用不用?"

小机灵正和一个乳名叫"邋遢儿"的孩子说笑着:

"邋遢鬼!儿童团员,就是民兵的'后备队员',懂不懂?咱可先说下,你这个邋遢劲儿要是改不了,俺民兵里可是不招你!⋯⋯"

他们正忙活得挺火爆,说笑得挺热闹,一见黄二愣进了院儿,忽啦啦一声全都上来了。这时,一双双亲昵的眼神,注视着这位民兵队长。并且,与此同时,还七嘴八舌地嚷着:

"队长回来啦!领来的啥任务?"

"二愣,先说说听来的好消息!"

"对!准有好消息!你瞧二愣那笑乎乎的样儿⋯⋯"

扎裹得头齐腰紧的黄二愣,这时笔管儿条直地站在天井里,将一对拳头撑在腰间,刀柄上的红绸布,飘飘摆摆地垂在肩头上,红闪闪的脸上潜伏着笑意。这时候,黄二愣的本心眼儿里,是恨不能将他那满腔的喜悦和兴奋,一股脑儿地倾泻给自己的战友们。可是,他朝院中一撒打,见人不全,又变了主意:

"别嚷,别嚷了!等人到全了我才说哩!"

黄二愣这洪亮的大嗓门儿,一下子把人声全压下去了。在这突然出现了一时寂静的当儿,小机灵跨着急匆匆的步子闯过来。他来到二愣近前,啥也不顾,一把抓上二愣,劈头就问:

"我那个事儿怎么样了?"

二愣感到莫名其妙:

"你的啥事儿?"

小机灵朝着二愣的前胸给了他一杵子:

"你这个家伙呀!闹了半天又给我忘啦!"

他这一杵子,倒把个二愣杵醒了:

"你是说,叫我向上级要求要求,让上级发给咱村民兵几支枪——对不?"

"对呀!"另一个民兵接腔道,"这不光是小机灵他自个儿的要求,也是咱民兵们共同的要求——民兵民兵嘛,既然有个'兵'字在里头,就该有几支枪才是正理!"

"就是嘛!"又一个民兵帮言道,"咱这个要求并不分外——人家好多村的民兵都有枪了……"

黄二愣经过梁永生的长期熏染,如今说话有时也带上了几分风趣的味道:

"你们别来'整'我好不好?我多咱说过民兵不该有枪?我曾说过你们这个希望分外?"

"这你倒是没说过!"小机灵又攻上来,"可你不该给忘了哇!"

"忘我倒是没忘!"二愣合着小机灵的韵调说,"可我就是没向上级提——"

"没提?"

"为啥不提?"

"我觉着——"黄二愣透透亮亮地讲,"想向上级要枪就没出息,更不用说张开那红齿白牙的大嘴提出这样的要求!"

满院的民兵轰地一阵乱了:

"向上级要枪,是为了打鬼子,又不是要来吃它解解馋!这怎么能说是没出息哩?"

"就是嘛!逮雀儿还得用个豆哩!没枪怎么打鬼子?这和'没出息'贴得上边吗?"

"二愣!咱们需要枪,又没有枪;你不同意向上级要,那向谁要?向你要?"

黄二愣就着这人的话音说:

"向我要?向我要个啥?我又没开着枪炉!"

众笑。

二愣一挥拳头,又说:

"有本事向敌人去要嘛!敌人那里的枪多着呢!"

黄二愣的说法,得到了多数民兵的赞成:

"这话对!人家外村民兵的枪,大都是近来从敌人手里夺来的,上级决定留给他们使用了!"

"有的虽是上级发的,那是因为人家那个民兵队战斗力强,上级才重点发了枪;咱们要想让上级发枪,就得先呛呛劲,干出点名堂来!"

"还有些民兵的枪,是因为配合部队参战有功,上级奖励给他们的……"

"其实,说一千,道一万,还是离不开咱那二愣队长讲的那个'总精神儿'——夺!就说上级的枪吧,是从哪里来的?不也是从敌人的手里夺来的？……"

"对呀！咱们龙潭的民兵,配合大刀队作战,不是也缴获过敌人的枪支吗？不过,那时上级有规定,民兵和群众缴获的零散枪支弹药要集中上送,我们背了不多几天,便交到县里去了！现在,形势越来越好了,我们的枪支也越来越多了,据说,今后民兵再夺了枪,上级允许我们留一部分自己用……"

黄二愣听着这七嘴八舌的一片议论声,心里一直热滚滚的。当他听到这里的时候,心潮更高了,从旁插言道：

"这个'夺'字用得好！对我们来说,当前的问题,是我们民兵们自己向敌人去夺呢？还是我们的八路军同志夺来以后,我们再伸着个不知道害臊的大手向上级去要呢？"

几乎是众口一声：

"咱自己夺！"

也有人觉着这个简单的回答不够劲儿,又在你一言我一语地作着补充——

小机灵说："民兵民兵嘛！既然占了个'兵'字儿,就得有个'兵'劲儿,不能干那没出息的事儿！"

滑稽二说："要说别的也许咱不会,要说'夺',咱又不是没长手！为什么还要借人家的手使唤？"

"……"

在一片议论声中,民兵们全到齐了。

你瞧！拥拥挤挤的满院的民兵们,个顶个的净是些硬硬棒棒、虎虎势势的小伙子。他们,都长得粗眉大眼,膀阔腰圆,强烈地表现出北方青年农民的特征！

这些准备去破路的民兵们,有的扛着长头儿镐镐,有的拿着短把儿铁锨。还有的挎着锯,掖着斧,抬着高高的梯子——这是打算去破电线的。

他们不光带着工具，还同时携带着武器。因为这个民兵队现在还没有步枪，所以武器主要是两种：一是大砍刀——每人有一口；一是手榴弹——一半人有一半人没有。除此而外，还有几支猎枪、洋炮之类的火器。

"集合！"

这是队长发布的号令。

伴随着黄二愣这声号令，可庭满院响起一片急促的脚步声。一瞬间，一溜东西向的双行横队，齐刷刷地出现在黄二愣的对面。

黄二愣，利利落落，威威武武，挺胸站在队前。民兵们那一双双的眼睛，一齐盯着他们这位上任不久的新队长。

二愣在当民兵的时候，是个宁上十回战场、不上一回讲台的人物。可是，自从他当上民兵队长以后，工作的需要，硬逼着他登上讲台，当众讲话，而且还正在逼着他改变自己的性格儿。

而今你看，这位新队长又要讲话了！

整个庙庭，肃静得如同无人一样。

兴冲冲站在队前的黄二愣，在讲话的同时，带劲地打着手势，还倒满像那么一回事儿哩：

"同志们！我先向大家报告一个好消息——"

群情振奋。

二愣学着梁永生的样子，稍微停顿一下，又眉飞色舞、喜声笑韵地说：

"在这次会上，我听到一个新精神——毛主席、党中央的指示精神……"

黄二愣的这句话，声腔并不高，可是他这句话的每一个字，就像一颗颗的吸铁石一样，一下子就把所有人的耳朵，眼睛，思想，情绪，注意力，全给吸住了；并使得人们的面容更加亮堂，更加生动；一双双嘟辘辘地转动着的笑眼，都闪耀着兴奋的光芒。

由于人们压抑不住发自心窝儿的激动,所以黄二愣才刚扯开个话头儿,那个被人称为"小机灵"的民兵就迫不及待、急不可耐地插嘴问道:

"队长,快说,快说呀!"

另一个民兵帮腔道:

"是啊!啥精神?快说嘛!"

这时的黄二愣,恨不能把他所记住的一切,连根带叶地一口气全都吹进战友们的脑海里去。可是,因为他毕竟还是没有当众讲话的习惯,所以虽然是满肚子的话正在乱往外拱,可又一时闹不清先从哪里说起才好。

过了一会儿。

他终于理出了一根话头儿,这才兴冲冲地开了腔:

"我才听到的这个指示精神,主要是关于领导方法问题。当时,领导同志讲的还具体些,可我,往这里一站,有点蒙头,也想不全了。现在我记住的,有这么个精神:在一定时期内,只能有一个中心工作,别的工作也要做,但要摆在第二位、第三位……"

黄二愣在这边一字一板地讲着,那边那些含着微笑静听的民兵们,都不约而同地连连点头。二愣讲完后,大家异口同声地说:

"说得太对了!"

还有的说:"咱坚决照党的指示办!"

也有的说:"二愣,咱们当前的中心工作是啥——上级说来没有?"

"说了!"黄二愣道,"梁队长说,我们民兵的当前中心工作,是破路!"他没给别人留下插言的空间,又紧接着急转话题兴冲冲地说,"再一个好消息,就是这次会上,梁队长还传达了毛主席最近的指示精神。毛主席说:'希特勒不久就会被打败,日寇也已处在衰败过程中。'……"

黄二愣一口气说到这里,这才喘了一口大气,并用手背抹去了他那额头上的汗珠。在二愣讲述的时候,民兵们都喜在心里,笑在面上,静静地听着,整个庭院除了二愣的讲话声以外,再也没有一点响声。二愣讲完后,人群中立刻掀起一片喜气洋洋的议论声,整个庭院沸腾起来。在这一片沸腾的人声中,还有人提高嗓门儿急切地追问道:

"二愣,还有啥好消息?说下去——"

"还有——"二愣说,"现在,我们根据地的地面儿又扩大了,根据地的人口,包括一面负担和两面负担的,已经有八千多万了,军队有四十七万了,民兵有二百二十七万了,党员有九十多万了……"

有的人听到这里高兴得鼓起掌来。

有的人兴冲冲地说:

"唔哈!我们的力量真不小哇!"

滑稽二说:

"那二百二十七万民兵里头,也有咱们这一伙哩!"

在他这有点滑稽的口吻里,包含着自豪的语气。

小机灵帮腔补充说:

"那是当然!还有那八千多万人口当中,能不把咱们龙潭街上这千八百号人包括在里头?"

在人们纷纷议论的当儿,也有人向大家嚷道:

"别吵别吵!人家二愣还没讲完呐!"

另一个人就势催促二愣:

"队长!往下说呀——还有啥好消息?"

黄二愣抓下罩在头上的毛巾,挠着青青的光光的头皮,心里悄悄地想了一下儿,摆动着那只大巴掌说:

"没有了。再有,就是叫人生气的消息了!"

二愣这一句,使人们静下来。

这时候,每个人的脸上,都浮现起不安的神色。小机灵更特别沉不住气,着急地问:

"队长,啥叫人生气的消息?"

二愣先骂了一声,尔后气愤愤地说:

"最近三年多以来,国民党留在敌后的数十万军队,经不起日本帝国主义的打击,约有一半投降了敌人,约有一半被敌人消灭……"

人们这时的心情,都很气愤。人群中,响起一片怒骂声。

黄二愣加重了语气,又接着说:

"还有呐!"

"还有啥?"

"国民党一向是真反共,假抗日。最近在河南打仗,日本鬼子只不过几个师团,国民党几十万军队,有的是刚一打就稀里哗啦败了,有的甚至是还没打,就散的散、逃的逃!国民党的大官儿,一个姓汤的,一个姓胡的,他们领的部队,都是这样!……"

"蒋介石那个老小子,真是内战内行,外战外行!"

"国民党反动派坏透了!……"

黄二愣提一提嗓门儿,压下了嘈杂的人声,又接着讲下去:

"大家别嚷啦!下边,我跟大家讲一讲这次破路的意义……"

"甭讲那个了,反正是破路呗!"有人说,"我们保证把这个'中心'干好就是了!"

"那可不行!"二愣坚持说,"梁永生同志说过,不光要让群众知道怎么做,还得要让群众知道为什么这样做才行呢!"

民兵中有人在悄悄议论:

"你看咱这队长还真有个派头哩!"

"他处处都在学梁永生!"

"梁队长常说的话,他还真学会了不少呢!"

黄二愣见人们嘀嘀咕咕,队列也有点乱了,他突然严厉起来:

"遵守纪律!站好!别乱呛呛!"

人们立即肃静下来。

在正式队伍中,战士们站得挺胸凹腹才算端庄郑重。可是,在黄二愣指挥下的这些没有经过正式军事训练的民兵们,为了表示端庄郑重,都挺得直直的,仿佛他们觉着只有这样才能增加几分威风。

黄二愣见人们安静下来,又接着说:

"据我们得到的情报,柴胡店的敌人,要把从各村抢去的碎铜烂铁,送到县城去。要知道,这是当前敌人最缺乏的军用物资。上级说,一定不能让他们运走!……"

"对!不能让他们运走!"

"这次破路的目的,除了不让敌人运走铜铁而外,还有更大的战略意义呢!更大的战略意义是什么?上级只说,形势向前发展了,为了作战的需要,要进一步切断敌人的交通联系。这一点,咱还领会不透;不过,既然上级提到这点,那就一定有上级的部署。因为这个,我们这回破路,是整个联防区一齐行动。我们一定要破得多,破得快,破得彻底!"

二愣说到这里,一挥拳头,又来上一句:

"下回评比,夺个第一!"

他这一说,人们又唧哝起来。有人问:

"二愣,这次会上,各村民兵评比来不?"

"评了!"

"咱第几?"

"第三!"

大家齐声说:

"下回夺第一!"

有人建议说:

"咱这回去破路,全体民兵一齐出发,和破电线同时进行!……"

黄二愣说:

"破路和割电线同时进行可以,全体民兵一齐出发不行!"

"为什么?"

"还要保卫村子嘛!"二愣接着说,"一班留下保卫村子,二班破公路,三班割电线,四班担任战地警戒!"

"行!"

人们齐声应着。二愣沉思了一下,接着说:"负责割电线的同志们注意:要把电线杆上的瓷瓶儿弄下来,倒出里边的硫黄,交到上级去,我们的地下军工厂,当前正需要这种玩意儿……"二愣说着说着断了弦,这显然是又在思考出发前应当交代的问题。在这当儿,有个急性人耐不住了,他催二愣道:

"队长,别磨蹭了,快走吧!"

这时,二愣忽然又想起梁永生说过的一句话:"歌声是很重要的。高声歌唱能鼓舞斗志……"于是,他用商量的口吻向大家说:

"咱先唱个歌儿再出发好不好?"

"好!"

人们全都同意。

接着,黄二愣先起了个头儿,又用两条手臂摆摆划划地打着拍子,晃着脑袋,民兵们的齐唱声伴随着黄二愣那手臂的节奏响起来:

  背起大刀片,
  披上手榴弹,
  保卫家乡民兵个个是好汉!
  …………

歌子唱完了。

二愣发布命令道：

"大家注意！行军队形这样走法——四班在前头，二班在当中，三班在最后；每班之间，都要间隔五十步……"

有人不以为然地说：

"我看甭这么小心，一块儿走就得啦！现在，我们八路军的声势大多了，形势好多了，敌人也老实多了，特别是自从那回把石黑的'地下线'一网打尽以后，敌人成了瞎长虫，更不敢轻易出窝了！"

还有人帮腔说：

"就是嘛！如今形势好转了，不用那么小心了！尤其是前几天城南的战事一激烈，敌人的'扫荡队'往城南一拉，石黑和白眼狼这些狗杂种们更老实了。叫我说，在这深更半夜的时候，他们是不敢出来的！"

黄二愣仍坚持自己原来的部署。并批评了这种论调太麻痹。他这一批评，又有人说：

"咦！二愣还满不简单哩！"

这话被二愣听见了。他觉着脸上热了一阵儿：

"咱有啥不简单的？全是跟梁队长学的！"

随后，他将拳头威威武武地一扬，加重了那无可动摇的语气，向民兵们发布了"出发"的命令。伴随着一阵沓沓的脚步声，破路大队出了村口，又进入一条道沟，一直向东走去。

一路上，黄二愣的命令不时地从前头传递过来：

"跟上距离！"

这命令，一个人一个人地向后传着，一直传到最后一个。不多时，另一道命令又传出来：

"不许出声！"

这时，月亮还没露面儿。珠玉似的星星们，在深空里一眨一眨地眨着眼睛,显得澄澈的夜空更加深邃,更加静谧了。辽渺的甜睡着的大地,被灰色的夜幕覆盖着。稍离得远一点的景物,只能看出个粗略的轮廓,再远一些,就什么也看不清了。

真是一个美妙的神秘的夏夜呀!

残留在道路两旁的小树,搭眼一望活像那墨水画儿似的,黑乎乎的,分辨不出什么枝枝丫丫。道沟里光线更暗。有时候,后边的人走着走着,猛地打了个前失,将身子扑到他前头那个人的脊梁上。

路途中,人们只是走呀走,走呀走,没人抽烟,没人说话,就连个咳嗽声也听不见。能听见的,只有沓沓的脚步声,呼呼的夜风声,还有那偶尔在谁的脚下发出的磕绊声。

风,虽然很大,可是,由于刚刚下过一场小雨,刮不起土来,这漫洼里的空气,还是挺清新的。

公路就要来到了。

二愣悄声命令道:

"站住!"

民兵们站住了。可是有人不解其意,就问:

"怎么?有情况?"

二愣不答。只是说:

"拐弯,向南!"

由此继续向东,不远,便是公路了,为啥不赶紧上公路,反而拐弯向南呢?那些不理解的人,在悄悄地嘀咕。二愣仍不解释,只是以命令的口气道:

"不许说话!"

朝南走了一段,小机灵憋不住了,凑到黄二愣的身边来,问:

"你是想离据点远一点——是不?"

二愣点点头。

有人不以为然地说：

"那天破路，就是在这里插的家伙——忒小心！"

"那天是那天！"小机灵替二愣争辩道，"今夜南风大，再要在这里动手，柴胡店据点上就有可能听见响动的！……"

那人觉着此话有理，没再吱声。

人们又朝南走了一阵，二愣说：

"别走啦！"

破路的队伍停下了。

黄二愣像个指挥员似的站在道沟沿上，指指划划地说：

"四班长注意！你派两位同志，由此往南，到离这里半里路远的地方，埋伏在公路旁边，监视着由南开来的敌人；你们班的其他同志，由此往北，也在距此半里路远的地方，埋伏在公路旁边，监视着柴胡店据点的方向，发现敌情，及时报告……"

黄二愣部署完毕，四班的民兵分头走了。接着，二愣又向二、三班的民兵同志们一挥手说：

"咱们也走哇！"

随后，人们都爬上道沟，一直向东，通过半人深的玉米地和齐膝深的棉花地，笔直地朝公路插过去。黄二愣一边带领着队伍走着，一边在不时地提醒他的战友们：

"注意脚底下，别踩了庄稼！"

人们登上公路了。

白唰唰的土公路，像条吸血虫似的仰躺在大地上。这条公路，是跳突在县城和柴胡店据点之间的一条大动脉。是它，在帮助日本鬼子的汽车到处乱窜，运来了屠杀人民的枪炮弹药，运走了抢夺的老百姓的粮棉猪羊；是它，在帮助日本鬼子的马队、摩托队四处横行，追击游击队，糟蹋老百姓……

因此，人们一见这条公路，全都气红了眼。

"公路,就是敌人的腿。"黄二愣带着鼓动的口气说,"我们挑断了公路,就等于是砸断了敌人的腿——伙计们,干呀!"

其实,有些人没等二愣说话,就已经插上家伙干起来了。

破电线的也动了手。

他们,有的两个人拉着一根锯条,在电线杆的半扎腰里噌呀噌地拉起来。有的竖起梯子爬上电线杆,用克丝钳子咔嚓咔嚓地截电线。

越是高空风越大。

战斗在电线杆头的民兵们,衣襟被风吹起来,活像一对正在扇动着的大翅膀。

整个战斗工地上,到处是吭嚓吭嚓的刨土声,沙啦沙啦的拉锯声,咔嚓咔嚓的截铁声,彼此交织,响成一片。被锯断的电线杆,一根接一根地倒下了,砸得大地好像地震似的颤动着。

在这各种各样的响声中,还夹杂着人们的悄悄低语。小机灵一面用铁锹掘着路面,一面关切地问黄二愣:

"哎,二愣,你要求参军的事有眉目了吗?"

黄二愣正在刨土,衣裳被风吹得鼓胀胀的。他一听小机灵问起他参军的事,兴致高起来,便一面抡着镐镐一面答道:

"差不离儿了!"

滑稽二插言道:

"差不离了?净吃俊药!那你咋不去报到?"

小机灵也说:

"要是叫我呀,既然差不离儿了,天明等不到鸡叫,就早挠丫子了!"

黄二愣解释道:

"主要是现在要求当八路的人太多,枪支不够用。领导上说了,多咱有了枪,多咱叫俺去!……"

另一个民兵插了嘴：

"二愣,你带我一块儿去行不?"

又一个民兵也参进来：

"二愣,可别忘下我呀!"

二愣说：

"你们嚷嚷啥？我去还没枪哩!"

黄二愣在负责破公路的二班这边干了一阵,又到负责破电线的三班那边去了。当他走到拉电线杆的工地时,一位年岁较大的民兵正在惋惜地嘟哝着：

"可惜了的个材料儿,一锯两截子,怪心疼的!"

"大哥,你歇歇,我来!"二愣接过那人的锯,一边拉着一边说,"大哥,你是个木匠,爱惜材料,这我知道。可是,这电线杆,是敌人的耳朵,咱能留着它吗?"

"按说倒是这么回事儿!"那个木匠说,"不过,叫我看,日本鬼子是秋后的蚂蚱,没有几天的蹦跶头了！等那狗杂种们一完蛋,这些玩意儿不都成了咱们的了吗?"

"大哥呀,日本鬼子是兔子尾巴长不了了,你这话说得满对!"黄二愣学着梁永生的语调说,"抗战胜利了,不光电线杆是咱们的,整个天下,也都应该是咱劳动人民的。可是,现在仗还没打完,就得一切服从战争,还得忍痛牺牲一切,来赢得战争的胜利。因为,仗打胜了,一切全有了；仗打败了,一切全完了！……"

那位木匠听了这些话,眼里闪着兴奋的光亮：

"真是人不说不知,木不钻不透！二愣啊,你这一说,我的心里拐过弯儿来了！……"

他说着,硬从黄二愣手里把锯夺过来。这时,他锯得更起劲儿了。

不一会儿,二愣又回到二班的工地上。他一来,就有人向他要求说：

"队长，你短不了跟梁永生同志见面，又三六九儿地出去开会，一定听见过不少有趣儿的战斗故事，就着这个机会，给俺们讲一个吧？"

还有人就劲儿撺掇道：

"对！二愣，来一个！光箍着个嘴闷着头儿地干，怪没意思的！"

"来一个就来一个——"黄二愣抡起大镐，一边干着一边讲开了，"今年麦秋，在城南发生过这么一回事——当时，八路军为了完成一个更大的战略任务，都暂时转移了。可巧，就在这种情况下，敌人要下乡抢粮……"

二愣讲到这里，故意停顿一下。

他这一停，惹得人们乱催他：

"二愣，快说呀！"

"是啊！那怎么办哩？"

黄二愣向拳眼里吐了一口气，搓搓手掌，又一面干着一面讲下去：

"这天，鬼子和汉奸们，将车辆什么的全预备好了，计划明天一早下乡抢粮。你猜怎么着？"

"怎么着？"

"到了晚上，据点突然被围住了！鬼子头目儿听见站岗的大兵一报，立刻登上那高高的岗楼子。他朝四下一望，嚄！只见四面八方，到处都是正在活动着的人影。他又仔细一看，原来是八路军的大部队，排成了几路纵队，正在半明半暗的月光下浩浩荡荡地行军呢！"

"你不说八路军都转移了吗？"

"是啊！从哪里来的这大部队呢？"

"你们往下听呀——"黄二愣说,"那八路军的大部队,有的从东向西开,有的从南往北过,前不见队伍的头,后不见队伍的尾!那枪杆子嘛,一根一根又一根,一片一片又一片,亚赛高粱地一般!"

"嘿!可真够威武呀!"

"就是嘛!"二愣说,"瞧那股势头儿,这些队伍根本就没把这个小小的据点儿搁在眼里!他们不仅浩浩荡荡地行军,还一面行军一面唱着歌子。在歌声的间隙里,还时而高声地喊着:

"'一——二——三——四!'"

"这一下,准把鬼子吓坏了!"

"他们直吓得腿肚子都转了筋!"

"人家不往县城打电话吗?"

"电话不通了!"

"他们没开枪?"

"小鬼子没那么大的胆!"黄二愣说,"他不开枪还担心这大部队攻打他的据点呢!要再一开枪,他不怕惹出祸来?"

"那怎么办?"

"你先别替敌人发愁!"二愣说,"就在这样的节骨眼儿上,外边的八路军开始向据点里头喊话了——

"'据点上听着!我们是奉令来这一带休整的,没有攻打据点的任务。你们可以放心。不过,要是你们自不量力,硬要鸡蛋碰石头,惹是生非,那可别怪我们八路军不客气!'……"

黄二愣讲着讲着,又卖了个"关子"。

已经听入了迷的民兵们,七嘴八舌地乱催他:

"说呀!"

"二愣,快说!"

"还说啥?"二愣说,"没意思了!"

"正说到劲头上,咋又没意思了?"

"敌人全吓草鸡了,还有啥意思?"

"敌人吓草鸡后,又怎么样了呢?"

"从那天夜晚起,这个据点上的敌人一连三天没敢出窝!"黄二愣说,"在这三天中,各村各户,积极响应我们上级'快收快打快藏'的号召,充分发挥生产变工组的作用,把粮食全都埋藏了起来,没埋藏起来的就运走了!"

"以后呢?"

"以后,敌人出来了。"二愣笑着说,"可是,他们把各村都翻了个底儿朝天,连一个粮食粒儿也没翻着!……"

直到这时,人们心里还别着个扣儿。有人插嘴问二愣:

"那些围据点的大部队,倒是从哪里来的呀?"

黄二愣嗤地笑了:

"根本就没有什么大部队——净些民兵!"

"民兵?"

"可不是呗!"

"民兵哪有这么多的人?那得多大村子?"

黄二愣还没答腔,小机灵先插了言:

"你这个人呀,死心眼儿!人家就不会各村的民兵来个联合行动?那么一联合,你说要多少人没有?"

那个"打破沙锅璺到底"的民兵,觉着小机灵的话在理,吐一下舌头,不吱声了。可是,另一个民兵又提出了问题:

"民兵哪有那么多的枪呢?"

黄二愣解释说:

"在那些人中,只有一少部分人扛的是枪;其余的大部分人,大都是扛的大镐和铁锹……"

他一面说着,一面做着样子——将手中的大镐镐倒扛在肩上,

让大镐的把儿朝天竖着,紧接着又绘声绘色地说:

"你们瞧,大镐也罢,铁锨也罢,只要这样一扛,从远处一看,和大枪有多少区别?何况不是大白天,而是在月光底下呢?"

二愣正说着,一个哨兵飞步起来。

那哨兵来到二愣面前,气吁吁地说:

"报告队长!柴胡店的敌人出动了!"

黄二愣当然不会慌。

他收住话头,问道:

"他们有多少人?"

听二愣的口气,仿佛是敌人人数少了他要包圆儿似的。可是,那个哨兵说:

"敌人有多少号人闹不清!"

"咋搞的?这叫什么哨兵?"

"我们发现,正北有手电光一闪一闪的,就赶紧来报告了……"

黄二愣向四周望了一阵,又想了一下,尔后朝他身边的一个民兵命令道:

"撤!"

二愣的话音未落,那个民兵已回过头去,又向他身边的另一个民兵说:

"撤!"

那个民兵又一回头:

"撤!"

就这样,黄二愣发布的这个一个字的命令,就像一块石头扔进水中激起的圆形波纹那样,迅速地向四面八方扩散开来。只见整个工地上的民兵们,你传我,我传他,一瞬间便传遍了战斗工地的每一个角落,并从电线杆的根儿底下,传上了电线杆的顶端。

在这一片"撤"声悄悄地传递着的同时,黄二愣又向那位跑来送信的哨兵命令道：

"你们,也迅速撤退!"

"是!"

报信的哨兵又跑回去传达命令了。

黄二愣又吩咐小机灵道：

"你去告诉南边的哨兵——"

"也撤?"

"对!"

小机灵应了一声"是",将铁锹往肩上一扛,撒开腿尥起蹶子,一直向南跑去。眨眼间,他那灵巧的身躯便消逝在夜幕中了。

战斗在电线杆头的人们,全都奉命溜下来。

在黄二愣的指挥下,立刻开始了有组织的撤退。

这时候,正北方那一闪一闪的手电光,离这工地只不过一里多路了,并正迅速地向这边靠近着。

就在这样的情况下,龙潭街上的民兵们并不慌忙。他们扛镐锹的扛镐锹,抬梯子的抬梯子,一个接一个地撤离开公路,顺着来时的路线,一直向西进入了道沟。

他们这时的动作,是那么井井有条,是那么从容不迫,是那么迅速敏捷,而又是那么熟练、轻巧,简直是没有一丁点儿响声。

民兵队长黄二愣,走在队伍的尽后头。

二愣也进入道沟了。

先头的敌人已来到民兵们刚刚撤出的战斗工地上。

这时节,一道一道又一道的手电光,朝公路两侧照射着。继而,又传来了敌人的说话声：

"他妈的!白天刚垫好了,又给挑了个乱七八糟!"

另一个伪军老声老气地说：

"老弟,别骂啦,挑就挑吧!要是没人挑路了,咱这护路队吃谁去呀？"

又一个伪军另起话题说：

"你说怪不？咱们整天价出来查路,光能看见这些新挑的沟沟壕壕儿,还有那些东倒西歪、七零八落的电线、电线杆,可是,总是连个人影儿也看不见！"

"亏着咱没看见！"

"为啥？"

"看见不就糟了？"

"糟啥？"

"如今可不同那二年了！就凭咱这几个人,也要跟人家八路军大刀队较量较量？那还不是鸡蛋碰石头——自找难看！石黑怎么样？白眼狼又怎么样？不都跟大刀队较量过？结果呢？一样是屁滚尿流,丢盔弃甲！"

"你这个小子,净长大刀队的威风！"

"这不是谁长谁的威风的事儿！你凭良心说,我说的是真的不？"

这时伪军中有个人说："叫我看,挑公路、割电线这手活儿,八成是民兵干的！"

另一个伪军不以为然地说："民兵？他们要是没有八路保护着,就敢上这公路边上凑合？"

"唔！民兵也够厉害的呀！"

"民兵厉害啥？他们有的连枪都没有,有棵破枪也没有几颗子弹,而且没受过什么军事训练,有啥了不起的？"

"啐！你觉着自己才受了两个半月的军事训练长本事啦？张口闭口离不开'军事训练'！"

"倒不是那个！我是说,民兵,只不过净是些穷庄稼巴子,有啥厉害的？咱孬好得算个当兵的吧,还怕那些庄稼民兵？……"

213

这一阵,一直趴在道沟崖上听着的黄二愣,听见伪军说民兵的坏话,心里怪生气的。他想:"哼!好小子啊!你竟敢瞧不起我们民兵!好!今儿个,我黄二愣要叫你知道我们龙潭街的民兵不是好惹的!"二愣心里这么想着,就用肩膀头儿碰一下趴在他身边的乔世春,又掉过脸去小声道:

"伙计!你们在这里老实儿地等着,我去教训教训那些不知天高地厚的狗汉奸!……"

乔世春一听来了神:

"咱俩去!"

趴在二愣另一边的小机灵也参进来:

"俺也去!"

紧靠着小机灵的滑稽二就说:

"咱来个'一齐上'吧!"

黄二愣将他们三个和另外几个民兵召集在一起,蹲在道沟里,悄声解释道:

"不能去这么多人!咱们都没有枪……"

小机灵抢过二愣的话头儿,指着他手中的大铁锹说:

"这个家伙铲不下脑袋来?"

这话挺投二愣的脾气儿,他觉着小机灵说得有理儿,心里犹豫起来。乔世春、滑稽二见二愣动了心,就齐打忽地紧撺掇:

"愣队长!把那愣劲儿拿出来,干啦!"

"二愣啊,甭犹豫了,我看行——人多势众嘛!"

这句话,使个黄二愣忽地想起那回夜袭柴胡店的事来了——那回夜袭柴胡店以后,照例开了个总结经验教训的会议。在会上,梁永生曾说过这样几句话:"凭勇气能够打死虎狼,设巧计才可捉到狐狸。我们对敌用兵,应当机动灵活,根据情况决定。打游击战,有时人要多,有时人要少……"现在二愣一想起这个,脱口便说：

"去那么多人可不行！"

"为啥不行？"

"人多目标大！光我这口大刀加手榴弹，就满够他们吃喝的了！"

可是，还有的仍在要求："二愣啊，叫我去吧！"二愣一看好说不行，立刻严肃起来：

"服从命令！"

命令，对每一个民兵，都是有着巨大威力的。因此，二愣这句话，使人们马上静了下来。

随后，黄二愣在道沟里开始准备了——他先紧了紧腰带子，把那本来就不算粗的腰胯扎得鞠细鞠细；尔后又从腰里抽出一颗手榴弹，紧紧地握在手中，便悄悄地爬上了沟崖。

他爬上沟崖以后，又忽地想起了梁永生跟他讲过的一个故事——就是方才他跟民兵们讲的那个民兵智围据点的故事，于是话在心里说："别忘了人多势众、策应配合啊！"接着，他又回过身来，嘱咐他的伙伴们说：

"哎，伙计们，你们可别光看热闹儿呀！"

"你要我们干啥呀？"

"配合我一下儿呗！"

"那行啊！咋配合法儿？"

黄二愣和人们头顶着头，悄悄地部署了一番。直到人们说："瞧好儿吧——办得到！"他这才离开道沟，向着公路前进了。

天空里的星星，在云缝里眨着眼睛。庄稼地里的蛐蛐儿，发出一阵阵短促的叫声。

黄二愣曲着腿，弓着腰，顺着玉米地的垄背，蹑手蹑脚、不声不响地朝那公路靠近着。

半人高的春玉米,被风一刮,摇头晃膀,抖擞着精神。一片片的玉米叶子,活像刀片儿似的,从黄二愣的脸上擦过。这时的黄二愣,由于思想太集中了,既觉不出痛,也觉不出痒,只顾往前走。

玉米地走到头了。

从这里到公路还有七十米。

这七十米,是一片棉花地。

在当时,日本鬼子有个"禁令":公路两侧,七十米以内,不准种高秆作物。谁要是不遵守"禁令",硬种上玉米、高粱之类的高秆作物,鬼子就给砍掉。如果土地的主人叫他们抓住,还要挨打受罚大吃苦头!

现在,摆在黄二愣面前的这片棉花地,棉棵只有齐膝高。二愣趴在玉米地头上,眺望着公路上的情景。这时候,那半明半暗的月亮已被云块遮住,只见星光下有一簇簇的黑影,在公路上活动着。再细瞅,啥也辨不清。

这时,黄二愣面对着前面的公路暗自思量:"继续前进吧,前面的棉棵太矮,遮不住身子;不往前进吧,又距离太远,怕是手榴弹不准扔到!"他想到这里,突然转念又想:"要是眼下手中有支大枪,那该多来劲呀!"他一想到枪,又立刻联想到有了枪就能去当八路的事。一想到这个,一个美妙的念头油然而生:"我趁这个机会要是弄到一支枪,那当八路的问题不就解决了?"

二愣渴望当八路是多迫切呀!现在他觉着当八路的愿望眼看就要实现了,心窝儿里甭提多高兴啦!

因此,黄二愣情不自禁地想象起当上八路以后的情景来了。一忽儿,他想到端着哇哇叫的匣子枪出入据点;一忽儿,又想到冒雨行军,漫野宿营,和战友们一起唱歌儿、讲故事……他越想越来劲,越想越兴奋,差一丁点儿笑出声来。

直到这时,黄二愣才像大梦初醒似的,蓦然意识到,眼下不是想这些事的地方,也不是想这些事的时候。于是,又自己责备起自己来:"唉唉! 二愣呀二愣! 你还不赶紧想办法去夺枪,这是想到哪里去了!"接着,各地民兵们那些夺枪的故事,一齐在二愣的脑海里活跃起来。与此同时,二愣暗暗地下定了决心:"决不能把敌人吓跑拉倒,无论如何也要让这些狗杂种给我黄二愣留下一支枪!"

那么,用个啥法儿呢?

他又琢磨了一阵儿,终于琢磨出一个法子——匍匐前进,靠近敌人。于是,他将身子趴下来,用两个胳膊肘子拄着地,身子一纵一纵的,顺着一个棉花垄背朝公路靠近着,靠近着,靠近着……

夜风,带着大量的水分,带着庄稼的香味儿,徐徐地吹着。嫩绿的棉苗,被风一刮,都向着一个方向起起伏伏地颤动着,在棉田里掀起了层出无穷的碧浪,呈现着一派神秘的气氛。

我们的好民兵黄二愣,就在这神秘的碧浪底层前进着。

他离公路只有四十多米了。

这时,公路上的情景,已大体可以看清。只见,在那暗暗的星光下,有十来个伪军。他们,有的正在点数着公路上坑壕的个数,有的在数被锯倒的电线杆的根数。他们为啥要数这个呢? 显然是为了回到据点以后好向他们的上司报告。

另外,还有几个人蹲在一堆儿,在嘀嘀咕咕地谈着什么。在这一堆儿伪军中,有一个挎匣枪的家伙,说话带着一股粗野的声韵。不用说,那个挎匣枪的,便是这伙伪军的头子了。

黄二愣望着这种场景,心里悄悄地拿着主意:"我这个手榴弹,一定要扔进那个人堆,炸死那个汉奸头子,叫他把那支匣子枪给我留下!"

夺枪的信念和希望,闪电般地穿过黄二愣的脑际,使他的勇气和智慧成倍成倍地增加着。他为了更有把握一些,又在棉田的绿波之下继续前进了。

黄二愣一刻不停地匍匐前进着。

他和敌人的距离渐渐地缩短着。

二愣和敌人相隔不到三十米了。

这一阵,公路上的敌人,一直在用手电光向四外搜索着。突然,一道手电光朝二愣射过来,二愣赶紧将翘着的脑袋伏在地上。

不一会儿,手电光向北移去。

黄二愣,又翘起头来前进了。

他刚刚向前移进了一米多,又一束手电光由南而北移过来。伴随着这黄黄乎乎的手电的光亮,还传来一声失声转韵的喝唬声:

"谁?"

这喝唬声传进了西边的道沟。

埋伏在道沟里的民兵们,全都紧张起来!"怎么?二愣被他们发现了?"这样一个吃惊的念头,在同一个时间闪过每一个民兵的脑海。就在这时,他们抽出了背后的大刀,有的端起了铁锨,还有的把手榴弹的拉火线抠出来……总之,大家一齐作好了战斗准备,准备随时冲上去营救自己的战友——黄二愣。

黄二愣呢?他怎么样了?

他倒是一直非常沉着。因为恐慌和害怕与二愣这位小伙子从来是无缘的。不论在什么情况之下,他总是坚信自己一定能胜利。方才,公路上的伪军一咋唬,二愣的头脑中就立刻产生了这样的想法:"好小子!你既然发现了我,我就谢犒谢犒你!"他在这样想着的同时,已将全身的力气唰地集中到了那只紧握着手榴弹的手臂上,并准备把这颗手榴弹扔出去。

就在这时,粗中有细的黄二愣定睛一瞅,判断出敌人并没有真的发现他,而是在虚惊地瞎咋唬。他是怎么得出这种结论的呢?说来也很简单,就是那伪军的枪口并没瞄着二愣,而是瞄着二愣旁边的另一个地方。二愣一见这种情景,才慢慢地呼出一口长气,心中蔑视地骂道：

"胆小鬼儿！"

伪军们确实净是些胆小鬼儿。方才那个伪军一声咋唬，虽然没吓住黄二愣，可倒把他们那一伙儿全吓蒙了！只见，他们有的哆哆嗦嗦地端着大枪四处瞅着，有的噗嗵一声跳进公路上的坑壕，还有的拉开架子要马上开腿。那伙蹲在一堆儿的家伙们，也忽地跑散了。带匣枪的汉奸头子，硬着头皮来到那个咋唬一声的伪军近前，以颤颤巍巍的声音问道：

"哪里？"

那伪军朝棉田一指说：

"那里！"

"啥？"

"棉棵动弹……"

"混蛋！刮风嘛，能不动？"

"不！动的不对头！"那伪军指指划划地说，"你看，你看看，那里，那里，又动了，又动了……"

那汉奸头子大概也发现棉棵动的不对头了，吓得忽地躲到那个伪军的身后去。与此同时，他还以颤抖的嗓音嚷叫道：

"谁？出来！……"

他正嚷着，一只活泼的野兔，从棉花地里蹿出来，像箭头似的穿过公路，斜棱八角地朝东北跑去了。公路上的伪军们，望望那只一闪而过又钻进了青纱帐的野兔儿，再回过头来瞟瞟他那个吓黄了脸的头头儿，全都哄哄地笑起来。

伪军们的哄笑，把那个汉奸头目儿的黄脸笑红了。那家伙当着他的部下出了丑，觉着没处去抹脸儿了，便一连给了那个指指划划咋咋唬唬的伪军两捆子，并骂道：

"净他妈的穷叽歪！……"

这一阵,黄二愣一直在继续前进着,前进着。他一面在棉棵底下匍匐前进,一面心里自己向自己发布着命令:"再近些!……再近些!……"直到他和敌人的距离不到二十米的时候,他才将身子停下来。

到这时,公路上的敌人的面部轮廓都可以看清了。于是,他再次将全身的力气运到胳臂上,猛一抡,把那颗已经攥出汗来的手榴弹甩了出去。

这颗撅着尾巴飞向公路的手榴弹,按照黄二愣的心愿落在了那个汉奸头目儿的身边。

那个挎匣枪的汉奸头子,是当过多年国民党兵的老兵油子。他望着这颗突如其来的手榴弹先是一怔,而后随手推倒了站在他身边的那个伪军。

那个伪军的身子,实扑扑地压在了突突冒烟的手榴弹上。

那汉奸头子在推倒伪军的同时,他自己也趴在了地上,脑袋瓜子狠劲地往地里拱着,恨不能把地皮拱开个窟窿钻进去。

"轰——!"

手榴弹爆炸了!

伴随着手榴弹的爆炸,一声巨响,尘土四溅,硝烟弥空!那个被他的上司推倒在手榴弹上的伪军,腾云驾雾,粉身碎骨了!其余的伪军,刚从地上晕头转向地爬起来,就听棉花地里有人高声喊道:

"我们八路军、民兵来了!你们休想逃走!"

这是黄二愣的声音。

与此同时,公路西边的道沟里,突然爆发出一片惊天动地的吼喊声:

"同志们!冲呀!"

"杀呀!"

"捉活的呀!"

这吼喊声伴随着风声一齐向敌人冲过去。好像那夜风也在和民兵们一齐吼喊着。这更加壮大了民兵们齐声吼喊的声威。

紧接着,南边的哨兵,北边的哨兵,也从公路两边的青纱帐里吼喊起来:

"冲啊!"

"杀啊!"

"包围呀!"

各处这一乱喊,伪军们以为是八路军和民兵真的从西面、南面和北面拉着椅子圈儿包围上来了!因此,他们连滚带爬地离开公路,狼嗥鬼叫地向东而逃!

黄二愣欻地登上公路,挥舞着亮闪闪的大刀又吼喊起来:

"你们跑不了啦!快缴枪投降吧!"

埋伏在西边道沟里的人们,都舞动着大刀、铁锨也朝公路冲来了。

二愣就势又喊道:

"同志们!追呀!"

正扑向公路的民兵们,接着黄二愣的尾音也一齐吼喊着:

"追呀!"

"追呀!"

"……"

二愣哈腰拾起敌人舍下的那支大枪,拉栓顶火儿,瞄着正在漫洼地里落荒而逃的伪军射击起来:

"嘎咕儿——!"

接着又是一枪:

"嘎咕儿——!"

追腚枪一响,敌人更慌了。

他们,有的跑掉了帽子,有的跑掉了鞋,有的跌倒爬起来,跌倒爬起来……漫洼遍野,鬼哭狼嗥,一片喊爹叫娘声。

这时的黄二愣,面对着伪军们的狼狈相,心里好笑,并学着梁永生的口气,轻蔑地骂道:

"净些厾包!"

不一会儿,民兵们全都来到公路上。

人们齐打忽地将个黄二愣围起来,全眼馋地盯着二愣手里的大枪,嚷开了。

有的朝二愣腆腆大拇指说:

"嘿!你真是这个!"

还有的自动地分享着二愣的喜悦,带着几分自豪的语气说:

"咱们的愣队长就是棒!"

二愣说:

"棒?窝囊!"

"窝囊?"

"当然窝囊喽!"二愣说,"我本心眼儿里,是想弄到那支匣子枪的……"

"这支大枪也满好啊!"有人抓上黄二愣手中那棵枪的红油油的枪托子,一边夺着一边道,"二愣,让我看看……"

黄二愣死死地抓住枪杆,高低不肯松手。看他抓得那股劲头儿,恐怕已经将枪杆子上捏出了十个深深的手印子。这真的,二愣对这支大枪也是很喜爱的。因此,这时他一边和那人夺着,一边急匆匆地说:

"我还没过够瘾呐!你有本事上敌人手里夺去嘛!"

这时,小机灵批评二愣说:

"二愣,你这就不对了——"

"咋不对?"

"夺这支枪,也有大伙儿的力量呀……"

这一句,把个二愣提醒了。使他意识到,方才由于脑子太热,把话说错了。于是,二愣满含歉意地一笑,又爽朗地说:

"你批评得对。是怨我!"

于是,他把枪给了那位民兵,又以恳求的口吻,向人们解释说:

"以后让大家都看个够不行吗?眼时下不是个火候儿呀!"

人们是通情达理的。许多人满意地说:

"行!"

"二愣说得对!"

那位跟二愣夺枪的民兵,又把枪还给了二愣,笑着说:

"这枪是队长从敌人手里夺的,还是归咱们队长吧!"

大伙儿都笑了。

随后,有人问:

"队长,咱还干不?"

二愣想:"该干!把敌人再引出来,好再夺几支枪呀!"他想到这里,就反问大伙儿:

"你们怕死不?"

众人齐答:

"不怕!"

二愣高兴起来:

"好!接着干!"

此后,黄二愣将哨兵的位置重新部署了一番,并加强了警戒的力量,人们又挑道的挑道,截电线的截电线,锯电线杆的锯电线杆,忽忽啦啦地重新干起来了。有一伙儿民兵,一面忙活一面议论着:

"敌人要再来一回够多好!"

"好啥?"

"我也夺支枪呀……"

"这回难啦!"

"为啥?"

"敌人不敢再来了呗!"

黄二愣在一旁听了这些话,心中在想:"可也是呀——敌人大概是不敢轻易出窝了! 怎么办哩?"他想了一阵,就向大家说:

"哎,咱们引引敌人行不行?"

"咋引?"

"唱个歌子怎么样?"

"好!"

"行!"

"唱!"

许多人响应着。

接着,他们一边干,一边唱起歌儿来了:

> 八路军呀大刀队,
>
> 英勇杀敌显神威;
>
> 有志男儿快参加呀,
>
> 抡起大刀砍石黑!
>
> …………

人们正兴奋地唱着,一个哨兵领着锁柱走过来。

那个负责放哨的民兵向二愣打了个立正,说道:

"报告队长! 锁柱同志来找你了!"

二愣一见锁柱,也咔地来了个立正:

"报告锁柱! 我们,我们……"

"我们唱歌儿哩! 是不是?"

锁柱紧接着二愣的话茬儿,拦腰插了这么一句。尔后,他禁不住地扑哧笑了。

这时,黄二愣呆愣愣地望着小锁柱,耸耸肩膀,一口口地咽着

唾沫,最后,也嘿嘿地笑起来。可是,他由于压抑不住内心的高兴,便前赶一步抓上锁柱的手,得意洋洋地说:

"嘿!一伙儿敌人的护路队,叫我们打了个燕儿飞!"

"知道了。我就是听到枪声才赶来的!"

锁柱说着,见黄二愣的肩上背着一支大枪,就指着那大枪又惊又喜地说:

"喔哈!还得了个这家伙呀?"

"嗯喃!"

二愣马上摘下枪,朝锁柱一举:

"给你!"

"给我?"

"啊!"

"干啥?"

"上交嘛!"

锁柱接过枪,端在手里,笑眯着眼瞅了一阵儿,乐呵呵儿地说:

"喃!还是个汤姆式哪!"

"汤姆式好不好?"

"好!好枪,好枪啊!"

锁柱说着,又将枪向二愣递过来:

"你先背着它吧!"

黄二愣憨笑着接过枪,心窝儿里甜滋滋的。说真的,锁柱夸奖这支枪,他心里可痛快啦!接着,他又向锁柱说:

"哎,这回我当八路的事可该行了吧?"

锁柱摆手道:

"先别说这个!"

"咋?"

"我还有要紧的事要跟你说哩!"

"啥？"

"你们怎么唱上啦？"

"为的引敌人呀！"

"引敌人？"

"引他出来嘛！"

锁柱又扑哧笑了：

"我说二愣呀二愣,我算服你了！"

"服我啥？"

"'服'你真是个二愣呗！"锁柱说,"你咋不想想,这里是唱歌儿的地界儿吗？眼下是唱歌儿的时候吗？你这不是净闯祸吗？"

"闯祸？"

"不闯祸怎么的？"锁柱说,"我揣摸着,敌人不用你引,他们是准会来的！"

"来就揍那些龟孙！"

"当然,敌人要是再来个十个八个的护路队,你们也可能收拾得了他们……"

"怎么还'可能'呀？我们有把握……"

"要是来上几十个呢？"

"也给他包圆儿！"

"来上一二百呢？"

"那,哪能来这么多哩！"

"噢！我明白了——"锁柱幽默地说,"看来是石黑跟你订下牛皮文书了——他保证不来这么多人！是不是呀俺那二愣队长？"

黄二愣听锁柱这么一说,心里开始觉病儿了。他一觉病儿,舌头像立刻短了半截。因此,这时他本心眼儿里还想争个理儿,可又一时想不出合适的词儿,所以光忽闪着两只大眼憨笑,不吱声了。

锁柱见黄二愣傻了眼,没拿的了,趁势又说："二愣啊,叫我看,你这股'二愣'劲儿,大概活到八十也改不利索了!"二愣摸着脖颈子笑道:"可不!八成得死了带去啦!"他们开了两句玩笑,锁柱便转了话题又说下去:

"今晚上的情况,那个放哨的民兵方才全跟我讲了。二愣啊,你们所以能用一颗手榴弹打跑了十来个伪军,一来是因为你勇敢,二来是你们组织得好,而且行动迅速。二愣,你说我说得对不?"

黄二愣摸着后脑勺儿,憨笑不答。

锁柱拍一下二愣的肩膀,说:

"二愣啊,你眼下搞的这一套,八成要吃亏了!"

"为啥?"

"因为这不叫勇敢,这叫麻痹,这叫轻敌,我就说到家吧——这叫瞎胡闹!"

锁柱喘了一口气,指点着黄二愣刚夺来的那支枪,又继续说下去:"没有机智的勇敢,就是一支没有准星的枪!所以,那不叫勇敢!那叫……"黄二愣一听这是梁永生过去说过的话,便拦上去干瓣截脆地说:

"通啦!"

"通啥啦?"

"怨俺呗!"

"以后要注意!"

"行!一定注意!"二愣眼珠儿一转又说,"哎,锁柱,我今天犯的这个错儿,不会影响我当八路吧?"

锁柱笑了:

"我早知道你得提到这个问题!"

"早知道?"

"当然喽!"

"你咋知道的?"

锁柱带着逗哏的语调答道：

"揣摸的嘛！"

他俩相互对视着，都无声地笑了。

稍一沉乎，二愣又问：

"锁柱，说正格的——影响不影响？"

锁柱见二愣真有点担心，就说：

"放心吧！我揣摸着是影响不了的！"

黄二愣听了，脸上闪过一股人们不易察觉的兴奋的光辉。紧跟着，他又问：

"锁柱，你说，我已经有枪了，马上到大刀队上去报到行不？"

"哟！这号事我可主不了！"

"谁主得了？"

"谁？那还用问——梁队长呗！"

"他现在在哪里？"

"你要干啥？"

"我去找他！"

"瞧你，说急就急成这个样子？"

"你是不知道哇！我这些日子，一想起参军的事来，心急得连觉都睡不着！"二愣说，"好个锁柱了，说给我吧！"

锁柱当然完全能够理解二愣这时的心情，于是便告诉他说：

"梁队长现在在宁安寨。"

二愣一听，喜出望外。他泛指着破路工地，嬉笑着，向锁柱说：

"同志，你就受点累呗！"

"啥？"

"负责收这个场呀！"

锁柱摇着头，佯装不肯应这个差。黄二愣沉不住气了，又央求起来：

"好个锁柱了！好个锁柱了！……"

锁柱依然拿糖道：

"咦？那可不行！这是你这民兵队长的权力。我,只不过是个当兵的……"

黄二愣忙道：

"我现在马上就交权还不行？你要咋办就咋办！"

他说着,又转向小机灵：

"你就帮助锁柱收这个场吧！你再负责告诉全体民兵同志,就说我已经把指挥权交给锁柱同志了。"

二愣话没落地,脚已离开地皮。

锁柱扑哧笑了,一把拽住二愣,关切地嘱咐着：

"二愣啊,一路上,要小心,要谨慎,别多嘴,别多事,别耍二愣……"

锁柱这些语重心长的话,在黄二愣的心窝儿里,掀起一场感情的风暴。可是,从来不会说什么感激话的黄二愣,这时只是连连地点着头,就是直到最后,也只是说出两个字来：

"好喽！"

二愣话毕,一撒丫子开了腿。

锁柱笑望着二愣的背影：

"真是个'二愣'！"

风,从河面上吹来,它将黄二愣那浑身的疲劳,困乏,一下子吹了个干净,使得这位夜奔宁安寨的黄二愣,就像刚刚洗过温水澡似的那么轻松,那么熨帖！黄二愣正然甩臂晃膀越来越快地走着,前头有个民兵跑上来拦住他问道：

"喂！二愣,你上哪去呀？"

"喔！这事先不能告诉你！"

黄二愣从那个民兵的身旁绕过去。他抢出几步,又掉过头脸,

饱含着笑意,神秘地说:

"伙计!等上几天儿,你自然会知道的!"

"哼!你甭不说!不说我也知道……"

二愣走远了。眨眼间,他那高大的身形便消逝在茫苍苍的夜幕中。

夜,更深了。

风,更大了。

大风吹不灭小小的萤火。这时候,远处的沟崖边,林丛间,萤火点点,或飞散,或聚拢,忽而飘飘游游,忽而又不见了。

锁柱还在朝着二愣奔去的方向眺望着。

民兵小机灵凑到锁柱近前,建议道:

"锁柱,你这个'大文豪',应当把二愣夺枪的事写篇小稿儿,登到报上去……"

锁柱可能没听见。他不仅没吭声,脸上也没反应,仍在二目专注地向远方眺望着。

另一位民兵赞成小机灵的主张,他以鼓励的口吻向小机灵说:

"这件事儿,甭惊动人家锁柱了,你写就行!"

"我行?别开玩笑了!"小机灵说,"我这个'徒弟'还没'出师'呢!"

这时节,锁柱已被凑过来的民兵们围起来了。可是,锁柱他仍在眺望二愣奔去的方向。说实际,二愣的背影早就看不见了。不过,在锁柱的视觉里,黄二愣的形象还在鲜明地晃动着。这个形象,在锁柱的头脑中又引出一个念头:

"黄二愣可真是员虎将呀!"

锁柱这个念头,由于感情冲动,不由得脱口而出了。他这句话一出口,又激起一阵人声——

这个说:"锁柱,你就写写这员虎将呗!"

那个说:"是啊!你写,我贡献材料!"

也有的说:"这篇稿子,不写真可惜!"

还有的说:"锁柱,我听说你还是报社的通讯员哩,不写得算不负责任呀!"

这些话,因为是从许多人的嘴里说出来的,所以它们之间,有的压着撺儿,有的搭着茬儿,话虽不算少,可时间并不长。时间尽管不长,可锁柱还是嫌长。他用手势压下嘈杂的人语,以收场的口吻说:

"写稿儿我同意,以后咱们插伙儿干……"

锁柱本想就此先了却这一锅,可是人们不肯跟他罢休。又有人问:

"插伙儿干?那怎么个干法儿哩?"

"插伙儿干,就是大家商量着来呗!"另一个人说,"锁柱,你先出个题目吧!有了题目,人们好往一个点子上凑材料儿啊!"

"好!"锁柱说,"题目就叫它个《一弹之战》吧!怎么样?"

这时,有说行的,有说不行的,又是一片人声。小机灵就说:

"《一弹之战》,太文绉绉的!按我的意思,就叫它个《夺枪》,又干脆,又明白……"

人们正在兴头子上,可是锁柱觉着,无论如何再也不能由着人们的性子这么嚷下去了,因为这里不是讨论这种问题的地界儿!于是,他再次用手势将人声压下去,随后便以命令的口气说道:

"民兵同志们!听从指挥——马上撤离公路!"

"是!"

锁柱在参军之前当过龙潭街上的民兵队长,对指挥民兵破路这件事是熟悉的。现在,这些龙潭街上的民兵们,在他这位"临时代理队长"的指挥之下,迅速地、有条不紊地向公路以西撤去了。

一瞬间,公路上便没了人影。

留在公路上的，是一条条的壕沟，是东倒西歪的电线杆和七零八落、半截拉块的电线，还有龙潭街的民兵们那一片片战斗的脚印！

锁柱带领着民兵们，撤离公路以后，进入一条道沟，直奔着龙潭的方向，悄然而去。当他们走出约一里多路的时候，远远望见柴胡店据点上的敌人出动了。他们那大批的人马，像成群的疯狗，像结帮的恶狼，又像一些嗡嗡叫着的苍蝇，顺着那条被切成若干截的公路，急匆匆、慌忙忙地扑过来！

他们来干什么？

干什么？你可不要以为人家又是扑空，白来一趟！你看，那个伪军的尸体，不是正在等着他们来收殓吗？

天近黎明了。

月亮隐没在西方天外。

一团团白茫茫的雾气，从满洼遍野的庄稼棵里升腾起来，向漫空飘散着。

当柴胡店的敌人正拖着那具伪军尸体窜回据点的时候，宁安寨正在准备迎接那位远路赶来的夺枪勇士黄二愣，龙潭街也正在喜迎着她这些破路归来的健儿们……

第十五章　龙潭的早晨

时光在战火中匆匆溜走。

秋天,又一个秋天——庄户人家的黄金季节来到了。

这是一个风和日丽的清早。一只红尾巴公鸡,站在村边的一个高高的土堆上,抻着长长的脖子喔喔地啼叫着。东方,天地相连的地方,一幅金黄的云幕,正在徐徐拉开,万道曙光好像一把巨大的透明的金扫帚,把天地间的黑暗、昏沉一扫而光,使大地反射出又新又美又悦人的色泽。

挂在西天的半轮明月,在完成了它那照明引路的使命以后,带着子弟兵们的征尘下山去了,只把其笑眼的余晖留在天边上。就在这时,一轮光耀大地热洒人间的旭日,驱散了夜间的寒凉,带着历史的重任,带着人民的希望,正从那万紫千红的东方冉冉升起……

龙潭桥上映朝晖。一支队伍开过来。

这支队伍,身上都穿着崭新的军装,腰里扎着武装带,有的背大枪,有的挎匣枪,身后还都佩着一口大砍刀。他们,齐刷刷地摆成双行纵队,迈着一样的步子,胳膊也都甩得那么齐数,浩浩荡荡地朝着龙潭前进着。

他们那健美的身影,铺在洒满阳光的大道上。

和煦的晨风,正在战士们的脸上嬉闹。

这是什么队伍?

八路军。

哪一部分？

大刀队。

近期以来，共产党和毛主席领导的八路军、新四军，在全国各地一连打了许多胜仗，正在迅速地改变着战争形势。随着全国抗战形势的胜利发展，临河区敌我斗争的格局也发生了巨大变化。

在这里，乡村包围据点的局面已初步形成，日伪军已成了瓮中之鳖。他们一出窝门，准得挨揍，所以全吓得黑白缩在乌龟壳里，不敢轻易出来探头了。

八路军的大刀队，眼下已发展到七八十号人。

他们已经全都穿上军装，白天也公开活动了。

老百姓面对着一派胜利形势，人心大快，群情振奋，庄庄村村的抗日气氛，也一天比一天地更加活跃起来。

龙潭街上，正准备去下地干活的人们，全被挂在街头上的黑板报吸住了。他们的手里拿着各种各样的家什，围在黑板报下看八路军的胜利消息。老石匠唐峻岭，手里拿着打磨的锤头和铳子，站在人圈儿外头，一边跷着脚腆着脸往里瞅着，一边粗声大气地嚷道：

"认字的念念，念念！"

李月金老汉拿着一个用纸褙褙做的大喇叭筒，站在一个像座小土山似的大土堆上，放开他那粗壮的大嗓门儿高声地喊着：

"妇救会的会员们注意！妇救会的会员们注意！交军鞋喽！……"

伴随着他的喊声，街街巷巷响起妇女们的说笑。

锁柱奶奶胳肢窝里挟着两双军鞋，两手还端着半簸箕豆豁子。她走得最慢，可是笑得最响。唐峻岭的老伴在背后喊她一声"三婶子"，说：

"你送下军鞋就上磨——是不？……你是一时也不叫两只手

闲着!"

"你嫂子啊,你是带着黄病说人家的痦!"锁柱奶奶说,"你不是也去送军鞋吗,还搬着个桄车子干啥?"

接着,是一阵叽叽呱呱的笑声。

儿童团的小队伍,在关帝庙门前集合起来。他们先唱了一个歌儿,然后便开始分配任务了——汪岐山的孙子、儿童团长小洪,站在庙门前的七磴台阶上,像发布命令似的说:

"一班去给烈军属拔草,二班负责站岗放哨……"

还有些人,一边走着,一边拉着闲呱儿,并不时地跟远处的人打个招呼。

在十字街口上,好几个人把二愣娘围在当央。

他们七嘴八舌,吵吵嚷嚷,正然议论黄二愣。

乔士英捋着一拃长的胡子问二愣娘:

"他婶子,最近二愣回来过没有?"

"前些日子,来家扒扒头儿……"

"多咱?"

"哟!一晃又是半拉月了!"

"半月前回来过?咋没见着他哩?"头罩毛巾的小机灵说,"俺们民兵们,都怪想他的!"

"唉,甭提啦!"二愣娘拍一下巴掌,嘎嘎地笑了两声,又说,"那是半宿拉夜回来的!他说队伍从咱龙潭附近路过,顺便回家来看了看我,像掏把火似的,连炕沿也没坐热,就嘿呀嘿地滚了!"

她说罢,又嘎嘎地笑起来。

看表面,二愣娘好像半点心事也没有。其实呢?并不然。你想啊,当娘的,有个不想儿子吗?何况二愣打小还没大离开过娘哩!说真的,这半拉月,她没短了打听儿子的消息,还曾多次梦见二愣又回来了。特别是二愣刚参军走了的那几天,她有时眼睛一花,就仿佛看见二愣那个傻大个子影影绰绰一闪,晃进屋里去了。在当时,四邻八家的老妯娌们,怕二愣娘惦记儿子,曾多次劝过她。有的地主老婆,也曾给二愣娘添过心事:

"打仗嘛,可不是闹着玩儿的,枪子儿哪有眼呀!"

二愣娘听了这话,知道地主婆是在发坏,心里挺生气,当即刺了她几句,使那地主婆闹了个不落台。从那,二愣娘虽然心里长草,可她从未表露出来,见了人还是有说有笑的。

现在,她正说笑着,房治国的老爹凑过来了。这位白发苍苍的老头子,问二愣娘道:

"他嫂子!咱二愣干上这个了吗?"

老汉说着,伸出他那布满筋络的手比了个"八"字。

谁知,他这一句,逗得人们全笑开了。笑啥?显然是笑他的消息太不灵通了呗!

二愣娘也禁不住地笑了两声。尔后,她把嘴凑到老爷子的耳朵上,满含笑韵地高声嚷道:

"房老叔,咱二愣早就干上啦!"

房老汉将干瘦的手掌接在耳轮上,帮助耳朵捕捉着二愣娘的话音。当他听明白了以后,点着白须抖动的下颏儿说:

"好!好啊!干上好!"

他的声音是那么高,那么大,仿佛他生怕人家听不见似的。稍一沉,老汉变换一下口气,又向人们絮絮叨叨地说:

"我活了这七老八十,经着好几个朝代了,就数着毛主席领导的这伙子队伍好!我老头子算看透这步棋了——"他用手又比了个"八"字,接着说,"这个,准能成得了旗号!……"

这位老爷子,一向话弦长。他的老伴儿打断了他的话弦,从旁插嘴道:

"你聋得像块木头,懂个啥?别瞎唠唠了!"

也许是听惯了的缘故吧,老伴儿并没把嘴凑到他的耳朵上去,可是老爷子却完全听明白了。于是,他反驳老伴儿说:

"哼!你别看我的耳朵聋——"

他又指指心口窝儿:

"可我的心并不'聋'啊!"

老两口子的对话,把人们又逗笑了。那位特别爱笑的玉兰姑娘,直笑得泪花子从眼里蹦出来。

笑声一落,房老汉的老伴儿又说:

"我说二愣他娘啊,你拉扯二愣这棵独根苗儿可真不易呀!脚下一看,倒是没有白受累,他当上八路了,你也成了军属了,人人尊,人人敬,多光荣呀!"

二愣娘笑吟吟地说:

"唉,啥军属不军属的呀!不军属是抗日,军属了,还是个抗日呗!"

在她说这话的同时,有一种抑制不住的光荣感,在她脸上的笑纹里荡漾着。

一霎儿,房老爷子又问二愣娘:

"他嫂子,我再问你——二愣多咱回来?"

"哟!这个俺可说不清!"二愣娘问,"老叔,你问这个有事吗?"

"有点事。"

"啥事儿?"

"我就把这件事托付给你吧——行不你嫂子?"

"看俺老叔说的,咱这两家子,不是一根蔓上的苦瓜吗?还有啥说的哩!"二愣娘实实落落地说,"老叔啊,你有啥事儿,就只管说呗!"

"咱二愣回来的时候,我托你个脸跟他说说,叫他跟上头要求要求——"房老汉指指站在旁边的小机灵说,"叫他也去干一个!"

二愣娘笑着说:

"你就这么一个宝贝孙子,也舍得让他去当兵?"

"舍得,舍得!"房老汉说,"这八路可不同于别的兵,当这个出息人呀!……"

当奶奶的又插嘴道:

"有啥舍不得呀?永生说得对——咱穷人是要革命的嘛!自从你家二愣参军走了以后,俺这个孙子就见天吵着要去当八路。他还成天价说:'好汉死在战场,懦夫死在炕上;干不上八路,我死不瞑目!'"

人们正说话儿,那边有人嚷:

"哎,你瞧,来八路了!"

"呀!可不!还是主力军呢!"

另有人推测着说:

"八成是新开过来的队伍吧?"

"你真是个二眼!仔细瞧瞧,前头那个挎匣子的大高个儿,晃呀晃的,那不是梁永生吗?"

"嘿!对呀!是他——咱那大刀队来了!"

小机灵拽拽二愣娘,又指指队伍说:

"大娘,你快看呀——"

"啥?"

"那不是俺二愣哥来了!"

二愣娘一听,老脸笑成了一朵花:

"哪里?哪里?"

她嘴里说着,将垂散下来的一缕灰白头发撩上去,又用手打起亮棚,直瞪着两只老花眼睛,朝东头的村口眺望着。

这时节,二愣娘的心里,活急煞了!她恨不能一眼瞅上儿子!可是,越急越瞅不见,就一面瞅着一面向小机灵说:

"小机灵！你二愣哥在哪里呀？快指给大娘！"

小机灵也在替二愣娘着急。他伸着手臂指指划划地大声说：

"你，你看，你看！那不在那里！唉唉！那不是——那不是——那不是嘛！……"

看小机灵这时的表情，好像恨不能帮着二愣娘的眼睛吃点劲似的。

队伍越走越近了。

二愣娘辨认了老大响，还是没有识辨出哪一个是她的儿子黄二愣！这时在二愣娘的眼里，这长长的一大溜队伍，人人都穿着一色的军衣，都戴着一样的帽子，那一张张笑乎乎的脸庞，远远一望，也仿佛全差不多。因此，直闹得个二愣娘，觉着个个都像她的儿子；可是，再一细瞅，又觉着个个都不像二愣！

二愣娘瞅呀瞅地瞅着。

大刀队沓呀沓地进村了。

他们是唱着歌子开进村来的：

> 八路军呀好比水中鱼呀嗨，
> 老百姓就是汪洋大海的水呀嗨；
> 水中的鱼儿任意游呀嗨，
> 离水的鱼儿呀活不成呀咿呀嗨！
> …………

队伍边走边唱，边唱边走。

这时的龙潭街，宛如一池静水投进一块石头，立刻翻腾起来！你看哪！男男女女的人群，全带着惊喜的神色，都从家里跑到街上来了！

街道上的人群，陆陆续续地增加着，越增越密，越聚越多。这些跑来看望亲人的乡亲们，怀着烈火一般的心情，拥拥挤挤地站在街道两旁，张望、鼓掌、欢呼、跳跃，使整个街道，整个村庄，形成了一片势如涨潮般的汹涌,滚锅般的沸腾!

"你们瞧!咱这大刀队多威武呀!"

"这一条条的小伙子们,比穿便衣时显得更英俊了!"

人们比着手势喜气洋洋地大声议论着。

突然,二愣娘笑出声来了。她指指划划地说:

"在那里,在那里——这回可看清了!"

她笑哈哈地拍一下巴掌,像是向别人说话又像是自言自语,继而道:

"你们看,我这老眼花的!刚才个,我只看到齐整整的一大溜,两只眼从二愣身上走了好几个来回儿,也没认出俺那个傻小子来!你说笑话儿不笑话儿?"

爱多话的锁柱奶奶说:

"得说是笑话儿!娘不认得儿了,能说不是笑话儿?"

二愣娘笑得更响了。她掏出一块小手巾擦着眼里挤出的泪花:

"谁说不是哩!唉,其实啊,倒不是因为别的——原先个,二愣那个光景,哪有这么出息呀!……"

她越说,脸上的笑意越浓。

她越笑,心口窝儿里越滋。

这时节,注意黄二愣的,岂止是二愣娘?那些在场的民兵们,也都带着一脸喜气,用一双羡慕的眼光盯望着他们原先的伙伴黄二愣,而且是,手指着,眼笑着,口喊着:

"二愣!二愣!"

"二愣!二愣!"

而今的黄二愣,确乎不同于参军前的黄二愣了。你别看日子不多,他长的出息可真不少!这条硬汉子,一进入革命队伍的行列,真好似钢刀再淬火,利刃又加钢!咱先不用说他那内心里的变化,你就先看看他这仪表吧——昂着脑袋,腆着胸脯儿,走着步子,唱着歌子,脚不紊,头不歪,目不斜视;人们这么喊他,他就像根本没有听见一样,态势和表情,仍然是那么严肃认真,神气十足!后来,当黄二愣意识到乡亲们、伙伴们都正以敬佩的、羡慕的眼色注意着他时,他的内心里,有一种荣誉的感觉,油然而生!于是乎,他更加庄重、更加精神起来了!

在这八路军大刀队的队列里,另一位引人注目的新战士,是那个年龄最小的庞三华。

这时的庞三华,背着个小马枪,走在队伍的尽后头。

他的身上,和其他战士一样,也穿着一套崭新的军装。不一样的是,那军装穿在他的身上,显得又肥又大,差不多快搭到膝盖了!猛看上去,活像个不合身的二大袍子!

小三华的这种打扮,在大人群里引起一阵爱抚的笑声。一些儿童团们,则指着三华羡慕地嚷着:

"小八路,小八路!"

"嘿!真来劲儿呀!"

那个叫小洪的儿童团长,一面眼热地盯着个三华狠瞅,一面悄声喊他的爷爷汪岐山:

"爷爷,爷爷……"

爷爷正在笑眯着眼睛看队伍,连他这心坎上的孙子也顾不得了!小洪喊一声又一声,直到喊得爷爷没法不理睬了,他这才将视线移到小洪的身上:

"吵啥?"

小洪跷起脚,压低声音,指指三华神秘地问:

"爷爷,你说——我再长上一年,能赶上三华高不?"

小洪这没根没梢的发问,包含着什么意思?当爷爷的大概是能猜出来的。于是,爷爷宽慰孙子道:

"能!"

孙子乐了。爷爷又道:

"盼着吧!等你长到三华那么高,爷爷就把你送到队伍上去,也当个小八路!……"

爷爷这么一说,小洪乐得又蹦又跳。

在汪岐山跟他的孙子说话的当儿,他们的身边站着一位姑娘。这位姑娘是秦玉兰。

这时的秦玉兰,一点也没有留意汪岐山爷孙二人。她那两只含情露笑的眼睛,正在那队伍的行列里溜来溜去。当她望着望着,一眼搭上了梁志勇的面容时,心窝儿里像突然发生了地震似的,立刻颤动起来!

就在这时,玉兰姑娘那双秀眼俊目的瞳人里,猛地闪射出两股动人的光华和色彩!同时,她那表情已经失去克制的脸上,滚动着花一样的笑浪,就连鼻窝里都充满了幸福的笑意。

玉兰的身后,不远处,还有好几位姑娘。她们其中的一个,朝众家姊妹们挤挤眼,又冲着秦玉兰一腆下颏儿。这时,那个爱笑的姑娘先咕咕咕地引了个头儿,接着,旁的姑娘们也全跟着笑开了。

秦玉兰听见笑声,扭头一望,见那帮姑娘都正在用笑眼盯着她,直羞得她的脸腮唰地红了,挤巴挤巴钻进人堆里。她钻进人堆后,还仿佛感到人们都在议论她。

队伍从夹道的人群中穿过来。

来到了一个沿街傍道的空场上。

突然,梁永生向齐步行进的队伍发出了口令:

"立——定!"

伴随着这声口令,战士们的脚下咔地一声响,行进的队伍立刻停下了。继而,带队的梁永生,又朝战士们发出了一连串的口令声:

"向左——转!……向右看——齐!……向前——看!解散!"

忽啦啦一声,队伍散开了。

男男女女、老老少少的群众,齐打忽地朝着战士们拥过来。大刀队上的战士们,也都就势扎入群众中,并当即被人们包围住了。

你看吧,东一堆,西一伙,大一群,小一帮,可街满道,到处都是人疙瘩了。每个人疙瘩的中心,都有一个或者是几个大刀队的八路军战士。

你听吧,吵吵嚷嚷,嘻嘻哈哈,这边高谈阔论,那边喁喁低语,有的问这问那,有的喊喊喳喳,还有的突然爆发出一阵朗朗的笑声。

小锁柱和黄二愣,被一伙子民兵给围住了。

真难怪有些老年人说:"青年人到一起,打打闹闹是见面礼!"还有的说:"青年成了堆,笑声满天飞!"这些说法,并非没有道理。

你瞧!眼前这些民兵们,有的一见锁柱的面儿,就跟他开上了玩笑:

"锁柱,我听说你升官儿啦!……"

有的,就跟二愣逗乐子。特别是黄二愣的好朋友小机灵,他和二愣对眼一笑,接着便朝二愣的胸膛来了一杵子:

"你这个家伙呀!刚才,我一连喊你好几声,准没听见?你就没吭一声儿!才干了两天半八路,装的什么蒜?"

黄二愣嘿嘿地笑着,将肩上的水连珠步枪摘下来,一本正经地说:

"喔!这是军事纪律嘛!队伍正在列队行进,自由行动还行?我们八路军战士,向来是自觉地……"

站在二愣脊梁后头的滑稽二,一听二愣说话的口气变了,就朝二愣的后脊梁轻打了一拳,笑咧咧地说道:

"你这个小子！怎么说话也侉起来了？"

另一个民兵接言道：

"二愣！你才干了这么几天八路,就跟俺们摆老资格呀？"

众人哄笑起来。

黄二愣也有些不好意思地笑了。

这时一个民兵掏出两根"自造牌"的烟卷儿,先向锁柱递过一支：

"锁柱,给你！"

"不抽！"

"尝尝嘛！这是龙潭出品的'自造牌'香烟！"

"我戒烟了！"

黄二愣插进来：

"告诉你们——以后别叫锁柱了！"

"咋？"

"人家锁柱升了——叫王班长！"

锁柱一甩胳臂给了二愣一撇子：

"什么班长不班长的呀！还不是干八路、闹革命？"

二愣不服气：

"班长就是班长嘛！这又不用保密,我又不是造谣,再不叫说干啥？"

那小伙子又朝二愣递过一支烟：

"二愣,咱们一块儿研究的卷烟土法儿,我们已经试验成功了。这是第一批'产品'。来,尝尝吧,伙计！"

黄二愣一面躲,一面摆手：

"不,不！俺不要！"

"咋？你也戒烟了？"

"这是个群众纪律问题！"二愣道,"八路军嘛,是人民的队伍,只能为人民服务,不能拿群众的一针一线,这是老传统……"

人们笑起来。

滑稽二指着二愣的眼胡子说:

"你这小子,装得好挺啊!"

二愣板着脸,不笑,又说:

"这可不是装!没有铁的纪律,怎能打胜仗?"

又是一阵笑。

在黄二愣、王锁柱和青年民兵们尽情说笑的同时,梁志勇和庞三华正在那边跟一帮娃娃们逗着玩儿。他俩蹲在一棵老槐树底下,周遭儿净是些七大八小的娃娃们。

这时的梁志勇,蓦然间恢复了他那过早逝去的童年,赛个大将军似的被孩子们围在当中。一个小娃娃从志勇的背后爬上他的脊梁,搂着他的脖子,猛力地往两边摇晃着。

聚集在志勇面前的娃娃们,挤成一个疙瘩蛋,逗着,笑着,闹着。梁志勇向前倾着身子,带着满脸孩子气儿,一会儿指着这个娃娃说:

"瞧你这个邋遢鬼!"

一忽儿又拨拉一下那个娃娃的小脸蛋儿:

"你腆着个脸瞅啥?不认得我?你脸上这血嘎渣怎么搞的?跟谁打架来?"

过一阵,他又拍拍一个紫糖脸的娃娃,说:

"看!你这衣裳全湿透了,还糊了这么些泥嘎巴,这是上哪儿疯跑去来?要是叫你爹看见呀,准得正经八本地挨两捆子!"

他一回头,见一个蹓得满腿是泥的孩子,蹶呀蹶地走过来。志勇将那孩子拽到自己的怀里,指指他手上的皴,笑着说:"哎,哎呀!煺扒煺扒你这手上的皴,八成能上二亩地!"

志勇这一句,把一堆孩子全逗笑了。直笑得那孩子赶紧把手藏进衣袋里。

这个孩子不过六七岁。

他那红扑扑的脸上,镶嵌着一对逗人喜爱的酒窝儿。头上留着平平整整的"木梳背儿"。两只水灵灵的眼睛,含着天真的神情,不停地转动着。有两个大耳垂,圆乎乎,厚墩墩,朝下垂着。一会儿,他那伸进衣袋的手,掏出两个子弹壳儿,递给志勇一个,说:

"叔叔,给你一个。"

接着,他将另一个又放在志勇的另一只手里,说:

"这一个,你捎给我爹!"

这个孩子是李月金的孙子。他爹原是大刀队战士,是梁志勇的战友,现在已到主力部队去了。如今,志勇面对着孩子的重任,便说:

"小春啊,放心吧,你交给我的这个任务,我一定给你完成!"

他说着,先把小春送给他的那个子弹壳儿装进衣袋,又将小春托他捎的那个子弹壳儿仔仔细细地塞进内衣袋里。这时,往日里和小春爹一道战斗的一些场景,在梁志勇的头脑里翻腾起来了……

在志勇和小春谈着的当儿,三华向一个拿弓箭的娃子问道:

"小洪,你这么大了,还玩这个?"

小洪歪着小脑袋说:

"玩?射传单嘛!"

"射传单?"

"当然喽!"

"啥传单?"

"抗日传单呗!"

"往哪射?"

"往据点里射呀!"

小洪一边说着，一边掏衣袋。他掏呀掏，掏呀掏，先掏出一把"泥钱儿"装进另一个衣袋里，又扯出一把襻了好多襻儿的线绳子，攥在另一只手里，最后又掏出几个纸条儿，递给三华说：

"你看！"

三华接过那一沓褶褶襻襻的纸条儿，伸展开一个，抻平一瞅，只见上头写着：

"鬼子要完蛋了！伪军们快投降吧！"

他又伸开一个，上头写着另一个内容：

"八路军宽大俘虏！改邪归正既往不咎！"

庞三华左一张右一张地将那些纸条子全看了一遍，只见净是些瓦解敌军的宣传口号，心里挺高兴。随后，他拿过那个孩子手中的弓箭，瞅了瞅，又说：

"耶！你这是用柳条掫的呀？"

"嗯。"

"不撑劲！"

"咋？"

"没劲儿呗！"

另一个孩子被好胜心驱使着，把他的弓箭攥给三华，带着优越感的神气说：

"你看看我这个行不？"

三华拿在手中，瞅着，笑着：

"行！你这个行！你这是用柘条掫成的——是不？"

他说着，又抻了抻弓弦，问那娃娃：

"喔！挺有劲——能射多远？"

"哼！一射老远老远的呢！"

"能射到据点里头去吗？"

"能！"

"试验过?"

"试验好几回了!"那娃娃说,"前天晚上,是个大顺风,我就是用这个家伙,嗖呀嗖地一气儿射进三十多张传单去……"

"哟!"三华说,"风大了,一射,不各处乱刮吗?"

小洪从旁插了言。他掏出一把"泥钱儿",举在三华脸前,说:

"瞧!风大,我们就在箭头上搁上这个!"

又一个娃子将弓箭递给志勇,要求道:

"叔叔,你射射试试,我这个射得最远!"

志勇笑道:

"你不是吹牛呀?"

"真不吹牛!不信你问问他们!"

那娃子泛指着孩子群满有把握地说着,一种自豪的神情,在他那水汪汪的眼睛里闪动着。

志勇拍着那娃子的肩膀说:

"小鬼,你先别撑劲,等我试完了才有你的理说呢!"

那娃子坚定地说:

"你尽管试嘛,准行!"

有个娃子插言道:

"我试过,他这个是棒!"

也有的娃子不服气:

"棒是棒,可不是他自个儿做的哩!"

"谁做的?"

"梁队长呗!"

这时节,正巧有架敌人的飞机,哼哼唧唧地叫着出现在高空,引起了那可街满道人群的一片怒骂声。梁志勇为了故意逗着孩子们乐,他对着飞机搭箭拉弓,嗖的一下子,缠着传单的箭头飞到漫天云里去了。

娃子们喜得又蹦又嚷又拍巴掌。

这个小家伙儿说："真高,真高,把云彩都穿了个窟窿!"

那个小家伙儿说：

"偏了,偏了!要不,这下子就射上了!"

在孩子们乱吵乱嚷的当儿,那箭头在云彩底下窝回来,头朝下,沿着一道弧形的路线,向那个很远很远的苇塘边上落去。

正在苇塘边觅食的一群鸟雀,腾的一声飞起来。

这个弓箭的主人,高兴得跳起老高。继而,又把盯着箭头的笑眼转向志勇：

"你看咋的? 不哄弄你吧?"

梁志勇笑盈盈地点着头：

"行! 真不赖!"

那个弓箭的小主人,跑着,跳着,笑着,像只活泼的小麻雀似的,奔向苇塘边去拾箭头了。

这一阵,庞三华又在那边跟一个拿风筝的娃娃混在一起了。梁志勇凑过去,轻摩着那个风筝娃的头顶,半喜半嗔地故意逗他说：

"风筝将! 你瞧人家他们,都在用弓箭作宣传,可是你喃? 玩风筝!"

他拨拉着自己的脸蛋儿,又说：

"呸! 呸! 不害臊!"

那风筝将一脸抱屈的神色：

"你净屈枉人!"

"屈枉你?"

"可不是呗!"

风筝将说罢,鼓起腮帮,眼圈儿也渐渐地红起来。

三华拍他一下肩膀,笑着说：

"你志勇叔叔跟你闹着玩呀!"

志勇望着孩子的表情,心里一阵高兴。因为孩子这种表情告诉志勇:积极抗日光荣,不积极抗日可耻,已在这个孩子那幼小的心窝里深深地扎下了根!一个革命者,当他看到自己正在从事的革命事业,已经变成了下代人的理想的时候,他怎能不从内心里感到快慰,感到高兴呢?于是,志勇轻摩着那风筝将的头顶,抚慰他说:

"我知道,你不是玩风筝,是在作宣传——是吧?"

风筝将高兴地笑了:

"嗯。"

"你们近来宣传的啥内容?跟叔叔说说!啊?"

"哎。"

风筝将把小手伸进风筝肚子里,掏出一个纸叠,递给志勇,说道:

"叔叔,你看!"

志勇接过纸叠,伸开,上眼一瞅,只见上面密密麻麻写满了一行行的小字,净是些八路军的对敌政策。他拨拉一下风筝将的脸蛋儿,乐哈哈地又说:

"喔哈哈!你这个玩意儿更厉害呀!"

受表扬的小家伙红脸了。他不好意思地低下头去偷笑着。另一个拿弓箭的娃子举着弓箭说:

"俺这个,是步枪!"

他又指指那孩子的风筝:

"他那个,是大炮!放进一个去,就够鬼子们呛的!"

志勇问那风筝将:

"你这'大炮',打进过据点去吗?"

小家伙神气地挺伸着两根指头,自豪地说:

"俺'打'进俩去了！"

梁志勇笑点着头，又问：

"小鬼，你把风筝放进去，敌人要是不管它哩？那不成了废品了吗？"

"不会的！这风筝上还要写大字呢！"

"写大字？"

"嗯喃！"

"写啥？"

小家伙像突然想起了什么，说：

"哎，叔叔，俺们儿童团员们，大伙儿凑了三句话，用哪句好，还没定下来，你帮着俺们拿个主意好吗？"

"好哇！"梁志勇逗哏地说，"我这个人呀，就是喜欢帮着人家拿主意。"

那小家伙得意地笑着说：

"一句是：'打倒日本帝国主义！'另一句是：'打进柴胡店，活捉石黑！'再一句是：'公审卖国贼白眼狼！'叔叔，你说，这三句用哪一句好？"

志勇笑道：

"三句都好。"

"都好用哪一句哩？"

"都好就都用呗！"

"一个风筝上写这么多字吗？"

"不行？"

"字太小了！"

"嫌字小不会多糊几个风筝吗？"

一个小家伙听到这里插了嘴：

"对！我再糊一个！"

又一个娃娃争着说：

"我也糊一个！"

稍停一下。梁志勇又问：

"哎，你们用放风筝、射箭这些方法作宣传，是谁琢磨出来的？"

"是俺老师帮着搞的。"

"噢！这么说，你们的老师，还真有两下子哩！"

"俺老师也是从外地学来的。"

"从哪里学来的？"

"坊子。"

"坊子？"

"嗯嗬。"

"是坊子什么人创造的？"

"听人说，是高小勇和他的房老师琢磨出来的。"

梁志勇一听这是小勇和房老师的创造，心里当然挺高兴。接着，他又鼓励这龙潭街上的娃娃们说：

"你们注意学习外地的先进经验，这很好。可是，要是你们自己也能创造出一些新的宣传方法来，那可就更好了！"

一个小家伙冒冒失失地说：

"俺们正琢磨着呐！"

"那好哇！"志勇问，"你们琢磨的啥？"

这时，小洪用胳膊肘子捣了那个"冒失鬼"一下儿，意思是嗔他暴露了"秘密"。因此，小家伙们面对着梁志勇的发问，你看我，我看你，大眼瞪小眼，谁也不答腔了。志勇一见小家伙们这股劲头儿，就笑哈哈地说：

"哟！怎么？你们还跟我保密呀？"

儿童团长小洪解释道：

"叔叔，等你下回来时再告诉你！"

"那是为啥?"

"我们儿童团,不说空话!"小洪说,"现在就说出来,要是将来万一办不到,那多不好哇!……"

他们正说着,人群裂开了一道缝,那位爱笑的姑娘带着一串笑声走过来。随着那姑娘的渐走渐近,人缝在她的身后合拢着。那姑娘,离着老远就嚷:

"志勇啊,快去吧!"

志勇问:"哪去?"

姑娘说:"秦海城大爷家。"

志勇又问:"上那里去干啥?"

姑娘笑着说:"玉兰等着你哩!"

"等我?"

"嗯喃!"

"等我干啥?"

"那俺哪知道哇!"那满面笑纹的姑娘又说,"反正是有话儿说呗!"她说着说着,笑出声来了。

这时节,大刀队的战士们,有的被围在街上,有的就去串门子了。要论串门子,当然谁也"串"不过梁永生。他从队伍解散开以后,串了东家又串西家,刚从房治国家出来,又朝汪岐山家走去。

汪岐山家。

汪岐山和他的老伴儿正在和泥,准备砌牲口槽。岐山老汉把泥和熟以后,朝愣在旁边的老伴儿笑咧咧地说:

"老伙计呀,别修行了!甭管怎么着,反正得帮帮忙呀!"

他说着,将锄泥的木锨攮给老伴儿。

"你就是会支派人!"老伴儿接过木锨,嘟嘟道,"你只要一干点营生,甭寻思叫俺闲着!"

"咦!老俗话嘛:'水筲离不了井绳,瓦匠离不了小工。'要是没有你这个小工帮一下,我就是长着三只手也干不完呀!"

汪老汉边说边走,钻进草棚子去了。

老伴儿把盛泥的那个半边铁锅拉到泥堆近前,又将木锨插进泥里,吃劲一端,泥又顺着锨头溜下去了。她只好再把木锨重新插进泥里,可是,一端,又溜下去了……

正在这个节骨眼儿上,梁永生进了天井。

他不声不响地站在旁边看了一眼,哈哈地笑起来。并说:

"我那汪大嫂呀!你白跟着瓦匠过了大半辈子!"

汪大嫂猛一抬头,气吁吁地笑着问道:

"哟!老梁啊,你哪时来的?"

"我这不是才来吗?!"梁永生一边说着一边挽袖子,尔后夺过汪大嫂的木锨又说,"这是锄泥,不是从锅里舀粥盛饭,瞧你猫弓着个腰,不是那个架势!"

他说着,竖起木锨,在泥堆里左一切,右一切,又迎头一截,然后,来了个骑马蹲裆式,用膝盖往前一顶,木锨贴着地皮哧地插进泥里,又就劲儿后手一摁,满满的一锨泥平平地端起来,接着一翻腕子,扣进那口半边铁锅里去了。梁永生一边手脚不停地忙着,还一边乐呵呵儿地问汪大嫂:

"老嫂子!我这两下儿怎么样?"

"行行!"

"老嫂子捧着说吧!要比起俺汪大哥来……"

"唉,唉!那老东西还上得论呀!他白磕头认师学了三年手艺,干点营生笨得像个鸭子!……"

"哎,俺大哥哩?"

"唉!那个老东西……"

"老东西又怎么啦?"汪岐山拿着泥板、瓦刀笑咧咧地走出草棚子。他一撩眼皮望见了梁永生,又急转话题嬉笑道,"噢!老梁来啦——这是又向你告我的状啦?"他说罢,哈哈地笑起来。

"你说我告状我就告状——"汪大嫂说,"老梁,你是个明白人,啥事儿也能说到理儿上;你给俺断断倒是谁的不是吧!"

"老嫂子,你先别给我上刷子!"永生笑道,"你这话也没个头尾儿,叫我怎么断?倒是因为啥呀?"

永生一插手,汪大嫂没活干了。她从屋里拿出一把菜刀,在水缸沿上鐾着:

"说也好说,我一说你就明白——草棚子里,不是有个牲口槽吗?那槽底下,不是有个地道口儿吗?前日个,邻舍家的一只大山羊跑进棚子里,把牲口槽给拱倒了!老梁,你说,老邻旧居的,谁家不喂个鸡狗猪羊的呀?再说,这都是些畜类物儿……"

"瞧你这个啰嗦劲!"汪老汉一面在湿土地上搓着泥板,一面抢过老伴儿的话头儿说,"老梁啊,就是这么回事儿——槽倒了,洞口露出来了,我要修,她不叫修!"

"为啥不叫修?"

"人家有理——说是咱穷得几辈子没喂起过牲口,前几年修这个牲口槽是为了伪装洞口用的,现在鬼子快完蛋了,这套玩意儿用不着了!还说我放着正事儿不干干闲事儿,手痒痒不如去挠墙根儿!"

"老嫂子,是吗?"梁永生说,"要真是这样,那就是你的不是了!"

"我的不是?"

"是啊!"

"从前,我总觉着咱打不过鬼子,你批评过我好几回。现在……"

"现在你又麻痹起来了,还是应当批评你!"梁永生说,"嫂子啊,鬼子快完蛋了,这不假。可是,快完蛋,并不等于已经完蛋了啊！要知道，敌人越是快完蛋，就往往越是疯狂，我们越不能轻视他……"

梁永生正说着，隔墙传来一阵说笑声：

"哈哈！老赵啊，你这一说，我明白了——你是说，对敌人的政治攻势，要以武力做后盾，是不是这么个意思呀？"

这是乔士英老汉的声音。

他这话音刚落，就听见赵生水伸开了他那粗壮的大嗓门儿：

"你这话对倒是对，就是不大全科，还得加上一句：武装斗争离不开政治攻势的配合……"

汪岐山的老伴儿听了这话，好像想起了什么，她向永生说：

"哎，老梁，敌人的家伙比咱硬，可就是打不过咱，你说这是怎么个理儿哩？"

"打仗，光凭武器不行！更重要的，还得凭人！"永生指指汪岐山说，"就说汪大哥吧，拿起瓦刀能修房；可是老嫂子你呐？就是给你一把顶好的瓦刀，恐怕你也修不出好房来，你说是不？"

汪大嫂笑道："那还用你说！可是，给他多么好的针线，他也不会缝衣衲被！"

汪岐山插言道："啥事也是一个理儿。咱就拿跟敌人打仗来说吧——敌人的武器比咱的强，他想用武器吓住咱。可是他吓不住咱。咱呢？人比他强，要用英勇善战不怕死的精神威住他。因为他怕死，一见阵势儿就酥骨，被我们威住了，所以一打就败，一败，把那好武器也全丢给了咱们。这好武器，在敌人手里不能发挥它的威力，一到了咱们手里，威力可就大了！……"

汪老汉正发议论，另一个隔墙邻家传来娃娃们的歌唱声：

　　大砍刀，

　　呱呱叫，

　　专砍狗强盗！

没有枪,

没有炮,

去向敌人要!

…………

梁永生指指歌声响处,风趣地说:

"敌人的武器,我们能夺得来;我们的斗志,敌人他夺不去。照这样打法,打来打去,我们在斗志方面的长处越打越长,在武器方面的短处由短变长;敌人呐?在斗志方面的短处越打越短,在武器方面的长处由长变短,所以,他非败不行!"

"嗯。"

"对。"

梁永生和汪岐山忙着谈着,汪岐山的老伴儿在屋里切起瓜菜来。当永生到院里搬砖的时候,见她正在切瓜菜,就问:

"老嫂子,你合而巴总三四口人,切这么多的瓜菜吃得了哇?"

汪大嫂喜气洋洋地说:

"今儿个,不是添人加口了吗?"

"添人加口?"

"是啊!"

"来客人啦?"

"可不是呗!"汪大嫂说,"这不是来了你们这么一大帮'客人'吗?"

"噢!"永生醒腔了,"你是要给队伍准备饭呀?"

"就是啊!"汪大嫂说,"你没听见那小娃子们唱的歌儿吗——八路军,进了门,桌上增加碗几个,锅里多添水一盆……"

汪大嫂这大年纪了,拿着腔调唱童谣,听起来怪有意思的!大概大嫂也意识到这一点了,她说着说着咯咯地笑起来。

梁永生没有笑。他认真地说:

"老嫂子啊,你不要给俺们准备饭……"

"为啥呀?"

"俺们不住下——"

"人们都想你们。你们既然转过来了,总该住一天才对呀!"

"按说是该那么着!不过,我们还有任务,住不下!"梁永生一面忙着一面解释道,"正是因为知道乡亲们想俺们,再说俺们也想乡亲们,所以才决定从这里路过,落落脚儿,打个腰站,顺便跟乡亲们见见面儿……"

永生这一说,大嫂慌了神:

"哎呀!照这么说,那可就糟了!"

"糟了?"

"可不糟了呗!"

"糟啥?"

"唉!老梁啊,你是不知道——"汪大嫂说,"光说我知道的,正在给咱们部队准备饭的户儿,至少也有十几家子!……"

其实,她说少了!何止十几家呢?

眼下,龙潭街上的人们,都高兴得活像喜事临门一样。他们,一忽儿跑到街上看看,一忽儿又跑回家去了。你别看人们这么跑进跑出,其实,偌大个龙潭街,几乎是家家户户,都在悄悄地为子弟兵们准备饭菜哩!

先甭说别人,就说来龙潭街住闺女家的冯奶奶吧,她也正为招待自己的队伍忙得不可开交。冯奶奶的闺女和女婿,都是村上的干部。现在,他们两口子,都到外头忙工作去了,家里光剩下了这位冯奶奶。冯奶奶一听说村里来了队伍,就赶紧将闺女放了多日子没舍得吃,并打算让娘临走捎着的几斤杂面拿出来,要给战士们擀轴子热面条喝喝。

于是,冯奶奶将杂面倒在半大盆里,添上两瓢水,便挽起袖子搋起面来。她的手背上鼓胀起青筋,搋呀搋,搋呀搋,正劲儿呀劲儿地搋着,天井里突然咕噔咕噔地响起脚步声。

冯奶奶因为年岁大了,耳朵不大灵了。可是,由于院子挺浅,这脚步声又特别重,所以冯奶奶还是听见了。她抬头一望,只见一位穿军装的同志担着一担水咚呀咚地进了院子。

哦!这回来的是大部队呀!咦?怎么这个小伙子好眼熟哩?噢!认出来了!认出来了——那不是大刀队上那个唐铁牛嘛!冯奶奶心里这么想着,便扎煞着两只白花花的面手迎出来。

唐铁牛,原本个子不算高。而今,叫这一担水在肩膀上一压,显得更敦实了。冯奶奶一向喜欢铁牛这个实实落落的小伙子。特别是唐铁牛那不爱说话的性格,那爱沉思的眼神,还有那带着稚气的举动,给冯奶奶留下了良好的印象。现在冯奶奶一面朝外走着,一面急快地说道:

"铁牛啊,缸里这不还有半瓮水吗,你不歇歇儿,怎么又挑水来了?"

唐铁牛啥也不说,只是嘿嘿地笑。

他一边笑着,一边忽呀颤地走到水瓮近前,先将后头那只桶蹾在地上,又用手抠住前头这只桶的桶底,往上一扳,哗啦一声,满满的一桶水倒进缸里去了。然后,他又一侧身,用手抓上了后头那只桶的提系,并就劲儿转过身来,将水桶往缸沿上一靠,这桶水又倒进缸里。

冯奶奶见铁牛将一担水全倒完了,便说:

"孩子,快屋里坐下,歇歇儿!啊?"

"不累呀!冯奶奶。"

铁牛说着,将手伸进衣袋去。他掏呀掏,掏出一个纸包包,一边向冯奶奶递过去,一边解释道:

"冯奶奶,这个纸包里,是栝楼根。这栝楼根,是我们梁队长给你打听的偏方儿,叫你用它熬水喝。据往外传这个偏方儿的人说,喝上三回以后,你那多年的老病根儿,就算去不了根也准能见轻……"

唐铁牛将偏方儿的服用方法交代清楚以后,又转了话题说:

"梁队长本来是派我抽空给你送到宁安寨去的。今儿算赶得真巧,在这里碰见你了,该着我省几步道儿!"

他说罢,担未离肩,一转身,又去担水了。

冯奶奶伸开纸包,拿出栝楼根,瞅着,笑着,自言自语地叨叨道:

"永生这孩子,就是这么细致!他成天价比那忙人还忙,这点小事儿,过去半年多了,他还一直搁在心上……"

在冯奶奶光顾看那栝楼根的当儿,唐铁牛担着水桶出了院门。他一出门儿,正巧碰上小机灵。小机灵拦住他劈头便问:

"哎,伙计!我托你办的那个事儿,怎么样了?"

"啥事儿?"

"瞧你,准给我忘了——不是让你给我跟上头说说……"

"哦!你要求当八路的事呀?那我倒是说过了!"

"说过啦?可好!行不行?"

"你先别问这个!"

"咋的?"

"我得先考考你!"

"考考?"

"对啦!"

"考啥?"

"考考你够格不够格呗!"

"哦,好!考吧!"

"我问你——你为啥要当八路呢?"

"为抗日呀！"

铁牛摇摇头。

小机灵不解地问：

"怎么？不对？"

"不能说不对。不过,光是为抗日当八路,还不大够格！"

小机灵慌了：

"咋不够格？咱们的八路军,不就是抗日的队伍吗？"

铁牛没直接解释。他又反问小机灵：

"你知道八路军是谁的队伍吗？"

"人民的队伍呗！"

"谁领导的？"

"共产党、毛主席呀！"

铁牛又问："人民的愿望,除了抗日还有啥？"小机灵扑闪着眼皮没回答。唐铁牛稍一愣沉又接着说："共产党的主张,除了抗日还有啥？"小机灵扤扤头皮,仍没答上来。

唐铁牛哈哈地笑了两声。

然后,他装着领导人的态势,拍一下小机灵的肩膀,用倒插笔的方式说：

"小机灵啊,一个合格的革命战士,不能光为抗日打仗哟——"

"还为啥？"

"还要为解放全中国的劳苦大众而奋斗,为实现社会主义、共产主义而奋斗！……"

铁牛这么一说,小机灵长了精神：

"这个呀？俺明白！"

"光明白不行！"

"咋又不行？"

"你得有这样的愿望和决心才行哩！"

"当然有喽!"

"那好!"铁牛说,"明日个,梁队长要到县委去开会。他说,他开会回来,马上就研究新兵入伍问题……"

"哟!要求参军的很多呀?"

"敢是的!"

"你可别忘下俺呀!"

"忘不下。"

小机灵乐得跳起来。

滑稽二嗑着南瓜子儿听了一阵儿,插嘴问道:

"哎,铁牛,梁队长又要去县委开会?"

"对啦!"

"开啥会?能告诉俺这庄户人家不?"

铁牛望着滑稽二的滑稽相,拍拍他的肩膀笑笑说:

"哎呀!实在对不起!等梁队长告诉我以后,我才能告诉你哩!"

他们正逗着,那边传来了集合令:

"同志们!集——合——了!"

铁牛扭头一望,只见梁志勇站在一个高高的土堆上,用两只大手掌做成一个喇叭筒放在嘴边,正伸开他那洪亮的嗓门儿喊着。

闹闹哄哄的街道平静下来。

街街巷巷响起急促的脚步声。

一瞬间,两行整整齐齐的横队,出现在宽阔的南北大街上。

队伍开走了。

走在队伍尽后面的梁永生,向乡亲们热情地挥手道别。村里的男男女女,老老少少,都不约而同地跟在队伍后头,恋恋难舍地将自己的队伍送出村外。梁永生在和人们告别的最后一句话是:

"秦大哥也不知哪里去了?请大家告诉他吧,我们走了!"

是啊！秦大哥只是在队伍刚进村时照了个面儿，一转眼便不见了，直到现在没露头儿！他到哪里去了呢？

原来是，他为了让自己的子弟兵们能吃上一顿好菜，便悄悄地领上一帮儿童团们，到运河边上去打鱼了。

运河里，打挺的鱼儿露出雪白雪白的肚皮，激起一朵朵的水花。孩子们看了这种情景，该是多高兴啊！他们在河岸上指指点点，跳跃着，喊叫着。

秦海城在精心地寻找着撒网的地方。

他沿着水边走了一阵，在一个河宽水静的地方停下了。只见他抓着二三十斤重的大网，左一悠，右一摆，唰啦一声，撒到河心里去了。稍停了一会儿，他又一把一把地把网拉回来。渔网刚刚拉到浅水的沙滩上，岸上的孩子们就拍着呱儿大声喊叫起来：

"嘿！大鱼！大鱼！"

"喔！好大的个儿呀！"

秦海城朝正然挪动着的渔网一瞅，只见鱼儿正在网里拼命挣扎。

就这样，他打一网又一网，越打越上劲，越打越喜欢。谁知，他正打着打着，忽听有的孩子嚷道：

"你们瞧！队伍走了！"

秦海城顺着那个孩子手指的方向一望，只见一列整齐的队伍出现在远方的大路上。那队伍尽管和这里相隔很远很远，可他分明已经看出来了，那是大刀队的战士们。当他放下渔网正要追上前去的时候，那队伍在一块高粱地边上转过弯去，不见了！……

又是一个龙潭街的早上。

梁永生从县委开会回来了。他在黄二愣家召开了一次党支委扩大会议。

会上。

梁永生怀着激动的心情向大家说：

"同志们！我先向你们报告个好消息——"

他像故意憋着大伙儿似的，说到这里收住话头，又忙着去点烟了。

会场上鸦雀无声。

与会的同志们，大都是带着房东的零活儿来参加会议的。永生说到这儿，人们手中的活儿全都停下了。一双双满含希望的眼光，全在紧紧地盯着永生。永生点着烟，狠狠地吸了一口，然后习惯地笑一下，又接上方才的话茬儿说下去：

"在这次会上，县委书记方延彬同志，给我们做了形势报告。对我们来说，形势正在越来越好。根据全国抗战形势的胜利发展，县委决定，从现在起，要有计划地逐步拔除敌人的据点，把它们一个一个地吃掉……"

梁永生这么一说，人们再也抑制不住内心的高兴，会场骤然活跃起来。永生朝会场扫视一眼，提一提嗓门儿，将喜气洋洋的悄悄议论声压下去，又一字一板地说开了：

"县委指出：拔除敌人据点的目的，一是为了配合我军主力部队的战略行动，二是为了摸索摸索拔除敌人据点的经验，为我全县的反攻作准备……"

在永生抽烟的当儿，锁柱插言道：

"拔据点，有咱大刀队的任务吗？"

"你猜呐？"

"我揣摸着，准得有！"

"你揣摸对啦。"梁永生以征询的眼光望着大家，"怎么样？有信心吗？"

人们使用着不同的言词，各自表示着自己的态度：

"有信心!"

"没问题!"

"瞧好吧!"

"盼的是啥?"

"坚决干!"

"……"

"好!"

梁永生用一个"好"字总结了大家的发言。尔后,他又转了话题说:

"那么,现在,咱们就讨论讨论拔除据点的问题吧!"

"先讨论啥?"

"先讨论拔哪个据点——怎么样?"

炮筒子一拳砸在桌子上,嗵的一炮:

"干大的呀——先拔柴胡店!"

锁柱扑哧笑了:

"又是空炮!"

"空炮?"

"当然是空炮!"

"啥叫空炮?"

"打不准目标就叫空炮!"

炮筒子和锁柱你一言我一语地叮当着。梁永生在旁边默默地听着一言不发。不过,在永生看来,炮筒子的意见的确是个"空炮"。原因是:这回永生从县委带回来的任务有两项,一是逐步拔除敌人据点,二是送一批战士去主力部队,扩大主力,以便集中优势兵力,歼灭大股敌人;去主力部队的同志一走,大刀队上的人少了,一上来就攻柴胡店据点,显然是行不通的。

不过,这个问题,现在还没传达。

为啥没传达呢？梁永生是这么想的："这两项任务，是两码事，有人去升主力也罢，没人去升主力也罢，拔据点的任务是一定要完成的；另外，要是把去主力部队的事一说，同志们准得争着去，那么一来，人们的思路全跑到去主力部队的事上去了，拔据点的问题怕是讨论不好了！"可是，现在梁永生尽管觉着炮筒子的意见不现实，他为了听听各种不同的意见，还是鼓励炮筒子说：

"说说，为啥先拔柴胡店？"

"拿鱼先拿头嘛！"

"噢！还有理儿不？全掏出来！"

"没哩！"

"好！痛快！拿鱼先拿头——先拔柴胡店！"梁永生伸出一根指头，"这算一种主张！"他又转向大家，"你们也都说说各自的主张！"

这时，小胖子正在修补一挂破旧的渔网。他总想发言，可他张了几回嘴，一个字也没吐出来，又把嘴紧紧地闭上了。永生瞟他一眼，眯笑着说：

"小胖子，来，你发个言！"

领导一点将，小胖子开了腔：

"叫我看，该先拔水泊洼！"

他说着说着，莫名其妙地红起脸来。说完后，又望了望大家伙儿的神色，不吱声了。永生又笑笑说：

"哎，小胖子，你平日说话一说一大溜，今儿怎么刚一句就断弦儿啦？"

"没了！"

"那不行！"永生以将一军的口吻说，"你也得说个理儿嘛——为啥该先拔水泊洼？"

永生这一将军，又将出一套理来：

"我是这么想的——第一,疤癞四跟咱有过联系;第二,那个据点上的伪军已经从思想上被咱拿下马来了……"小胖子的视线跟永生的目光碰了个头儿,又继续说下去,"总而言之,叫我看,水泊洼据点是个喧膪! 文拿也罢,武打也罢,强攻也好,智取也好,都是不费力的!"

小胖子将自己的看法陈述完毕,又把会场环视一眼,然后低下头去细心地补起那张渔网。

"我看小胖子的意见行啊!"

这是赵生水的老粗嗓音。

赵生水正利用开会的时间替他的房东修理后鞴。他头也不抬地扔出这么一句,又继续忙起手里的活儿,再也不吭声了。

屋里静下来。

"这也是一种意见——先拿水泊洼!"梁永生以启发的语气说,"没说话的,接着说呀!"他吸了口烟,又说,"咱们全把肚子里那一包子掏出来,摆到桌面儿上,相互比较比较嘛!"

他说到这里,用两只笑眼盯住了锁柱。

锁柱知道,队长这是让他发言。于是,他先笑一笑,胸有成竹地、爽朗地说:

"我的意见,先拿黄家镇。"

梁永生笑意横溢地望着锁柱:

"为啥? 说下去——"

"黄家镇,是咱这个地区的南大门。拿下黄家镇,就等于插上一道铁门栓,割断了柴胡店和县城的联系。"锁柱说,"这样,咱以后攻打柴胡店的时候,是瓮中捉鳖,十拿九稳。因为,一形成那种局面,县城的敌人,要来救援柴胡店,也就困难了!"

永生点点头:

"完啦?"

"完啦!"

"好!"永生又转向大家:

"这又是一种主张——先拿黄家镇!"

他照例一顿,继而又问:

"谁还有新方案?接着谈!"

没人吭声。

永生等了一会儿,接着说:

"没发言的同志们——还得发呀!如果自己没有新方案,对别人的方案谈谈看法也好嘛!"

头一个谈看法的是一位新战士:

"我的看法是:小胖子的主张好——先从水泊洼那个暄膪开刀!"

沈万泉拔出嘴里的烟袋,在水氽上磕去烟灰,又吱吱地吹了两口,然后也慢腾腾地开了腔:

"我的看法和锁柱的看法一样:先插上铁门栓——拿黄家镇!"

这一阵,梁志勇一面在思考着各个方案的长短,一面在帮助他的房东拴驴纣棍子。他听着发言的断了溜儿,抬头一望,见人们都在盯着他,他当即说:

"我的看法也和锁柱的看法一样。"

他说罢,又低下头去忙他的了。

这以后,又有几个同志谈了自己的看法。这些人的看法,大体分为两种——有同意先拿下水泊洼的,有同意先拿下黄家镇的。

人们谈完了各自的看法后,发言又断了溜儿,屋里再次出现了短暂的寂静。

会场一沉静,主持会议的梁永生又活跃起来。他的注意力,迅速地转移了阵地——从耳朵上转移到眼睛上。你看,他那一双豁豁亮亮的大眼睛,突然忽忽闪闪地欢起来,向整个儿会场飘洒着含笑的热光：

"怎么又断弦啦？没词儿啦？"

人们用无声的笑，表示同意这个说法。

永生的视线扫过全场，又道：

"大家没了词儿，我就另出题儿——这样吧：现在各种各样的方案都摆出来了，每个人对这些方案也都有了态度，那么，下面咱是不是该比较比较这各个方案的长和短呀？"

永生几句话，将个刚刚落了潮的讨论会，又掀起一个新的高潮。

头一个发言的是小胖子。

他，由于自己的"方案"出其所料地得到了一定数量的"赞成票"，特别是其中还包括着支部成员赵生水，这使他很受鼓舞，抢先发了言。他的这次发言，气势比方才大多了，话儿也长了。不过，他讲的这些话，集中点只有一个——先拔水泊洼据点的好处。说具体些，其理由有二：一是好打，省劲，来得快，代价小；二是我们拿下水泊洼据点，能吓跑柴胡店的敌人。他侧重谈的，还是后边这个理由。

小胖子发言后，赵生水还补充了两句：

"我完全同意小胖子的看法。要按小锁柱、老沈、志勇他们的主张——先拿黄家镇，那不成了关上门打狼了吗？……"

大家知道，梁永生这个人，是从来不好打断别人的话弦拦腰插言的。也不知为什么，这回他却打破了历来的常规：

"哎，老赵，我先问你一句——关上门打狼不好？"

赵生水以板上钉钉的口气说：

"那是当然喽！"

梁永生的面部表情依然是松弛的。可是，他那话语的节奏，却是明显地加紧了：

"为什么?"

"只有傻瓜才会这么办!"

这是赵生水的回答。

由于老赵这话缺乏论据,可气势又是异常之大,因而引起一阵笑声。

小胖子没有笑。

他像为老赵解围似的,在笑声中开了腔:

"我刚才不是说过吗?关上门打狼,狼就要死拼乱咬,我们就伤亡多、代价大嘛!……"

锁柱见小胖子只是旧话重述,并没新的论据,就怪模怪样地逗笑说:

"你还说过——拿下水泊洼,吓跑柴胡店……"

"就是嘛!"小胖子说,"你说不会有这个效果?"

锁柱笑而未答。

梁永生又开了腔:

"小胖子,你是说,只要我们拿下水泊洼据点,准能吓跑柴胡店的敌人,是不是?"

"嗯。"小胖子说,"我是这么个看法儿。"他说着,瞟扫一眼众人,见有人的神色仿佛是不以为然,又加重语气跟上一句,"谁要不信,就等着瞧!"

永生笑笑说:

"小胖子啊,先别把话说死。不过,对这一点,我也认为是有可能的!"

小胖子听了他这话,脸上浮起胜利的笑意。

大家听了他这话,眼里闪出惊奇的目光。

永生说完这句话,又另起话题问小胖子:

"小胖子,你说,那柴胡店的敌人,要是逃跑的话,他们会往哪里跑呢?"

"往县城里跑呗!"

"他们跑进县城又怎么样?"

小胖子忽闪着大眼没答上来。

梁永生又一连气儿追问了好几句:

"敌人跑进县城,就算我们抗战胜利了?我们对待敌人,难道不是应该坚决把它消灭,而只是想个法子把它赶跑?……"

"把他们全赶进县城,再来个一勺儿烩嘛!"

赵生水插嘴争辩了这么一句。

梁永生的视线从小胖子身上又移向老赵:

"老赵,我再问问你——是一只狼好打呢?还是一群狼好打?"

"当然是一只狼要比一群狼好打了!"

"这么说,那你为啥还主张把敌人赶到一块儿去,等他们结成大帮再打呢?"

赵生水没答上来。

梁永生又问下去:

"再比方说,咱家闯进一只狼,是应当就地把它打死呢?还是应当先把它赶到邻居家去,然后再把它打死呢?"

按说,梁永生讲的,本是一个很严肃的问题,也是一个很深刻的道理。可是,由于他讲得形象,比喻贴切,所以,引得与会的人们全都笑了。这笑声中,包含着这样的意思:"这话说到家了!"还有的人,不由得把这个意思说出来了:

"这话深刻!一下子打开了我的心窍!"

这时节,惟独赵生水还不以为然:

"敌人,净些豆腐渣,多点少点一个样!"

"喔!你可不能说得那么轻巧!"梁永生道,"要知道,豆腐渣多了,也能撑死老黄牛呀!"他停顿一下,又说,"老赵,你在财主家的豆腐坊里,赶了十来年的'圈儿集',真知不道那豆腐渣的'厉害'吗?"

人们又笑了。

赵生水的发言,一向是简洁而干脆的:

"通啦!"

会场上静下来。

那些带着房东的零活儿来参加会议的同志们,又都闷着头儿地忙开了。

稍沉了一会儿。梁永生问大家:

"看来,大家都同意先拿黄家镇据点了——是不是?"

"是!"

人们异口同声地回答着。

梁永生点点头,又出了个题目:

"那么,咱们就共同归纳归纳这个方案的根据吧——也好向县委作请示报告呀!"

"我先说——"

坐在锅台角上的王锁柱,大腿压着二腿,将一个小本本儿往膝盖上一摊,先瞅了一下,便开了机关枪:

"第一,先拿下黄家镇,就等于关上了敌人逃跑的大门……"

锁柱的机枪嘴突突到这里,炮筒子吭的一声开了一炮:

"这个早说过了!用你再重一遍?怪不得都叫你'话篓子'!叫我看呀,你这个话篓子,还得加芡子哩!"

锁柱怎样了?他当然不会服:

"归纳归纳嘛!你不懂得啥叫'归纳'?还是没听明白支部书记梁永生同志的意思?"

他一面说着,一面巡视着人们的神色。最后,将他的视线停留在梁永生那期待的笑脸上,又扳着指头有声有色有板有眼地说下去：

"第二,我们把敌人撂到城关区去,他们到那里不还是反革命?不还是害人民?我们那么干,等于是把自己肩上的包袱卸下来,再搁在兄弟地区的身上去!那显然,要给那里的战友增加压力,要给那里的人民群众增加困苦,还将给县委的整个部署增加麻烦,造成困难!……"

锁柱一条一条地讲完后,又突然变换了口气,接着说：

"我讲的这些,都是'归纳'的大伙儿的意见。说错了的,是我没领会好同志们的意思……"

锁柱滔滔不绝地讲了一阵,梁永生听了,喜在心里,笑在面上。这是因为,锁柱讲的这些,跟梁永生的心头所想合上了拍。除此而外,永生还想让同志们也能明白这些道理,因为这不仅有利于真正解决人们的思想问题,还可借以提高人们的认识水平,有利于今后的工作。

任何一次战斗,只有使同志们充分了解其意义,才能指望夺取胜利——这是永生的一贯想法。不过,这"战斗的意义",他又一向不喜欢自己来讲,而常常是引导着别人替他说。今天,锁柱讲完后,梁永生又朝老赵一㩆下颏儿,说：

"哎,机枪住点儿了,你再放炮吧?"

"不!"

"咋?"

"没炮弹喽!"

人们都笑了。

笑声渐稀,永生又道：

"小胖子,你呐?"

小胖子停住手中的活儿,很郑重地说：

"我同意锁柱的意见。方才,我主张先拿水泊洼,错了!那是本位主义,没全局观点! 更主要的,是不符合毛主席关于打歼灭战的教导……"

赵生水插言道:

"你不要检查啦! 到明天晚上就该开生活检查会了,到那个会上,咱们一块儿检查吧!"

又是一片无声的笑。永生含着笑意点着头:

"小胖子最后谈到的这个问题很重要。我准备到晚上召开个学习会,学习学习毛主席的有关著作。"他转过话题又说,"今天咱们讨论的这个问题,我看,就按刚才锁柱作的那个'总结'办——大家看呐? 怎么样? 行不行?"

人们嬉笑着,齐声道:

"行!"

梁永生习惯地抽了口烟,继而道:

"咱再讨论第二个问题——也就是欢送一批同志去升主力的问题。"

会场上轰地沸腾起来。

你想啊,哪一个游击战士不盼着去主力部队呀? 因此,永生这句话,就像一块石头投进水塘,在人们的心里激起了层层波浪,使得一张张的脸上,泛起了一道道的笑纹。

这时,有的下意识地自语道:

"大喜讯呀,大喜讯!"

有的在嘀嘀咕咕地议论着:

"伙计,你揣摸着这回得去多少人?"

还有的仿佛不相信自己的耳朵,口不由主地在叮问永生:

"梁队长! 升主力? 是真的?"

"你先别高兴,这回没你的份儿!"

"为啥?"

"吹喇叭的分家——挨不上号呗!"

梁永生笑笑,又说:

"这回升主力,咱大刀队要去四十个人——"

"真好!"

"可不算少!"

"可是,县委指示,支部委员和主要干部不能去。"

永生这么一说,有的同志失望地摇着头,好像在说:"这次去不成了!"

这一阵,梁志勇在悄悄地想着另外一个问题。过了一会儿,他问梁队长:

"多咱去?"

"马上走!"

志勇沉思了片刻,正想张嘴,话题被一位新战士抢去了。在那战士的埋怨的口吻里,还带着几分着急的语气:

"队长,你咋不跟县委说说呢——又要拔据点,又要送战士去主力部队,这不矛盾吗?并且,去升主力的同志,一走就是四十名,剩下的,只不过三四十个人了,这怎么能行呢?"

炮筒子紧接着跟上一炮:

"是嘛!升主力的人,晚走几天就好了!"

梁永生反问道:

"怎么?没信心?"

炮筒子没答腔,那位新战士抢先说:

"打游击,人多几个少几个,怎么也好说!要说拔据点,人太少了怎么能行?"

梁永生逗他说:

"哎,你方才不是也同意先攻柴胡店吗?怎么?又不攻柴胡店啦?"

众笑。这笑声,把人们的思路又引向一个新的境界。那战士随着大家的笑声吐一下舌头,也笑了。

笑声落下。永生又说:

"要知道,扩大主力,也是为了反攻,为了更大量地歼灭敌人,我们得小局服从大局。"

小胖子将责怪的意思掩藏在尊敬的神情后边,朝着他一向信任的领导梁永生说:

"你要先交代清楚升主力这一锅,那管就好了!"

好了啥?这问题梁永生是明白的。可是,也不知为什么,还是故意问道:

"小胖子,为啥就好了?"

"那么一来,咱就甭讨论前头那一落拖了呗!"

那位新战士接言道:

"对嘛!咱们刚才呛咕的那一阵,算是瞎子点灯——白费蜡了!"

"咦!错了!"梁永生说,"拔据点的任务,咱一定要完成,怎么能算白费蜡呢?"

赵生水不解地问:

"怎么?一定完成?升主力的同志一走,剩下几拉拉人儿了,怎么去完成?"

"几拉拉人?剩剩就比两个人多吧?"梁永生说,"从前,队伍被打散了头的时候,你们两个人不是还坚持了几个月吗?"

"理是这么个理。"赵生水说,"我觉着,人少了,还要拔据点,总是不好办!"他停顿一下又说,"只要你拿出办法来,我保证:干是没问题的!"

梁永生瞭扫着会场:

"办法嘛,还得大家想哟!我既没开着'办法工厂',也没当着

'办法公司'的经理,哪有这么现成的'办法'呀!"

人们无声地笑了。

屋里一片沉默。

过了一阵,赵生水又发言了。他说:

"我想了个办法——向县委要求要求,让去升主力的同志们分两批走,行不行啊?"

"为啥?"

"我是说,咱抓紧时间,鏖战一下,再让第二批同志走⋯⋯"

梁永生摇头道:

"去升主力的人,一个不能少,半天不能拖!不然,会影响上级的整个部署!"

又有人接言道:

"将拔据点的时间往后推一推怎么样?我觉着,那么办的好处是⋯⋯"

梁永生摆手道:

"甭说什么好处了!拔据点的任务推不得!一推,也会影响到大局的。"

人们听了,都在点头。

永生见大家的思想认识已大体统一起来,本不想再说下去了。可他又想:"不对呀!干革命,往后的道路还长着呐,对同志们的思想问题,怎么能就事论事地解决问题呢?应当抓住这个时机,将人们的认识再提高一步⋯⋯"他想到这里,又接着讲下去。

他讲得可真活泼呀!

你看他,又打比喻,又举例子,既引导大家发问,又激发人们回答。在他的主导下,整个会场,时而鸦雀无声,时而笑浪滚滚;与会人员,有时在不约而同地点头,有时在紧张地思考问题。

经过梁永生启发诱导式的讲解,最后,大家的认识终于统一起来——

又要抽调一批战士去升主力,又要抓紧时间拔除一部分敌人的据点,这两者之间,确实是有点矛盾。可是,我们不能怕矛盾。矛盾普遍存在,过去有,现在有,将来还要有。事物,就是在矛盾中发展的;革命,就是在克服矛盾的过程中前进的。因此,矛盾,回避不了,只能想办法去解决它。解决矛盾的办法,具体说,有千千万,万万千;从性质上分,就是两种:一是正确的办法,一是不正确的办法。同志们弄清了这些大道理以后,永生将话题一转,急转直下,又将话头拉到当前的具体问题上来了:

"我们当前这个矛盾,是胜利形势下出现的矛盾,解决的办法不外乎有这么三个:一是,向上伸手——求援;二是,对任务打折扣——拖期;三是,在自己身上打主意——努力!"

他停顿一下,又问:

"同志们说,哪一种办法正确?"

"当然是最后一种办法正确喽!"

黄二愣更爽利:

"队长,你说怎么办吧!我们,没说的!刀山敢上,火海敢闯,保证完成任务就是了!"

梁永生笑道:

"二愣,我刚开会回来,离开这里十来天了,最近的情况还没吃透膛,不了解情况,没调查研究,哪有发言权呀!你怎么一谈到办法就向我'逼供'哩?"

二愣不吱声了。

好长时间没发言的沈万泉,这时慢慢沉沉地开了腔:

"我琢磨着,升主力,是大事,不能少去,也不能晚走;拔据点,也是大事,不能晚拔,更不能不拔!咋办?我琢磨着,得在'智'字上作文章!也就是说,只能智取,不宜强攻——"

老沈说到这里,看了永生一眼。

永生点点头,鼓励他道:

"说下去——你认为该怎么个智取法?"

"咱是不是来个将计就计?"

"将计就计?"永生问,"怎么个将计就计法?"

沈万泉还没回答,梁志勇突然插言道:

"有个情况,还没迭得向你汇报——在你去县委开会期间,黄家镇据点上的那个汉奸头子乔光祖,跟我们耍了个鬼花狐……"

永生对此很感兴趣:

"哦!啥?"

梁志勇以汇报的语气接着说:

"他派人送来一张纸条子。上写'请梁队长阁下到黄家镇据点上来谈判,我们确保安全。'……"

永生听后,兴头子更大了:

"你们怎么办的?"

志勇答道:

"当时因为你不在,我们合计一下——我去了!"

"噢!"永生沉思了一霎儿,又问,"你去了以后,有什么情况?"

"看样子,那小子本来就不是真想谈判,净胡扯皮!"志勇说,"我利用这个机会,教训那个小子一顿,便回来了!"

梁永生又沉思了片刻,向大家说:

"你们说,乔光祖这是耍的什么把戏?"

锁柱说:

"我看,他是见鬼子的大势已去,要耍个四面见线、脚踩两只船的花招儿!"

沈万泉说:

"由于形势的发展对敌人越来越不利,黄家镇据点上那些家伙们,老些日子没敢出窝门儿了。现在,他们对八路军的虚实搞不清,要通过这一手儿,试探试探深浅,这是有可能的……"

老沈说到这儿,志勇插言道:

"在当时,我们是这样分析的:他'请'咱进据点去'谈判',咱要不敢去,他准认为咱没真力量,随后也许要闹个什么妖儿……"

志勇正说着,话头又被锁柱抢过去:

"我揣摸着,要是梁队长真去了,那个小子也许要发孬——把梁队长绑起来,送到石黑那里去请功受赏,借此机会好升官发财!"

锁柱说罢,老沈又接上他刚才的话弦:

"那小子的算盘大概是:这两个目的要是都达不到,就此机会和八路军建立个联系,对他也有好处……"

"有啥好处?"

"来个'两门赢'呗!"

永生又问:

"老沈同志,你身在虎穴,了解情况,而且和乔打交道多,对他也吃得比较透,你来估计估计——比方说,咱现在给姓乔的下道命令,让他投降,他干呀不干?"

沈万泉挺有把握地说:

"甭估计——准不干!"

"咋见得?"

"那天,志勇进据点以前,他把人全准备好了,只是没有动手……"

"哦!他为啥没动手?"

"他一见去的不是梁永生呗!"沈万泉说,"他把个梁志勇扣起来,送上去,石黑也不会重视——他的上司又没说谁捉住梁志勇赏洋五万元!再说,他只要捉不着梁永生,也是不敢轻易引火烧身的!……"

"好！我听明白了！"梁永生沉思了片刻,继而道,"我们来分析一下乔光祖的本质吧——这个小子,很狡猾,也很坏！他,根本不可能真想起义反正;他最近耍这种花招,也决不是真想和我们谈判他起义反正的问题。统观乔的出身历史说明了这一点,回顾我们几年来和乔斗争的情况更说明这一点;方才同志们的发言也肯定了这一点。如果大家同意我这种认识,那就需要明确这么几点:一,不能对乔光祖有什么幻想。也就是说,在'智取'的过程中,不能期望通过教育争取使其起义反正,只能通过武力威胁使其缴械投降。二,要把我们政治工作的重点放在一般伪军身上。在'智取'之前要这样。在'智取'过程中也要这样。三,要时刻不忘乔是个狡猾的敌人。我们要高度警惕他这狡猾的一面,又要想法儿利用他这狡猾的一面。因此,我看可以考虑给他来个将计就计！"永生说到这里,将他那两条不断巡回的视线停留在沈万泉的身上,把话头一转又说,"老沈同志,你来谈谈你的想法儿吧！"

"行啊！"

随后,沈万泉把他"将计就计"的想法说了一遍,人们又呛呛咕咕地讨论了一阵,其中有修改,有补充,也有争论,最后才形成了一个全体与会同志一致同意的行动方案。

这件事就这样定下来了。

散会前,他们又讨论了一番大刀队应迅速吸收新战士的问题。散会时,梁永生紧紧抓住沈万泉的手,再次叮咛道:

"老沈同志啊,你赶回黄家镇以后,就按照咱们的计划行事吧！若出现什么新的情况,可要及时地和我们取上联系呀！"

"好！"

老沈应着,出门去了。

梁永生又向锁柱说:

"你和黄二愣马上出发,去完成你们分担的任务吧！行动一定要迅速,要严密!"

"是!"

锁柱和二愣同时应了一声,又相互一望,笑笑,也走了。

这时,梁志勇已自动来到永生的近前,在静静地等待着领导的命令。梁永生目送锁柱、二愣走出院门口,又掉过脸来跟志勇说:

"你负责安排挑选战士去升主力的问题。"

"好!"志勇以请示的口气说,"挑选什么样的人?你谈谈条件吧!"

"条件只一个——"

"啥?"

"选好的!"

"带枪不?"

"带。"

"带啥枪?"

"带好枪。"

"长枪?短枪?"

"长枪。"

"是!"

志勇要走了。

永生又喊住他:

"行动要快!"

"是!"

"越快越好!"

"是!"

梁志勇走后,永生又朝其余的同志们说:

"小胖子站一站。其余同志,按照咱方才的计划,也分头行动吧!"

屋里的人走净了。

梁永生又向站在一旁待命的小胖子说：

"你到县委去一趟。"

"去干啥？"

梁永生将刚从衣袋里掏出的一封信递给小胖子：

"把这封信送到县委去。"

"好！"

"要把它交给县委书记方延彬同志。"

"是！"

"这封信很重要,涉及到我们大刀队的一些干部的提拔、安排等问题。"永生说,"万一路上碰到什么情况,一定要千方百计把它销毁,无论如何不能让它落到敌人手里……"

"是！"

"关于遵照县委指示拔除敌人据点的问题,你要根据咱们今天会上的讨论情况,原原本本地先向县委作个口头汇报。县委有什么指示,带回来。"永生说,"你再告诉县委——过两天,我将写一个书面报告送到县委去。"

"好吧！"

梁永生一面向外走着,还在一面嘱咐小胖子：

"路上,要注意这么几点……"

他俩且说且走,出了角门儿。小胖子告别了永生,出村去了。梁永生正在街上走着,忽听背后有人喊他：

"哎,梁队长！"

永生回头一望,原来是坊子镇的小学教员房智明来了。房智明是来找梁永生请示有关宣传的问题的。梁永生回答了他提出的几个具体问题以后,最后又特别向他强调了这样一点：

"对敌宣传,要侧重瓦解敌人。啊？"

"哎。"

"在加强对敌宣传的同时,可千万不能忽视对群众的宣传啊!"永生说,"在目前,对群众宣传的内容,要以号召青年参军入伍为中心……"

"好!记住啦!"

永生和房智明谈了一阵,刚要走,在村头放哨的二愣娘又赶了来。她着急地向永生说:

"饭也不吃,又要走哇?"

"老嫂子啊,放心吧,饭,是非吃不可的!"梁永生笑咧咧地说,"我们想就着饭时儿串几个门子,找几个人唠扯唠扯……"

"唉唉!你们这些人呀,整天价拿着吃饭不当回事儿!莫非说身子是铁的?……"

二愣娘站在角门儿口上,望着梁永生那高大的身影,大声小气地嘟嘟着。秋风,清爽宜人的秋风,正在悄悄地掀动着她那灰白了的发梢。

第十六章　巧夺黄家镇

"锁柱,哪去?"

"哪也不去。来接你。"

"来接我?"

"嗯喃。"

"你咋知道我从这条路上来?"梁永生拍拍锁柱的肩膀说,"又是揣摸的吧？唉?"

"不,这回不是揣摸的。"锁柱抚摸着他身边那个娃娃的头说,"是这个小鬼报告我的。"

这个小鬼,是沈万泉的孙子牛子。

梁永生笑望着牛子,问:

"小鬼,是吗?"

小牛子歪着小脑袋瓜儿,得意地嬉笑着,说:

"哎!"

永生又问:"牛子,你是咋知道的哩?"

牛子答道:"我是看见的呗!"

"看见的?"

"嗯喃。"

"你在哪儿看见的?"

牛子指着一棵枣树说:

"在那棵树上看见的。"

梁永生笑了:

"噢！我明白了——你又爬到树上去祸害人家的枣儿了！是不牛子？"

牛子光笑，没吱声儿。

永生拨拉着牛子的小脸蛋儿，又说：

"真不害臊！"

这时的小牛子，依然是既不认错儿，也不争理儿，只是亲亲热热地拉着梁大爷的手，嘬着个小嘴儿眯眯地笑。梁永生像故意激牛子似的，他用两只笑眼盯着牛子那红润润亮堂堂的面庞，又以讽刺的口吻道：

"还是个儿童团员哩，净犯群众纪律！……"

梁永生一把祸害枣儿和儿童团员联系起来，小牛子的心里可挂了火！他想："大爷说我什么都行，有就改没有就注意呗！可是，大爷这么个看法儿，我要再不解释清楚，那不就给俺儿童团丢人了吗？"牛子想到这里，就决定要向梁大爷解释一下儿：

"不！俺……"

可是，牛子刚一开口，永生又拦住他说：

"你，你啥呀？别找借口啦！你家没有枣树，是不？房后头那两棵大枣树，二年前就叫鬼子给锯走了——你当是我知不道呀？……"

梁永生说着，迈开步子就要走。

他这么一逗，牛子可更急了！

他两手拽着梁永生的胳膊，吃劲地打着坠骨碌，急眉火眼地说：

"大爷，不行！不行——"

"大爷咋不行？"

"大爷不能走！"

梁永生笑道：

"嚄！俺揭了你的短,你就赖着俺呀!"

小牛子急道：

"不,不,不是那个——"

"不是那个是啥个?"

牛子撒娇地说：

"大爷屈枉人就不行!"

"牛子,是你自个儿说露了馅子呀！是不?"永生说,"这怎么能赖大爷屈枉你哩?"

牛子坚持着：

"可不是屈枉俺呗!"

他在说这话的同时,用一双求援的目光望望锁柱,意思好像在说："锁柱叔叔,你知道情况,该说句公道话呀!"

方才这一阵,锁柱光笑未语。到了现在这个节骨眼上,他为了满足牛子的意愿,这才插言道：

"梁队长,你是屈枉人家牛子——"

"我是屈枉牛子?"

"对!"

"咋屈枉他?"

"是因为你不了解情况——"锁柱解释说,"人家牛子,是以上树摘枣吃为掩护,在树头上负责给我们放暗哨……"

其实,梁永生是非常了解牛子的。他知道牛子不会去祸害人家的枣儿。根据当前各村儿童团的活动情况,他也早已猜出牛子上树是为了给八路军放暗哨。方才他和牛子说的那些话,是故意激他,逗他。不过,由于他的样子很像真的,牛子这才急了。现在,锁柱这么一说,他又仿佛恍然大悟一般,就着锁柱的话音儿,忙向牛子道歉说：

"噢！原来是这么回事儿！牛子啊,对不起,大爷屈枉你了!"

牛子不好意思地笑着。

梁永生摸摸他的头顶,笑盈盈地又说:

"照这么说,我不光不该批评你,还该表扬表扬你这位负责的儿童团员哩!"

永生一提到儿童团,牛子又着起真儿来:

"表扬?表扬也不对!"

"哟!又不对?"

"就是嘛!"

"咋又不对的?"

"不该表扬呗!"

"为啥不该表扬哩?你站岗放哨……"

牛子抢去永生的话头儿,神气十足地说:

"站岗放哨,那是俺们儿童团的责任!责任,就是应当做的。应当做的,就不应当表扬……"

梁永生听着,笑着,没吱声。

牛子说着说着,瞟了梁大爷一眼,也不知突然想到了啥,他猛地收住了没说完的话头儿,急忙改了嘴,又道:

"俺比起坊子镇上那个高小勇来,还差着老大老大的一大骨节哩!"

"哦!你认识小勇?"

"嗯。认识。"牛子解释说,"高小勇常来俺雒家庄走亲戚……"

"噢!高小勇向你吹过——他怎么怎么行!是不?"

"不是。"小牛子慌忙为他所敬慕的人——高小勇洗白道,"人家小勇可不是好吹牛的人!他的优点,是俺村的民兵队长杨大虎大爷告诉俺的!"

梁永生鼓励牛子:

"噢!那好!牛子是个好孩子,往后儿,还要听杨大爷的话！啊？"

"哎。"

"也要听爷爷的话……"

"不,不,不!"

小牛子甩头晃脑地一连说了三个"不",继而又鼓起腮帮,脸也涨红起来。

这是咋的回事儿哩？方才梁永生那些话,都是随便跟牛子说的,心里并没多想什么。现在牛子一出现这样的表情,梁永生不由得猛地打了个愣:

"这是为啥？"

"爷爷不是好人!"

小牛子嘴里这么说着,面颊更红了。

噢！永生忽地明白了——沈万泉同志,为了党的工作,为了抗日救国的神圣事业,这个黑锅还真背得不小嘞！你看,这不连他的孙子小牛子都说"爷爷不是好人"了！永生想到这里,不由得想替沈万泉同志解释几句,就说:

"牛子,你爷爷上据点去忙饭,也是为了给你和奶奶混点吃喝儿呀!……"

"爷爷就这么说过,可我不答情,奶奶也不答情!"牛子说,"奶奶还说爷爷是老没出息哩!"

"唔！有那么严重？"

"当然有喽!"牛子力争道,"饿死也不该去侍候那些汉奸王八蛋嘛,那才叫有志气呢!"

多么好的孩子呀！永生再用什么话来向牛子作解释？闹得他一时没有词儿了！永生没了词儿,牛子又说下去:

"我入儿童团的时候,已经表过态了——"

"噢！你表的啥态？"

"坚决跟爷爷划清界限!"牛子为了表达自己的决心,在说这句话时,还将小拳头儿在胸前晃动一下。他见永生大爷和锁柱叔叔这时都在盯着他眯笑,又道:"真的!见回爷爷来家,我都不理他!你们要不信,去问奶奶嘛!"

梁永生爱昵地笑笑,又拨拉一下小牛子的脸蛋儿,走开了。

牛子扤起蹶子,又朝他的"哨位"跑去。

永生一边往村里走着,一边和锁柱拉着呱儿。

这些日子,他一直在别的村里活动。今天半夜,又赶到宁安寨,送走了去升主力的同志们。这不,如今,又来到了雏家庄上。虽然他离开这雏家庄日子并不算多,可他一进村,就对这儿的抗日工作产生了一种处处新鲜的印象。因此,他一边走一边向锁柱说:

"这村离云城这么近,人民群众的抗日救国运动能搞得这么活跃,成绩不小哇!"

很显然,永生的话里,包含着表扬锁柱的成分,因为锁柱来这村工作已经好几天了。可是,锁柱听后,却说:

"俺来以前,人家就很活跃。"

"你来以后呢?"

"我来以后,工作有点单打一,光一路地忙活那个了,别的,没迭得安排……"

"你把这一套算练熟了——"永生笑着说,"凡是工作成绩,总得把你自己摘扒得干干净净的……"

他俩且说且走,来到一个猪圈旁边。

这里,有两个人正在忙着刲猪。梁永生上眼一瞅,笑咧咧地开了腔:

"大叔,你骟驴骟马是行家,刲猪可看出力巴来了!来,瞧我的!"

那刲猪人说:

"甭价,你指点指点就行了,别黷了衣裳!"

"没关系!你让手吧!"

永生说着,夺过那人手中的刀子,三下五除二便劁完了。尔后,他将刀子什么的还给那人,又朝前走下去。在他的背后,响起一片赞扬声:

"老梁真是把巧手儿!他哪时学的这一套哩?"

"人家老梁不光会打仗,对咱庄户人家的事,他都很关心……"

梁永生并不留心人们的议论,渐渐远去了。

走在前头的锁柱,在一个院门口停下来,向永生一挥手说:

"队长,到啦!"

梁永生一腆脸,望着院门说:

"噢!你们住在大虎家?"

"嗯喃。"

锁柱随手推开半掩着的门板。

梁永生迈步跨进了院门。

他走进天井一看,只见西屋里热气腾腾,肉香扑鼻。又见北屋里迎门放着一张八仙桌子,桌子周遭儿摆了几把圈椅。桌面上,除了茶壶茶碗,便是酒瓶酒盅,还有一些点心、水果碟子。

这时节,那位满面春风的杨大虎,正踞踞在一棵沙果树下宰鸡。只见他守着一个热水盆子,将煺光了毛的鸡放在水里,哗啦哗啦地洗着。他听见脚步声,猛一抬头,见梁永生出现在他的面前,立刻喜上眉梢。接着,他站起身子,一面甩着手上的水珠儿,一面用那湿漉漉的拳头给了永生一杵子:

"你这个家伙,可真难请啊!"

"哪等你去请来呀,俺这不是自投来的吗?"

"我到村边去望你四回了!"

"喔哈!这比刘备请诸葛还多一回哩!那真得算'难请'了!"

他俩都笑起来。

锁柱也跟着笑了。

梁永生指指水盆子里的鸡,又说:

"大虎哥,你又宰鸡,又煮肉,闹得可真火爆呀!怎么,小日子儿不想过啦?"

杨大虎把那络腮胡子一捋,笑哈哈地说:

"俗语道:'装啥像啥,卖啥吆喝啥'嘛!"

他俩相对一望,又会意地笑了。

继而,大虎压一压嗓门儿,又道:

"咱把这种'阵势儿'这么一摆,等那杂种进门的时候,对他是个'安民告示'!……"

"那个姓乔的要是不来呢?"

"甭管他来姓啥的,也得把这个样子摆在这里!"大虎说,"就算他有九千九百九十九个可能不来,我们也得为那个'万一'作准备呀!……"

他们以打哈哈儿的形式谈论着准备工作,边谈边笑边走进了北屋。

这时,太阳的金色光波,从庭院中斜射进屋来,将屋中的一切陈设涂抹上一层生动的色彩,给人一种窗明几净的感觉。

梁永生指着摆在冲门的一把椅子逗哏地说:

"这把交椅是给我预备的吧?"

大虎光笑未答。

永生坐在椅子上。他随手掏出小烟袋儿,一边装着烟,一边问锁柱:

"战士们来了不?"

"来了。"

"多咱来到的?"

"五更头儿里。"

"他们都哪儿去了?"

"按照咱们的原订计划,全都分散开了……"

在锁柱向梁永生汇报情况的当儿,杨大虎跑到西屋提来一壶浓酽的红茶,笑着说:

"'客人'还没来,你俩先喝一壶吧!"

他说着,把茶壶和一芍茶碗放在桌子上,又溜出屋去宰他的鸡了。

锁柱的情况汇报还在继续着。

等他汇报完后,梁永生问道:

"哎,二愣呐?"

"送信去了。"

"上哪里?"

"上黄家镇据点上呀!"锁柱说,"队长,你找他有事儿?"

永生没有回答。而是继续问道:

"那封信,是怎么写的?"

"信上是这么写的——"

锁柱的记忆力真好!他原原本本地背诵起那封信的全文来:

"乔队长:日前承阁下盛情设宴,请我前去,适逢我因事不在,未能相会,深感遗憾。为回答阁下盛意,并答谢阁下对我分队长的款待,特于今日午时十二点在雒家庄略备小酌,务请阁下届时光临,商谈时局……"

锁柱一字一板地背述着信简的原文,就像每一个字都在嘴里嚼一遍然后才吐出来似的。他背述完以后,缓了口气又说:

"最后的落款署名是:'梁永生'。"

这一阵,梁永生稳稳地坐在椅子上,用一只拳头撑着下巴颏,一声不响地在抽烟。锁柱说完了,他依然在抽烟,并不做声。

屋里静得很。

只有梁永生那烟锅不时地吱吱叫唤。

锁柱瞅瞅梁永生的面部表情,不安地问:

"队长,怎么样?有问题?"

说起来,梁永生对信中的个别词句虽不甚满意,可他觉着信已发出去,说也没用了。同时,他对锁柱能够自当自主地进行工作,心里却是很高兴的。梁永生为了进一步培养锁柱独立工作的勇气,便鼓励他说:

"满不错嘛!往后儿,就要这样大胆地干!"

在锁柱看来,给敌人下"请帖",是件大事。如今,他单独干了,还受到队长的鼓励,心里挺高兴。他为了不让喜悦心情流露出来,又急转话题说:

"队长,我再继续汇报准备情况吧?"

"刚才不是都说过了吗?"

"还没说完呢!"

"没完就接着说。"梁永生喝了口茶水又说,"光说主要的。"

"哎。"锁柱说,"我的安排是:乔光祖一到,就下他的枪……"

"噢!"

"尔后,命令他领着我们进据点,再去收那些伪军们的枪……"

"噢!"

在锁柱汇报情况的当儿,有个念头一直在梁永生的头脑中活动:"安排得倒挺细!可是,那个姓乔的不来又怎么进行?"永生虽然心里这么想着,可他嘴里只是"噢",啥也没说。因为他相信锁柱会有安排的。事情果然不出永生所料——锁柱说着说着,把话题一转,继而又道:

"当然,那个姓乔的是不会来的。不过,这个'不会来',是我们分析出来的。通过分析得出来的结论,不论所依据的材料是多么充分,多么可靠,至多也只能说是百分之九十九,要把它看作百分之百那是危险的。因此,我们对那个'百分之一',还是作了些安排。"

永生满意地点点头。

锁柱继续说下去:

"我们通过进一步分析认为:姓乔的不会应邀前来,但也不会拒绝邀请,很可能像我们那样——派代表。"

永生再次点点头,并"噢"了一声。锁柱望望队长那赞许的、期待的目光,继续汇报道:

"如果乔要派代表来,我们就根据当时的具体情况,设法让他派来的人把我们带进据点。另外,这次'巧夺黄家镇'的一个重要问题是内应问题。关于内应问题,我已和沈万泉同志接过头了,他说已做好了五个伪军的工作。这五个伪军,都是被抓来的,没什么罪恶。我们进去后,他们将在老沈的指挥下,配合我们的行动。"

"噢!"

"除此而外,老沈同志还传出一个信来,说是今天下午一点半到三点半,正是他做好了工作的两个伪军在据点门口值岗。这样,咱们闯进据点大门的问题,就更有把握了!"

"噢!"

"再就是,我还和老沈同志约定好,在乔光祖或者是他的代表领着我们的人进据点以前,有人先在据点门外敲梆子卖豆腐,使老沈同志好有个准备,以防那小子们进了据点后发生突变……"

这一阵,坐在一边抽烟、静听的梁永生,除了有时候"噢"一声而外,他一直是不插言,不表态,让锁柱丝毫不受干扰地把话全说净了。

锁柱汇报完以后,照例是习惯地问了一句:

"队长,这个安排怎么样?"

梁永生笑了：

"挺具体。"

机灵的锁柱意识到，队长的回答，是"挺具体"，而不是"挺好"，因此，他又问：

"队长，有问题?"

永生没答。他习惯地一笑，说道：

"一般说，我们请客人，那客人总该是非亲即友，可今天我们去请的'客人'，又偏偏是我们的敌人……"

锁柱想了一下，点点头：

"队长，你的意思，我明白了!"

"说说看——"

"你是说——和敌人打交道，应当先考虑到敌人狡猾的一面，然后再去考虑他愚蠢的一面。"锁柱说，"对不，队长?"

梁永生点点头：

"这话对。"

继而他又引申下去：

"锁柱啊，无论干什么事，要先往坏处多想想，先往反面多想想。"

锁柱深深地点着头。

梁永生又举例道：

"咱们都是当兵的，三句话不离本行——就说打仗吧：进攻之前，应先想到怎么撤退；开火之前，既得想到胜，又要想到败……"

他列举了许多具体事例之后，又说：

"总之一句话，只有把最坏的各种可能性全想到了，并作了相应的准备，才能在真的出现了最坏的情况时，不至于束手无策；只有考虑到即使发生了最坏的情况，也能夺取胜利，这才能叫'有把握'!"

永生习惯地停顿一下,接着说:

"毛主席领导咱们部队,从红军时代开始,就不打无把握之仗!对这'把握'二字,我是这么理解的。当然,也不一定对。锁柱,你说呢?"

锁柱爽快地说:

"队长,你说得对!我以后一定正经八本地呛劲!"

锁柱说过,沉思起来。屋里很静。过了一阵儿,他瞅了瞅院中的阴影,带着几分焦急的语气说:

"天不早了,二愣怎么还没回来呢?"

这时,梁永生倒剪着双手,微低着头,在屋中很小的一个空间里来回地、缓慢地走动着,走动着。显然是,他正在思索着什么。

锁柱坐在炕沿上,右脚蹬在杌子上,右肘支着膝盖,手掌托着下颏,时而凝视着"通天框",时而瞟瞟梁队长,又时而向屋外撒打撒打,望望已经傍晌的太阳。

梁永生在后窗近前停下来,转动着豁亮的大眼向村外眺望着。村外,是一派繁忙景象。大刀队的战士们,三三五五地杂在人群中,正在帮助群众干着各种活路。

屋里静若无人。

送信的二愣回来了。

二愣一进屋,锁柱就霍地站起身,急切地问道:

"送去啦?"

"送去啦!"

"来不来?"

"不知道!"

永生转过身来。他见二愣身上湿漉漉的,有点纳闷儿,就问:

"二愣,你这衣裳是怎么搞的?"

二愣嘿嘿地笑了:

"要说这一锅,怪有意思哩!"

"啥?"

"我送上信往外走的时候,突然从厨房里泼出一盆泔水。这盆泔水,不偏不斜,正好泼了我一身。当时,我一下子火儿了!因为我想:'这不是欺负人吗?不能让他!'可是,我扭头一看,呀!原来那泼水的并不是别人……"

"谁?"

"沈万泉同志!"

"他?"

"对!我灵机一转:'嗯!明白了——他用水泼我,八成有事儿!怎么办哩?'想到这里,灵机又一转,便佯装生气的样子,吵着闹着,骂骂咧咧地闯进厨房,一把抓上了老沈的脖领子,大声小气地跟他嚷开了!嚷啥?我叫他赔衣裳,我要拉他去见他的'上司'……"

"老沈呢?"

"他当然不认账!又是挣挣拽拽,又是抓抓挠挠,嘴里也不说好听的!"

"结果怎么着了?"

锁柱追问着。

黄二愣瞪了锁柱一眼:

"你往下听啊!"

他又转向永生:

"你猜怎么着?不一会儿,几个伪军跑来了!他们又是劝,又是拉,说好说歹,死说活说,这一锅才算散了伙!就在我和老沈拉拉扯扯吵吵闹闹的当儿,他将一个小小的纸蛋儿悄悄地塞给了我!"

"哦?好!"永生说,"那纸蛋儿呢?"

"在这里!"

黄二愣说着将手插进衣袋,掏出一个纸蛋儿递给了梁永生。永生接过纸蛋儿,一面小心翼翼地伸展着,一面有口无心地问二愣:

"这上头写的啥?"

"我哪知道哇!"

"噢!没迭得看!"

"倒不是没迭得!"二愣说,"我是个传书送信的,我觉着是不应当半路上偷看的……"

二愣这边说着,永生那边已经把纸蛋儿伸开了。他上眼一瞅,只见那张褶褶皱皱的纸条上写得很简单——只有六个字:

"瞧不起。七巴掌。"

这两句话是个啥意思哩?

把个梁永生、小锁柱和黄二愣全给难住了!

梁永生将纸条儿摊在桌子上,向他俩诙谐地说:

"来,咱们解解!"

二愣说:

"那是你俩的活儿,咱'解'不了这玩意儿!"

"咦!"梁永生笑道:

"俗话说:'三个缝皮匠,顶个诸葛亮。'你要不参加,咱管凑不上仨了!"

随后,他们仨一齐开动脑筋琢磨起来。你看吧,他们三个人,你一个想法,我一个看法,你否定我,我否定你,最后终于琢磨出一个名堂来!

啥名堂?

就是将"瞧不起。七巴掌。""翻译"成:"乔不去。去班长。"

他仨都同意这个"解释"。

于是,便决定照这样的理解行事。

事情就有这么巧:梁永生正想派二愣去找志勇,志勇一步闯进屋来。志勇问:

"有什么变动吗?"

"没有!一切照原订计划行动——我和锁柱、二愣进据点,你带领战士和民兵埋伏在据点外头!……"

"我请求变动一下——"

"咋变动?"

"我和锁柱、二愣进去,你留在外头!"

"我同意志勇的意见!"

锁柱惟恐梁永生不接受志勇的建议,除表态支持外,又用他那张机枪嘴申述起理由来:

"让志勇进据点,队长留在外边,有八大好处:第一,他来班长,咱去分队长,大体对牌儿;第二,志勇去过一回,熟悉地理环境;第三,你留在外头,便于指挥队伍;第四,姓乔的诡计多端,硬闯辕门总是个悬乎事儿,不宜队长出马;第五……"

这当儿,梁永生坐在一旁听着,笑着。

其实,他早把主意拿好了。可是,他见锁柱说起来又没完没了了,就拦腰插言道:

"得啦得啦!就依着你!"

永生这一句,使锁柱的"机枪"停了火儿。锁柱得意地笑了。继而,他又朝志勇瞟了一眼,好像在说:

"怎么样?亏了我吧!"

"这件事算交给你们啦!"梁永生向志勇、锁柱、二愣环视一眼,"你们再仔细分析分析,进去以后,可能出现些什么情况,又该怎么对付……"

他站起身来又说:

"我去找些同志们,进一步研究研究如何在外头策应配合的问题。"

话毕。他迈步走出屋去。

屋里,三个年轻人呛呛咕咕地议论起来。

时间流逝着。

天近晌午了。

梁永生找到小胖子、唐铁牛、赵生水和其他一些同志座谈了一番,还跟杨大虎安排了一下民兵们的任务,又回到这个"客厅"里来了。

这时,志勇他们的讨论也有了眉目。

永生听了志勇的汇报,又补充了两点意见,然后说:

"就这样吧!你们看怎么样?"

志勇说:"好!"

二愣说:"行!"

锁柱说:"如今是'万事俱备只欠东风'了!"

过了一会儿。

他们正在一面等候"客人"一面闲谈朿论,负责在村边放哨的庞三华跑进屋来。

三华还没开口,永生先问道:

"来啦?"

"对!"

"几个?"

"俩!"

"有枪不?"

"没枪!"

"他们现在哪里?"

"在村口等着呐!"

"哎,你咋不把'客人'领进来?"永生风趣地说,"这不显着太'冷待'人家了?"

"我觉着还是先来送个信儿好!"三华解释道,"也免得……"

"你做得很对!"永生拍一下三华的肩膀笑道,"现在可该去领人家了吧?"

"是!"

三华应声要走。永生又嘱咐一句:

"客气些。"

"是!"

"好啦。去吧!"

三华走了。

永生又向志勇、二愣说:

"你俩跟人家都是'熟人',到院门口去接一下吧!"

志勇、二愣相互对视了一眼,笑笑,走了。

永生又吩咐锁柱:

"你到里间屋去,将门帘落下来。注意:要时刻准备战斗,以防敌人在内身藏有凶器!"

"好!"

小锁柱走进里间后,将张着大机头的匣子枪握在手中,又将身子蹲在靠"灯窑儿"的隔墙处,不动了。

梁永生部署完毕,又坐在冲门的椅子上,掏出小烟袋儿,装上烟,点着,一口接一口地抽起来。

不一会儿,院门口传来说话声。

继而,伴随着一阵脚步声,梁志勇、黄二愣和两个伪军一齐走进院来。梁永生朝天井里一望,只见志勇和一个伪军走在前头,他们正然边走边说,边说边笑。在他俩的身后,是黄二愣和另一个伪军。

在今天这种情况下,梁志勇和黄二愣,对待两个伪军班长,是不即不离,若即若离,既警惕,又客气。

他们进了屋。黄二愣指着梁永生向那两个伪军介绍道:

"这一位,就是我们的梁队长。"

两个伪军恭恭敬敬地向梁永生行了个礼。

这时节,他们那发白的眼睛,狡诈而又生疏地梭动着;脸上挂着故意装点出来的显得不大自然的笑容,以十分抱歉的口吻说:

"梁队长,我们来打搅你了!"

梁永生带着一个活泼人特有的那种严肃神色,向桌边的椅子挥动一下手臂:

"坐,坐!"

这两个伪军,也不知是因为路上走得太急了,还是因为心情过度紧张,只见他们吁吁直喘,呼呼有声。在他们这种神色的衬托下,梁永生那种轻松、坦然的态势,愈显得宽怀大度、可敬可畏了。

他跟那两个伪军随随便便地说了几句脸目前的客套话儿,便一面抽着烟一面跟他们东扯西拉、讲古论今地攀谈起来。

这两个伪军,一个是四川口音,一个是关东口音。他俩的话音搅在一起,使人听起来感到耳朵很吃力。

他们前五百年后五百年、从天上到地下地闲谈了一阵,梁永生这才向志勇说:

"喔!天不早了,别光这么干嚼啦,上席吧!啊?"

"是!"

梁志勇应声离去。

不多时,酒呀菜的摆了一桌子。

那个高个儿的伪军望望桌上的席酌儿,欠起身子歉意地说:

"梁队长这番盛情,真叫我们过意不去呀!"

另一个矮个儿的伪军接言道:

"是啊,真是太荣幸了,太荣幸了!"

梁永生坦然笑道:

"别客气啦。很不像个样子!"

他指点着桌面上的酒呀菜的又说:

"你看!有啥呀?只不过是俗菜两盘,淡酒一杯,聊表一下我的一点小意思吧!"

他说着,端起酒杯:

"来吧!甭管好歹啦,请二位包涵着点……"

一场酒宴就这样开始了。

他们吃着,喝着,谈着,笑着,叫个不知内情的人一看,还满像个请客赴宴、"彬彬有礼"的光景哩!

那两个伪军,在开初时很局促。不论永生问他们什么,他们都是站起身来,立正回答。这种多次重复的机械动作,给人一种机器人儿的感觉。

梁永生的态势、神情,和他们截然相反;他就像平常吃饭一样,那么随随便便。他一面用筷子搛着菜,一面向伪军们说:

"我酒量小,不能敬你们,你们自己尽量喝,酒虽不好,但是管够!"

他又用筷子指点着桌上的大大小小的盘盘碟碟,接着说:

"菜不少,没好的,你们觉着什么可口,就搛什么,别拘着!好不好?"

两个伪军欠身道:

"不客气!"

"不客气!"

这两个伪军,都是乔光祖的亲信。对他们的情况,我们也早已掌握了。可是,过了一阵,梁永生望望天井的阴影,估摸一下时间,突然转了谈天说地、评风论雨的话题,带着几分并不明显的歉意,

向伪军们说:

"哟!你看我,真对不起!咱们同桌共饭地谈了这么大晌,还没闹清你们二位姓什么呢!"

那个操着四川口音的矮个儿伪军,带着十足的丘八劲儿咔的一声站成了直橛儿:

"报告梁队长!我姓孙——"

他一扭身指指那个高个儿的伪军,嘘着满口的酒气又接着说:

"他姓曹!"

那个姓曹的也站起来,像个大虾似的弓着身子,操着关东口音说:

"是!贱姓曹!"

梁永生点点头,笑笑说:

"你们不要这样。都坐下说话。客人嘛!"

姓孙的伪军说:

"不!队长,你是长官!……"

梁永生哈哈地笑了:

"什么长官不长官呀!我们八路军里,不兴这套玩意儿!……"

伪军们见梁永生说的和做的完全一样,确实没有一点官架子,很是平易近人,所以也不觉不由地不那么局促了。沉了一霎儿,永生像突然想起一个新的话题似的,又问那俩伪军:

"哎,你们乔队长怎么没来呢?"

又是那个姓孙的抢先答话。他语气闪烁地说:

"很遗憾!我们乔队长病了!"

姓曹的帮腔道:

"对!是他派俺俩来的,并要我们代表他向梁队长表示歉意!"

梁永生惋惜地说:

"你看!赶得真巧!上一回,他请客,就赶上我不在;这一回,我请客,又赶上他病了!"

"是啊,真是赶巧了!"

姓曹的呷下一口老白干儿,咂咂嘴,就着姓孙的话音随声附和地说:

"可不是嘛,可不是嘛!"

"这也倒好;该着咱们有缘——"梁永生说,"乔队长要不病,咱们怎么能认识哩!"

"荣幸,荣幸,实在荣幸!"

"就是,就是,就是嘛!"

"哎,你们二位,在乔队长手下担任……"

梁永生这话说得很慢,并且说到这里收住了话头。这显然是,下半句不用再说,那伪军也就明白了。

这回答话,姓曹的抢了先:

"我们俩,都是班长!"

他指着自己的鼻子尖儿:

"我,二班长——"

他又指指姓孙的那小脑瓜儿:

"他,一班长!"

梁永生点点头,"噢"了一声。

这时,梁永生见两个伪军的黄脸皮全被白干儿烧红了,并且或多或少地带上了几分醉意,就悄悄地向志勇递了个眼色。

又过了一阵。

梁志勇就着永生询问乔光祖的病情的茬口儿,以请示的口吻试试探探地插言道:

"队长,我,我想去看看乔队长——"

梁永生的脸上突然现出难色:

"说起来嘛,是应当去看望看望的。不过,你过晌还要到区上去开会……"

梁志勇继续恳求道：

"我快去快来,开会的事,保证误不了!"

永生紧锁着眉头,思索着。

梁志勇再次解释道：

"上一回,我代表你去赴宴,乔队长是那么热情,就像老朋友一样! 现在,他病了,我要不去看望看望,总觉着心里怪过意不去的……"

永生好像无可奈何地说：

"这我知道。既然你非要去,就去一趟吧!"

志勇立刻满脸是笑了：

"是!"

"也给我带个好去。"

"是!"

"可一定快去快来呀!"

"是!"

永生说着说着,又像忽然想起了什么：

"哎呀! 那据点的大门你进得去吗?"

志勇漫不经心地说：

"问题不大! 上回我去过嘛!"

永生摇头道：

"不行! 值岗的准能碰上上回值岗的人吗? 要是万一发生了误会,那可就……"

志勇猛醒似的说：

"哟! 可说哩!"

过了一霎儿,他忽然向那个姓孙的伪军说：

"哎,伙计,你领我去吧?"

他没等姓孙的回答，又向姓曹的说：

"伙计，要不你领我去！"

这时，两个伪军为了难。答应吧？怕回去不好交差！不答应？又找不到拒绝的理由！这时，他们临来之前乔光祖嘱咐的几句话，在两个伪军的耳边响着——一忽儿是："你们要注意气候的冷热，门帘的高低，看一看他们到底是个什么用意，回来向我报告……"一忽儿是："你们要像演戏一样，要演得像，演得熟，切莫让他们看出我们心不诚，意不真……"一忽儿又是："要多听，少说，光叙'友情'，不谈国事……"最后一句是："你们要是给我捅了娄子，回来我可不饶你们！"两个伪军心里想着这个，眼睛在彼此盯视着，代表着一种相互商量的意思。

梁永生见伪军们有些犹豫，就势插言道：

"这是啥时候呀？先别谈这个！待会儿，吃饱了，喝足了，他二位回去的时候，你跟他们一块儿走，到那里看望看望，从那里就直接去开会……"

永生的语气，是以上示下的，板上钉钉的，没有一点商量的余地。

志勇点头笑道：

"行，行！这法儿好，一举两得——也当送送客人！"

他又转向伪军：

"你们说对不对？"

这时，闹得两个伪军很尴尬。当他们正抓耳挠腮不知如何是好的时候，蓦然体察到，在梁永生那平平静静的神色中，仿佛又增加上了几分威严的味道。这点威严的味道，好像正在提醒两个伪军：注意！我已经说定了的事情，是不容变动的！于是，两个伪军只好应承道：

"对！"

"对!"

饭后。

志勇和两个伪军,一同走出角门儿,告辞了梁永生,朝黄家镇走去。他们刚走出村口,黄二愣突然从后边跑上来。他向志勇冒冒失失地问道:

"哎,伙计,上哪去?"

"黄家镇。"

"干啥去?"

"少废话!"

"哼!不说俺也知道!"

"你知道?"

"当然喽!"

"知道啥?"

"你去探病!是不?"

梁志勇没吭声。黄二愣又说:

"俺也去!"

"你去?"

"嗯。"

"有你的淡事儿?"

"俺跟你是鸡市鸭市鸽子(各自)另一市(事)!"黄二愣说,"俺刚才去送信,把扇子忘在那里了!"

"那好办——"

"咋办?"二愣说,"不要了?"

"我给你捎来就是了!"

"得啦得啦!"二愣摆手道,"去你的吧!"

"咋?"

"叫你一捎,那扇子还属于我呀?"

"二愣！我告诉你——"梁志勇以警告的口气说，"你这么自由行动，要叫队长知道了，吃不了可得兜着！咱先说下，到你挨剋的时候，我可不给你讲情……"

黄二愣一拍胸脯儿说：

"好汉做事好汉当，哪个用你讲情！"

他说着，随在志勇身后，一同朝前走去。

一条弯弯曲曲的村野小道，将黄绿间杂的平原切成两半，朝向那远方的黄家镇伸延着。道路两旁的农田里，呈现着一派初秋的景象。有些早庄稼快要熟了，散发着醉人的香气。有些晚茬庄稼长得芪，绿油油的还正长上劲儿呢！道边的崖坡上，盛开着各种野花，黄色的，白色的，紫色的，红色的，一簇簇，一片片，陪衬着绿草，喷放着香味。对对双双的花蝴蝶，被这些花朵吸引住，圈圈飞旋，翩翩起舞。三三五五的蚂蚱，或蹦或飞，时而落在人的身上，人想逮它时，它又飞去了。

梁志勇、黄二愣和两个伪军，一路走，一路看，一路老兄老弟地瞎胡扯着，慢一阵快一阵地向着黄家镇奔去。

他们走到半路时，锁柱又从背后追上来。

只见他跑得像只飞起来的小燕儿，并一边跑一边挥臂喊道：

"梁志勇！等一等！"

志勇扭头一望，不耐烦地牢骚道：

"瞧！这个穷裹黏劲儿，真腻歪人！"

待锁柱来到近前，志勇没好气儿地问：

"你又要啰嗦啥？"

锁柱举起手里的信：

"送信去！"

黄二愣伸手要夺信：

"拿过来吧！"

锁柱没让他夺去：

"你要干啥？"

二愣自信地说：

"我替你捎去得啦！"

锁柱拨拉二愣一个趔趄：

"去你的吧！你这个大马虎呀，我一百个信不着！要是误了事，算你的还是算我的？啥？责任嘛！"

志勇忽闪着迷惑的眼睛：

"信？啥信？"

锁柱说：

"你问我，我问谁？我只知道——你们刚出村，柴胡店据点上来了一个人，给梁队长送来一封信；梁队长看完信，把那人打发走后，就立刻写了这封信，叫我送到黄家镇据点上去。并嘱咐我：一定要亲自交给乔队长！……"

如今，他们这一行已经是五个人了——梁志勇、黄二愣、王锁柱和那两个伪军。一路上，两个伪军的表情，总是不大自然，有时还像正在想着什么。志勇他们，为了不给伪军思考的空隙，就你一句、我一句、东一句、西一句地跟他们说着话儿。

他们走着走着，遇见一个卖豆腐的。那人担着豆腐挑子，从那边的一条斜向大道上插过来，忽呀颤地向前走去了。

这个卖豆腐的是杨大虎。

当然，杨大虎也看清了志勇他们。

可是，他们之间，谁也不理谁，各走各的路，全充互不认识。

空行人走不过挑挑儿的。这话半点不假。一开头就走在前头的杨大虎，把志勇等人越拉越远，越拉越远，不一会儿，他在前边的岔路口上拐了个弯儿，被一片高庄稼影起来，不见了。

不一会儿，梁志勇一行来到了黄家镇。

黄家镇据点,在这个镇店的西北角上。这里,原先是彭武举家的住宅。如今,在那又高又厚的垣墙外头,又挑了一圈儿又深又宽的壕沟。壕沟里有半人深的积水。水面上覆盖着一层黄绿色的、灰白色的、泛着泡沫儿的脏东西。壕沟外头,还有一道铁蒺藜网。

这个据点,只有一个门,门口朝南。

门口上,有个木头吊桥。眼时下,那吊桥已经高高地拉起来,像个起重机似的,朝半天空中斜竖着。梁志勇远远地眺望着据点的景象,话在心里说:

"这个老狐狸!要不巧夺智取,攻克这个据点还真得费点火头哩!"

据点在志勇的视线里渐渐地靠近着。

突然,担着豆腐挑子的杨大虎出现在据点门口上。他将挑子放在沟外的大道边上,拿过木头梆子敲起来:

"梆梆梆!梆梆!梆梆梆!梆梆!……"

梆子的响声未落,沈万泉从据点里走出来。他腰里扎着个黵满油渍的白围裙,挓挲着两只湿漉漉的油手,站在据点的大门口上,隔着壕沟向大虎喊道:

"卖豆腐的掌柜的!"

"哎——!"

大虎高声答应着。而后,停住梆子,又满面笑纹地上赶着说:

"大师傅!来点豆腐呀?要多少?今天的豆腐点得老,保你能炖得住!……"

"多少钱?"

"五十元一斤!要多少斤?说话吧!"

"呀!又涨钱啦?"

"票子越来越毛。豆子老是涨钱,豆腐能不涨钱?水涨船高嘛!"大虎说,"说真的,这个价儿卖,只赚把渣,没一分利!"他挥臂向西一点划，又说：

"到西乡，能卖六十元一斤！咱这是老主顾了，能多算你的钱？……"

沈万泉知道：杨大虎的豆腐梆子声，是提前来给他送个信——我们那些来闯据点的同志们快到了！因此，现在沈万泉一边和大虎说着话儿，一边悄悄地朝西瞟了一眼，只见志勇、锁柱、二愣和那两个伪军班长正朝这边走来。于是，他又提高嗓门儿说：

"太贵啦！不买了。下回说吧！"

随后，他向两个门岗递了个眼色，便转过身子走进据点去了。

大虎打了个"唉"声，将挑子抬上肩，朝黄家镇街里走去。他一面走着，还一面自言自语地发着牢骚：

"唉！这个年月儿，钱色不稳，小买卖儿真难做呀！"

大虎渐渐远去了。

志勇他们又来到据点门前。

没等那两个伪军班长说话，站岗的伪军便将那支汉阳造的七九式步枪往肩上一背，哈下腰去解那吊桥的绳子了。这个伪军叫王皮田。他一边解着绳扣儿，还一边隔着壕沟和他的班长热情地打招呼：

"孙班长！回来啦？……曹班长！你准喝多了！……没价？咱就不信！你尿脖尿照照，你的脸成了啥颜色儿啦？快成了猴儿腚了！……"

王皮田一面嘻嘻哈哈地说着，一面慢慢地松着吊桥的绳子。待吊桥放稳后，姓孙的一侧身，朝他背后的梁志勇伸来一条胳膊，让道：

"请进！请进！"

梁志勇微微一笑：

"别客气！别客气！"

姓曹的打了个酒嗝儿插言道：

"分队长先进！客人嘛！"

志勇摆出无可奈何的态势，只好跨前一步，迈进了黄家镇据点的大门口。锁柱和二愣跟那两个伪军班长你推我搡地谦让了一阵，最后还是随在两个伪军班长的后头也进了据点。

据点的大门以里，是个宽宽绰绰的大院儿。

这个大院儿，是伪军们下操、集合的地方。

大院儿的北面，是一拉溜腰屋，总共十一间。当中那间，是个前后通行的穿堂过道，或叫作"走廊"。走廊两边，各有五间平房，朝南这面，光有窗户没有门。

梁志勇他们一同穿过前院儿，又经过那条穿堂过道，进入后院儿。在这穿堂过道的尽北头，有个朝东的门口。一种油腥气息，合着淡淡的烟雾从门口扑出来。

这是厨房。

沈万泉老汉，就住在这厨房的套间里。

目下，沈老汉也不知跑到哪里去了，厨房里空荡荡的，只有盆碗锅灶，没有一个人影儿。

志勇等人越过厨房门口来到后院儿。

这后院儿，比前院儿小多了。

院子的正北有座北屋。

有条用方砖墁成的甬路，从这过道里一直通向北屋门口。

北屋门前，有个七磴台阶的"月台"。

"月台"两侧，各有一丛石榴树。

这座屋，便是伪军小队长乔光祖的住处。

在这屋前的天井里，从东到西拴着一道横铁丝。铁丝上，一拉溜挂着好几个鸟笼子。笼子里，有画眉，有黄雀儿，有八哥儿，还有百舌子什么的。它们正在跳着，叫着。

这个穿堂过道的东侧,有道南北墙。墙上有个小小的发碹门儿,门里是个套院儿。这黄家镇据点上的三班伪军,全都住在这个套院儿里。

梁志勇一出过道北口,那个姓孙的伪军班长就朝北屋一指说:

"分队长,你自己去吧,反正已经来过了!"

姓曹的也说:

"对!熟不讲礼嘛!"

志勇见他俩想溜,就一手拉上一个,用开玩笑的口吻说:

"走走走,一块儿去嘛!俺来到你这里了,你们怎么想着晒我的台呀?"

两个伪军班长无奈,只好陪同志勇一起朝北屋走去。

这时,锁柱向志勇说:

"分队长,你们先去吧!俺是当兵的,和你一块儿进去有些不方便!⋯⋯"

"那,你干啥去?"

"我和二愣到那边,找我表哥玩玩儿!"

"你不是要去给乔队长送信吗?"志勇说,"怎么又去找你表哥?"

"你先去和乔队长谈着,我和俺表哥见个面儿,说两句话,马上就去⋯⋯"

锁柱说着,和二愣一前一后,大摇大摆地晃进跨院儿去了。他们走进跨院儿的门口,朝整个庭院投去深深的一瞥。只见,这时伪军们大都没呆在屋中。

院子里可真"火爆"呀!

有的伪军撇着双腿坐在门槛儿上,正低着脑袋哗啦哗啦地洗衣裳。有的狗蹲在墙根底下,敞闪着怀,正抻着衣襟逮虱子,抠虮子。还有的,拿着个小刀子,正要把水果上的锈儿挖下去。也有

315

的,自己蹲在墙旮旯儿里,正一口口地干哕着。

在天井的东北角上,有棵大椿树。树荫下,放着两张八仙桌。每张桌子的周遭儿,都围成了人疙瘩。

这边的桌上正在"推牌九"。

那边的桌上正在"打麻将"。

围在这两张桌子周遭儿的人们,除了坐下来耍钱的,就是站在外圈儿扒眼儿的。这时节,耍钱的也罢,扒眼的也罢,全都将头埋在骨牌上了。

一忽儿,这个把骨牌往桌上一拍:

"天九儿!"

一忽儿,那个将骨牌搂得啪的一响:

"天杠!"

这当儿,那位腰扎围裙的沈万泉老汉,也掺杂在这扒眼的人堆里。

只见他,肩上搭着一条羊肚子手巾,不时地扯下来擦擦脖子上的汗,并借擦汗的当儿各处撒打撒打。他撒打一阵以后,又装出聚精会神的样子低下头去扒眼儿了。在扒眼儿的空间,他还短不了地插上个一言半语的俏皮话儿,引逗着伪军们哄笑起来。

再说锁柱和二愣。他俩跨进这个院门以后,都从腰里把匣枪掏出来了。

二愣在院门口上,贴墙而站,不动了。

锁柱将拿枪的手往身后一背,两眼快速地朝院里左右一看,脚步没停,不慌不忙地向那树荫走过去。

在这个紧要时刻,沈万泉的配合起了重要作用。你看他,突然指手画脚地嚷道:

"他偷一张牌,扔到桌子底下去了!"

他这一嚷,所有伪军的眼珠子,全钻到桌子底下去了。沈万泉趁势又嚷：

"你看，你看！在那里，在那里，那不是吗！"

沈万泉这么不住声地嚷着，闹得伪军们都低着傻脑袋朝地皮上各处乱撒打，久久地抬不起头来。就在这个当儿，锁柱已来到了离这桌子只有十来步远的地方。

一忽儿，当有的伪军猛地发现了锁柱时，身着便衣的王锁柱，早已直直地挺立在一块大青石上。他正然笑眯眯地盯视着庭院中的伪军们。

这时，锁柱见发现他的伪军紧张起来，便就劲儿向他们打招呼说：

"弟兄们！我们来接你们啦！"

他这一句，使满院的伪军抬起了头。还有的，竟不知所措地站起身来，惶惶不安地盯着锁柱这位陌生的小伙子。

接我们？往哪接？他是干啥的？这样一些念头，在每一个伪军的脑袋里同时闪过去。甚至，有的人竟口不由主地在问：

"你，你是……"

机灵的锁柱，就着伪军的话头儿，笑哈哈地又说：

"怎么？你们还不知道？你们的乔队长，已经决定'起义反正'了！刚才，你们的孙班长和曹班长，不是才跟我们接过头吗？……"

在锁柱说话的当儿，沈万泉向他事先做好工作的几个伪军递了个眼色。接着，他们几个都溜走了。这间，锁柱又讲下去：

"你们不要有顾虑！不论你们过去如何，'起义反正'之后，我们既往不咎！……"

经锁柱这么一说，有些伪军的惊色，又变成了迷惑不解的神色。可是，也有少数不老实的顽固家伙，正然拉着架子要往屋里跑。

看来,那些不老实的小子们,大概是料定乔光祖不会"起义反正",同时又量欺着王锁柱只是孑身一人,而且没见这个穿便衣的小伙子有什么武器,显然是要进屋去拿枪,想进行负隅顽抗!

谁知,就在这时,院门口突然发出一声巨吼:

"不许动!"

这是黄二愣的声音。

他这声吼喊,亚赛炸雷一般,震撼着庭院。一种嗡嗡的回响,在伪军的耳边久久地嘶鸣。就连院中的那棵大椿树,也像吓得发抖似的无风而动。

正要往屋里溜的伪军,被这突如其来的勒令吓得身子一抖,脚不由主地站住了。与此同时,他们朝吼声起处一望,只见那门口旁边的小土台儿上,挺立着一位虎势彪彪的黑大个儿。

又见,那个黑大个儿,一手端着匣枪,匣枪张着大机头;另一只手背在身后,谁知那手里拿的是啥?黄二愣这种怒气冲冲的态势,和他那双炯炯闪光的火眼配合起来,给人一种杀气腾腾的感觉。

就在这时,锁柱也把匣枪亮出来了。

不过,锁柱的神情,和二愣截然相反。他那两只大眼,依然是笑盈盈的,整个面部没有一丝半毫的怒色。使人一看,他这种神色,和二愣的神色是很不协调的。你说怪不怪?这种不协调,却使伪军们产生了许多迷惑的猜想,似乎更感到莫名其妙地可怕。

伪军们正不知所措,忽听到有人又在他们的背后喝道:

"乔队长有令:谁不服从,就地枪毙!"

伪军们回头一看,只见伙夫沈万泉和几个伪军都端着三八式大枪站在屋门口上。这一新的情况,告诉那些不大老实的家伙们,想瞅个空子窜进屋去,拿起枪来进行抵抗,已是根本办不到的了!

在这样的节骨眼上,锁柱也突然严肃起来。他向伪军们说:

"我们的梁永生队长,已经和你们的乔队长谈妥了,我们允许你们集体反正。并且,眼下我们的部队就在据点门外等着哩!咱先把话说明白:你们哪一个不遵守协议,可别怪我们八路军不讲面子!"

有些伪军颤抖着说:

"不敢,不敢!"

"服从,服从!"

锁柱就劲儿喝道:

"服从的站队!"

他挥动着匣枪又跟上一句:

"快!别磨蹭!"

伪军们忽忽啦啦一阵忙乱,满院子响起脚步声。不大一会儿,一大溜长长的横队,出现在锁柱的面前。伴随着锁柱那"立正"、"看齐"、"报数"的口令声,伪军们又是一阵忙乱。

这当儿,我们的地下工作者沈万泉同志,指挥着他事先已经做好工作的那几个伪军,把各屋里的枪支都收集起来,并卸下枪栓,打成枪捆,像开展览会似的摆在了伪军的队前。

此情此景,再次告诉那些不老实的顽固分子:你们完了!已经彻底完了!趁早儿死了捣鬼闹乱子的那份心吧!不要再有什么幻想了!

沈万泉他们已经把枪收了,锁柱为啥还要再来这一手儿呢?

这是因为,在那边,梁志勇正在和乔光祖等人纠缠,而且他们又不了解当前是个什么具体情况;在这种情况之下,万一这边的伪军们发生什么波动,对那边的梁志勇显然是很不利的。所以,他们这一切措施,除了这个斗争现场的需要而外,还时刻在考虑到梁志勇那边的需要。也就是说,他们总是千方百计地使伪军们老实下来,好尽量保持一个平静的气氛。

为了给志勇留下一个更大的回旋空间,锁柱又向伪军们讲起话来了。

他讲的内容,主要是当前的新形势。

他一面讲着,还一面不时地挥动手中的匣子枪,直吓得胆小如鼠的伪军们,一个劲儿地又是咧嘴,又是闭眼,又是打冷战。

这一阵,黄二愣始终站在院门口。

他,一面用匣枪瞄着伪军们,一面不时地瞟扫着乔光祖的住房。假设说,在这时那个姓乔的要是猛孤丁地从屋里窜出来,早已拿定了主意的黄二愣,肯定要甩过匣枪去放倒那个小子。

其实呢?用不着了!

为什么?

因为那个姓乔的,现在和他的喽啰们一样,也在梁志勇的枪口底下做了俘虏。

喔哈!志勇只一个人,而敌人是好几个人,况且他们比一般的伪军要狡猾,顽固,他们就没抵抗?咋会这么轻易地当了志勇的俘虏呢?要交代清楚这个问题,那得从梁志勇进屋说起。

志勇方才跟两个伪军班长进屋时,那个姓乔的正在和他的三班长下象棋。

这间屋子间量并不算大。

窗户上,挂着雪白的而又有花纹的窗帘;山墙上,挂着一副"四扇屏"。画面上全是菊花。花的形状有的像龙爪,有的像拳头,有的像玉手,有的像彩球。

屋中的空间里,被各种陈设摆得满满的。

靠窗处,有一张大藤床。床上铺着印花的床单儿。靠床的墙壁上,张挂着华丽的床围子。床头处,有个紫檀木的油漆小茶几。茶几上雕刻着精细别致的花纹。

一盏大烟灯搁放在茶几上。

屋里散发着刺激脑子的鸦片烟的气味儿。

靠后山墙放着一张大方桌。桌面上铺着淡蓝色的漆布,摆设着用以装潢门面的文房四宝。还有高高的一摞线装的"四书"、"五经"之类。

特别引人注目的,是那个日寇侵华头子冈村宁次的照片镜架。

他所以摆上这些玩意儿,据说是有两层用意:一是标榜自己,二是取悦于石黑。因为石黑是个爱讲"孔孟之道"的日本鬼子。

在这张桌子的两边,是一对太师椅子。

目下,乔光祖和他的三班长,都坐在椅子上,正在面对着桌上的棋盘出神。看样子,可能是三班长的棋局正得势。他一边用手指轻轻地有节奏地敲啄着桌角儿,一边得意洋洋地说:

"队长,甭瞅啦,没招了!……你这马后炮虽然挺厉害,可惜晚着一步,被我这高吊马将住了!……"

这个乔光祖,跟他爹乔福增一个做相儿,也是个大老肥。他的脑袋瓜子,圆鼓鼓,光秃秃,眉毛稀得看不见,嘴边刮得闪青光,叫人猛乍一看,就像个被什么磨光蹭肿了的大牛蛋!

而今,他戴着一副平光的白金丝眼镜,将其全部精力都倾注到棋盘上,一面目不转睛地瞅着自己的"老将",一面一口连一口地抽着烟卷儿。

在他嘴巴子底下的桌沿上,落满了一层烟灰。

这时你别看他一声不吭,可分明是并不认输。你瞧,他听了三班长那种说法以后,将那腾呀腾地冒着热气的秃亮脑瓜儿摇成了货郎鼓儿。

"乔队长,梁先生来了!"

那个姓孙的撩起门帘这么一打招呼,吓得个姓乔的没等抬头先打了个冷战!当他猛一抬头见梁志勇真的出现在他的面前时,又像突然被人冷不防打了一拳似的,失声地"哦"了一声。

啪嗒!

一枚拿在他手中的棋子儿,溜落在桌面上。

继而,骨骨碌碌一阵滚,又张到地下去了。

这时,机智沉着的梁志勇,佯装着丝毫没有留意他这种惊慌的表情,从从容容地跨进里间,乐呵呵儿地向他打着招呼。

乔光祖稍一沉静,又以近乎跳远的姿势将他那笨重的身子朝志勇弹过来,碰撞得桌子椅子叮叮当当地响了一阵儿。他忙不迭地说:

"失迎,失迎!"

不过,直到这时,他面部的神色,和这"失迎"的客气话依然是失调的。

志勇笑吟吟地说:

"冒失,冒失!"

他稍一停,继而又道:

"听你们的两位班长讲,说是阁下病了!我很不放心,特地来看望看望!……"

梁志勇一面嘻嘻哈哈地说着,一面用他那双欢笑的、平静的眼睛,迅速地、礼貌地扫视着屋中每一个人的面孔。

"哦,哦,哦哈,哦哈哈!"

姓乔的顺水推舟地应承着。他的脸上,挂上了一层潜伏在干笑后面的阴影。

这时,他那高凸凸的大籽肚儿,陡然抽回了二三寸。

接着,他这才将身子一闪,伸开手掌朝桌边的座位一摆,脸上强挤出一丝笑容,又思索意味地将头点动几下,从牙缝里蹦出几个字来:

"请,请坐!"

这时,外松内紧的梁志勇,已明显地意识到,面前这个老奸巨猾的乔光祖,是笑里藏刀,隐含着杀机。于是,便顺口应道:

"不客气！"

梁志勇的语气，不冷不热，不卑不亢，话中有骨。

他虽这样说着，可是，却就势占住了乔光祖让出的位子。

志勇为什么要抢占这个位子呢？

他想到了这样两点：一是，这个位子，与桌子对面的椅子、窗下的床铺正成三角形，他坐在这儿便于监视每个敌人的一举一动；二是，乔光祖的那支枪，就挂在这个座位后头的墙上，他往这儿一坐，敌人们再要去摘枪就不方便了。

不过，志勇来到这个座位上，并没马上坐下。他靠桌沿儿一站，先向姓乔的说：

"坐，坐，别客气！"

又转向两个伪军班长：

"你们也请坐！啊？"

随后又泛指着他们这一伙说：

"你看！我一点都不客气，你们怎么反倒客气起来了？我又不是初次来，还用得着这个样子？再说，你们都站着，叫我怎么好意思坐下呢？……"

敌人们全都坐下了。

乔光祖隔着桌子坐在志勇对面的椅子上。他拍打着眼皮儿，揣猜着志勇的来意……

三个伪军班长，肩挨肩地在床沿上坐了一溜儿。

梁志勇也坐下了。

直到这时，他的脸上依然是闪动着笑意。这由始至终久久不变的笑意，充分地显示着他那勇敢、沉着、机智的风度。

屋里静下来。

志勇又关切地问：

"乔队长，怎么不舒服？还是那老毛病吧？"

乔光祖支支吾吾：

"哎,哎,对,对……"

志勇紧接着又说：

"可不能马虎,得抓紧治呀!……"

这时的梁志勇,不仅嘴在忙着,耳朵还在监听着跨院那边的动静,眼睛又在监视着面前这些家伙的一举一动。就连那只看来闲着无事干的手,也在时刻准备着去抽腰里的匣子枪。

这时的乔光祖,也想了几句眼目前的闲话淡话,来应付这位来意莫测的不速之客——梁志勇。

也许是因为他心怀鬼胎的缘故吧?你看!他的屁股总是不老实儿地在椅子上坐着,一个劲儿地胡动弹,叫人看来,就像椅子上有蒺藜似的。

乔光祖虽不是个"老闷儿",可是由于他现在心神不定,再加正在一面观察志勇一面暗想对策,所以话就少了。梁志勇,素常里并不是健谈的人。可是而今,他却一反常态,神采飞扬地高谈阔论起来。他先谈到了季节转换的自然规律,又谈到秋天是农民的黄金季节,也是各种害虫末日的前夕,继而问乔光祖道：

"阁下的病,大概也与近来气候的急剧变化有关系吧?"

乔光祖用喉音笑笑,还毫无必要地点点头：

"哦,哎,啊哈,嘿嘿……"

这当儿,梁志勇的视线和乔光祖的视线碰了个头儿,他发现,乔那阴险的脸相,正在神秘地瞟着白而冷的眼锋,朝他的三班长递过一个眼色。

他要干什么?

那个伪军三班长,显然是从乔的眼神中已领悟到什么。只见他稍稍沉思了一下,然后站起身来,向他的上司乔光祖说：

"队长,你们陪着客人说话吧,我退席啦!"

他一侧身又转向志勇：

"对不起！失陪，失陪，失陪了！我还有点事情，去去就来！……"

乔光祖没容梁志勇将来到嘴边的话说出口，就以教训的语气对他的三班长说：

"你要抓紧准备一下——好招待客人呀！"

"是！我知道……"

这时，梁志勇料定这些小子们话中有鬼。他想："无论如何，不能叫这个小子出去！一来，他出去搞了鬼，我们就被动了；二来，谁知锁柱和二愣那边进行得怎样了？这个家伙一出去，会不会给他们增加麻烦？"志勇想到这儿，便就着乔的话音说：

"一回生，二回熟，我们算是老相识了，还要准备什么？"

他又转向那伪军三班长：

"咱是头回见面，一块儿扯扯嘛！"

那三班长瞟着乔的眼色说：

"不，不！我还有事，对不起！……"

他说着说着迈开步子。

谁知，当他正要出门的时候，梁志勇在他的背后声色俱厉地喝道：

"回来！"

志勇的语气，是命令式的，而且充满了威胁和可怕的力量。那伪军三班长，闻声一抖，收住步子，愣在门口上不知所措了！

到这时，乔光祖和那两个伪军班长，全都立刻惊觉起来。只见他们嘴都张得老大，眼睛瞪得滚圆，活像几只地猴子似的。

梁志勇本想就劲儿亮出匣枪，向他们把话交代明白。可他又一想，不行啊！谁知目下锁柱、二愣进行到啥节骨眼了？要万一他们还没能将伪军们的枪支统统收起来，我在这边一闹翻，不就会促使那边的一些顽固家伙拼命抵抗吗？要出现那种情况，势必给锁柱和二愣造成严重困难！

在梁志勇看来，今儿巧夺黄家镇的关键，并不在于乔光祖和这几个伪军班长如何，而是取决于能不能一枪不发地将伪军们的枪支收起来！如果那一招儿按照预订计划达到了目的，那时的乔光祖就成了"光杆司令"，他即使想拼命顽抗，也无济于事了！

志勇意识到这点以后，就暗自决定："无论如何，我得千方百计给战友们制造方便，还得跟这小子们磨磨牙，多蘑菇一会儿，好使锁柱、二愣和老沈同志那边的斗争更从容、更有把握一些。"

当然，这时的梁志勇也明确地意识到，他们身在虎穴，事有多变，行动宜速不宜迟！特别是他自己这种处境，要是一旦出了娄子，就会影响这次任务的完成，影响上级党的整个部署，至于什么个人安危之类的东西，他连想也没想过，早已置之度外了！

因为有这些想法，这时的梁志勇，是明知"夜长梦多"，却故意拖延时间。

你看——

志勇灵机一闪，急中生智，蓦地收起怒气放出笑脸，些微带点歉意地说：

"诸位，别见怪，我这个人，是个火性子脾气儿！再说，你们也都是当兵的，总该知道一个军人的性格吧？"

他稍一收，转一下话题又说下去：

"说真的，你们也太瞧不起人了！我是奉我们梁队长之命，特为探病而来的，你们不远接高迎也罢，为啥又要闪我呢？"

志勇向那伪军三班长瞟了一眼，又将目光集中到乔光祖的脸上接着说：

"你们还久闯江湖，连点起码的礼节也不顾，未免太不够朋友了吧？"

他缓了口气,显出又要发火的样子:

"我们梁队长派我来看你,是给你点脸面,谁知你们却是狗上锅台不识抬举!早知这样,我梁志勇是不会来吃你们这一套的!其实,来了也没啥,你们既然不欢迎,我可以走嘛!……"

志勇越说越上气。

到这时,他在刚开口时的满脸笑纹已消逝净尽,怒气又爬满了面腮,并忽地站起身,作出一种要愤然离去的姿态。

"哪里哪里!误会误会!"乔光祖冷情地笑着说,"承君赐驾,茅舍增光,岂有不欢迎之理!我的手下人不懂事儿,实在对不起!……"

这时,乔光祖的那对灰眼珠儿,已张到了不能再大的程度,直直地盯着梁志勇。同时,他还说着说着离开了座位,向志勇这边凑过来。

从表面看,他是要凑过来拉住志勇不让走,而实际上,是想借此机会去摘挂在墙上的那支匣子枪。这当儿,那三个伪军班长也表面上漫不经心地说着挽留的话儿,而暗地里也作好了搏斗的准备。很显然,只要姓乔的一声令下,那仨小子就会马上动手的!

所有这一切,梁志勇都已明显地意识到了。

同时,志勇还进一步看出,眼时下,敌人对他的来意已经疑心很大了。因此,他当即决定:及早动手,控制敌人。

正在这十万火急的关头,从跨院儿里传来了黄二愣那声巨吼:

"不许动!"

这突如其来的吼喊,把个姓乔的,还有三个伪班长,全吓得猛地一抖!

显然,他们都已明白:不好了!

于是,乔光祖朝前猛一扑,一把抓住了挂在墙上的那支匣枪。三个伪军班长,也忽啦一声朝梁志勇这边猛扑过来。

就在这同一刹那间,梁志勇从黄二愣那"不许动"三个字里,立刻判断出:跨院那边,锁柱、二愣、沈万泉他们,已经占了主动,并控制了局势!

梁志勇在这样的判断支配下,嗖的一声从腰里抽出匣枪。他为了不让扑过来的敌人贴上他的身,又猛一纵身蹿上桌子。

随后,他挺立在桌面上,端着匣子枪,居高临下,竖起浓眉,一声怒喝:

"不准动!"

三个伪军班长,全像石猴、木鸡一样,目瞪口呆地僵在那里不动了,面无人色的乔光祖,扭着脖子一瞅,只见梁志勇的两道横眉拧成了一条绳,一双利目射出两道瘆人的寒光,他吓得浑身哆嗦起来。与此同时,他那双刚刚抓上匣枪皮套的手,就像被火烫了一下似的,唰地抽缩回来。你看他,扭着脖子侧着肩,直瞪着一双发白的眼睛盯着梁志勇那乌黑的匣枪口,不自觉地挓挲着被大烟熏黄了的双手,以颤抖的声音说:

"朋友,不要误会,不要误会!……"

"没啥误会的!"

志勇将这话说出口以后,又忽然想道:"跨院儿的情况究竟怎么样还搞不清呀!再说眼前这几个家伙还没被彻底拿下马来,在这样的情况下,还应当讲点斗争策略……"他想到这儿,又接上方才的话儿说下去:

"现在可以告诉你们了——你们的士兵,都已经'起义反正'了!他们都已把枪交给了我们!……"

乔光祖显然是不相信梁志勇的话。这时他强挤出一丝苦笑,龇着一嘴黄刺刺的金牙说:

"哪里哪里!别开玩笑啦,咱们是朋友了嘛!"

他为了先麻痹住志勇,妄想争取时间,好伺机反扑,又嬉皮笑脸地说：

"分队长,何必这样？只要贵军认为合适,好办,好办,一切都可朝着我姓乔的说……"

"老实点儿!"志勇说,"哪个不老实,就是抗拒士兵'起义反正',我们要就地枪毙!"

接着,梁志勇又命令乔光祖和那三个伪军班长,全都并排着坐在床沿上,然后他才跳下桌子,将挂在墙上的匣枪摘下来,又从皮套里抽出来握在另一只手里。

到这时,梁志勇成了"双枪将",威力更大了。

就这样,乔光祖一伙,在他的枪口下成了俘虏。

接着,从东跨院里传来了口令声和伪军们的报数声：

"一!"

"二!"

"三!"

"四!"

"……"

这报数声,是志勇和锁柱他们事先约定好的暗号儿,它说明对伪军们的收枪工作已胜利完成。因此,梁志勇听见这隐约传来的报数声以后,心中一阵高兴,于是又向乔光祖和三个伪军班长说：

"听了吧？我说你的士兵们都已'反正'了,你们不信! 走,咱们一块儿看看去吧!"

乔光祖斜着眼,溜溜地看着志勇手中的匣枪,抬起屁股朝外走着。

三个伪军班长跟在他的腚后。

梁志勇两手提着双枪,大步走在乔光祖等人的身后,监视着他们的行动。

乔光祖已接近跨院门口了。

他只见,端着匣枪的黄二愣虎视眈眈地站在门口上,一双大眼里射出两道利剑般的冷光。他的眼光和二愣的眼光一碰头儿,便身不由主地一连后退了好几步。使人看来,就像他怕二愣那比他高一头宽一膀的体魄猛扑上来,会一下子把他压瘪砸扁似的,直吓得两臂一垂,脖子一抽,不敢走了!

志勇从后边赶上来。

他先朝二愣笑笑,打了个招呼,又向乔光祖等人挥臂道:

"走吧!"

姓乔的和伪军班长们又走开了。

他们战战兢兢地从黄二愣的枪口前头走过去,抽头探脑地进了跨院儿。

跨院儿里,三个班的伪军,站成了一溜双行横队。

尽管伪军们都是灰眉溜眼,少光无色,可是,他们的队列竟是那么整齐,那么安静,那么笔挺!

仅这一点,就足够乔光祖惊讶的了!

他这支拖拖沓沓的队伍,多咱也未曾有过这么好的"纪律"呀!

除此而外,他又见伪军们的枪和枪栓全分了家;枪杆打成了捆,枪栓装上了箱,都一股脑儿地摆在了伪军们的队列的前头。

姓乔的面对着这种情景,还像不相信自己的眼睛似的,用他那双灰色的尖眼珠子,在院中犄里旮旯地撒打着,就仿佛他是头一回来到这个地方似的。与此同时,他还话在心里自语着:

"我是不是在做梦?"

过了一阵。他渐渐地清醒过来。到这时,他那种潜藏在头脑中的伺机反扑的念头,这才唰地化成了泡影。一种绝望的念头,又在他那麻木的头脑里扩张起来。面色就像才从土里扒出来似的。并且,他还感到有一种很凉很凉的东西,从头顶唰地串到了脚后跟,使他顿时毛骨悚然,浑身打战!

你瞧他,活像被人抽去了全身的筋骨一样,那软瘫瘫的身子擦着墙皮蹲下去,两手捧着后脑勺儿,心里在丧气地想道:

"完了!我姓乔的算完了!……"

这时节,英武的小锁柱正向伪军讲话。他一边讲着,一边用一只手臂合乎节度地挥动着。当他望见乔光祖他们走进院门时,只是用眼角儿扫了一下,就像没有这回事儿似的,飞动着嘴唇又朗朗不断地继续讲下去,只是气魄比方才更大了!

梁志勇在路过院门口时,将他才缴获的那支匣枪递给了黄二愣。尔后,他来到乔光祖的近前,哈下腰去,乐呵呵儿地拍他一下肩膀,用一种轻蔑的而又带着几分讽刺的口吻问道:

"'乔队长'!怎么样?"

他一挥臂朝庭院指了个扇子面儿:

"现在信了吧?"

姓乔的像被火烧着了脚后跟一样,慌乱地站起身,又点头又弓腰地说:

"信,信,信!……"

这时,只见乔光祖那苦笑的脸上,眼泪顺着皱纹已经流成了几道小河沟儿。继而,梁志勇又指指据点门楼子上的旗子,以嘲笑的语气向乔光祖说:

"那个玩意儿还要吗?"

这时姓乔的眼里闪出一种灰暗而迟钝的色素,并赶忙地说:

"不要了!不要了!"

他说罢,头沉重地垂下去。

那面旗子,经过日晒雨淋,已经破旧得不像样子了。只见,梁志勇向那破旗投去蔑视的一瞥,然后将手中的匣枪一甩,砰的一声枪响,那旗杆拦腰而断,旗子就像燕子投井一般,一下子扎了下去。

残留在门楼房顶上的半截旗杆,在飒飒的秋风里紧张地颤抖了一阵,尔后,活像个没了脑瓜子的僵尸一样,直竖竖地戳在那里不动了!

乔光祖望着这种情景,口不由主地自语道:

"完了!"

随后,又两手捧着后脑勺儿,狗蹲在墙根底下。

顿时,据点周围,响起一片欢呼声:

"黄家镇解放了!"

"乔光祖完蛋了!"

"我们胜利了!"

"……"

原来,梁志勇甩枪断旗杆,不光是为了威镇乔光祖和伪军们,这还是个事先约定好的讯号哩!这个讯号,告诉埋伏在据点外头的大刀队战士和民兵们:巧夺黄家镇已胜利成功了!

因此,不多时,梁永生便带着大刀队进来了。

紧跟在他们后头的,是由杨大虎带领着的一些民兵们。此外,还有一些自动赶来的群众。这些人群,活像暴发了的山洪一样,顺着各条道路从四面八方一齐朝这黄家镇涌来。黄家镇的群众,更是一片欢腾。

梁永生进了黄家镇据点以后,锁柱先向伪军们宣布道:

"我们梁队长来给你们讲话了。你们要好好听着。"

随后,永生先向伪军士兵们简要地讲了一段话,对他们进行了一番教育,最后,又向他们郑重宣布:

"根据我们共产党、八路军优待俘虏的政策,对你们一律不杀不押!"

伪军们一个个喜笑颜开。

梁永生稍一停又接着说下去:

"一会儿就放你们走。凡是属于你们私人的东西,都可以拿着。凡是不属于你们私人所有的,无论什么东西,一律不许动!"

伪军们的情绪更热烈了。

梁永生一双锐利的目光在伪军的队列里巡视一遍,又以自问自答的口气说:

"我们释放你们以后,你们出了这个据点的大门,到哪里去呢?这由你们自己决定!据我们了解,你们这些人当中,有的是穷家子弟,被抓来以后,叫敌人硬逼着干上了伪军……"

有的伪军情不自禁地插言接舌道:

"对!我就是这么回事儿!"

永生向说话的伪军微微一笑,点点头:

"像这样一些人,我们相信是不会再去干伪军了。因为他们都是穷人,本来是日本侵略军逼来的嘛!有时候,因为不明白而一时做了坏事,这可以宽大处理,不予追究。"

梁永生讲到这里,变换了语气又说:

"不过,在你们当中,有的人由于种种原因也可能还要去当伪军的!……"

"不当了!"

"不当了!"

"不当了好!要有人想再去当,可以上柴胡店嘛,石黑,还有白眼狼,都在那里等人去陪葬哩!"

"不去了!"

"死也不去了!"

"还去?我早干够了!"

"去也罢,不去也罢,我方才已经说过——这由你们自己决定!要知道,我们既然当场释放你们,就不怕你们再去当伪军!你们想想,不是吗?啊?"梁永生缓了口气又说,"不过,我再次提醒你们:当伪军,是可耻的,是没有出路的!这一点,大概你们从当前战局的发展情况中也已经看出来了。因此,我劝你们不要再去走这条绝路!我们希望你们,回家为民,一面积极参加抗日工作,立功赎罪,一面好好生产劳动,改造自己,重新做人!"

伪军们纷纷点头,连连应声:

"是!"

"一定!"

"准这么办!"

梁永生点点头,笑着说:

"好!好哇!"

他又以关切的口吻问:

"你们还有什么话要说?不要局促,可以说嘛!"

稍一沉。

有的伪军问:

"我们回到家,要参加抗日工作,人家村上的人们要俺吗?"

永生笑道:

"不用担心,要,准要。从今往后,只要你们参加抗日,将功补过,群众是会欢迎的……"

他望望那伪军迷惑不解的神色,继而又解释道:

"爱国不分先后,革命有早有晚。不论先、后、早、晚,我们一律欢迎。这一点,我们各级抗日组织都懂得,各村的抗日群众也懂得……"

又一个伪军吞吞吐吐地说:

"首长!我觉着有个难处,不知当说不当说——"

"啥?只管说嘛!"

"我是要回家为民的。"那伪军为难地说,"可是,离家远,怕是路上走不开。"

"噢!那好办!我们早把通行证给你们开出来了,一会儿就发给你!"

梁永生转向众伪军,又说:

"你们,还有啥要求?也提一提——"

又一个伪军说:

"我回家没路费——"

"这个,我们根据我党的政策,也早给你们准备好了。"梁永生说,"你们临走的时候,我们发给你们介绍信。并根据路程远近,发给你们一定数量的粮票。"永生耐心地说,"你们无论路过哪个村子,只要是我们的解放区,凭着我们的介绍信和粮票就保证能吃上饭……"

"谢谢首长!"

"谢谢长官!"

"谢我?错了!"梁永生摆摆手。又说:"方才我不是说过吗?上边我说的这些,都是按照我们共产党、八路军的俘虏政策办事的!听明白了吗?"

"明白啦!"

"你们要感谢,就感谢共产党,感谢八路军!"

又有的伪军要求说:

"俺不回家行不?"

"不回家?去干啥?"

"我想,我想,我想干八路!"那伪军的脸涨红起来,又有些不好意思地说,"也不知你这队伍上要俺这一号儿的不?"

梁永生听了这话,脸上泛起一层笑意。可是,他想:"去升主力的同志们走了,大刀队上的老战士已经不很多了。在这种情况下,适合不适合过多地吸收他们参加我们的部队呢?我要是当场答应了他的要求,再有更多的伪军提出这样的要求怎么办?……"

永生沉思了一阵儿,最后这样暗自决定了:"当下,各村的贫雇农子弟要求参军的很多,应当优先吸收他们。以后,等队伍上的工农子弟多了,再根据情况,分期分批地吸收他们当中那些真正志愿参加的人……"

他想到这里,便向伪军们说:

"你们当中,有些人志愿加入我们的队伍,这是一种进步表现,我们欢迎这种态度。不过,根据当前情况,我们还是希望你们先回到家去劳动一段。如果你们回家以后表现很好,以后要当八路是可以办得到的……"

永生一面望着伪军们的表情一面讲着,他察觉有的伪军对他这种说法并不满足,于是又说:

"这样好不好——你们当中,愿意当八路的,在临走之前,可以把自己的姓名和地址留给我们,我们好到时候跟你们联系呀!……"

梁永生正一一地回答着伪军们提出的各种各样的问题,那个乔光祖磨磨蹭蹭地站起身,抽抽探探地凑到梁永生的近前来了。他先向永生行了个礼,然后像瞎子探路似的试探着说:

"梁队长,我,我,我怎么着?"

梁永生对他当然早胸有成竹了。可是,他却故意问那乔光祖道:

"你想怎么着?"

"我想,我想,我也想回家,当个好老百姓……"

永生冷冷地笑了。

乔光祖已看出这笑意味着什么,立刻惊慌起来,忙不迭地问道:

"不行?"

永生相当干脆:

"对!不行!"

姓乔的脸色煞白。

梁永生又郑重地说：

"你,不同于一般的伪军!这你应当有自知之明!我们要把你送到我们的上级去,听候处理!"

乔光祖一听要往上送他,更慌了。他用脚轻搓着地上的一块小砖头儿,愣沉一下,又问：

"梁队长,怎么处理我?"

梁永生严肃地说：

"那要根据你过去罪恶的大小,并看你今后的态度如何,由我们的上级机关来决定。"

"是,是!"

姓乔的不敢再问。他又点头,又哈腰,半步半步地向后退去。他退到一个墙角处,两臂交叉抱住肩膀,将脑袋一耷拉,又用脊梁擦着墙皮蹲下去。

这当儿,王皮田代表着那几个持枪的伪军,在旁边悄悄地捅了沈万泉一把,低声地向他要求说：

"哎,老沈,别忘了呀!"

"啥?"

"你不去给俺们几个问问吗?"

"问啥?"

"问问梁队长——俺们几个当八路行不行呀!"

王皮田这么一说,把个沈万泉提醒了。按说,他原来心里是装着这件事的。可是,一忙起来,把它忙忘了。不过,没等老沈去问,梁永生已主动走过来了。

永生怎么知道的呢?因为方才王皮田和沈万泉说话的时候,王皮田由于着急,嗓音越来越高,他的意思被永生听出来了。现在,永生朝王皮田近前一走,那几个持枪的伪军也忽地凑过来。梁

永生在他们几个的对面乐呵呵儿地一站,带着鼓励的口吻说:
"这次解放黄家镇,你们是立了功的人呀!"
几个伪军喜得眉开眼笑:
"哪里哪里!"
"梁队长可不能这么说!"
"俺们至多是以功抵罪!"
这几个人你一言我一语地说着,梁永生望着他们亲切地笑着。这时永生虽然明知这几个伪军愿意当八路,可他却并没那么问,而是说:
"你们是不是愿意回家?"
这几个人齐声回答:"不!"
永生故意逗笑儿地说:
"哦!你们还想去再干伪军?"
他们都哄笑起来:
"石黑叫我亲爹,老子也不干了!"
"我开过两回小差儿没开成,差一点儿叫他们活活打死!"
"我是被抓来的,从穿上这身汉奸皮那天起,就觉着这不是好人干的个差事!"
他们虽然把话已经讲得够明白了,可是在这种情况下,梁永生仍然不能不明知故问:
"那么,你们打算怎么办?"
他们众口一声:
"我们想干八路!"
"想干八路?"
"对啦!"
"真的?"
"当然喽!"这是他们这几个人同时说的。王皮田指着沈万泉又加上一句:"梁队长要是不信,你就问问他!"

梁永生笑而不语。

王皮田又补充一句:

"老沈事前还答应过我们哩!"

永生就着这个话音儿,带着几分诙谐说道:

"好啦!老沈同志既然答应你们了,我当然要'照办'了!现在我向你们正式宣布:在你们几个当中,志愿当八路的,可以摘掉汉奸帽子……"

看来永生还想说什么,可是,当他说到这里时,那几个人激动起来。他们全都抓下头上那顶伪军帽儿,抡起胳臂狠劲地摔在地上:

"去你的吧!"

"再不跟你沾边啦!"

"这个熊玩意儿,压得我一见着熟人就抬不起头来!今天摘了它,就像头顶上掀去一块千斤重的大石头!"

他们这一吵吵,不仅打断了永生的话弦,还把在场的一些大刀队战士和民兵全逗笑了。就连那些正站在队列中的伪军们,也有一些人情不自禁地跟着笑起来。

最引人注目的,是乔光祖没有笑。

笑声落下了。

那个叫王皮田的,凑到锁柱近前,说:

"同志,我得谢谢你呀!"

原来这个王皮田,就是大刀队夜袭柴胡店时碰上的那个巡城哨。现在他见锁柱不理解他这句话的意思,就将他当时被捆起来填进水眼的过程说了一遍,两人都哈哈地笑起来。

锁柱说:"你谢我啥?谢我当时没崩了你?"

王皮田说:"不!我的意思还不是那个——"

锁柱问："是啥？"

王皮田说："你忘啦？在你们完成任务要走的时候,你把我从水眼里扯出来,还给我上了一堂政治课哩！你那回对我的教育,使我的脑筋开了窍儿……"

这件事,锁柱早就忘在脑后了。现在经王皮田这么一提,他不由得心中暗想："看起来,利用一切时机对伪军进行宣传教育,这对瓦解敌人作用可真大呀！"他想到这里,就向王皮田说：

"往后儿,你当上八路,可得改改干伪军时的那些流氓习气、坏作风呀！……"

王皮田涨红着脸说：

"我原先不是坏人,也没那些坏作风；打从干上汉奸队儿,才学上一些坏习气！从你那回教育了我以后,已经改得不轻了！……"

"改得不轻还不行啊！"锁柱说,"今后,得彻底改正,重新做人……"

"对！我一定痛改前非,立功赎罪！"王皮田说,"现在想起来,活活恨死日本人了！今后我一定……"

"可不能这么笼统着说呀！要把日本人民和日本反动派区分开——可恨的,只是那些日本反动派……"

锁柱正在这边和王皮田谈着,忽听梁永生在那边喊他一声。于是,他撂下王皮田,赶紧走过去。

永生笑着,幽默地说：

"来,该换防啦！"

原来这当儿永生又向伪军们讲了一阵话。现在他将锁柱召来后,自己便退到一边去了。

锁柱站在了梁永生讲话的地方,两条视线先在伪军们的脸上巡视了一遍。他这时才留意到,这些正然列队而站的伪军们,有的头发已经很长了,蓬散着,乱得像个老鸹窝；有的刚剃过头,头皮青徐徐的,活像个秃和尚……锁柱总是爱笑。现在他望见伪军们这种光景,就抿着嘴,极力控制着自己,不让自己笑出声来。

随后,他从衣袋里掏出一个小纸包儿,举在手中,向伪军们说:

"注意喽!现在开始发粮票,发介绍信,发通行证了!"

这时的伪军们,全以惊疑的、渴求的目光,注视着锁柱手中的小纸包儿。他们的心里,都在不约而同地说:

"哟!这是真的呀!"

锁柱将粮票、介绍信、通行证分发完后,伪军们便全都回到屋里去整理他们私人的东西了。

这时,大刀队的战士们,各村的民兵们,还有黄家镇上的一些群众,都在忙着收集整理那些缴获的军用物资。

有一位大刀队战士,将电话机解下来,正要和枪支、弹药等其他军用物资包装在一起,准备运走,一位民兵凑过来指着电话机说:

"咱们用不着这玩意儿,摔掉它算啦!"

那战士觉着这话不是全无道理。他正犹豫,另一位战士插言道:

"摔就摔吧!有用的足够咱背的了,别背这种古董玩器儿的废物了!"

那战士被说转了主意。他正要摔,小锁柱一步抢过来拉住他说:

"别摔!"

"咋?"

"捎着它!"

"捎个废物干啥?"

"这不是废物!"锁柱说,"以后有用处!咱们要用发展的眼光看问题,思想要跟上形势……"

当锁柱跟人们在这边谈着的同时,梁永生跟沈万泉也正在那边谈着。

"老沈同志,这黄家镇据点一砸锅,你准有顾虑——"永生笑着说,"啥顾虑?'失业'了呗!"他俩笑了几声,永生又说,"甭愁'失业',我再给你找个活儿干——"

"啥?"

"这黄家镇据点上的物资,属于伪军私人所有的,叫他们带走了;属于军用的,我们要运走;剩下的粮食、柴草和日用家具等物,要分给群众——"永生自问自答地说,"谁来分?要成立个敌伪物资分配委员会。谁当头儿呢?我的意见是,你是'老黄家镇'了,最有资格担任这个角色!怎么分?我看,黄家镇受敌人的糟害最大,该多分一点;周围的村庄,也要有份儿。具体分配方法,你先琢磨个方案……"在梁永生和沈万泉谈话的当儿,其他人已经将各屋的军用物资集中起来。眼下,他们扛枪捆的扛枪捆,背子弹的背子弹,抬手榴弹箱的抬手榴弹箱,正都喜气洋洋地向外走去。

同志们、群众全走了。

被解放了的伪军们也告辞了。

那个姓乔的,已被大刀队的几位战士押送到县委去。

如今,这黄家镇据点的院子里,只剩下了梁永生、梁志勇、王锁柱、黄二愣和杨大虎,还有那位随着黄家镇的解放而"失了业"的沈万泉。

梁永生望望天色,向锁柱吩咐道:

"解放黄家镇的全部过程,你得算了解情况最多了。就由你代表咱们大刀队的党支部,去找县委汇报吧!"

锁柱爽快地说:

"好吧!你还有什么指示?"

梁永生笑笑说:

"没了。你要把县委的指示带回来。"

"是！"

锁柱一向干脆利落。现在他行了个军礼大步离去。

梁永生目送着这位从来不知疲倦的小伙子出了大门，然后向其余的同志挥手道：

"咱们也该走了吧？"

他说着，跨开了步子。

永生在前，众人在后，走着，说着，笑着，奔着院门走去。当他们来到大门口时，梁永生见墙角上有块砖也不知被谁给碰歪了。他凑过去，哈下腰，把砖正过来，又重新安好。

黄二愣不由得说：

"队长，管他这营生子哩！"

"他？谁？"

"队长，你怎么糊涂啦？"二愣提醒永生，"这里，是敌人的据点……"

"不！"梁永生认真地说，"从现在起，它再不是敌人的据点，而是人民的财产了！"

黄二愣听了，摸着自己的脖颈子笑起来。

梁永生又风趣地说：

"二愣啊，这些房子虽然还是这些房子，可是，这所宅院上头的天已经变了！"

这时，火红的太阳，正映照着绿色的田野；一阵阵的清风，吹起层层碧浪，滚滚向前，滚滚向前！

梁永生一行人走在绿禾镶边阳光粼粼的大道上。

他们，笑面迎着清风，英姿披着金光，一边阔步行进，一边倾听着那从远方传来的歌声。

杨大虎走着走着，像突然想起了什么。他紧走几步赶上永生，百感交集、意味深长地说：

"老梁啊，二十多年前，你大闹黄家镇的时候，并没想到今天再来'大闹黄家镇'吧？……"

在杨大虎看来，他这句话，一定会在梁永生的脑海里激起层层波涛；眼前这种令人兴奋的现实，也必然要和许多痛苦的往事掺杂起来一齐涌上永生的心头，进而还会使他面对着巧夺黄家镇的胜利景象，心如脱缰之马似的想到许多许多。

可是，杨大虎哪里知道，这时的梁永生，他并没去回想那些往事；而是有几个拔除水泊洼据点的初步设想，正在他的脑海里同时翻滚着……

第十七章　夜战水泊洼

黄家镇据点一拔,水泊洼的伪军慌了神。

县委指示大刀队,趁热打铁,发动起各个村庄的各个抗日组织,和大刀队一起行动,对水泊洼据点进行政治攻势和武装袭击。大刀队照办后,疤瘌四那个鬼难拿更沉不住气了。他三番五次,五次三番,捎书传信,托人托脸,要求和梁永生见个面。为此,梁永生在请示县委得到同意之后,又事先作了一番部署,便答应了疤瘌四的要求。

这是一个傍晌时分。

太阳向冀鲁平原喷火。大地上尘土冒烟。栖在树枝上的蝉,热得吱啦吱啦乱叫唤。狗,耷拉着粉红色的长舌,哈嗒哈嗒地喘息着,正在到处乱窜。

就在这蝉叫狗跑的时刻,遵命而行的疤瘌四,化装成农民模样,悄然离开水泊洼据点,汗汪汪、气吁吁地奔向八路军指定的见面地点——坊子小学。

一路上,疤瘌四是提心吊胆的。

他怕群众发现他,不敢穿越村庄,也不敢靠近在地里干活的农民,只好转转悠悠地绕路而走,慢慢地向着坊子小学凑合。

其实,在地里干活的民兵们,早就瞄上了这个老小子。要不是领导上有通知,不让抓他,就算有八个疤瘌四也早全做了俘虏了。

坊子小学来到了。

学校附近的水湾边,有几棵大柳树。柳荫下,有几个妇女,正一边说笑一边织席。只见她们的双手上下翻飞着,快得像穿梭一样,抖得苇眉子唰唰直响,闪着白唰唰的银光。

大湾中,有些"光腚猴子"们正泡在水里。他们一边洗澡一边开水仗。时而有些水点点飞溅在湾边妇女们的身上,招来一阵阵的笑骂声。

疤瘌四活像一只避猫鼠似的,东望望,西瞅瞅,抽头探脑蹑足潜踪地走进小学的院门。

他进去一撒打,各屋空空的,没有一个人影!

原来是,梁永生防备这个小子搞鬼,并没在这里等他。

疤瘌四见此情景,又失望,又害怕。可是,当他正要鬼鬼祟祟地离去时,在门口上被早就隐蔽在学校附近的锁柱拦住了。

锁柱和疤瘌四曾在坊子茶馆里见过面,也算得上"老相识"了。因此,今天他俩一照面儿,小锁柱就带着嘲笑的口吻说:

"喔哈!这不是刘队长吗?"

疤瘌四惊慌地向小锁柱瞟了一眼,只见这位英俊飒俐的小伙子,下身穿着一条浅灰色的单裤,上身穿着一件刚洗过的白背心,两条黑黝黝的胳膊上,疙里疙瘩净些腱子肉,手里提着一支驳壳枪,显然这是一位八路军了。于是,连忙点头哈腰地说:

"不敢,不敢!刘其朝。"

锁柱笑眯眯地问他:

"你还认识我吗?"

疤瘌四拍打着一双迷惑的眼睛,久久地思索着。小锁柱又提醒他说:

"咱们曾在坊子茶馆里会着过……"

疤瘌四被点醒了:

"对,对对!"

锁柱又问:

"刘先生！你要来干啥？"

疤痢四吞吞吐吐地说：

"我,我要求见梁队长……"

锁柱道：

"好哇！我,就是他派来接你的！"

疤痢四又是一阵点头：

"太好啦,太好啦！"

锁柱朝疤痢四一挥手：

"请跟我走吧！"

他说罢,回手掩上门,又从衣袋里掏出一把锁,挂上门钉锦儿,锁上门,向那直愣着的疤痢四再次挥手道：

"请,头前一步！"

"是！"

疤痢四和锁柱一前一后,顺着一条绿草茸茸的大道朝漫洼地里走去。

当他们从水湾边路过时,正泡在水中的"光腚猴子"们,像一条条发了怒的小鲸鱼似的,用手掌击起一片片的水线朝疤痢四射过来,直到锁柱向他们喝唬一声,他们才一齐扎进水去不见了,只将一阵得意的笑声留在水面上。

出村了。

漫洼地里,芪庄稼生长正旺,呈现着一派生气。稚庄稼全都熟了,散发着醉人的香味。五颜六色的野花,开在田垄上、道边上,把这迷人的秋景点缀得更加壮观、更加美丽了。

树梢上的鸟雀,草丛中的蝈蝈,比着劲儿地叫唤,就像它们正在开赛歌会似的。

男男女女的庄稼人,都在忙着收秋。

他们,有的在割谷子,有的在砍高粱,也有的掮着鸭嘴犁耕地准备耩麦子,还有的驾着花轱辘车往地里正送铺粪。

自从"七七事变"以后,多年来还从没有过过这么安稳的秋收哩!因此,这些为秋收正忙碌着的人们,都喜在心里,笑在面上。有些人抑制不住内心的高兴,说一阵,笑一阵,随后,又一面手脚不停地忙着,一面哼唱起抗日小调儿来。

锁柱一边走一边向干活的人们打招呼。

疤瘌四见人们的风色不对,活像只夹尾巴狗似的,耷拉着脑袋一路紧走。在田间干活的农民们,有的带着讥刺的笑意指着他悄悄低语,有的高声大嗓地喊起来:

"哎,你们看!那不是疤瘌四吗?"

有的瞅了一阵,骂道:

"对!是那个杂种!"

还有的老汉气得胡子撅起来了,愤愤地说:

"我一见了他就气炸了肺!真该砸死这个鳖羔子!"

不一会儿,人们的嘲笑声,怒骂声,就像滚滚的巨浪一样,从疤瘌四的身后卷起来。

疤瘌四听了,又尴尬,又害怕,走得更快了。

锁柱听了,抿着嘴儿地笑。

他一边向人们甩头示意,让人们不要骂了,一边加快了步伐,跟在疤瘌四身后,沿着秋禾镶边的乡村大道,弯弯曲曲地朝前走下去。

他们走了一阵,来到一棵柳树下。

这棵柳树虽不甚高,可是很粗很粗。它那层层密密的枝枝叶叶,好像一篷翠绿的巨伞,在树下形成了一片很大的荫影。

锁柱在树荫里停下脚步,向疤瘌四说:

"站住吧。到啦。"

疤瘌四直橛似的站在那里。

锁柱又说：

"你等一等，我去找我们梁队长。"

他说罢跨开步子，顺着一块谷子地边朝前走去。他一边甩着膀臂走着，一边用手抚摸着谷穗，心里想着半年来变工组里的农民们的劳动场景，嘴里在情不自禁地喃喃自语："好谷子，好谷子！"

汗水是庄稼的乳汁。这块谷子经过变工组组员们的精心管理，如今看来确实长得不错。那预预实实的谷秸，由于担负不起沉重的谷穗，在秋风中倾斜下去，好像刚刚经过一场鏖战的战士那样，你靠着我，我偎着你，正在心满意足地酣睡着。

谷子地里，有一帮人正在割谷子。割过的谷垄，留下一层紧贴着地皮的齐刷刷的谷茬子。

在这帮割谷子的人群中，有变工组的农民和民兵，也有大刀队的战士们。他们像一群大雁一样，摆成了一个"人"字形。人们一面汗津津地忙着，一面喜洋洋地议论："变工组真顶用！"

那位在当中打头的红脸大汉，就是大刀队队长梁永生。

梁永生，头上戴着一顶大檐儿草帽，上身穿件老布汗衫。古铜色的光膀子，汗津津的，被太阳一照闪着光亮，好像涂上了一层油。下身，裤筒挽过膝，两条毛茸茸的小腿上，布满了大大小小无数个筋疙瘩，被一条条高高鼓起的血管串连起来。腰胯上，掖着一条羊肚子手巾，手巾头儿搭拉在屁股上，伴随着他那拉镰割谷的动作，好像钟摆似的两边摆动着。

匣枪插在后腰带上。

"梁队长！"

锁柱喊了一声，紧走几步来到永生的面前。

永生沙啦一声割下一把谷子，直起腰杆望着笑呵呵的锁柱问道：

"嚷啥？"

锁柱压低嗓音说：

"疤痢四来了！"

他一面说，一面挥臂指向柳荫。

永生朝那大路边的柳荫一望，笑哈哈地说：

"唔呵！真来了哇！"

他说着，手腕儿一转，拧了个鞠儿，铺放在地上，又把镰刀递给锁柱说：

"你这一出算唱完了！下边该着我出角儿啦！来，咱俩换换班儿吧！"

锁柱笑笑，接过镰刀，又往拳眼里吐了口气，然后把腰一哈，沙啦沙啦地割起来。

梁永生从腰带上抽下毛巾，擦着一直没顾得擦的正顺着两个鬓角往下流的汗水。他擦罢，朝地边上走了几步，哈下腰去将一个断落在地上的谷穗儿捡起来，塞进谷捆里，又从谷捆上顺手拿起那件溻湿了半截的褂子，一伸胳膊穿在身上，没有扣扣儿，便跨开步子咚呀咚地朝向柳荫走去了。

他的脚上没穿鞋袜。脚掌上的老皮怕有一指厚。有时候，他的脚踩上个蒺藜什么的，只是些微一停，脚底板子在地上一搓，便又走开了。

永生的步子跨得很大，可是走得并不快。这是因为，他一边走，一边不时地哈下腰去拣拾地上的谷穗儿；一边走，还一边观望那些正在田间劳动的战士们。

他走着望着，望着走着，心里美滋滋的，脸上笑眯眯的。因为，他只见那些掺杂在农民群众中的战士们，个顶个的都像小老虎儿似的，劲儿那么猛，干得那么欢。他又见，战士们那一张张孩子式的面孔，有的被日光晒得油黑锃亮，有的爆起一层白色的肤皮。这种情景使他在想："这些战士掺在农民中，没有半点两样啊！……"

350

梁永生且望且想，且想且走。

他离着那柳荫还有老远呢，那个站在柳荫下的疤痢四就迎了上来。你看那个老小子，大步夹小步，三步并两步，颠呀颠地跑来了！

他跑到梁永生的近前，收住脚步，成新月形地弯下腰，将那黄牙板儿一龇，两只手臂又一齐朝永生伸过来。

在这短暂的当儿，他还气吁吁地一连称道了三声"梁队长"，并抱歉地说：

"久违了！这些日子，我……"

梁永生并没跟疤痢四握手。

他将手伸向腰里，扯下毛巾，又在汗津津的脸上擦着。并一边擦一边走一边向疤痢四说：

"走吧！树下去谈。"

"是，好，嘿嘿，嘿嘿……"

树荫来到了。

梁永生摘下头上那顶大檐儿草帽，扇着直冒汗珠儿的脸，一屁股坐在柳荫下水沟边的一个土陵子上。接着，他又从腰里将那根小烟袋拔出来。

疤痢四在梁永生对面的洼坡处狗蹲着。

也不知他是因为热的呢，还是因为胆怯心虚？只见他活像一只三伏天的狗，直到这时还是张着大嘴哈嗒哈嗒地喘个不停。

当他看见梁永生掏出烟袋时，便赶忙从衣袋里掏出一包纸烟，忙不迭地抽出一支，一手拿着，一手擎着，又用喉音咳儿咳儿地笑着向梁永生递过来：

"嘿嘿，梁队长，请，抽我一支……"

永生摆摆手：

"没抽惯那玩意儿！"

他一面捻搓着烟荷包儿装着烟,一面慢慢悠悠地问疤瘌四:

"你左一封信,右一封信,急着要见我,倒是有什么事儿呀?"

疤瘌四把那黄牙一龇,整个脸上的每一个汗毛孔里都涌出笑晕,像盲人走路似的进进退退地试探着说:

"我,我,我想向梁队长要求个事儿——"

永生故作惊疑地笑道:

"哦?跟我要求个事儿?啥?说吧!"

疤瘌四朝前就就身子,说:

"我想着,我想着脱掉这身汉奸皮儿呀!"

永生听了,哈哈地笑起来。

他笑了两声,啥也没说,便去点烟了。他点着烟,吸了一口,喷出来,然后这才风趣地说:

"你要脱掉汉奸皮儿,那不容易吗?我又从没说不让你脱,更没说你非得穿着它去见上帝不行,这还用得着向我要求吗?"

"梁队长,我是这个意思——"疤瘌四像有什么难言之隐似的,吞吞吐吐地说,"我是想,我是想,参加咱这一面儿……"

梁永生特意以惊奇的口吻问:

"噢!你要干八路?"

疤瘌四急忙应道:

"哎!对对,对!"

永生又笑了。他说:

"你想干八路,那当然好!我们的政策是,抗日不分先后,爱国就是一家嘛!"

他说到这里,稍一停转了话题,又以讽刺的口气接着说:

"不过,刘先生,可你要知道:八路军里,没有酒喝,也没有大烟抽,还不准抢老百姓的东西,更不许打骂老百姓……这你能受得了哇?"

疤癞四的脸腾地红了。

他愣了一下,又忙说:

"我一定痛改前非!痛改前非!……"

"哎,刘先生,我问你——"梁永生望着疤癞四的窘相说,"你干了这些年的汉奸,干够了?为啥又要干俺们这号'穷八路'呢?"

"自从那次梁队长在坊子茶馆对吾辈教育之后,我就开始醒悟了。真是'听君一席话,胜读十年书'呀!后来,又听了一些抗日先进人士多次在据点外面喊话,再加上我和贵方代表几次见面接头,他们对我又一次次地进行教诲,更使我分清了利害,懂得了共产党的许多政策。我这个老古董,虽说已是日落西山的人了,可还是想跟着八路军奔点前程呀!……"

疤癞四一面察言观色地瞟着梁永生的面部表情,一面网花着他那两片薄薄的嘴唇儿,油嘴呱嗒舌地一气儿说了这么一大套。

梁永生听后,笑笑说:

"就只这些原因吗?"

"对!"

"不对吧?"

"咋不对?"

"叫我看,还有别的原因——"

"还有啥?"

"是不是我们收拾了那个姓乔的,你怕遭到同样的命运,有点沉不住气了?"

"不,不!"疤癞四涨红着脸说,"梁队长,你是不知道——我为难呀!"

"为难?"

"是啊!"

"为啥难?"

"目下,我的弟兄们,大都心无斗志,全在列着架子开小差儿,要去当八路。还有些弟兄,公开骂石黑,骂白眼狼……"

惯于投机的疤癞四,今儿所以来这一套,是想让梁永生相信他要求当八路是真心。为达此目的,他说到这里,在那瘦黄的脸上,还流露出一股颓唐之气,并长长地叹息了一声,转而又道:

"梁队长,你替我想想——弟兄们这个闹法儿,我怎么能呛得住劲儿哩!要是叫石黑、白眼狼知道了,还不得拿我问罪?那么一来——"

他指指自己的小脑瓜儿又说:

"我这个玩意儿不得搬搬家呀?"

永生这时才注意到,今天的疤癞四,眼窝更深了,皱纹更稠了,脸色更黄了。心想:"这个老小子,八成是真的犯了愁肠了!"不过,永生的心里是明确的:疤癞四虽然因为看到了自己的末日犯了愁肠,可并不是真心反正,而是想投机!永生心里这么想着,他表面上只是抽烟,并没答腔。

疤癞四喘息一口,接着说:

"再说,石黑手下这一帮子,整天价互分疆域,明争暗斗……"

"你也太多虑了吧!"梁永生突然拦腰插言道,"石黑和白眼狼在柴胡店,你在水泊洼,两地相隔十几里,你们据点上的情况,只要你不跟他们说,别的伪军又跟他们接不上头,那石黑、白眼狼怎么会知道?"

疤癞四感伤地摇着头:

"不,不!他们有'耳朵'!"

石黑和白眼狼在水泊洼据点上有"耳朵",梁永生早就知道。不过,他为了实现一个新的计划,便佯装一无所知,问道:

"啥?'耳朵'?噢!谁?"

"原先是余山怀。后来,余山怀被调到柴胡店去,当了'地下线'的'线头儿'。再以后,他被贵军逮捕了——这些,梁队长当然知道。"疤癞四把话一转又说,"可是,现又派一个来……"

"又派一个来?"

"对!"

"那不好办?"

"怎么办?"

"枪毙他!"

"可不行!"

"舍不得?"

"不!"疤癞四说,"枪毙他倒行!不过,我有一个要求——"

"啥要求?"

"我枪毙他以后,你得答应我参加八路!"

"这是为什么?"

"因为石黑、白眼狼不会轻饶我!"

梁永生故表同情地点点头:

"这我能想到!"

"答应我啦?"

"光我答应你不行啊!"永生说,"我们八路军,是人民的队伍,一切事情都要走群众路线——"他说到这儿,朝那随风起伏的谷田瞟了一眼,站起身说,"来,咱去商量商量……"

疤癞四瞪着一双惊骇的眼睛:

"和谁去商量?"

梁永生指着正在田里劳动的人群说:

"跟那些群众去商量商量呀——问问他们同意不同意你参加八路军……"

疤癞四慌了:

"不,不,不!"

永生把两条手臂一摊:

"你看!你又要参加我们八路军,又不敢去和人民群众见面,这怎么能行呢?"

他说罢,坐下,又一面装烟一面说:

"你大概自己也知道——民愤太大!是不是?"

"知道,知道!"

到此,永生又只顾抽烟,不吱声了。

疤癞四还在一股劲儿地恳求着。

梁永生沉吟了片刻,又说:

"办法嘛,倒是有一个!不过,叫我看,你大概是不敢那么干的!"

疤癞四焦灼地说:

"有办法?啥办法?梁队长,你说吧,我准敢干就是了!"

梁永生吸了口烟说:

"我们派人,去佯攻你水泊洼据点。你,给石黑、白眼狼打电话,告急求援。等石黑的援兵来到你们据点城下的时候,你们冲出据点,打他个措手不及。到那时,我们配合你们一下——切断他的退路,和你们一起来个两路夹击。这样,石黑的援军,就算不全军覆没,也准得打他个落花流水!你看怎么样?"

梁永生收住话头后,用眼盯着疤癞四,意思是让他插话。

诡计多端的疤癞四,原来没有想到梁永生会向他提出这样的问题。现在他想:"我要不应下,那不露了馅子?"于是,他暗自决定:"先应下,事到临头,再看风驶船,见机行事。"疤癞四在这样的思想指使下,便说:

"义不容辞,理当效劳!"

谁知,梁永生却轻轻地摇摇头道:

"错了!"

"错了?"

"错了!"

永生这再次重复,不仅加重了语气,而且脸上现出几分严厉的神色。这严厉的神色,使得个疤痢四不敢再追问下去。他只好直瞪着一双迷惑、不安的眼睛,让那句总想出口的话在心里打转:"怎么错了呢?"

沉静了一会儿,梁永生这才又说下去:

"你要放明白些——我们这么做,不是求你帮我们什么忙!因此,你谈不上什么'效劳'不'效劳'!你要知道,也应该知道,我们是能够拔除你水泊洼这个小小的据点的!而且,我们也是一定要拔除它的!方才,我所以提出佯攻的方案,是想让你借这个机会立点功,这完全是为你的出路着想!"

永生说到这里,又不说了。

疤痢四这时虽然连连称"是",可是,永生从他的眼神里完全可以看出,他正在为他的出路打着他自己的算盘。因此,永生沉默了一会儿,又别开生面地问他说:

"你不是说想干八路吗?"

"是啊!"

永生知道他不是真心,却又故意问道:

"可是真心?"

"我天胆也不敢说假话呀!"疤痢四说,"现在,对我来说,又不是'兵临城下',更不是'刀压着脖子',贵军也并未向我下'最后通牒',而是我自己找上门来,自动提出要求干八路的,我要不是真心,何必惹是生非、多此一举呢?……"

"不对!"

"不对?"

"完全不对!"永生的语气严厉起来,"现在,对你来说,从表面看,虽说不是'兵临城下','刀压着脖子',但是,实际上,已经是'兵临城下','刀压着脖子'了!这一点,尽管你还不愿意承认,可我们认为,你也已经感觉到了!我们虽也没有给你下'最后通牒',可是,历史正在给你下'最后通牒'!你要怕'惹是生非',不愿'多此一举',那你就听从历史的'判决'好了!……"

"不不,我不是那个意思!"

"你是啥意思?"

"我是想弃暗投明啊!"

"如果,你被大势所迫,真想弃暗投明,改邪归正,我们是高兴的,欢迎的。并且,可以给你一些帮助。"

永生一面说一面瞟扫着疤瘌四那神情的变化。他说到这里,抽了口烟,揣猜着对方的心理又说下去:

"因此,我这才在你突然提出要当八路的要求以后,临时琢磨了这么个办法!为的是,给你制造个机会,让你借此机会立个功。这样,你可以将功折罪,将来也好和人民群众见面……"

"对梁队长的一片心血,我万分感激,终生难报!"

他没容永生插言,又迫不及待、急不可耐地说:

"梁队长想的那个办法,实在是高招,妙策!我,佩服,实在是佩服!你说,咱什么时候干哩?"

"呀!这我倒没想!"永生道,"你看怎么好?"

"叫我说,事不宜迟,夜长梦多!"

"这话不假!"

"是不是咱今儿夜晚就行动?"

佯攻的方案,以及今晚就行动,都是梁永生早已主意好了的。现在他正在等着疤瘌四这句话。可是,他听了这话以后,却又表露出一种毫无准备的神情,思索着说:

"哎呀!那太急了吧?你们来得及吗?"

"来得及,来得及……"

"那,好吧!"

永生稍一停顿,又忽然变换了口吻,带着一种军人特有的决断表情,说道:

"就这么定啦!"

"感谢梁队长的关照!"

疤癞四说罢站起身,两颗愣大愣大的黄色的门牙渐渐地露出来,先向永生笑笑,又说:

"梁队长,我可以回去了吗?"

"好!"

永生也站起身,以命令的口吻说:

"对这件事,你要当作一项军令来执行!"

"是!"

"军令意味着什么,我想你是明白的!"

"明白,明白!"

"你回去安排好以后,要在晚饭前派人来联系一下,将你的安排情况向我报告,我们再把联络暗号等告诉你……"

永生说完后,疤癞四一连说了几个"好",而后道:

"我走吧?"

"走吧! 不过——"

梁永生把话一转,又说:

"我再赠送你两句古语:'悬崖勒马不为晚;船到江心抛锚迟。'好啦,回去吧!"

疤癞四连连道谢后,转身离去了。

梁永生站在树下的高坡上,带着轻蔑的笑意望着疤癞四的背影。疤癞四可能是因为方才蹲的时间太久,两腿已经麻木了,如今一瘸一拐地走着。他那本来就不大的身形,而今在梁永生的视线中正越来越小,越来越小,当小到像个小黑狐狸似的时候,在一片坟堆处消逝了!

过了一会儿。

志勇、锁柱和大刀队上的一些战士们,忽呀忽地全跑到这大树荫下来了。他们每人都带来了一张笑脸,还有一身汗,齐打忽地围拢在梁永生的周围,散散乱乱地站了一圈儿,七嘴八舌头地问道:

"队长,谈得怎么样?"

"队长,咱的计划实现了多少?"

梁永生面对着一片询问声,笑笑说:

"满堂红呀!"

这句很不明确的话,对大刀队的同志们说来,却是明确的。这是因为,在疤瘌四来之前,人们对他要来干啥,我们应当怎么办,达到什么目的,曾进行过细致的分析研究,并作出了一致的决定。所以,现在永生一说"满堂红",当然大家可以明确地意识到这"满堂红"意味着什么。锁柱首先问道:

"队长,那个老小子全应下啦?"

永生沉思着说:

"应倒是都应了!"

志勇从旁插进来:

"他这里边会不会有鬼?"

"这正是需要我们进一步研究的问题。"梁永生向众人打着手势说,"来来来,全坐下,咱们讨论讨论这个问题吧!"

人们围了个圈儿,全都坐下了。

在人们坐下之后,永生没有马上导入要讨论的正题,而是指着小胖子说:

"瞧你!活没多干,汗没少出——褂子全溻湿了!还不快脱下来晾晾?"

小胖子嘿嘿地笑着：

"没关系！咱别的不多,肉不少——一会儿就嚗干了！"

永生收起笑脸：

"淡话！长肉是嚗衣裳的？得了皮肤病怎么办？脱下来！"

永生最后这一句,已经变成命令的语气了。小胖子笑笑,老老实实儿地脱下那件濕得齁湿的褂子,搭在大树旁边的一棵小树上。

讨论会,就在这地头上的树荫下开始了。

头一个发言的还是锁柱：

"我揣摸着,疤瘌四准有鬼！"

他的"对头炮"又跟他接上了火儿：

"你这个揣摸有啥根据？"

"当然有根据！"锁柱说,"我的根据,就是上次会上咱们通过分析得出的结论——疤瘌四这套把戏,意在投机,决非真意！"他学着梁永生的口气又说,"自从茶馆训敌以后,尽管疤瘌四要了不少花招儿,不过,他的反动立场,并没改变。我打个比方,现在的疤瘌四,仍然是两只脚都站在敌人的船上,只是将一只手伸向我们。"锁柱又变换成论述的语气,"那两只脚,代表他的反动性；这一只手,代表他的狡猾性。我们只要对这一点没有分歧,就应当承认他'有鬼'！当前的问题是：根据今天的新情况,应当进一步分析一下,这个老小子,到底是怀着一个什么鬼胎……"

小胖子不以为然地说：

"这种说法不符合当前形势！当前的疤瘌四,已经到了这步田地了,也就是说,眼看就要完蛋了,他还敢搞什么鬼？再说,就算计着他搞,我看他也搞不出什么鬼来了！"

"喔！瞧你说得这个把握劲儿！大概是那个疤瘌四跟你订下'保证不搞鬼'的'牛皮文书'了吧？"锁柱以开玩笑的口吻说了这么一句,继而又道,"就算那个疤瘌四真画下了什么'牛皮文书',他要不按'文书'办事,咱也没处去跟他'打官司'呀!"

众人大笑。笑声一稀,梁永生开了腔:

"敌人快完蛋了,这不假。可是,那些特别顽固的敌人,由他们的本质所决定,是不会因为快完蛋而改变他们的反动立场的!"

他吸了口烟转了话题:

"我估计,疤瘌四原来的如意算盘是,他主动提出要当八路,知道我们准不收,这样,便形成了刚才锁柱分析的那种局面——他的两只脚仍然站在敌人一边,同时又将一只手伸给了我们;尔后,他便观望,投机……"

永生一停又说:

"可是,大概他没想到,我们来了个出其不意的突然袭击——向他提出了'佯攻水泊洼据点'的方案。他呢?当然不敢不应,而且还得表现'积极',若不这样,他不就露馅子了?这么一来,他原来那种观望、投机的想法就破产了。而且,何去何从,今晚上就要逼他作出选择!那么,今晚上他将怎么办呢?叫我分析,在今天晚上这场斗争中,疤瘌四有三种可能——"

他说到这里伸出三个指头。尔后,又将三个指头弯下两个,留下一个举在脸前接着说:

"一种可能是——他和他的援兵合击我们!"

他将中指伸直,和那一直挺伸着的食指并在一起:

"第二种可能是——他将援兵放进据点,或继续固守水泊洼,或趁机逃往柴胡店!"

他说到这里,又将无名指伸直了:

"第三种可能,才是照我们和他的约定行事——配合我们的行动,夹击石黑的援兵……"

"那我们怎么办?"

"我们,必须明确,从疤瘌四的本质看,他走前两条道的可能性最大。因此,我们要高度警惕,严加提防,不让他的阴谋得逞。这一点,我们过去已经研究过了。当前,我们的斗争目标是,硬逼着疤瘌四走第三条道——也就是使其按照和我们的约定行事。如果我们搞得好,这一点也是有可能的。因为当前的形势有利于我们,主动权也在我们手里。我们应当注意的是,要尽量利用他的投机心理,想法打掉他的一切幻想,用武力逼他去做他本来不想做的事情……"

"你具体说说咱怎么个干法吧!"

"怎么个干法才能实现我们的计划,那就要看你的了!"

"看我的?"梁志勇不解其意地说,"按咱们的原定计划,我不是负责佯攻水泊洼吗?"

"我想变它一下!"

"咋变?"

"把'佯攻',变为'真攻'!"永生说,"只有咱真攻,才能逼着疤瘌四做他本来不想做的事情——和我们夹击敌人援兵!"

人们纷纷表示赞成。

永生又向志勇说:

"要真攻,就要有优势兵力,光靠你们小分队的力量是不行的!这又怎么办?……"

"好办!"志勇插嘴说,"我去召集民兵!"

"对!我也是这么想的!"永生说,"这样吧——北联防区那八个村的民兵,都归你调用!"

"好!"

"还要记住——"永生叮嘱道,"在水泊洼据点内部的伪军中,我们有一定的工作基础。你们在攻打据点时,需要充分利用那方面的有利因素……"

"对!"

梁志勇的话音未逝,小锁柱又接上了:

"队长,我呢?"

"你原来的任务不变!"永生说,"再给你加上一项要求——"

"啥?"

"你负责和疤瘌四讲明白——逃回柴胡店,那是根本不可能的!懂吗?"

"懂啦!"锁柱说,"你的意思是:切断敌人援兵的退路以后,要狠狠地打!"

"为啥?"

"因为敌人只懂一种语言——就是从枪口里发出的语言!"小锁柱挥动着拳头说,"我们只有狠狠地打,才能叫疤瘌四明白——要逃回柴胡店,那是根本不可能的!"他说罢,又朝永生腆脸一笑:

"对不?"

永生爱慕地拍一下锁柱的肩膀,夸赞地笑着:

"机灵鬼!"

过了一会儿。小胖子建议道:

"咱们这一手儿,和敌人的援兵打的是刀枪实战,和疤瘌四打的是心理战,应当又集中兵力又大造声势!"

永生点头道:

"这个意见好!对疤瘌四,是真攻,也是心理战;对石黑的援兵,要狠打;都需要集中兵力,大造声势。"

锁柱以请示的口吻说:

"我们分队,是不是也召集民兵配合作战?"

"我看可以嘛!"永生说,"大家说呐?"

大家一致赞成。永生又说:

"那就这样——南联防区那八个村的民兵,统统归你调用!锁柱,怎么样?"

"行!"

"还要注意——除民兵现有枪支,什么红缨枪呀,大砍刀呀,手榴弹呀……总之,一切能用的家伙,要全用上!小胖子说得好,又集中兵力又大造声势嘛!"

"好!"

永生思忖了一下,又嘱咐说:

"可要把人组织好哇!人多了,组织工作的任务也就重了!人光多,组织不好,步调不一致,也是不能打胜仗的!"

这一阵,向来不肯发言的唐铁牛,由于担负着向四外瞭望情况的任务,所以就更不发言了。梁永生说到这里,朝他喊了一声:

"铁牛!"

"有!"

"再给你个任务——"

"啥?"

"你去组织南八村的民兵!"

"那……"

"那个活儿,咱干不了!是不是?"

唐铁牛摸着后脖颈,涨红着脸,憨笑着,憋了两三分钟才说:

"要说打仗,咱不怵头!可是,干这号事儿……梁队长,你又不是不了解俺——"

"因为我了解你,才将这项工作分配给你!"

"可是俺没干过呀!"

"正因为你没干过,所以才叫你去干的!"

铁牛又要求道:

"梁队长,让锁柱和我一块儿去吧?"

"锁柱还有锁柱的任务呐!"他稍一停又解释道,"他要跟我到水泊洼去勘察地势!"

锁柱出于强烈的责任感,生怕铁牛没经验,弄不好,误了事,便插言建议说:

"队长,叫我说,那地形不用再去勘察了!"

"为啥?"

"那水泊洼的地形地势,不是全在我们的心里装着了吗?"

"不行,还是去看看好!"梁永生坚持说,"麻痹,总是肯吃亏的!"

"这一点,咱心里有根呀!"小锁柱也坚持说,"心里有根,就不能算麻痹吧?"

梁永生看过一些历史书籍。锁柱一说心里有根,使他想起一个历史故事。于是,他为了解决好锁柱的思想问题,竟像个老母亲跟孩子说话似的,是那么耐心,而又那么亲切:

"锁柱啊,你不是喜欢听故事吗?今儿个,我给你讲个列国时候的历史故事,你爱听不爱听?"

"爱听啊!"

"好!爱听我就讲讲——"永生说,"那时候,有一回,楚国要去偷袭宋国。在偷袭之前,楚国先派出人去,查清了滩水的水情,并插设上了路标,为的是到夜间沿着路标悄悄过河。可是,真没想到,当楚国的兵马于半夜三更蹚水过河的时候,却一下子淹死了一千多号人……"

"这是为什么?"

"为什么?因为在他们设上路标以后,河里突然涨了水!结果,这一仗,没等打,楚国就败了!"梁永生说到这里,将话题一转又道,"锁柱,你先发表个'评论'——楚国的失败,是吃了什么亏?"

"他们所以不战而败,主要是吃了凭老印象行事的亏!"锁柱说,"要是他们在过河之前,再次查一下水情,那就好了!"

"你说得对呀!"梁永生说,"他们就是因为太相信老印象了,总觉着已经设上了路标,心里有根,结果才吃了个大亏,锁柱你说是不是?"

"是!"

"锁柱,记住:将古比今,一个理儿——'麻痹'这个坏蛋,就爱从'心里有根'这个后门儿里钻进来。我们可得时刻提防着它呀!"

"队长,我明白了!"

锁柱尽管已经表示"明白了",可是梁永生还觉着不够。因为在永生看来,用古人的事例来改变别人的看法,固然比空口说些大道理要好,可是,如果能举个锁柱有亲身感受的例子,那效果一定会更好。于是,永生另起了个题目又说下去:

"哎,锁柱,我听说最近你迷上象棋了,是吗?"

"是。"

"你要知道,这战局,和那棋局,两者之间,有许多相似的地方。"梁永生说,"也就是说,随着棋子的移动,整个儿棋局的情况,时刻都在变化着,不是吗?在走棋的过程中,如果光凭过去了解的情况,就觉着'心里有根',而不愿再去研究新的情况,能不输棋?"

锁柱扑闪着大眼,点点头。一霎儿,他又问:"队长,咱准备得这么细,要是柴胡店的敌人不来救援水泊洼呢?"永生道:

"不来就拉倒呗!他来,咱就来个围点打援;不来,咱就拿下水泊洼……"

锁柱、志勇、铁牛,纷纷点头。

永生又向志勇、铁牛他们说:

"你们都分头行动吧!"

当人们要走的时候,他又留下铁牛,指着正往树上爬的蚂蚁向他说:"铁牛,你看!这么个小蚂蚁,要爬上这么高的树,它都不怵头!我们,应当学习蚂蚁这种不怵头的精神呀!"随后,梁永生又将工作方法,应注意的问题,一一交代一遍。直到铁牛满怀信心地

说:"队长,保证完成任务!我该走了吧?"永生这才收住了传授经验的话头,又嘱咐了最后的一句话:

"遇到困难找群众商量。啊?"

人们都先后走了。

梁永生又向锁柱说:

"你到地里去拿两把镰来。"

"拿镰干啥?"

"勘察地形去呀!"永生说,"镰,往我们手中一拿,对我们,起'护身符'的作用;对敌人,起'麻痹剂'的作用!我们自己要切忌麻痹,可又要想法麻痹敌人……"

锁柱的鼻尖上顶着一层汗珠儿,扑闪着两只笑眼,兴冲冲地点点头,跑到谷田里拿镰去了。

过了一阵。

梁永生和锁柱一人拿着一把镰,出现在通往水泊洼的大道上。大道两旁,是一幅热烈的秋收图。

谁知,他们正朝前走着,突然从那边传来了威武的、带着童音的喝唬声:

"快!"

紧接着又是一声:

"快走!"

他俩举目一望,只见那刚刚走了不久的疤癞四,又回来了。在疤癞四的背后,还跟着两个手持大砍刀的儿童团员。

其中一个是高小勇。

只见,那两个彪彪愣愣的小家伙儿,正一边押着疤癞四朝这边走着,一边豪气地挥舞着手中的大砍刀,还一个劲儿地喝斥疤癞四:

"低下头儿!"

"老实点儿!"

"不老实砍了你!"

又见,疤瘌四像棵大风中的枯草一样,两手抱在腰里,身子抖动着,一再点头,连连称"是",老老实实,俯首听命。

永生和锁柱且望且走迎上前去。

随着距离的越来越近,高小勇抱着双肘沓沓沓地跑上来。他来到梁永生的近前,咔地来了个立正,严肃、郑重地说:

"报告梁队长!我们儿童团,捉到一个大汉奸!"

梁永生笑了。他摸着小勇子那毛茸茸的头顶,用另一只手指指正在走来的疤瘌四,问道:

"勇子,你咋知道他是个大汉奸?"

小勇说:"他是疤瘌四嘛!疤瘌四就是大汉奸!"

永生问:"你认识他?"

小勇说:"他虽然化了装,化了装我也能认出他来!"

他们说着,疤瘌四来到近前了。

这时的疤瘌四,苦笑着,脸色好像唱小旦的胭脂没擦匀,红一块,白一块。他面朝着梁永生,摆出一副为难的神色,以求助的口气说:

"梁队长,你看,这两位小兄弟,不叫我过去——"

高小勇一听,脸上挂了色!他冲着疤瘌四"呸"地一口,厉声反驳道:

"胡说!谁是你的小兄弟?"

他一拍胸脯儿说:

"这人们是抗日的儿童团!"

他一挺胳膊又指向疤瘌四:

"你,是卖国投敌的大汉奸!"

梁永生和小锁柱都笑了。

小锁柱表扬小勇他们说：

"你们做得对！干得好！"

梁永生拍拍小勇的肩膀，接言道：

"你们把这个大汉奸交给我们，你们的任务就算完成了！快回你们的岗位吧！好吗？啊？"

两个小家伙齐声应道：

"是！"

谁知，当高小勇他们要走的时候，疤癞四却着了慌。他赶忙向梁永生要求道：

"梁队长，你得给我讲个情，让他们把腰带子还给我呀！"

疤癞四这么一说，梁永生这才注意到——高小勇的手里，确是拿着一根裤腰带！这是怎么回事儿哩？梁永生正想问小勇，还没开口，机灵的小勇已抢先开了腔，主动汇报道：

"报告梁队长！疤癞四这个老小子不老实——"

"他咋不老实？"

"我们逮着他以后，原来是想先把他押送到民兵队部去。可是他，死活不去！……"

小锁柱笑着插言道：

"那么说，他确实还是不老实哩！"

"他就是不老实嘛！"高小勇说，"他当了俘虏，还不老实，我们能饶他？因为这个，我扇了他一个耳刮子，又抓上他的裤腰带，连推带搡，就硬往民兵队部里弄他！"

"这对！"

"对是对！谁知，刚走出不远，他突然一挣身子，跑了！"小勇说，"他人虽跑了，可是，他的腰带子，还在我的手里抓着……"

"这是怎么回事儿？"

"原来是，在我们又推又搡的当儿，他偷偷地把腰带子解开了!"高小勇指着疤痢四说,"这个老小子,真是个鬼难拿!"

永生和锁柱都禁不住地笑了。

疤痢四脸赛个老猴腚。

小锁柱好奇地又问:

"他跑了以后,你们又怎么逮回他来的?"

另一个小鬼抢先插嘴道:

"他一跑,我们就追! 一边追,我还一边喊:

"'站——住!'

"可是,这个老小子,并不站住,还是跑——"

小勇抢过话头接着说:

"他不站住,我就又喊:

"'不站住可开枪啦!'

"你猜怎么着? 这一句真顶劲——吓得这个老小子噗嗵一声趴下了!"小勇指着疤痢四的鼻子尖儿说,"你看,他这红鼻子尖儿上还磕去一层皮呢!"

小锁柱望着疤痢四那汪着血的鼻子尖儿,又不由得笑了。疤痢四忙解释道:"我不是吓得趴下的。是叫一块坷垃绊倒了!"梁永生指指疤痢四那条裤腰带,向小勇说:

"勇子啊! 这件'胜利品',上交给我们吧! 啊?"

"是!"高小勇应了一声,将疤痢四的裤腰带交给梁永生。而后,两个小鬼又同时向永生打了个敬礼,便像一对跌脊的小鲤鱼那样,转过身去撒开丫子,眨眼之间便消失在青纱帐里了。这时,锁柱以讽嘲的口气向疤痢四说:

"哎呀! 刘先生,你这堂堂的汉奸队长,在人民群众之中,真是寸步难行呀!"

梁永生朝疤痢四一挥手:

"走吧! 我们'送'你一程!"

"谢谢,谢谢!"

天已小晌午了。

在地里干活的农民们,大都已经收工。村里、村外的水边上、树荫下,都三三五五地聚集着汗流不息的人堆。他们,有的在沙啦沙啦地磨镰,有的在唰呀唰地磨刀,也有的在开小会儿,还有的在蹦蹦跶跶地练拳脚。

梁永生和小锁柱像押差似的和疤瘌四一路走着。

每到一伙人近前,永生总要站一站,跟人们说笑几句。看他和人们那股熟悉劲儿,好像他就是这村里的人一样。同时,他们每穿过一个村庄,村里的男男女女,老老少少,包括那些穿着开裆裤的鼻涕客在内,全都主动地、热情地向永生和锁柱打招呼。

有时候,一个小伙子跑过来,先向梁永生说了个话儿,又问锁柱道:

"今天夜间,俺们几个村的民兵,联合搞摸据点的演习,你看不看呀?"

锁柱笑道:

"当然要看喽!"

在他们说话的当儿,梁永生朝那小伙子打量一眼,批评说:

"瞧你这个邋遢鬼!还要搞军事演习哩!真不知道害臊!"

"害臊?"

永生指指那民兵的前腰说:

"手榴弹是这么个掖法儿?"

又指指他的后脊梁:

"这大刀的背法也不对!"

然后,他又拍一下那民兵的肩膀,笑咧咧地说:

"这哪像个民兵的样子呀!要是叫你爹看见呀,八成得给你两捆子!对不?咹?邋遢鬼!"

那民兵光是嘿嘿地笑,啥也不说。

梁永生又突然板起脸:

"笑!笑!就知道笑!笑啥?你是抗日军人的儿子,当这不够格的民兵,多丢人呀!"

那民兵收起笑脸:

"梁队长,我错了!"

他说着,赶忙地重新整理起大刀、手榴弹和身上的衣着来。尔后,向永生来了个立正:

"报告队长!请首长检查!"

梁永生又拍他一下肩头,扑哧笑了。

这当儿,一位老爷子凑过来。他带着父辈的神色,指着永生头上的汗斥责道:

"瞧你这孩子,又热得像个水鸡子!头上的汗,快流成河了,就不知道擦擦?着了风受罪不算,怎么带兵打仗哩?"

眼下的梁永生,这位八路军大刀队的队长,在这位张口就叱咤人的老农民面前,蓦地变成了一个站在家长脸前的孩子。他啥也不说,只是嘿嘿地笑。并一面笑着,一面扯下腰里的毛巾擦起汗来。

那老爷子又朝永生、锁柱一挥手:

"走吧!"

"干啥去?"

老爷子指指太阳说:

"晌午啦,跟大爷吃饭去!"

正在这时,东边远处,一位大娘在嚷:

"老梁!家来吃饭呀!"

西边,有一位老奶奶大概是听到了喊声,忙忙迭迭地走到角门口,一手扶着门框,一手打着亮棚,久久地朝这边张望一阵,又扯着长声呼唤起来：

"永——生——！"

永生还没顾得回答，她紧接着又是一遍：

"永——生——哟！"

永生含着笑韵高声应道：

"哎——！"

"今儿晌午，你谁家也不兴去，到奶奶这里来！"老奶奶说，"我有活儿叫你干呀！"

这位老奶奶，怕永生不去她家吃饭，曾用这法儿哄弄过永生。因此，现在永生摘下头上的草帽扇着风，一面向那老奶奶招招手，一面笑哈哈地说：

"冯奶奶！有啥活儿干呀？又是叫我帮着你吃粽子！是不？"

冯奶奶拍手打掌地笑开了。直笑得她那满头白发舞动起来。她笑了一阵，又说：

"看你这个孩子！一到了这事儿上，就是肯叫奶奶拧手！奶奶有活儿你干得着，奶奶吃药你熬得着，奶奶有点稀罕物儿你就吃不着啦？永生啊，我告诉你，这回你要不听话，奶奶就生你的气了！……"

冯奶奶大声小气地嚷着。

梁永生孩子气儿地说：

"冯奶奶！你净屈枉人！俺多咱敢不听过奶奶的话？"

他指着自己的肚子又说：

"主要是它不听话！它没经冯奶奶批准，就早班早地填满膛儿了！眼时下，想塞口凉水也塞不进去，你让俺往哪里吃呢？"

永生说罢，嬉笑着走开了。

他还没等出村，又有几个人围上来。他们你拉我扯，又推又搡，争争吵吵地说：

"老梁,上我家吃饭去!锁柱,你也去!"

"永生,别看你大爷穷,再穷我也能管起你们几顿饭!"

"你先挨不上个儿!轮班儿也该着俺管饭了!"

"叫我说这样——老梁和锁柱,咱一家一个……"

锁柱指着躲在一边的疤癞四,故意取笑说:

"哎,你们瞧,那里还有一个喃!"

人们瞅瞅汉奸疤癞四那个窘相,都撇着嘴角子笑了。

这个将一口唾沫吐在地上:

"他呀!狗一样的东西!叫他上茅坑里吃屎去吧!"

那个带着几分气冲着锁柱牢骚道:

"要不是你们下了通知,我早把那个老小子填进茅坑里焖成大粪了!"

在他们说笑逗哏的同时,梁永生在那边还为吃饭的问题跟人们纠缠着。梁永生向拉扯他的人们说:

"你们别急!我吃一顿饭,能饱一辈子?下一顿,准到你们家去吃就是了!你们想想,老百姓要是不管饭了,我们八路军靠什么活着?你们不是也会唱这个歌儿吗——"

他说着说着,竟唱起歌来了:

> 八路军呀人民子弟兵,
> 吃的穿的全靠老百姓。
> …………

他这么一唱,逗得那些发稀须白的老年人,全张着个少齿没牙的大嘴哈哈地笑起来。在这笑语訇訇的当儿,从胡同里头又传来了青年人的接唱声:

> …………
> 八路军呀救国又救民,
> 他们比亲人还要亲;

拼命流血为了咱呀,
咱不关心谁关心!
…………

梁永生刚要走,又一伙"光腚猴子"跑上来。

他们一个"散兵线"来了个包围圈儿,把个梁永生圈在当央,齐打忽地乱吵吵。有的抱着永生的大腿喊"大爷",逼着他还从前许下的愿——讲一大串打鬼子的故事;有的拽着永生的腰带打坠骨碌:

"叔叔,你得再教给俺们个抗日歌子,不教不叫你走!……"

永生一看,难以脱身了!于是,他把大手掌一摆晃,笑哈哈地说:

"行!答复你们的要求,讲个故事——"

他说着,蹲在孩子群里,像个孩子王似的,指手画脚绘声绘色地讲开了:

"有个小孩儿,名叫小三儿,馋得出奇,懒得冒尖儿,在了儿童团,站岗不守摊儿。有这么一天,他站着站着岗,一闭眼就躺儿上了!一躺就做了个梦。你们猜他梦着啥啦?他梦见身上的泥呀,全变成红糖了!变成红糖就吃呗!一搓一把,一搓一把……"

他一面说着,一面在小家伙的身上搓起来。梁永生那只大手掌,跟把木锉一样,在娃娃们那嫩肉皮上一搓,谁受得住呀,三搓两搓,把那帮"光腚猴子"全给搓得跟头骨碌地跑了!

梁永生趁着这个空儿,嘎嘎地笑着出了村。

这一阵,还有那么一些人,在一旁指指划划地悄悄低语着:

"你们瞧,疤痢四那个猴相儿!"

"真该砸死那个狗杂种!"

"唷!政策呀!别胡来!"

直到永生和锁柱把疤痢四领出村,疤痢四这才出了口大气沉

下心。过了一阵,他一边走着,一边装出一副感慨的神态,问梁永生:

"梁队长,有个事儿我不明白——"

"啥?"

"你们八路军,怎么和老百姓跟一家人一样哩?"

"哦!哈哈!"永生知道疤痢四是在伪装"进步",妄想骗取八路军的"信任",便用带着几分讥讽的语气说,"你也想学学?可以告诉你嘛——因为我们是为人民服务的!"

他们走了一程又一程,穿过一庄又一庄,离水泊洼据点已经不很远了。永生停在一个崖坡上,向那隐约可见的水泊洼据点望了一眼,然后向已走下崖坡的疤痢四说:

"从这里再往前,只有大树和庄稼了,它们不会扣起你来,你自己走吧,我们该回去了!"

疤痢四声声称"是",连连道谢。

尔后,他像条夹尾巴狗似的,灰溜溜地溜回他那老窝去了。

待疤痢四走远后,梁永生和锁柱下了崖坡,顺着一条弯弯曲曲的道沟向东南走去。

不多时,他们便走进了水泊洼。

这个荒芜的水泊洼,对梁永生和锁柱来说,都不是陌生的。

当梁永生还是个十几岁的孩子的时候,担着锢漏担儿外出盘乡,就经常路过这里。如今说来,那已是二十多年前的事了。

抗战初期,梁永生根据县委的指示拉起游击队以后,又经常在这个方圆十几里的大荒洼里进行游击活动。那时节,这个水泊洼里,红荆、芦苇,各种各样的杂草,五颜六色的野花,又稠密,又繁茂。人一钻进去,连个影儿也看不见,正是八路军打游击的好地方。

后来,鬼子、伪军在荒洼古庙安上据点以后,对这水泊洼的芦苇、红荆和各种野生的花草又砍又烧,因此,现在已经稀少得多了。

不过,生命力十分强大的红荆、芦苇是砍不绝的,野生的花草也是烧不尽的!它们,在每次被砍、烧之后,就又冒出更加茁壮的嫩芽,迅速地成长起来,并不断地向四外蔓延,扩大……

你看!这个凹凹凸凸、沟沟壕壕的水泊洼,在几遭砍烧的浩劫之后,如今,这不又已经是红荆墩墩、芦苇丛丛一片绿海了!

在那碧水汪汪的水坑边上,照样又生满了许许多多的野草、野花,依旧有群群帮帮的水鸭子出没。它们时而鸣叫着,喧闹着,时而又伸开那又长又大的翅子,掠过低空,消失在如雪似絮的芦苇深处。

如今的荒洼,也有一些和从前不一样的地方。这除了那座荒洼古庙变成了敌人的据点而外,从据点南门开始,还修了一条通向柴胡店的公路。

梁永生和锁柱在这个大荒洼里转了一圈儿,来到了这条公路附近。锁柱站在一个土台上,朝各处撒打一阵儿,然后将一双视线射向永生。永生从锁柱的眼神中,已经意识到他要说什么,于是,便顺水推舟地说:"锁柱,把'方案'拿出来!"锁柱见队长猜透了自己的心理,敬服地笑了。随后,他指着路边不远的一片芦苇向永生建议道:

"队长,叫我说,咱们的打援部队,就埋伏在那片芦苇中,你看行不行?"

永生站在锁柱身后,正朝各处瞭望着,沉思着。

利用哪些地形地物?兵力怎么部署?这些问题,现在在永生的头脑中已经有个初步想法了。由于他一向喜欢先听听别人的看法,所以并没将他自己的想法说出来。特别是因为永生了解锁柱的性格,知道他只要有了比较明确的看法,准能自动说出来,因而永生也没过早地问他。现在,锁柱提出这个问题以后,梁永生这才慢吞吞地说：

"论打伏击,那倒是个理想的地势。"

他停顿一下,先吐出了"但是"二字,然后又带着惋惜的口气说：

"怕就怕敌人不从这里走！"

"这条道,是从柴胡店通水泊洼据点的必经之路哇！"锁柱略带点提醒的语气,"柴胡店的敌人只要来援救水泊洼,还能跳过这里去？"

"那也别说！"

锁柱真够机灵。经永生这么一点,他立刻便猜出了永生心里想的是什么。于是,他朝那边挥臂一指,又说：

"队长,你是不是说那边还有一条蚰蜒小道儿？"

永生说：

"是啊！从前,我挑挂钩儿外出盘乡的时候,常走那条小道儿……"

锁柱说：

"柴胡店的敌人,要来水泊洼走那条小道儿,正是个弓背儿。"

他语气一转,又说：

"不过,敌人的援兵,也是有可能舍近求远特地走那条小道儿的……"

永生笑了。

锁柱也笑了。又说：

"他们是敌人,敌人内部矛盾重重嘛！"

随后,他便讲起他对这次战斗的一些想法来。

他俩一边低声说着,一边漫步走着,还一边仔细地勘察着地形。在相互提醒、相互补充的过程中,一个伏击方案的雏形便初步形成了。在他们跨过公路的时候,公路边上的电线,被风一刮正在

嗡嗡作响。锁柱触景生情,建议道:

"哎,队长,咱拿下黄家镇据点,不是缴获了一部电话机吗?到晚上,是不是找个同志把它背来?……"

锁柱说到这里,停下了。

永生笑望着锁柱:

"说下去——"

锁柱说:

"我是想,咱找根铁丝,弯个钩儿,把它挂在电线上,另一头儿接到电话机上,听听疤瘌四跟他的上司到底放了些什么屁……"

"好主意!"永生说,"把这项任务就交给你吧!怎么样?"

"好哇!"

梁永生和锁柱完成了勘察地形的任务以后,又赶到南八村找到铁牛,检查一下他的工作情况,然后才回到坊子,在高小勇家又召开了一个党员会,研究并修改了一下作战计划,还作了一些具体部署,而后永生向大家说:

"放好岗哨,都好好躺上一觉儿,准备天近三更时开始行动。"

他走到屋门口,仰起脸来望了望天空的星辰,走回屋来又说:

"你们快去吧!只要抓紧时间,还有四个多钟头的好觉睡哩!"

梁永生在召开会议的同时,还完成了吃饭的任务。会开完了,他也饱了。而后,他饭碗一推,又出去了。

夜深了。

禾场里,田野里,到处闪动着灯火,荡漾着虫声。

梁永生从外边回来,刚进门,高大婶就端来一碗热气腾腾的姜汤。她的眼里,闪动着母亲疼爱儿子的热光,向永生说:

"我听到你短不了一阵阵地咳嗽,说话也有点鼻鼻齉齉的,准是着凤儿了,快把它喝了吧!"

永生见大婶忙得汗津津的,心里挺不安,就说:

"大婶,我没病啊!"

他说着,打了个喷嚏。大婶笑了。轻点着他的前额说:

"瞧你这孩子!就会嘴硬!"

永生嘿嘿地笑着,又说:

"大婶,我年轻轻的,着点风受点凉的算个啥事儿?你老人家这么大岁数了,还来侍候我,真叫我……"

"叫你啥呀?又要说傻话儿!是不?"这时高大婶的心窝儿里,浮荡着母亲对待儿女的那种特殊的感情。她喘了一口又说下去:"你们为了打鬼子,舍家撇业,风来雨去,大婶不侍候你谁侍候你?"她把碗向永生的近前推推,又说:"就着热乎,快给我喝下去!听了不?哎?"

她嘟念着,出屋去了。

永生嘿嘿地笑着,望着大婶的背影,心在怦怦地跳。

有些人,一到了中年,那些青年时代的特点,就从他的身上偷偷地溜走了。可是,也有例外。永生就不是那样。直到如今,他那刚强的性格,充沛的体力,旺盛的精神,都丝毫不减当年。有时候,打起仗来,就算几天没吃上饭,他将腰带子一勒,冲锋陷阵仍赛猛虎一般。有时候,他坐在小油灯下,看起书来,常常通宵不眠。每当困神偷偷地强有力地向他袭来的时候,他就用凉水洗洗头,将困神赶跑,趴在灯下再看。今天,大婶走后,他又掏出那本经常带在身上的《抗日游击战争的战略问题》,打开,擎在手中,凑到灯下,聚精会神地看了起来。

过了一会儿。

门帘一闪,高大婶又走进屋来。她一瞅,摆在桌子上的姜汤都不冒热气了,立刻着起急来:

"看你这孩子!这个不听话!怎么光顾看书呀?姜汤都凉了!"

方才，永生只顾看书，把喝姜汤的事忘了。现在高大婶一嚷，永生才想起来。他嘿嘿地笑着，端起碗来就喝。

"别喝啦！"大婶说，"我再给你热热去……"

大婶说着就去夺碗，可永生那里咕噔咕噔一口气喝了个干净。大婶用食指点着永生的前额说："瞧你这个不知好歹！整天价凉一口热一口的！"永生用手背抹一把嘴边的水珠，笑笑说：

"一点也不凉，正中喝。"

"你这个孩子呀！非叫大婶治着不行！"大婶一边朝外走一边说，"天不早了，别看书啦，快睡吧，身上串发串发就轻松了。"

梁永生满口应承着：

"好。这就睡，这就睡。"

可是，大婶走后，他又看起书来。

外边，起风了。

风，刮走了那稀稀落落的几点星光。

风，刮得树头呜呜作响。

风是雨头。不一会儿，伴随着这越来越大的风声，又下起雨来。

雨，打得房顶嘭嘭作响。

雨，敲打着梁永生的心房。

这时的梁永生，就像看见在村边路口值岗的战士们，挺身站在风雨中；风正刮着雨点向战士的脸上、身上扑打；雨水正顺着战士的面颊往下滴流；战士们的衣裳都贴在身上……此情此景，使永生再也躺不住了，他一骨碌爬起身来，侧着耳朵，仔细地听着对间屋里的动静。

对间屋里，传来高大婶的鼾声。

这香甜的鼾声，钻进梁永生的心窝儿，激起了层层笑浪。你想啊，老迈年高的高大婶，为了抗日工作，为了自己的队伍，从早到晚忙累了一天,而今已安安稳稳地入睡了,梁永生怎么能不高兴哩?

不过,使梁永生高兴的,还有另一层原因,这就是:他要借此机会出去查岗。于是,他静悄悄地下了炕。为了不把大婶惊醒,细心的梁永生还摸着黑儿从缸里舀了半瓢水,轻轻地倒在门枢上。而后,他慢慢地、慢慢地拔开了门闩。

谁知,就这样,他还是把个睡觉特别灵醒的高大婶给惊醒了。高大婶睡蒙蒙地问道:

"永生,你刚刚躺下,又开门打户的,要干啥去?"

永生当然不敢跟老人撒谎,就说:

"大婶啊,我查岗去,你睡吧!"

高大婶着起急来:

"唉唉!永生啊永生,那站岗的别说还是些大活人呀,就是路口上放块石头,也能把敌人绊个跟头!你干啥这么不放心,值得冒着这么大的风雨去查岗?……"

大婶她大声小气地嚷着,拿着一件蓑衣从里间屋里走出来:

"给站岗的孩子们捎去!"

"好!"

梁永生应声未落,人已出了屋子,冒着夜间的风雨向村边走去……当梁永生围着村子转了一圈儿又回到屋里时,高大婶还没入睡。她一听见永生回来了,就没好气儿地嘟嘟道:

"不叫你去,偏去!管淋成落汤鸡了?快把湿衣裳脱下来,搭在绳子上晾晾……"

"哎。"

"那蓑衣……"

"给正在站岗的铁牛披上啦!"

"好!别磨蹭啦,快躺下睡一会儿吧!人是铁的呀?"

"哎。"

永生连声应着,换上衣裳,熄了灯。过了一阵,当他听见大婶又响起鼾声时,他这才又悄悄地爬起身,掌上灯,坐在灯下又看起书来。

连永生自己也不知道他又看了多长时间。直到梁志勇走进屋时,他还在聚精会神地看着。志勇皱一皱眉头,问:

"爹,你没睡一会儿?"

梁永生伸一伸腰,舒展一下身子,毫不在意地顺口说道:

"哪里!才起来不大一会儿。"

志勇笑了。

永生问他:

"你笑啥?"

志勇没说笑啥,而是指指灯说:

"你看!昨天晚上这灯碗里的油是满满当当的!"

梁永生朝灯碗儿一瞅,禁不住地笑了。原来直到这时他才发现,灯碗里的油,眼看就要干了。这时,永生像似触景生情地想起了什么,他也指指灯碗儿,就劲儿向志勇说道:

"要让灯不灭,就得常添油——志勇,你的政治学习,还得再加点油儿呀!"

"哎。"

志勇的答词虽是如此简单,可是,他的态度却是十分认真的。永生噗地一口吹灭了灯,又习惯地向窗口望了望,然后向志勇道:

"该行动了吧?"

"差不离儿了!"

志勇在估摸时间方面,有一套特殊的本领,人称"活钟表"。多少次的实践早已证明,就是在这风雨交加的夜里,他估量的时间,至多也不过差上抽袋烟的工夫。因此,在目前既无钟又无表的情况下,既然"时间权威"说"差不离儿了",梁永生便当即发布了命令：

"集合！"

"是！"

梁志勇领命而去。

志勇走后，梁永生舀了半瓢水倒在洗脸盆里，连头带脸地洗起来。每当睡眠不足或过度疲劳的时候，用凉水冲头洗脸，能赶走困乏，能驱散疲劳，能清脑提神——这是梁永生的实践经验。今天，他洗过头和脸，又整理一下枪和子弹袋，将书装进油布兜里，而后走出屋去。

永生的洗脸声把大婶惊醒了。她知道梁永生是要出发去打仗了，就急忙爬起身，点上灯，帮助永生收拾东西。看大婶的样子，现在她比永生还忙。

永生告别了大婶，拉开屋门出屋去了。

一股凉森森的夜风，挟持着许许多多的雨点，忽地扑进屋来。夜风吹动着挂在里间屋门口上的门帘。门帘扇动着豆粒大的灯舌。灯舌一个劲儿地摆晃着。

永生走了。大婶又突然想起什么：

"永生！捎上这……"

捎上什么？永生已经走远，大婶的后半句话被风雨声淹没了。

雨点打在天井里的丝瓜架上，发出一阵阵很大的动响。高大婶坐在炕上，心神不安地听着窗外的风雨声，不由得扒着窗台自言自语起来：

"这些孩儿们，多有出息呀！这号儿天气去打仗，一点也不怕苦！唉，叫我老婆子可怪心疼的哩！……"

说真的，战士们走在风雨之中，也确实是很不容易的。他们的头顶上，天低得活像一块眼看就要压下来的大铅板，雨水稀里哗啦地往他们的头上浇。凉簌簌的秋雨，打在战士们的脸上、头上、身上,顺着帽檐儿往下滴落着,又钻入衣领淌进脖子里。被雨水打透了的衣服,紧紧地贴在战士的身上。他们的脚下,除了泥便是水,噗噗嚓嚓走在泥水中,每前进一步都要付出很大的力气。有的人脚下一滑,啪嚓一声跌了一跤。他爬起来,在脸上搂一把,嘿嘿地笑了。

梁永生带领着大刀队的战士们,走在风雨交加的征途上,队伍的行列中,不时地这个人的嘴对着那个人的耳朵传递着命令:

"跟上!别掉队!"

"别跑!迈大步!"

大刀队来到了水泊洼。

被通知参加这次战斗的民兵们也到齐了。

梁永生和大刀队战士以及民兵负责人开了个碰头会,最后命令道:

"按照原定计划,各就各位!"

接着,连大刀队带民兵这支五百多号人的队伍,立刻分成了若干小股,冒着风雨向四处散去。

风,更大了。

雨,更急了。

浓云深处,响着隆隆的雷声。时而在夜空里突然出现一道立闪,仿佛把天劈成了两半。继而便是一声炸雷,震得地球像要马上崩裂似的。这风声、雨声和雷声,恰似一曲雄壮的军乐;它正激励着我们这些久经风雨的勇士们,在不畏风雨地奔跑,在紧张地进行着战前准备……

路面滑得像涂上了一层油,上坡时常有人打前失,下坡时也常有人坐"滑梯",可是,这么多人,没有一个人说话,只有一片沓沓沓的脚步声。不一会儿,人没影了,脚步声也消逝了,风雨之夜,又恢复了原来的样子。梁永生和黄二愣,还有另外几个战士,在据点南面公路旁边的一个洼坡处蹲下来。这里,便是这场即将到来的战斗的指挥部了。在这一场激战即将到来的时刻,各种各样的请示、报告从各个阵地上传到这里。

不大一会儿,攻打据点的枪声打响了。

又过一阵,湿淋淋的衣裳贴在身上的唐铁牛又跑来报告说:

"报告队长!锁柱同志已经听到:疤癞四第一次向他的主子石黑告急求援了!"

梁永生点点头,命令道:

"好!继续监听!"

"是!"

铁牛顺着一条崖坡飞跑而去。崖坡下响起一阵由近渐远的脚步声。

这时,水泊洼据点内外,枪声更密了。

忽然,永生向身边的一位战士说:

"哎,你跑步到龙潭去一趟,告诉那村的民兵:埋伏在柴胡店以北,等敌人的援兵出发后,打他一下儿。"

二愣提醒永生道:

"队长,一打,他不就缩回去了?"

"不!咱要不打一下儿,他倒可能缩回去的。"永生又转向那位战士,"再告诉民兵同志们:打了就走,不要顶!"

"是!"

那战士转身要走。

梁永生又喊住他:

"忙啥?我还没说完哩——你再告诉他们:等我们这边和敌人的援兵打上以后,让他们佯攻一下柴胡店!声势要大一点。一个村的民兵不够用,可以多组织几个村。你就在那儿负责到底吧,不要回来了。"

"是!"

"还要注意:先准备好撤退路线,防备敌人猛然窜出来!……"

那送信的战士走了。

报信的铁牛又来了:

"报告队长!疤癞四又一连两次向石黑告急求援。现在石黑已经答应:天亮以前,他将派贾立义带领一支人马援救水泊洼!"

"好!"梁永生点头道,"继续监听!"

"是!"

铁牛应声而去。一眨眼又消逝在夜幕中了。

梁永生沉思了一会儿,也不知他想了些啥,只听他又向二愣说:

"来援的敌人,既然是贾立义带队,他不同于石黑,很可能没有那种急迫的心情。而且,他还有可能盼着疤癞四被我军消灭掉。"

"对!"二愣插言道,"我琢磨着,那只狼羔子,唯一注意的,是如何保存他自己的实力。因为那是他升官发财的本钱!"

永生听了黄二愣的插话,觉着他越来越精明了,心里很高兴。他朝二愣点点头,又说:

"根据这个,我估计贾立义八成十分小心,前进的速度可能很慢。二愣啊,我想让你带领一部分同志,马上向南转移,埋伏在由柴胡店到这水泊洼的半路上,把那只狼羔子带领的伪军放过来以后,你们突然出现在他们的背后,来个猛打猛追,将这些家伙们,赶进我们的'口袋'……"

"是!"

二愣领了令,跑步走了。

接着,永生又向庞三华说:

"你去追赶我刚才派往龙潭去的那位同志——"

"干啥?"

"对我原来的命令,作两点修改:第一,不要组织民兵打截击了。方才所以这样布置,是怕敌人疑惑我们布下了'口袋'而缩回去。如今,既然知道了敌人的援兵不是石黑亲自带队,而是由贾立义带队,他,是不敢缩回去的。第二,既然石黑和白眼狼都没出来,待我们和贾立义打起来以后,敌人再次派兵增援的可能性增加了。因此,佯攻柴胡店的声势,需要再大一些,为的是使敌人不敢轻易倾巢而出。"

"我记住啦!"

"这么一来,那个方面的任务重了,组织和指挥都需要加强。"永生说,"你,不要回来了,就留在那里,和方才那位同志一起完成这项任务吧!"

三华领命而去。

这时,水泊洼据点内外的枪声,还在紧一阵慢一阵地响着。梁永生正在一面倾听着枪声,一面判断着情况,唐铁牛第三次来报:

"报告梁队长!疤瘌四已第四次催促石黑快派援兵,他并说,援兵再来晚了,水泊洼就全完了!石黑命令疤瘌四继续坚守。并告诉他:贾立义已带领四十多人来驰援水泊洼了!"

永生听完汇报,想了想说:

"好啦!监听任务,到此算完成了!"

"我们怎么办?"

"你和锁柱,先割断电话线,然后撤离公路!"

报信的唐铁牛回去不久,锁柱就背着电话机来到了梁永生的身边。梁永生指着电话机向唐铁牛说:

"它,已经没用了。留在这里是个累赘,你把它送回去吧!"

"是!"

铁牛背起电话机,飞驰而去。

又过了一会儿。炮筒子领着伪军田宝宝来到永生这里。田宝

宝刚打个立正,还没正口,梁永生拍拍他的肩膀就先开了腔:

"宝宝!咱又在这里见面了!啊?"

田宝宝笑笑,向永生说:

"报告梁队长,疤瘌四派我来向你报告:狼羔子已经带领着四十多人从柴胡店出发了!"

梁永生乐呵呵儿地说:

"哦!还有啥?"

"疤瘌四还说:狼羔子跟他有仇,很可能迟迟不前!"田宝宝说,"他要求梁队长:设法把狼羔子引到这水泊洼据点的南门上来!"

"噢!还有吗?"

"报告梁队长!疤瘌四说的就这些啦!"

"哎,你们刘队长怎么样?"

"我看他不是真心!"

"你从哪里看出来的?"

"今天夜里这场战斗,到底该怎么干,始终没正经八本地告诉弟兄们!"田宝宝说,"如果是真心反正,为什么不和弟兄们讲清楚?"

"你不是早已知道了吗?"

"是的!是咱大刀队传进一封信去告诉我的……"

"你没告诉别人?"

"告诉了!"

"再多告诉一些人。"

"是!"

"宝宝,哪条路是生路,哪条路是死路,过去,我不是都跟你讲过了吗?"

"讲过了。"

"现在,到了决定你走哪条路的时候了……"

"梁队长,你放心吧,我知道我应该做些什么!"

"那好!"

"我回去后,怎么和疤癞四说?"

梁永生习惯地沉思了一会儿,然后又向田宝宝说:

"你回去,告诉你们的队长——就说我说:他报告的情况,我都知道了。今后我们怎么对待他,就看他今天夜晚是怎么表现的!"

"是!"

田宝宝打了个立正,跟着炮筒子走了。

突然,南边传来枪声。

梁永生望望将要发白的东方,又转过身去朝着响枪的方向微笑了:

"二愣他们干上了!"

风小了。

雨停了。

天空中的云块,正在堆集着,分裂着,舒展着,飘散着,变幻莫测。

随着时间的推移,枪声,正迅速地向这边靠近着。不多时,东南上的枪声、喊声,愈来愈烈,连成一片。又过了一阵。东方渐渐泛起一片白色,天将放亮了。只见有一队伪军,一边朝后放枪,一边朝前猛跑,顺着那条弓背小道儿,向这水泊洼据点奔过来。

又见,黄二愣和他的战友们,民兵们,紧跟在伪军的屁股后头,又追,又打,又喊:

"同志们! 追呀!"

"捉活的呀!"

"前边截住!"

"伪军们! 缴枪吧!"

"缴枪不杀!"

"狼羔子！投降吧！"

就这样,眨眼之间,便将这股敌人,赶进了我们的"口袋阵"。这时候,这股伪军啥也顾不得,只顾拼着命地朝前乱跑。

与此同时,据点内外的枪声,也空前猛烈起来。据点四周,喊声震天:

"同志们！冲啊！"

"同志们！攻啊！"

不过,我们那些埋伏在据点南门外的同志们,这时都严阵以待,一枪未发,眼瞅着敌人的援兵向据点的南门扑去。

狼羔子一伙,扑到据点南门附近了。我们那些正在攻打南门的同志们,朝敌人的援兵打了一阵枪,而后,假装顶不住,向两边撤去。

敌人援兵的先头部队来到据点的南门下了。

可是,令他们奇怪的是,却迟迟不见里边的伪军给他们开门。在这种情况下,狼羔子领的这一伙子,只好一面向背后的追兵还击,一面大声疾呼地叫门。

据点的门楼子上,没人答腔。

疤癞四为什么不开门呢？狼羔子一面这样想着,一面眼瞅着他这伙子人疙瘩急得又蹦又跳。接着,他不由得破口大骂起来:

"疤癞四！你这个草包！被八路吓破苦胆了吗？这爷们冒着生命的危险前来援救你,你他妈的怎么连门都不敢开？"

里边仍然无人答腔。

疤癞四没有听见？

不！他听得很清楚。因为他就在这座门楼子上。

那么,他为什么不答腔呢？原来他正被焦虑和悲哀纠缠住,前思后想,左右为难！可也是呀！在这决定命运的最后时刻,那个一向爱计算得失的疤癞四,岂能不充分发挥发挥他那"算破天"的本领,来盘算盘算到底该怎么办上算呢?

要说现在疤癞四这个"合适干"的心里是千头万绪的,那确实是有点屈枉人家!而今,他正在紧张思虑着的,只有这么两个方面——是开枪呢?还是开门呢?

开枪,就是命令他的部下立即开火儿,按照和梁永生的事前约定办事——和八路军一起夹击贾立义这只狼羔子;开门,就是命令他的心腹敞开据点大门,将石黑派来的这支援军放进来,是去是留,以后再看风驶船,顺风转舵,细谋后事……

就这么简单的个问题,现在竟把个自称"才智超人"的疤癞四给难住了!一忽儿,他觉着开枪合算——他想:"看这眼下的时局,日本皇军大势已去,他们八成是不准行了!我借此机会,改弦更张,投靠八路,也好找条出路,保住这条老命呀!"他越想越得意:"哼!我和八路两面夹击干掉这只狼羔子,不仅报了我的前仇,还报了梁永生的世仇,梁永生一定会感激我的!我和梁永生虽说也有点隔膜,还不就是因为那个雒金坡的事吗?雒金坡又不是梁永生的骨肉之亲,他和我还能成为解不开的疙瘩?"他想来想去竟异想天开了:"再说,我干掉了狼羔子,在八路那一面儿上,总算立了一功,说不定还能到那边弄个一官半职的呢!……"

可是,一忽儿,他又划算着还是开门稳妥——因为他又想道:"虽说八路如今已经强盛起来,可是,日本帝国也未必然就从此一蹶不振了,我要是现在就投靠八路,风险可太大呀!"他越想越觉着八路军靠不住:"八路军,是共产党的队伍。那共产党,处处跟穷小子们一个鼻子眼儿里喘气儿,就算他们抗战胜利了,这帮子人们真的执掌起国家大事,像我这号儿人,还能得烟儿抽?"他想到这里,又自然而然地想到了蒋介石:"再说,日本皇军就算失败了,老蒋也决不会容忍共产党这一套,到那时,国共两党必有一战……因此,对我刘其朝来说,即使另找靠山,也不应草率从事,等战后的中国大势看出个眉目时,再决定何去何从,才是正理!"他一念及此,便决定将大门敞开,把贾立义放进来,来个闭门一战!以后,能守便守,不能守就走,也免得今日仓猝行事,日后悔之不及呀!……

疤癞四正想着,忽听身边的田宝宝说:"哎呀!听这枪声、喊声,八路军来的人可真不少哇!"田宝宝这句话,促使着疤癞四转念又想:"可也是哩!别忘了好汉不吃眼前亏呀!皇军虽好,可惜快要完了!蒋介石也好,可又远水解不了近渴!哎呀!到底怎么办好哩?……"

疤癞四在开枪、开门两者之间踌躇着,久久地焦灼地踌躇着。这时,天空的阴云裂开了许多缝隙,曙光从云缝里射出来,把个雨后的大地照得通亮。疤癞四就着曙光朝前一望,只见眼前是一眼望不到边的八路;他回头往后一看,后头也是一眼望不到边的八路;他再扭着脖子朝左右两边一撒打,左右两边还是一眼望不到边的八路!

这时,在疤癞四的感觉中,这么大个水泊洼,整个儿是一片人的海洋!他这个弹丸一般的小小的据点,就像在汪洋大海中的一叶小舟儿,随时都有覆没的危险!

疤癞四想到这里,不由得打了个冷战!

正在这时,他忽听田宝宝又惊骇地说:

"哎哟嗬!八路军的人这么多,不用说攻打,就是他们喝个号儿,来个一齐硬挤,也得把咱这个小小的据点给挤平喽!"

田宝宝话没落点,又一个伪军气吁吁地跑来。

这个伪军一脸雀斑,就是那个"瞌睡虫"。他跑得满头大汗,吓得面色蜡黄,上气不接下气地向疤癞四说:

"报,报,报告队长!大,大,大事不好!"

疤癞四虽然还不知什么事,可是嘴也吓结巴了:

"出,出,出了什么事?"

瞌睡虫的气还没喘匀：

"八路攻,攻进来了!"

疤癞四一听,不寒而栗：

"从哪里攻进来的?"

"从西门上……"

"东门上怎么样?"

"也进来了!"

"北门上呢?"

"一个样!"

"这么快?"

"是啊!"

"他们是怎么进来的?"

"不一样——"瞌睡虫说,"有的,借我们朝天打枪的机会,悄悄地从围墙上爬进来了;有的,是他们在城外一喊话,我们的弟兄就给他们开了大门;我们防守的那个门,是他们硬攻进来的……"

报信的瞌睡虫正向疤癞四学舌,他这南门外,又突然枪声大作,杀声遍野。听声势,就好像八路军不知突然从什么地方调来了千军万马,已经埋伏在这水泊洼据点周围和通向柴胡店的公路上。

直到这时,鬼难拿疤癞四才意识到,守城无望了,逃回柴胡店也是不可能的了！摆在他面前的,如今只有两条路:一是当俘虏,一是暂时投八路!

正在这样的节骨眼上,又见守在城门楼子上的一些伪军们,已经用枪瞄上了狼羔子一伙,看其气势,他不发令也要开火了。与此同时,城门下又传来两种声音:一是八路军号召伪军反正的喊话声,一是狼羔子气急败坏的骂街声。

这种种情况,迫使疤癞四违背着自己的意愿向他的士兵们发布了命令：

"开枪!"

据点门楼子上的枪声响了。

疤瘌四又喊道:

"朝狼羔子猛打!"

顿时,城门楼子上,两边的城墙上,枪声齐发,子弹横飞,一齐向狼羔子一伙扫过来。打响得最早的是田宝宝。还有他串通好了的一伙伪军士兵。这么一来,正背靠城门负隅顽抗的狼羔子,还有他那些喽啰们,更加摸不着头脑了。他们,立刻成了热锅上的蚂蚁,一面乱跑乱窜,一面大声疾呼:

"不要误会!自己人!……"

在这一片喊叫声中,顶数着狼羔子的嗓门儿最大,他简直快把那公鸭嗓子喊破了:

"别开枪!快开门!我是贾立义!……"

他一连嚷了好几遍,并没有人理他这一套。同时,据点上的枪声,越来越密了。狼羔子已看出情况不对头,忙向他的部下命令道:

"撤退!快!撤退!"

狼羔子一伙往后一撤,据点的南门突然敞开了,里头的伪军们,忽啦一声冲出来。他们紧跟在贾立义那伙散兵背后,一边射击一边喊:

"打狼哟!"

"活捉狼羔子!"

"……"

这当儿,梁永生和锁柱,肩并肩地卧在掩体里,倾听着,张望着,微笑着。

锁柱带着讽嘲的口气说:

"疤瘌四这老小子也够猛呀!"

永生笑了。问道:

"你说他为啥这么猛?"

锁柱说:"想表现一下儿呗!"

永生问:"这是一!那二呢?"

锁柱问:"还有二?"

永生说:"有!……"

永生正说着,忽听那边疤癞四放开了特大的嗓门儿喊道:

"弟兄们!看在我刘其朝的面上,向那狼羔子猛劲冲呀!……"

锁柱听了疤癞四的喊声,抢过梁永生的话头说:

"队长!那'二',我明白了!"

"明白了啥?"

"疤癞四要借此机会报私仇……"

在锁柱说话的同时,又听那边狼羔子也喊叫起来:

"弟兄们!看在我贾立义的面上,朝疤癞四那个老杂种冲呀!"

原来狼羔子急眼了!他组织起他的散兵,向疤癞四一伙反扑过来……

突然,四面八方枪声大作,千军万马喊声震天,大刀队的同志们,各村的民兵们,一齐冲杀上来。他们,一面勇猛冲杀,一面众口同音地喊着一个口号儿:

"缴枪不杀!"

这喊声,惊天动地,震耳欲聋!

这喊声,和那炒豆一般的枪声搅在一起,如狂风在吼,如暴雷在鸣,再叫那白闪闪的刀光一衬,愈显得雄壮,威风!就连那漫天空中的黑云块子,仿佛也都被这吼喊声吓了一跳,全忽呀忽地向天边飞去!

狼羔子和他那些散兵们,都闻声胆裂,惊慌地朝四下张望着。只见,八路军的神兵,活像自天而降,满洼遍野处处皆是,已将他们这可怜的一小撮儿,一层又一层地团团围住了!

并且,包围圈儿正在越来越小。

这时,有个念头在贾立义那伙伪军的头脑中闪现出来:"冲不出去了!这回可真完了!"在敌军处于绝望的情况下,八路军和民兵们那"缴枪不杀"的口号声,发挥了一种巨大的威慑力量。

你看!有的伪军跪在地上,将那支老僧帽套筒子步枪举过头顶:

"我缴枪!我缴枪!……"

有的伪军早已把枪扔掉,缩着脖子举着手,一边哆嗦一边咋呼:

"我投降!我投降!……"

还有的,把脑袋瓜子钻进了兔子窝,囫囵个儿的身子舍在外头不要了!不过,人家的大脑并没失灵!你听,他的嘴还在兔子窝里嗡嗡地叫哩:

"八路军饶命啊!八路军饶命啊!……"

也有的,好像一匹受了惊的大叫驴,一面狼嗥鬼叫地乱叽歪,一面连滚带爬地乱窜跶!那些比这些胆小鬼儿还要胆小的厌包们,八成是已经吓傻了,要不就是吓昏了,躺在地上活像那抽"神风儿"的,浑身抖喽不吭气儿,直到他在八路军或民兵的刀枪下做了俘虏了,还是光瞪着两只蚂蚱眼不会说话!更甚者,则像个被抽去筋骨的肉布袋,赛摊稀泥似的舀不起来了!

这场战斗,就这么很快地结束了。

这真难怪黄二愣急得直喘粗气,并指点着俘虏们的眼胡子大发牢骚:

"你们这些厌包!不等打就先垮了!这叫俺怎么跟你们打呢?有劲使不上,有威带不起风,真窝囊死人!"

水泊洼的伪军们和我们的战士、民兵汇合起来了。

田宝宝乐呵呵地来到永生近前。永生拍着他的肩膀问道:

"宝宝,你们那队长呢?"

宝宝嬉笑着:

"你问疤癞四?"

梁永生笑笑,点点头。

田宝宝兴高采烈地说:

"呜呼哀哉了!"

"怎么?死啦?"

"嗯喃!"

"他怎么死的?"

"咱哪知道哇!"

"那你咋知他死了呢?"

"我看见他的尸首了!"

"在哪里?"

田宝宝顺手一指:

"梁队长,你看!疤癞四那个老小子,那不是在那个狐狸洞口上趴着了吗?!"

梁永生顺着田宝宝手指的方向眺望着。

只见,那边的坟地里,有个狐狸洞口。狐狸洞口附近,有棵老榆树。树上的老鸹窝,已被那密集的枪子儿打得七零八落了!

目下,一只孤单的老鸹,正然绕树飞旋,为失去了窝巢而发出阵阵哀鸣!

一向好事儿的小胖子,跑到那棵榆树下边的狐狸洞口处,瞅了一阵,兴冲冲地嚷道:

"嘿!这位疤癞将军,上东京东条英机那里领赏去了!"

锁柱在这边接言道:

"别瞎胡扯!人家'刘先生',是叫狼羔子那一伙打死的!他去领啥赏?"

他强忍住笑又说：

"人家是上东京去找东条英机告状去了！"

众人哄笑起来。

一个伪军拦腰插了嘴。他带着气愤的感情：

"这个老小子早就该死！不过，他的死，倒不一定是叫狼羔子那一伙打死的！还兴许是我们这一伙子里的那个谁谁谁干的哩！"

他这一说，田宝宝像想起了什么。他指指那个说话的伪军，笑道：

"嘿！你这一说，我明白了——"

"你明白啥？"

"这手活儿啦，八成是你干的！"

那个伪军笑了。他摇摇头道：

"你这个'猜把式'，这回算失眼了——没猜对！"

"不是你？"

"不是我！"那个伪军说，"说真的，我倒是早就有心干掉这个冤家，只是没得手儿！这一回，咱又不走运，在战场上我一直寻他，可是，寻了好大一阵，始终没寻着那个老鳖猴儿！……"

在他们说笑着的当儿，锁柱和铁牛他们，已在那边将俘虏们全都集合起来了。

那些被俘的伪军，净些狼狈相。

有的，帽子没有了，光着个秃脑瓜子，老长的头发全参起来了；有的，鞋跑丢了，一只脚上光有袜子，另一只脚露着丫子；也是的，身上的衣裳，也不知叫什么挂了个稀巴烂，现在叫风一刮，各处乱忽打……

更令人可笑的是，有个伪军小头目儿，扯下标明他的身份的符号儿，偷偷地踩在脚底下。显然，他是想隐瞒身份，冒充士兵！

梁永生来到俘虏队前，放出两条炯炯闪光的视线，将这些俘虏们一个挨一个地看了一遍，又一个挨一个地看了一遍。

他要看什么？

他要看看二狼羔子贾立义是不是在里边！

看的结果呢？

其中没有贾立义！

咦？怪呀！这是一场歼灭战，所有敌军可以说无一漏网，可是，那只狼羔子哪里去了呢？梁永生想到这里，就询问被俘的伪军们。

伪军们全说闹不清。

正在这时，小胖子学着田宝宝的语汇说："二狼羔子是不是也和疤癞四一个样——呜呼哀哉了？"永生听了，觉着小胖子言之有理，便立即发布命令道：

"清扫战场！"

随后，人们一齐按照命令行动起来。

不一会儿，战场清扫完了。

狼羔子呢？没有发现他的踪迹！

到这时，一个被俘的伪军开了口。他用很不肯定的口气说：

"狼羔子也许又窜回柴胡店去了！"

锁柱问：

"你咋知道？"

那伪军说：

"我是估量的！开初，他一直跟我在一堆儿；后来，我一看大势不好，要，要，要……可是，再也找不着那个该死的了！"

锁柱听后，向梁永生说：

"听他这么一说，我揣摸着狼羔子很可能是真的窜向柴胡店去了！"

永生点点头：

"可能!"

锁柱建议道:

"哎,队长,我带上一班人,去追那只狼羔子——怎么样?"

永生笑笑说:

"我看不用追了吧!"

"为什么?"

"总该让人家回去个报丧的呀!"

永生这一句,把人们全逗笑了。

笑声,赶跑了鏖战的疲乏。

笑声落下后,铁牛又说道:

"留下这个孬小子,可总是个问题呀!"

梁永生倒背着手儿,站在高崖上,眺望着雾气沉沉的远方。他朝那柴胡店的方向望了一阵,然后向铁牛点点头:

"你说得对!这确实是个问题!"

"那为啥不让去追?"

永生胸有成竹地说:

"为了留下这个问题呀!"

铁牛更加迷惑不解了:

"那又是为什么?"

"为的叫人家石黑去解决这个'问题'呗!"永生笑着说,"要不,人家石黑怎么能捞得着为这个难哩?"

"为难?"

"就是嘛!你们想想——"梁永生向众人将两手一摊笑道,"人家狼羔子贾立义,奉石黑的差派,带着这么多人,这么多枪,连夜驰援疤癞四,可是现在呢,那个疤癞四没救出去,水泊洼据点也完蛋了,狼羔子又将人、枪丢了个净,落了个鸡飞蛋打,他只身一人跑回柴胡店去了,石黑对他该怎么办? 这对石黑来说,能说没有难为吗?"

炮筒子吭噔放出一炮:

"叫咱说,没难为!"

"咋没难为?"

"枪毙他,不就得啦?"

"石黑也许枪毙他——"

"那还有啥难为?"

梁永生对着炮筒子耐心地分析着:

"老炮,你就没替人家石黑想想?他的手下,总共才几个汉奸小队长?不就是四个吗?这四个汉奸小队长,一个叫阙八贵——被我们处决了!另一个叫乔光祖——被我们逮住了!再一个叫疤瘌四,这不——"

他指着疤瘌四的尸体又说:

"也'呜呼哀哉'了!"

永生缓了口气,变换一下口吻:

"除了这仨,还有谁?不就光剩下那个落荒而逃的狼羔子了吗?要知道,这四个汉奸小队长,等于石黑的四只爪子!是不是?如今说话,石黑的四只爪子,已被我们折断了三只,只剩下了一个!是不是?剩下的这一个,还要逼着他自己把它折断!"

他朝炮筒子笑笑,继而道:

"所谓'折断',用你的话说,就是'枪毙他'。咱把话再说回来——老炮,你替人家石黑想想,是一点也没难为吗?"

炮筒子嘿嘿地笑了:

"明白啦!"

梁永生这些话,虽是对着炮筒子说的,可是,也是为了说给大家听的。其目的是借以提高战士们的分析能力。因此,尽管炮筒子已经"明白啦",可他还是紧接着说下去了:

"除此而外,你们别忘了——那贾立义,是白眼狼的狼羔子!石黑毙了狼羔子,那白眼狼会高兴?会感激?不高兴、不感激又怎么样?这些问题,石黑能想不到?他一想到这个,你们说有没有难为?"

人们纷纷点头。

就在这时,有人却从另一面找出了空子:

"既然毙他不好办,人家石黑不会不毙他?"

梁永生风趣地说:

"一个'不毙',就没难为了?"

他将笑意一收,一本正经地说:

"像贾立义这样一个败'将',连人带枪丢了个干净!这叫:'鸡没偷成米丢净,失了武器又折兵'!石黑对他要不以'军法论处',又何以'服众'?日后再要打仗,谁还给他卖命?"

梁永生刚说罢,志勇赶来了。

他是从水泊洼据点里赶来的。带着一身浓重的火药味儿。这员虎势彪彪的小将在梁永生的对面站得笔管条直,咔地来了个立正,并同时行了个军礼,而后又朝前跨进一步,挺胸凹肚、一字一板、铜声响气儿地说:

"报告队长!我们分队和民兵攻占水泊洼据点的任务,已经完成!"

这时节,梁永生望着他面前这位得胜归来的小将,虽说脸色未变,眼神未动,可是,他那心窝儿里,有一种说不出的喜悦,油然而生!

他只见,挺立面前垂手而站的小志勇,两个厚墩墩的鼻翅膨胀着,噏动着,宛如一匹刚刚在沙场上驰骋过的战马。又见他那已经破烂了的衣装上血迹斑斑,春风拂动的脸上布满了灰尘,这一切,在这特定的时刻,更加烘托出了他那威风凛凛的英雄气概!

在这一刹那间,细心的梁永生还发现他儿子那宽阔的前额上,也不知在哪时增添上了三道隐约可辨的横纹,就仿佛经过这场战斗之后,这员虎将比以前更加老练了,也更加稳重了!

这时梁永生的心里,就像见到自己亲手栽下的小树就要成材了一样,那么高兴,那么熨帖!

这种感情,使得个梁永生总想顺口表扬志勇两句。可是,他一想到方书记常说的"甘言夺志"那句话,便将表扬的话儿咽了回去。但你要知道,这时的梁永生,几乎忘掉了他和志勇之间还有一层父子关系,因而又曾想开他句玩笑,用那句玩笑话将正在心中翻滚奔腾的兴奋心情全部倾泻出来。可是,当那句玩笑话攻到嘴边时,他又猛地把嘴合上了。

随后,他只是郑重地点点头,啥也没说。

梁永生尽管啥也没说,可是,梁志勇透过爹那满脸的笑纹,已经清清楚楚地看出了爹的喜悦心情。小志勇为了让爹那含苞待放的炽热感情喷发出来,他便朝据点一指,带着一种老成持重的味道,说:

"爹,你看!"

梁永生昂首举目,朝那水泊洼据点望去。

只见,在那硝烟弥漫的城门楼子上,有一面鲜艳夺目的大红旗,正然昂扬地高高地伸展在漫天空里。

天空里的云块,早已消散净尽。

蓝湛湛的天幕,好似刚刚冲洗过一样,那么清新,那么洁净。

红旗,披着美丽的朝霞,正然自由地、骄傲地迎风劲展,翩翩起舞。

各种各类的昆虫、小鸟,在四野里叫着。

一轮喷薄而出的红日,在对着红旗微笑。

到这时,梁志勇再次瞟看爹的面容时,只见他那红光粼粼的大脸,已经笑成了一朵花,一朵盛开的美丽的花!

骤然,人们对着红旗欢呼起来。

一会儿。梁永生又听小将志勇向他请示道:

"据点里的东西怎么办?"

永生的回答像板上钉钉:

"一律撤走!"

田宝宝插言道:

"梁队长!我有个想法儿——"

梁永生以鼓励的口气说:

"啥想法儿?说嘛!"

"叫我看,从今往后,咱完全可以顶得住石黑、白眼狼那帮子人了!"田宝宝望着永生的表情试探着说,"咱把大刀队的大本营安到这水泊洼据点上,那不挺来劲吗?"

他见永生笑了,又道:

"要不,咱们大刀队,虽然威名挺大,可连个大本营也没有哇!"

梁永生摇头笑道:

"不!"

"咋?"

"有!"

"有?"

"早就有!"

田宝宝迷惑不解:

"早就有'大本营'?"

"对!"

"在哪里?"

"在人民群众之中!在广大农村之中!"

田宝宝笑了:

"我总觉着不跟有个像样的地界儿好!"

"好啥?"

"那么一来,可以和石黑来个你南我北,分庭抗礼;两军对垒,平分秋色,不是显着咱八路军大刀队的气派更大吗?"

梁永生哈哈地笑了。

他这一笑,笑得个田宝宝更摸不着头脑了:

"怎么? 不对?"

"不对!"

"为啥?"

"因为你说的那个办法,不如打游击好!"

"打游击好啥哩?"

"打游击没有'包袱'!"梁永生耐心地教育田宝宝说,"当然,打游击要有革命根据地。我们的根据地正在扩大。但不能死守一个两个'像样的地界儿'。这样,仗在哪里打,在什么时间打,怎么个打法,不用跟敌人'商量',都由咱自己独主! 宝宝,你想想,我说得是这么个事儿不?"

田宝宝想了想,信服地点点头:

"嗯,对,是这么回事儿。"

梁永生拍一下他的肩膀,又问:

"宝宝,你知道我讲的这些话叫个啥吗?"

田宝宝拍打着眼皮,摇了摇头。永生又一字一板地说:

"这就叫:主——动——权!"

梁永生这么耐心地教育一个刚刚解放过来的伪军士兵,所见之人都很敬服。

梁永生这个人,每当把话说完,总爱用一句引人发笑的话来收尾。眼下,他又指指水泊洼据点向田宝宝说:

"宝宝,你要没在这里头呆够,可以留下嘛!"

田宝宝笑了。人们也笑了。田宝宝又说：

"不不！俺跟你们打游击去！"

就着田宝宝的话头，许多原来跟他在一起的伪军，齐打忽地吵嚷开了：

"俺也去！"

"俺也去！"

"……"

永生笑了。他朝原在水泊洼据点上的伪军们挥挥手，说道：

"关于你们今后的安排问题，我们要开会研究。研究出意见后，再告诉你们……"

又过了一阵。

大刀队的战士们，民兵们，押着俘虏，抬着缴获的枪支、弹药和各种各样的胜利品，怀着胜利以后特有的喜悦心情，摆成了一溜双行纵队，浩浩荡荡，鱼贯而行，一直向东开去。

他们，将一片胜利的脚印，留在了自己的身后。

第十八章　围困柴胡店

水泊洼据点一拔除,临河区的形势,和全县一样——发生了很大变化。大刀队已发展到一百多号人。他们根据县委的指示,还进行了一次整编。整编以后的大刀队,分为三个分队,九个班。各个分队的干部,也都健全起来了:

王锁柱当了第二分队的分队长;

黄二愣和唐铁牛等当了班长……

在我大刀队得到了发展壮大的同时,敌人那边的兵力已大大减少了。他们,连上前些天才从县城调来的一班鬼子兵,总共也只不过有八九十个人了。这些敌伪军,全被我军围困在柴胡店,龟缩在两个大院儿里:

一个大院儿里住着石黑的鬼子队;

另一个大院儿里住着白眼狼的汉奸队。

石黑那帮鬼子队,人虽少,可是武器好——每人一支大盖儿枪,一支王八匣子。另外,还有四挺机关枪。

白眼狼领的那伙子伪军们,人数虽然多些,可武器比鬼子队差得多——他们每个人只有一支杂牌子步枪。

伪军小队长贾立义,已被石黑枪毙了。

石黑在枪毙贾立义之前,确实为了不少难。阙七荣一再向石黑建议,说不枪毙贾立义,部队以后再也没战斗力了。白眼狼则一再求情,说贾立义追随皇军这些年有功,留下来可以收拢军心;石黑权衡得失,犹豫再三,最后还是不得不下令把贾立义枪毙了。这之后,白眼狼和阙七荣的矛盾加深了,白眼狼对石黑也心怀不满。

近来敌人的活动情况是:他们尽管不敢拉着大队人马到处"讨伐"、"扫荡"了,可还是短不了地瞅个空子窜出据点来,在柴胡店附近的一些村庄里,抢劫一阵,又赶忙缩回据点去。

这是半个月前的情况。

眼下他们不敢了!

眼下,我们大刀队的战士们,和各村的民兵配合一起,已将柴胡店彻底围困起来。从柴胡店通向各处的公路,已被我军民全部破坏。不用说在上面跑汽车,连辆小推车也推不过去了。

柴胡店的交通完全断绝后,它成了汪洋大海中的"孤岛"。在这个"孤岛"的周遭儿,到处都是八路军和民兵们挑的交通沟和战壕。这些沟壕,横三竖四,错综交织,纵深达二三里。

在这些沟壕中,经常有八路军和民兵出没。

敌伪军只要一出窝,准得挨枪子儿。

就在前几天,敌人还曾试图窜出窝巢,要来个闪电式的抢粮哩!可是,他们刚探出头来,就撞上了我们的天罗地网。

这是我们军民一体用智慧、勇气和意志结成的天罗地网!敌人撞上后,实实着着地挨了一顿好揍,便赶紧缩了回去。

从那以后,敌人像只被打断了脊梁骨的狗一样,老实多了!连日来,他们白天黑夜都龟缩在乌龟壳里,一直没敢露头儿!

这样的局面一形成,我们的各种抗日群众组织,更加活跃起来。各村的儿童团员们,三六九儿地拉着小队伍来到据点外面,射传单的射传单,放风筝的放风筝,还有的搞城下喊话。他们用这些办法,宣传共产党、八路军的对敌政策,瓦解敌人士气,号召伪军们弃暗投明、改邪归正、投诚起义。

各村的妇救会,就经常教育、组织一些伪军的家属,来到柴胡店的围子门外或是城壕沿上,召唤他们那当伪军的亲属返回家乡。

你听吧！拄着拐杖的老年人来喊儿孙的,穿着开裆裤的娃娃来叫爹爹的,一些青壮年女人来呼唤她的丈夫的,从早到晚络绎不绝。直闹得这柴胡店围墙的四周,哭哭啼啼,喊叫连天。

有时候,有的伪军正在城墙上站岗,正赶上他那发白牙落的老娘来到城墙根下。那老太太,一望见城墙上的儿子,就扑扑瑟瑟地淌开了泪水。她一边哭,一边向她的儿子说:

"孩子啊！你别干这个啦,快脱下这身汉奸皮儿回家去吧！日本鬼子快不行了,你还不赶紧想个法儿跑出来,莫非说,你要舍下你的老娘上外国吗？孩子啊,别看你给鬼子当兵,八路军对待咱家老的小的可都满不错呀！儿呀,听娘的话,快回家吧,保准没事儿……"

接着,她又举出一些伪军开小差返回家园的例子。那城墙上的伪军,见娘哭得眼赛红枣儿,他心似刀绞,泪如雨下。他们娘儿俩,一个在城上哭,一个在城下哭,越哭越痛。直到伪军头子来了,硬把那值岗的伪军扯下城墙,才算结束了这场悲剧！

不！这场悲剧并没有就此结束！你听！城外这"儿啦儿啦"的哭声,更响了,更高了,更大了！城里头,也在隐隐约约传出那伪军的哭泣声。

有时候,一个伪军的妻子,来到这围墙根下招呼她的丈夫。因为她的丈夫未在围墙上站岗,她就搭拉着两腿坐在城壕沿上放声大哭。她高一声,低一声,娘一声,儿一声,又哭天,又哭地,还哭自己的命不济！她一面哭,还一面对天诉述着由于男人不在家而产生的难处,苦处……她这带有传染性的哭声,随着凄凉的秋风飞上城墙,又通过伪军们的耳朵钻进他们的心中。

有的伪军,听见这女人的哭声,想起了他自己那好久没见面儿的老婆孩子,想起了他那年老多病的爹娘……因而,他情不自禁地也陪着这城下的女人抽泣落泪。还有的伪军,被这嚎啕不止的女人哭动了心,便悄悄溜下城墙,偷着去给他自己的伙伴儿、这女人的丈夫送了信儿。

伴随着我们的政治攻势的深入开展,开小差儿的伪军,一天比一天地多起来。

有的伪军,半夜三更溜下城墙,跑回老家去了。

有的伪军,带着枪支弹药,逃出据点,投奔了我们八路军。

就在前几天,在柴胡店据点上,还曾发生过这样的笑话儿:那是一个黢黑的深夜,石黑亲自出来巡城查哨时,碰上一个站岗的伪军正在抱着大枪哭鼻子!石黑用手电筒一照,只见那个伪军两眼哭得像对核桃,脸上净些泪道道,他一下子火儿了,肆口谩骂道:

"你的又想家啦?哎?巴格亚鲁!……"

那个伪军正觉着抱屈,本来就窝着一肚子火,石黑这一骂,把他骂急了,他便不管三七二十一地和石黑顶撞道:

"你就是会骂!骂个屁?我得算顶好顶好的了!"

石黑挨了顶,便打了那伪军两个耳捆子。可是,他又往前一溜达,这才发觉,原来那个伪军的说法儿是对的——而今,好几个岗位空空的,有的光有枪没了人,有的连人带枪全没了影儿!

那值岗的伪军哪去了?

他们,开小差儿的开小差儿,投八路的投八路,全都"不辞而别"溜之乎也了!

石黑不是傻子,他当然知道,伪军们所以产生这种情况,显然是与其亲属的城下呼唤大有关系。因此,石黑对经常来城下哭喊的伪军家属们非常恼火,而且也曾采取过严厉措施——有一回,一个伪军正在围子门的岗楼子上站岗,他的一个十多岁的儿子突然来到这围子门外。他一见爹正在城门楼子上站岗,喜出望外,便大声疾呼道:

"爹!我爷爷病得厉害,黑夜白天都在想你,他叫我来叫你回家去看看……"

那伪军该怎么回答孩子呢？他只是哭泣落泪，啥也说不上来。那孩子将爷爷教给他的话一连说了好几遍，见爹一直不肯走下岗楼跟他回家，他就在城门楼子下边连哭带叫地闹起来。

这个伪军的儿子正在城下哭闹，突然来了两个鬼子兵。这两个鬼子兵，是根据石黑的命令，专门到处检查这种情况的。现在他们来到城门楼子上，一见这种情景，没容分说，就先给了那个伪军两个脸巴掌。在这个鬼子兵打伪军的当儿，那个鬼子兵从城门楼子的窗户里往外打了一枪。他这一枪，使城下的哭叫声立刻止住了！那伪军来到窗口往下一看，只见他的儿子躺在血泊中！他一急之下，举起枪托子朝那鬼子的脑袋掼下去！只一下儿，便将那鬼子掼了个脑浆迸裂……后来，这个伪军虽然也死在鬼子手里，可是，鬼子们却不敢随便向伪军家属们开枪了！

面对着敌我斗争的这种新形势，我们大刀队遵照县委的指示精神，对广大人民群众加强了政策教育。经过宣传教育，群众的政策水平大大提高。他们对开小差儿回来的伪军，不仅不加歧视，还按照党的政策，由抗日政权适当安排他们的生活。与此同时，各村的群众抗日救国组织，又经常运用各种方式，教育帮助他们。

有些伪军提高觉悟后，就回到柴胡店的城墙下，去向还没逃出火坑的伪军喊话：

"弟兄们！日本鬼子是秋后的蚂蚱，没有几天的蹦跶头了，赶快弃暗投明吧！……"

还有的这样说：

"伙计们！你们可别跟着那些汉奸头子们学呀！人家当官儿的发财，咱当兵的卖命，这不是个囫囵个儿的大傻瓜吗？……"

这些经过教育又来到城下的伪军，还用现身说法，宣传共产党、八路军和抗日民主政府的政策，劝说他们那些从前的伙伴开小差儿,回到自己的老家去,与亲属团聚,好好地生产劳动过日子,也免得为必将完蛋的日本帝国主义陪葬!

对那些志愿参加八路军当了战士的人,大刀队党支部就组织了诉苦大会。

先让贫苦农民诉阶级苦、民族苦教育他们。

又让他们诉受石黑压迫的苦,诉受白眼狼压迫的苦,诉受各个鬼子、汉奸头子们压迫的苦,进行自我教育。

在诉苦会上,申不完的冤屈,吐不尽的苦水,就像运河的浪涛一样,一个接着一个没完没尽,使这些战士哭得泣不成声。

这种诉苦教育,和八路军对他们的关心一结合,推动着他们的思想、感情发生了巨大变化。

除此而外,那些经过儿童团、青抗先、民兵这条道路走进大刀队来的战士们,对鬼子、汉奸头子更恨了,同这些战士们从感情上也融洽起来。

还有一些解放过来的战士,经过诉苦教育以后,他们自动地运用各种关系对据点上的伪军做了许多工作。这一手儿,在伪军中震动很大。他们,开小差儿的,携枪来降的,越来越多了。

在这种情况下,有的同志乐观起来。

有一天,几个战士闲谈时,小胖子曾说:

"我看,柴胡店据点上这伙子伪军,照这个跑法儿,用不了多久,他们的司务长就要交出伙食账喽!……"

这种论调,很快传进梁永生的耳朵。

永生认为:从表面看,这只不过是一个笑谈。可是,在这个笑谈里,潜藏着一种非常有害的盲目乐观情绪。这种情绪产生于那种骄傲麻痹思想。并且,他还想到:这种思想尽管是刚露苗头儿,可是,如果不及时地加以解决,必将直接影响到我军的战斗力!

怎么办?

梁永生在经过思考之后，于一个充满着战斗气氛的夜晚，在一个到处响着哨兵喝问口令的村庄中，先召开了支部会，又召开了指战员大会。

会上，经过一阵热烈的讨论，人们在这样的思想基础上统一了认识：

敌人，是不打不倒的。我们胜利的希望，只能寄托在我军的英勇战斗上，不能寄托在敌人士兵的开小差儿上。因此，我们面对着一派大好的胜利形势，不该盲目乐观，而应该时刻都准备进行更激烈的战斗。

在会议即将结束的时候，梁永生又语重心长地告诫战士们说：

"同志们！死虎要当活虎打，轻载要当重载担。况且现在敌人还不是'死虎'，我们要彻底歼灭这股敌人，任务还是艰巨的。在这些敌人中，除了石黑、白眼狼、阙七荣和其他一些头子们以外，在一般伪军中也有一些很坏的家伙。如地痞流氓，国民党的兵痞，以及一些投敌的地、富子弟，等等。因此，我们决不能轻敌。'骄兵必败'呀！我们应当记住这句兵家格言。"

永生讲完后，开始分组讨论。

讨论中，锁柱说：

"队长说得对呀！割断脖子的鸡还要扑棱一阵子呢！轻敌是要吃亏的！"

人们认识明确后，梁永生又向大家提出这样一个新的问题：

"咱们给敌人'算算卦'——他们当前的思想动向是什么？"

他见有的人对这个问题不大重视，又接着说：

"只有'知己知彼'，才能'百战不殆'！不分析敌人的动向，咋能'知彼'？不'知彼'，又咋能'不殆'呢？"

经过一阵热烈讨论，永生又作了总结性的发言：

"我同意同志们的看法——被围困在柴胡店的敌人，目前的主要动向,很可能是设法突围逃跑!我们既然这样认为,那么,咱当前的第一个任务,应当是堵住他们的逃路,不叫他们跑掉;第二个任务,才是狠狠地打击他们,把他们干掉!"

他说到这里,将举起的拳头落到桌子上,震得放在桌面的小烟袋跳动了一下。

梁永生顺手拿起桌子上的小烟袋儿,手里捻捻搓搓地装着烟,眼在巡视着人们的表情。沉静了片刻,他将话题一转又说下去:

"大家再对我的发言讨论讨论吧!"

"叫我说甭讨论了!"

"为啥?"

"我揣摸着——"锁柱说,"现在,队长不光把我们怎么打胜安排好了,而且,大概连敌人怎么完蛋也全替他们安排好了!"

说真的,这时梁永生的心里,确实是装着一个作战方案。在他这个方案中,对阵怎么布,仗怎么打,以及目下的布防有什么缺陷,如何进行调整,等等,都有一些初步意见。不过,梁永生却不愿先把他的方案拿出来。他还是坚持让人们讨论:

"这次战斗的指导思想虽然定下来了,可是,仗怎么打法,咱还没个准谱儿呀!"

"那也用不着讨论!"有人说,"队长怎么指挥,我们保证就怎么打……"

"那可不行!"

"咋不行?甭管怎么打,反正我坚信不疑;这一仗,还和过去的每一仗一样——石黑、白眼狼他们,是占不了便宜的!"

"咱红军、八路军的老传统,就是在军内要开展军事民主嘛!"梁永生坚持说,"我看,咱们还是要对作战中的一些具体问题进行一番认真讨论的!"

讨论又开始了。

会场的气氛重新高涨起来。

这时节,梁永生架着小烟袋儿,坐在一个圆杌子上,两只眼睛凝视着正冒白烟的烟锅儿。使人冷眼一看,仿佛他那根只有一拃长的小烟袋儿里,有着说不清的奥妙,目下永生正在集中精力观察它,研究它。

其实不然。永生这时正在一面听一面思索着每一个人的发言。并用人们从发言中表达出的各种意见,悄悄地修订、补充着他那个装在心里的方案。

这个讨论会,是无拘无束的,丰富多彩的。有时候,全被一个人的发言吸住了,会场静得像除了那个发言的人以外,再也没有人了一样。有时候,双方争论起来,听嗓门儿,看气氛,又很像正在吵架。一忽儿,分成了若干伙儿,各自议论着各自的话题。一忽儿,又统一起来了,人们都在为一个难题大费脑筋……

梁永生主持会,一向能使人们敞开思想。今儿还和往常一样,不管会场出现什么情况,他总是静静地听着。

在战争的年月里,凑巧的事还就是不少呢!

一霎儿,在村边值岗的唐铁牛,突然走进屋来。

唐铁牛是领着两个伪军走进屋来的。

这两个伪军,今夜才从柴胡店据点上逃出来,是特地到这里来找八路军大刀队投诚的。

永生听铁牛这么一说,心里挺高兴。

他在杌子腿上磕去烟灰,又将小烟袋往腰带上一别,而后告诉一名支部委员领着大家继续讨论,这才朝那两个前来投诚的伪军一挥手,说:

"走,咱到我的办公室里去谈谈。"

他们出了角门儿,在胡同里走了不远,又进了另一个角门儿。穿过一个浅浅的天井,梁永生将两个伪军领进一个只有一庹多宽的小房间。

他们进屋后,梁永生朝一条板凳一指,说:

"坐,坐下。"

他说着,自己在另一条板凳上坐下了。

两个伪军在同一条板凳上并排着坐下来。

梁永生先向他俩问了一些情况,然后又以商量的口气说:

"你们谈谈鬼子的动向好不好?"

一个又高又瘦的伪军先开了腔:

"叫我看,他们要逃跑!"

另一个又矮又胖的伪军接言道:

"我就是因为不愿意跟着他们走才逃出来的!"

他俩这个一句那个一句地谈着,梁永生在这个当儿点着了烟。尔后,他狠狠地吸了一口,又慢吞吞地吐出来,笑吟吟地问:

"你们咋知道他们要逃跑?"

"他们把文件全烧了,笨重的东西也砸了,这不是想跑是干啥?"瘦子说到这里,胖子又接上了:"那天,我给白眼狼站岗,听见石黑和白眼狼边说边走:'你的主意大大的好,再不走晚了晚了的!'石黑这句话,我琢磨着,就是要溜了!"

"你们看——他们为啥要逃跑哩?"

"他们不傻——大势已去,不跑等死?"

看来,那个胖子比瘦子细致——他接着瘦子的话音儿说:

"叫我看,他们有三怕——"

他说到这里,故意停下来,用眼瞟瞟梁永生的面容,心里揣猜着对方是不是喜欢听下去。

梁永生从那伪军的表情上,看透了他的心理活动,就顺口插了一句:

"哪三怕?"

"他们一怕围困久了,活活饿死!"

"噢!这二呢?"

"他二怕八路军攻进去——"

"这三哩?"

"三怕俺们这些当兵的开小差儿呗!"

瘦子觉着胖子这话不够分量,又添上一句:"我们三开两开,就把石黑、白眼狼给开成'光杆司令'了!"

永生笑了笑,沉静一霎儿,见两个伪军没人想再说什么,又问:

"照你们的看法,他们将来要往哪里跑?"

"往南跑呗!"

"为啥哩?"

"县城在南边嘛!"

永生又向胖子一腆脸:

"你看呐?"

胖子说:"我看他们也是要往南跑!"他停一下,又提出根据道:"今儿白天,我见石黑和白眼狼,到了南门上,朝南张望了好大晌……"

"你们说,他们跑了跑不了?"

"我看跑不了!"

"为什么?"

"首先是因为黄家镇据点拔除了。那黄家镇据点,是这柴胡店据点的南大门,也是由柴胡店通往县城的一座桥梁。那个据点一拔,等于把门关了,把桥拆了,县城里来接应柴胡店就困难多了。再加现在八路军已兵临城下,据点周围,满洼遍野,除了八路,便是民兵,他们哪能跑得了呢?"

这是瘦子的说法。

永生见胖子在微微地摇头,就朝他一腆下颔儿:

"哎,你看呐?"

胖子先笑一笑,说:

"我爱说笑话儿——"

永生也笑了,说:

"好哇!说吧——我就是爱听笑话儿!"

"叫我看——"胖子说,"他们只要决心跑,是能够跑得了的!"

梁永生对这种说法很感兴趣。

因为,在他看来,通过伪军的看法,来检查我军的布防,是有用的,也是难得的。

于是,永生又鼓励那个胖子说:

"说下去——为什么他们跑得了?"

胖子鼓了鼓气,说:

"我是这么个看法——他们,有四挺机枪,要是集中火力,朝着一个地方一突突,冲开一条通道,我看是容易的!"

他瞟一眼永生的表情,又说:

"再就是,你们现在挖的这些交通沟、战壕,看来都是准备攻打据点用的——"

"你咋知道?"

"我看着,竖沟多,横沟少!"

梁永生很欣赏这个伪军的见识。因为,他早就发觉了这个问题,并准备在这次会上加以解决。方才,他在离开会场前,所以坚持让同志们继续讨论下去,其中就包括着要解决这个问题的意思。不过,他现在跟这个伪军不仅啥也没表示,却好像对此一无所察似的问道:

"竖沟多、横沟少有啥不好?"

"用它打攻击没啥不好!"

"打截击呢?"

"伤亡准大呗！"

那胖子说出这句话后，又赶忙解释道：

"梁队长！我是个一根肠子通到底的人，说话直出直入，从来不会拐弯儿！我刚才这些话，全是出于好心，甭管说对说错，你可别见怪呀！"

梁永生见他有顾虑，就热情地再一次鼓励他：

"我们共产党，八路军，就是喜欢像你这样说话的人。你就有啥说啥，一五一十，大胆地说吧！说对了是好话，说错了是好心，对与不对全没关系！"

经梁永生这么一鼓励，那两个伪军话更多了。他们对我军的围城布防，又谈了许多看法。这些看法，有的是属于指缺点的，也有的是属于提建议的。当然，他们谈的这些，有对的，也有不对的。

最后，梁永生对他俩所谈的一切，无论是对的也罢，不对的也罢，有用的也罢，没用的也罢，一律是什么也没表示，只是以一种满意的微笑做了回答。随后，他另起了一个话题，又问：

"哎，你们再说说——既然是能够突围逃跑，那你俩为啥还开小差儿来投八路呢？"

"俺俩不愿意跟着他们跑！"

"这又是为啥？"

"我是因为家在这一带。"瘦子说，"几年来，八路军对待我家里的人很好，我已经全知道了。"他指指自己的胸膛又说，"谁这肋条骨底下没有四两红肉？说良心话，我从心眼儿里感激八路军！再说，我舍下一家老小，跟着他们有个啥跑头儿？"他干咳了两声又说，"我已经看透了，日本鬼子早晚是非败不行了！我要光闭着个瞎眼跟着他们跑，跑到哪里算一站？又跑到哪里算个头儿？还能跟他们一块儿跑出国去？……"

瘦子说完后，梁永生又问那个胖子：

"哎,你呐？听口音,你大概不是这一带的人吧？为啥也不愿意跟着他们跑哩？"

"我懂得八路军的政策。我觉着八路军好。"那个胖子说到这里,见梁永生很有兴趣地听着,又有些不好意思地补充说,"我是曾经被八路军俘虏过的人,受到过八路军的宽大和教育……"

永生一听这话,就问：

"怎么？你被我们俘虏过？"

"对啦!"

"被我军的哪支队伍俘虏过？"

"大刀队!"

"大刀队？"

"对!"

"在什么地方？"

"在宁安寨。"

胖伪军说到这里,锁柱走进屋来。锁柱一见这个胖伪军的面儿,猛地打了个愣。接着,他朝那个胖伪军一指,笑眯着眼睛问道：

"哎,你认识我不？"

胖伪军朝锁柱瞅着,久久地瞅着,不吭声儿。

擅长口技的小锁柱,一见这个伪军认不出他来,他眼珠子一骨碌,突然装腔拿调地说：

"'于皮子！背的谁呀？'——'答话!'——'皇军'……"

锁柱学着三个人的腔调这么一说,那个胖子蓦然惊喜起来：

"我认出来啦！认出来啦！……"

原来,这个胖子,就是背着冒充"皇军"的锁柱撤出宁安寨的那个于皮子。现在,于皮子一认出锁柱,就亲热得扑过来。他双手抓住锁柱的手,激动地说：

"想不到我们又见面了!"

"是啊!"锁柱为了要看看于皮子今天的认识水平,便以开玩笑的口吻接着说,"于皮子!今天,我得谢谢你呀!"

"谢我?"

"是啊!"锁柱说,"那回你背着我突出了重围……"

于皮子涨红着脸说:

"你净讽刺俺!"

"这怎么是讽刺你哩?"

"我倒是应当感谢你的救命之恩哩!"

"感谢我?"

"就是嘛!"于皮子说,"在当时,我背着你突围脱险,是在你的枪口之下被逼着干的!那还有什么值得可'谢'的?可你对我,却是真有两次救命之恩——我做了你的俘虏,你没枪毙我,那是第一次救命之恩;我将你背出村后,你在那样的情况下,还向我讲了一些八路军的政策,这才促使我今天逃出了火坑,来投奔八路军,这不又是第二次救命之恩吗?……"

于皮子这么一说,引得人们都笑起来。

锁柱也跟着笑了一阵后,转向永生道:

"梁队长,讨论会讨论得差不离了,正等你去作总结哩!"

梁永生听后,笑哈哈地说:

"那总结是我包下了吗?为啥非要等着我?"

他虽嘴里是这样说着,可还是立刻站起了身。随后,他一边往外走着,一边指着两个来投诚的伪军向锁柱说道:

"我替你作总结去,你替我安排他俩休息!"

"是!"

锁柱领着两个投诚的伪军,走出梁永生的办公室。

梁永生来到会场上。

这时,讨论会已进入尾声。

永生坐下后,先将两个投诚伪军讲的情况谈了一下。谁知,他这一谈,又将个讨论会掀起了新的高潮。原来,方才梁永生和投诚伪军谈话的时候,这讨论会上,也曾围绕着我军阵地的布防问题发生了一场争论。在争论中,曾有几位战士提出"竖沟多、横沟少"的问题,并通过争论取得了一致意见。现在梁永生一谈及这件事,那场向着更深一层发展的争论,又重新爆发了。

这时的梁永生,照例坐在一边抽烟,静静地听着。直到讨论会又落潮了,他这才将大家的意见综合、归纳起来,并对我军的布防作出了如下调整和部署:

第一,锁柱带领的第二分队,到柴胡店的南门外去布防。任务是,堵住妄图南逃的敌人。第三分队,到柴胡店的北门外布防。任务是,防止敌人万一向北逃窜。梁志勇带领的第一分队,作为机动力量和后备力量,留在指挥部待命。

第二,柴胡店的东面和西面,组织各村的民兵防守。任务是,打击可能窜出据点来骚扰和抢粮的敌人。东面,由沈万泉同志任指挥,秦海城和滑稽二任副指挥。西面,由李虎同志任指挥,杨大虎和铁蛋任副指挥。

第三,再挑选二百名到三百名精干民兵,由唐铁牛负责带队,到柴胡店南面去,归锁柱统一指挥,和大刀队统一布防。

第四,第三分队要派出一个班,由赵生水同志亲自带领,赶到柴胡店以南十里左右的地方布防。这个阵地的任务有两项:一是,拦截万一突破我们的防线向县城逃窜之敌;二是,阻击可能由县城来增援柴胡店的敌人援军。

第五,柴胡店周围的交通沟,战壕,防御工事,都要根据情况迅速加以改造,使其既适用于进攻,又适用于阻击。这项任务,事关紧要,要火速行动,连夜突击,力争尽早完成。

梁永生作完上述部署之后,会场上爆发出一阵喜气洋洋的议

论声。永生用手势压下人们的悄悄议论,向人们说:

"大家谈谈自己的看法吧!"

好几个人同时说:

"没啥谈的啦!"

会场沉静了一会儿,永生又说:

"谁还有不同意见?"

这回几乎是众口一声:"没有啦!"

此后,永生从衣袋里掏出一张纸,宣布了县委的一个通知。通知的内容,主要有三个方面:

第一,我军主力某部,目前正在临县某地部署一次较大的围歼战。大刀队和民兵攻打柴胡店,除了县委原来确定的意义之外,又增加了分散敌人注意力的意义。因此,望你们一定要把这次战斗打好,好使我军主力在敌人没有发觉的情况下迅速完成围歼战的准备工作。

第二,在大刀队和民兵攻打柴胡店以前,我县大队和一部分民兵一起,围困并佯攻县城的敌人,进行牵制,使其不敢倾全力增援或接应柴胡店,以达到使柴胡店的敌人全部就歼之目的。

第三,县委已命令地处县城和柴胡店之间的两个区的区中队和民兵,在县城和柴胡店之间层层布防,任务和你们大刀队的赵生水部相同。此外,两个区的区党委,还将组织一批民兵,交由赵生水同志指挥,和他们并肩作战……

永生传达完了县委的通知,又点着赵生水的名字嘱咐道:

"你们的任务是艰巨的。在完成这项任务的过程中,要注意这么几点:一是,要和围城佯攻的部队取上联系;二是,和兄弟地区的部队配合好;三是,要和你们一起战斗的兄弟地区的民兵搞好关系……"

部署完毕,会议就结束了。

紧接着,柴胡店四周的各个阵地上,全都忙起来。

你看吧!换阵地的,挖工事的,开小会的……到处都是一片紧张战斗的气氛。

镐镐锹锹起起落落,来来往往的人流好像穿梭一样。

送信的通讯员,来往在由县委驻地到大刀队指挥部的大路上。大刀队的传令兵,顺着柴胡店四周的交通沟,在各个阵地上奔跑着。

你听吧!镐锹的挖土声,紧张的脚步声,短促的命令声,夹杂着一声两声的冷枪声,使这柴胡店的四野里,呈现着一片十足的、战斗之前特有的气氛。这种充满着生气的气氛,是严峻的,紧张的,而又是镇静有序的。

这时节,梁永生让志勇留守在指挥部,他自己带领上小胖子,到各个阵地上查看战备情况去了。

他俩先在东、北、西三面的阵地上转了一圈儿。

现在又来到柴胡店南门外的第二分队的阵地上。

这里,和其他各个阵地上的情景大体差不多,除了掩蔽部,便是伏地堡,还有各式各样的战壕。弯弯曲曲的交通沟,密密匝匝,错综交织,好像那蜘蛛网一样,将整个阵地的角角落落联结起来。

黄二愣和他全班的战士们,正一面轮班吃饭,一面就着月光继续修挖工事。

梁永生走过来了。

他首先望见的,是那伙正在战壕里吃饭的战士们。龙潭街的小机灵刚参军,也在这个班里。由于好几个人只有一个菜碗,那些热气腾腾的小伙子们,头挤着头,肩挨着肩,围成了疙瘩挤成了堆。他们为了加快速度,争取时间,正在齐打忽地乱伸筷子。

往日里,就是在战壕中吃饭,尽管不容许大说大笑,可人们总还是免不了挤眼弄鼻地出出洋相,甚至悄声细气儿地逗个哏。

而现在,情况却大不相同。

这些吃着饭的战士,全都闷着头儿地呼啦呼啦地吃饭,脸上没有一分笑意和半丝笑纹。就是有人见到梁永生朝他们走过来,也没有任何表示!

显然是,他们正闹情绪!

他们是因为什么事而闹情绪呢?

梁永生正然边走边想,又见在那边修挖工事的战士们,好像情绪也不对头!他们,有的噘着个大嘴,有的唉声叹气,还有的一边忙活着一边悄悄低语。

抡着大镐刨土的黄二愣,瞪起虎彪彪的大眼,扭着脖子朝这边低声道:

"老实儿地干,别穷嘀咕!"

听语气,看面色,也很不正常!

这倒是怎么一回事儿哩?

永生暗自决定:先找黄二愣那个当班长的谈谈。谁知,他往二愣近前一凑合,那二愣的嘴噘得更大了,简直是能拴住一匹大叫驴!

二愣见永生走过来,不抬头,不吱声,照常吭噔吭噔地刨土,只是他那两个鼻孔里,一个劲儿地直出长气,就像刚跟谁吵过架似的!

梁永生站在一旁,打量着二愣瞅了一阵。越瞅,他越觉着黄二愣的情绪不对劲儿!这时的黄二愣,虽说对挖工事是很用劲儿的,不过,分明可以看出,他的肚子里,憋着一股闷气。这气,他想发泄,又没处去发泄!仿佛是,眼时下,他正在通过手中这把大镐,要将那满肚子的闷气倾泻到地宫里去!

梁永生望了一会儿,向二愣说:

"二愣,又玩儿命啦?"

要在往日,二愣准得说:

"力气是个'怪',使了它还在!"

可是今儿,二愣没吱声。

永生跨前一步凑上去,轻拍一下黄二愣的肩膀,笑盈盈地又说:

"二愣,看来你心里的火气真不小哇!这么大的风也吹不熄?倒是为了啥?"

二愣仍没吱声。照样刨他的土。

梁永生见二愣又上来了那股子倔强的牛劲儿,心里觉着好笑。笑,能解决问题?那又怎么办哩?永生还是老办法——他抄起闲在旁边备用的一把铁锨,插上手干起活儿来。他一边一锨一锨地往外扔土,一边揣猜着黄二愣闹情绪的原因。也不知这一阵永生想了些什么,只见他过了一会儿又开了腔:

"二愣,你这个班,分的这块阵地很重要哇!"

梁永生这一句,把个二愣捅炸了:

"得啦俺那队长!别拿俺开心了,俺都快活活窝囊死了!"

永生故作惊奇:

"窝囊?"

"可不是呗!"

"窝囊啥?"

"啥?俺这里,不叫阵地——"

"不叫阵地?"

"就是!"

"叫啥?"

"叫'养老院'!"

黄二愣分的这个阵地,是堵击逃敌的第三道防线。方才,梁永生估摸着,二愣所以有情绪,他这个班的战士们所以有情绪,八成是对分队长王锁柱把他们安排在这样的阵地上心里不满。现在,经二愣这么一说,永生算是明白了——果然就是这么回事儿!

可是,永生是同意锁柱这个安排的。

并且,他还为锁柱能够独自作出这样的部署,而打心眼儿里感到高兴呢!

于是,他笑呵呵儿地又向二愣说:

"二愣啊,叫我看,你们分队长这个安排,说明他对你们这个班是非常信任的!"

永生一说这个,二愣火儿更大了!他的脸上,肌肉一疙瘩一疙瘩地突起来,气鼓鼓地说:

"信任?唉!咋不信任?人家打仗,叫俺看热闹儿,阖天底下这算第一号儿的信任啦!不信任再怎么着?那就该着叫俺们告老还乡喽!"

二愣这阵牢骚,把个梁永生牢骚笑了。

黄二愣不解地问:

"队长,你笑啥?"

"我笑你呗!"

"笑我啥?"

"笑你憨!"

"憨?我方才讲的不是实际?"

"你方才讲的那一套,跟实际正翻掉着盆儿!"梁永生说着,一猫腰,将一大锨泥土甩上沟崖,又把锨头嚓的一声插进土里,挺起腰来喘了口大气,接着说,"二愣,你平心静气地想想,如果第一道防线和第二道防线的同志们,能够胜利地完成阻击任务,没有用着你这第三道防线,那不是更好吗?"

他把锨上的土甩出去,继而道:

"假如说,那一、二道防线,万一挡不住逃窜的敌人,就得看你这第三道防线了！是不？要是你们再挡不住,那会出现什么情况？显然,敌人就算跑掉了！……"

永生一激,二愣虎起脸说：

"怎么？算他跑掉了？队长,你只管放心,我保险：一个也让他跑不了！"

"准能做到这一点？"

"当然能！"

"那好！"永生道,"因此,我们对第一和第二道防线,要求是：尽力堵住敌人；而对第三道防线,也就是最后一道防线,要求是：必须堵住敌人！二愣,你想想,对哪一线的要求高？"

梁永生向黄二愣提出这个问题以后,唰呀唰地扔起土来,光干活不说话了。为啥？他要给二愣留出一段思索的时间。

这时,二愣扑闪着一双大眼想着,脸上的火色渐渐地消退着。可是,那火色并没消退干净,却止住了。稍一沉,他说：

"人家一线、二线的同志们,早就把劲全憋足了！我怕的是,他们一股脑儿地把逃敌全包了圆儿！"

"要能那么干脆,你不高兴？"

二愣只顾刨土,没吭声。

永生铲起一锹土,又说："在作战的指导思想上,一线、二线和三线也不完全一样……"

"咋不一样？"

"一线和二线,应当是：假若让后一道防线挡住敌人代价更小,而且确有把握,那就不该不顾一切地硬拼。可是,你这第三道防线呢？就不一样了！因为这是最后一道防线,所以,只要逃窜之敌来到你们的阵地前面,不管付出多么大的代价,你们应当而且必须是……"

二愣抢过话头插言道：

"我明白!"

"明白啥?"

"必须不惜任何代价,坚决堵住逃敌!"

永生点头道:

"对呀!"

他将话题一转又说:

"从这儿讲,你这第三道防线,不是更重要吗?你们的分队长,把你这一班安排在这里,不是出于对你们的信任是什么?"

话到此处,二愣乐了。人家黄二愣,倒是个爽快人。他嘿嘿一笑,说道:

"通了!"

"全通啦?"

"对!"

"我看不一定!"

"为啥?"

"二愣啊,我问你——"梁永生说,"你家那几间小土房,不都是你自己亲手盖起来的吗?"

"是啊!"二愣说,"你问这个干啥?"

"我是说,你亲手盖过房子,对房子,应当是有所体验的!"梁永生说,"咱把打鬼子,闹革命,和盖房子相比,咱们每一个革命战士,就好比是盖房子用的各种材料。二愣啊,你说我打的这个比喻对不对?"

二愣想了想:

"对呀!"

"一个合格的战士,要既能当大梁,当基柱,也能当陪檩,当垫楔,那才对呀!"永生稍一停又说,"争当大梁,也就是说抢挑重担,当然是对的。可是,光有大梁,没有垫楔,能盖成房子吗?"

"当然不能!"

梁永生耐心而又亲切地说:

"二愣啊,我们作为一个革命战士,要做到为了革命能上能下,能大能小,一切听从党指挥,一切交给党安排。也就是说,党叫当'大梁',咱就当'大梁';党叫当'垫楔',咱就当'垫楔'——对执行党的指示,党的命令,不打折扣,不讲价钱……"

永生越讲越上劲。

二愣越听越入神。

最后,黄二愣说:

"队长,我全通啦!"

永生满意地笑了:

"那很好。可是,光你通了还不行啊!"

"还不行?"

"看!又忘了!"

"啥?"

"如今,你是班长了,不是一般的战士了——"

"我明白了——"二愣笑着说,"队长,你是说,要通过我这个班长,使全班战士都'通了',那才行哪!是不是这个意思?"

梁永生点点头,无声地笑了。

永生要走了。

二愣怕领导不放心,又表示态度说:

"梁队长!过一会儿,你再回来看看吧——我保证让全班战士的情绪嗷嗷儿叫!"

"好哇!我是要回来看看的!"

永生说罢,离开二愣班的阵地,向北走去。

小胖子放下手中的铁锨,紧跟在队长的后边。

他们顺着交通沟走了一阵,又碰上了分队长王锁柱。

这时,锁柱正在交通沟里跑来跑去,看来他忙得很哟!永生瞅了一会儿,将他喊过来,问道:

"锁柱,战备工作进行得怎么样啦?"

锁柱兴冲冲地说:

"没问题啦!"

"没问题是什么话?"

锁柱还是一身孩子气儿,一伸舌头,又说:

"交通沟,全打通了!……"

永生笑道:

"锁柱啊,光交通沟全打通就行啦?更重要的,是如何把战士们的思想'全打通'!"

锁柱扑闪着一双思索的眼睛望着永生,久久地不出声。梁永生相信锁柱能够理解他这句话的意思,所以他并没接着这个话题再说下去,而是把话头一转,向锁柱又提出一个新问题:

"锁柱,你这么布防,是想怎么个打法儿?"

锁柱又开了机关枪:

"敌人冲出来以后,我只要觉着有把握堵住他,就打算命令第一道防线,还有第二道防线,先把敌人放过去。等敌人冲到第三道防线前沿时,我再一声令下,一齐发起冲锋,来个三面夹击,来个猛打猛冲!……"

"为啥要这样打法?"

"这样,置敌人于我军的半包围之中,有利于大量杀伤敌人!"

永生笑笑,又问:

"领导上给你们的任务是啥?"

锁柱以背述的口吻说:

"坚决堵住逃窜之敌,不让他跑掉一个!"

梁永生又追问道:

"你的指导思想,是大量杀伤敌人,符合领导上对你们的要求吗?"

"我觉着是符合的!"锁柱带着辩论的语气报告说,"堵击住敌人是为了什么?不让他逃掉又是为了什么?还不是为了就地消灭他们?"他越说越理直气壮,"因此说,我的作战指导思想是:在保证不让敌人跑掉一个的前提下,通过围困阶段的堵击战,先设法给敌人以尽量大的杀伤,这样,下一步棋也就好走了!……"

梁永生对锁柱的想法很满意。可是,他却像故意打趣似的问锁柱:

"'下一步棋'是什么?"

"攻打柴胡店据点呗!"

"锁柱,咱先交代明白——下一步攻打柴胡店据点的任务,我可从来没有许给你们分队呀!"

"正是因为领导上没把攻打据点的任务许给我们分队,所以我们才决定这个打法……"

永生听锁柱这么一说,心中更高兴了。这是因为,通过这个具体事儿,不仅可以说明,锁柱的指挥能力已经提高,而且还可以说明,他的思想水平也在提高。因此,这时他再也压不住内心的喜悦,便情不自禁地拍一下锁柱的肩膀,笑着说:

"好哇!"

"批准啦?"

"我完全同意你的部署!"

又是一个战斗的夜晚。

月亮早已落下去。天空中,只有几颗残星,还在深空里眨着眼睛。

黎明,战斗的黎明,在人们的不知不觉中来临了。

四野里,升腾起一股股的雾气,天地之间曚曚昽昽,一些远处的景物,都看不大清楚。

锁柱趴在战壕里,正透过晨雾向前张望着。

他只见,前边,在四五百米远的地方,有黑黝黝的一大块,从地平线上高高地凸出来,好像一座平踏踏的小山。显然,那就是柴胡店了。在那个"山"顶上,又直兀兀地冒出几个尖儿来,那是敌人据点上的炮楼子。

锁柱正然瞭望,那柴胡店的北门上,突然响起了密集的枪声。

据点南门鸦雀无声。

这是怎么回事儿?

锁柱盯着柴胡店那模糊的轮廓,想了一阵,向他身边的战友们说:

"注意!敌人可能要从南门突围!"

分队长一声令下,战士们全长了精神。他们都握紧枪杆,扣住扳机,瞪起大眼,严阵以待。

过了一会儿。

柴胡店南门外,突然出现一溜影影绰绰的小黑点儿。那些越来越大的小黑点儿,正顺着公路两边的小沟蠕动,渐渐地朝我们的阵地这边靠近着。

又过了一阵,随着那小黑点儿的增大,锁柱已经看清了:摸过来的只有六七个伪军。那几个伪军,一边抽头探脑地向前摸,一边东张西望地乱撒打。锁柱见此情景心中暗想:"看这个样子,敌人不像是真要马上突围,而可能是要让这伙送死鬼来个试探,借以侦察侦察我们的布防情况,以确定其突围路线和突围方法……"

锁柱想到这里,又联系到过半夜后,敌人曾在南门上打了好几阵枪,制造了一个要突围的烟幕(我们没还枪),更觉着自己的想法有道理了。于是,他扭过身去,告诉趴在他的身子左边的庞三华说：

"你去向一线、二线传达我的命令：我不开枪，谁也不许开枪！"

"是！"

庞三华顺着交通沟跑去了。

锁柱又向趴在他右边的田宝宝说：

"你去三线告诉二愣同志：等敌人接近他的阵地时再开枪，但不准冲杀！"

"是！"

田宝宝又走了。

锁柱集中精力，继续监视着那几个越来越近的敌人。

敌人快要接近第一线了。

埋伏在第一线的同志们，因接到了分队长"不许开枪"的命令，只好顺着交通沟悄悄地向两边撤去，给敌人让开了一条通道。

敌人又凑到第二道防线附近了。

守卫在第二道防线上的战士们，也和第一道防线上的同志们一样——向公路两边撤去。

敌人闯过我们的第一道防线和第二道防线以后，渐渐地又接近了我们的第三道防线。

突然，第三道防线上，响起一阵排子枪。

枪声一响，无数颗闪光的子弹，扑头盖顶地朝敌人压过去。

敌人一阵慌乱。

他们忙忙迭迭地还了几枪，撒腿就往回跑。

这时节，如果锁柱一声令下，撤到两边去的一、二道防线上的同志们同时开火儿，并一齐冲上来，来个三面夹击，这一小撮儿伪军就根本甭想回去了！

可是，锁柱偏偏没有下达这样的命令。

因此，这几个该死的伪军，除了被二愣他们放倒两个而外，其余的,全在一、二线的战士们的枪口底下窜回据点去了。

阵地上宁静下来。

好几名战士来到分队长的身边。

庞三华不满地说:

"锁柱,睡着啦!"

"没有哇!"

"没有为啥不发令?"

"发啥令?"

"开枪令呗!"

锁柱自从当上分队长以后,外表上虽然有时还带着一些孩子气儿,可他的思想上,比从前老练多了。尤其是在和他的部下打交道的时候,好像一下子长上好几岁去。一到了战场上,他更稳重得似乎超过了他的年龄。

现在,他面对着含气带火前来质问的战友,脸没挂色,眼没瞪圆,那张机关枪嘴也没开火儿,只是冲着三华眯眯地笑。

过了一阵儿,他才像老大哥似的说:

"三华,别急嘛!"

小三华依然气不消:

"你这个干法,能叫人不急?"

"你说说——急啥哩?"

"急你失掉了战机,放走了敌人呗!"

小三华嘴里牢骚着,吭噔一声,赌气坐在地上。

炮筒子走过来了。

看来他的火气更大。不过,他并没向锁柱发牢骚,而是冲着三华踢了一下儿:

"起来!"

"干啥?"

"找队长去嘛!"

"去告状?"

"说告状也行!咱反正得把情况反映上去!"

要在从前,小锁柱遇见这样的节骨眼儿,又得跟炮筒子叮叮当当。可是而今的小锁柱,他一点也没着急,仍在眯眯地笑。并且,比方才笑得更亲切,更深沉,更自然了。尔后,他用双手在炮筒子的肩膀上猛摁了一下,摁得个炮筒子就劲儿坐在崖坡上。他扶着炮筒子的膝盖一蹲,这才笑吟吟地说:

"老伙计!让我先说两句,你再去告状……"

"有啥说的?没说的!"炮筒子响开了连珠炮,"你故意放走了敌人,轻着说,是严重失职!要说重一点,那就是,那就是……"

"那就是'通敌之罪'呗!"

锁柱接了这么个话把儿,扑哧哧笑了。

他这一笑,逗得个要去"告状"的炮筒子,也不由得龇开了牙:

"俺可没说你'通敌之罪'——那是你自个儿说的!"

说真的,炮筒子是了解锁柱的。而且,他从内心里也是信任这位新上任的分队长的。方才,他是因为没捞着把那几个伪军干掉,连急加火上了气,这才冲口而出说了些过头话。现在,他些微一冷静,便将自己本来想说而没说出口来的话,又自己否定了。

这要搁在过去,锁柱岂肯容他"爬房"?准得抓住不放:

"你没说?你的意思就是这个!……"

可是今天,他并没来这惯用的一套。

为什么?因为他是分队长了!

分队长,只不过是一种职务;职务,能和一个人的脾气有关系?有!

一个人,挑生活中的担子,靠的是力气。那么,挑领导工作这副担子,靠什么呢?和挑其他的革命担子一样——靠的是对革命事业的高度责任感。

这种责任感,来源于党的培养教育。

这种责任感,能产生出一股强大的力量,促使着一个挑起领导重担的人,在自觉地改变着自己那些与领导工作不合拍的性体儿。

就拿小锁柱来说吧,他从前那种好和炮筒子抬杠的习惯,如今这不都被责任感产生出来的强大力量压住了?因为这个,他并没乘机猛攻上去,强逼着炮筒子公开承认什么,而是把话题一转,笑呵呵地说:

"伙计,你没捞着干掉那几个伪军,急了!是不是这么回事儿?"

"嗯!"

锁柱的话题又是一转:

"你是愿意多干掉几个敌人?还是愿意少干掉几个敌人?"

"废话!"

"咋是废话?"

"这还用问?"

"噢!我明白了——你是愿意多干掉几个敌人的!这好办——"锁柱挥臂一指,"伙计,你瞧——敌人那不又送上门来了?!"

锁柱在和炮筒子谈话的当儿,他的眼睛始终在兼顾着柴胡店方面的动静。当他们谈到这里的时候,正巧有一大批敌军从柴胡店的南门里冲了出来。因此,机敏的锁柱,便将这种新的情况立刻和他正说着的话儿联系起来。

正闹情绪的炮筒子,朝锁柱手指的方向一望,马上乐了!到这时,"锁柱为啥把那几个伪军放回去"那个疑团,在炮筒子的脑海里唰地消散净尽。

这一阵一直噘着大嘴的庞三华,一见这情景,思想上那个疙瘩

也不解自开了。他乐不得儿地说:

"喔!这回送来的这些肉蛋,比刚才多多了!"

炮筒子更乐不可遏地给了锁柱一杵子:

"你这个家伙还真行哩!"

"这又说我行了?刚才,你一说去告我,吓了我一脑瓜子头发!"锁柱一手摸着脑袋皮,一手指着正要扑过来的鬼子和伪军,逗闷子说,"多亏着人家敌人'救'了我!"

锁柱一向是非常严谨的,为什么在这种场合还逗笑谈?这是因为,他见身边有不少没大经过战阵的新战士,想以这种不畏战阵的情绪来感染他们。可是,炮筒子不了解锁柱的意图,就用一双笑眼瞪了他一下:

"啥节骨眼?还穷逗!"

他继而着急地说:

"锁柱,怎么办?快下命令吧!"

"好!我的命令再错了,你就两状一块儿告!"

锁柱一面说着,一面观望着敌人的队形。只见,伪军在前,鬼子在后,拉成了一长溜。锁柱看罢,将笑脸一收,立刻严肃起来:

"庞三华!"

"有!"

"你去一线、二线,传达我的命令:迅速向两边后撤,没有我的命令,谁也不许开火儿!"

"是!"

庞三华将锁柱的命令重述一遍,见锁柱点头后,这才像个打足了气的皮球一样,从地上蹦起来,忸着蹶子飞跑而去。

一瞬间,便在交通沟的拐弯处消失了。

锁柱又向正然待命的炮筒子命令道:

"你去第三线,告诉黄二愣:要他们严阵以待,勇猛冲杀,力争全歼!"

"是!"

炮筒子咔地打了个立正,哈下腰去开了腿。

从柴胡店窜出来的敌人越来越近了。

我们一线上的战士们后撤着……

我们二线上的战士们后撤着……

守卫在三线上的战士们,民兵们,全都学着班长黄二愣的样子,一面闪着火眼盯着正在冲上来的敌人,一面悄悄地将手榴弹拧开盖儿,勾住线儿,将一口大气憋在胸口上,静静地等待着那些送死鬼们!

敌人已经来到三线阵地的前沿了。

黄二愣将拳头提在胸前,猛力往下一击,突然发布了命令:

"打!"

这"打"字的余音未落,黄二愣手里的手榴弹飞了出去。紧接着,一颗颗的手榴弹,活像成群结帮的老鸹一样,全都撅着个尾巴飞向敌群!

伴随着声声爆炸,手榴弹开放出朵朵红花。就在这时,我军的排子枪又齐声吼叫起来。排子枪、手榴弹交织一起,好像急雨带雹一样向敌群倾泻着。

慌乱的敌人正要拼命向前冲杀的时候,那些一线、二线的战士和民兵们,根据分队长的命令从敌人的左右两侧一齐开了枪。

这么一来,整个儿的阵地上,火星飞爆,浓烟四起,枪声、喊声和手榴弹的爆炸声,撼天震地连成一片!

三面受敌的伪军们,一看钻进了我们的"口袋",慌作一团,阵脚大乱。在这种情况下,敌人的士兵们,死的死了,伤的伤了,没死没伤的,还有那些受了轻伤的,就像一窝被打蹽了的兔子似的,到处乱跑乱窜着!

走在后头的敌人,见势不妙,将屁股一掉,又窜回据点去了。走在前头的这一伙,被我们一线、二线的同志们卡住了退路,困在公路上。

他们,有的趴在地上打哆嗦,有的慌乱无绪地进行顽抗……就在这时,那些逃回据点的敌军,在城门楼子上架起了机关枪,朝着这边突突突地猛扫过来!

这当儿,我们的战士们,民兵们,全都卧在战壕里没有出来。被敌人那机枪扫倒的,净是他们自己那些被困在公路上的家伙们。

锁柱向敌人堆里一望,只见那伙伪军已死伤过半。剩下的这一少半,正爹一声娘一声地嚎叫着,又跑又窜乱成一团。

于是,他放开喉咙,向那伪军们喊道:

"缴枪不杀!八路军优待俘虏!"

分队长带头这么一喊,"缴枪不杀!八路军优待俘虏!"的喊声,立即形成了一股巨大的声浪,猛烈地撞击着伪军们的耳鼓!

对走投无路的敌人来说,喊声比枪声威力更大。

我们这么一喊话攻心,公路上的伪军们,不一会儿便停止了抵抗。他们,有的举起枪,有的在沟里举起一只手摇晃着白手绢儿,还有的将帽子倒过来戴着……总之,全部缴械投降了!

这一仗,从开第一枪,到结束战斗,只有几分钟。

战场上又是一片寂静。

漫空翻滚的硝烟中,闪烁着霓虹的彩霞。

黄二愣将田宝宝叫到自己身边,把脸一拉,粗声大气地说:

"刚才,敌人冲到我军阵地前沿的时候,瞧你吓得那种熊相儿!像个八路吗?……"

田宝宝耷拉着脑袋不吱声。

黄二愣越说气越大:

"手榴弹没拉火线就扔出去了,简直是胡闹!叫你就把我们八路军的脸给丢尽了！……"

田宝宝涨红着脸,依然不做声。

黄二愣又质问起来:

"你为啥吓成那个样儿？……为啥手榴弹不拉火线就扔出去？……我们的手榴弹,都是我们的同志用血换来的,用命换来的,懂吗？"

"懂！"

"懂？懂为啥拿着手榴弹胡糟蹋？"

"我不是胡糟蹋！"

"不是胡糟蹋？那为啥不拉火线就扔出去？哎？说！你说！"黄二愣连逼了两句没逼出话来,只好自己又说下去,"我说你'胡糟蹋',是因为你是个新战士,是个解放过来参军的战士,给你留着情呢！"他三说两说又上了火,"你要连胡糟蹋都不承认,那就只能说,你是,你是……"

是什么？黄二愣没说出来。可是,看来田宝宝已经估计出二愣要说什么了,于是他急忙解释道:

"班长,我不是别的,主要是心里慌了……"

"你慌的哪一慌？"

"因为敌我两军相隔太近了！"田宝宝说,"班长,你要是早一点发令开火儿,我也不至于慌得闹出笑话来……"

"早点开火？早点开火敌人能吓慌吗？"黄二愣说,"我们所以力争近战,是为了歼灭敌人！你慌的哪一慌？"二愣喘了口大气又道,"你不会想想？要是和敌人的距离远了,能有这么大的杀伤力？"

二愣一说到杀伤力,自然又想起田宝宝的手榴弹没拉火线的事来。于是,他将话题一转,又转到了田宝宝的身上:

"就说你扔出去的那第一颗手榴弹吧,虽然没拉火线,不是也把一个敌人投了个跟头？……"

黄二愣说着说着，笑了。

脸皮子特别薄的田宝宝，也禁不住地笑了，并笑得脸又涨红起来：

"当时，我主要是怕……"

"我知道你就是怕！"黄二愣虽然知道，但还是要问，"你怕啥？咹？说明白它！"

"我怕，我怕，我怕……"

田宝宝结结巴巴一大阵，到了儿也没结巴出倒是怕什么。黄二愣这一阵一直在旁边替他着急，先是急得皱起眉头，继而急得老喘大气，最后直急得冲口问道：

"连个'死'也说不上来？还是不愿意说那个字儿？你不会说也罢，你不愿说也罢，我就替你说了吧——你就是怕死！"

黄二愣这"怕死"一出口，田宝宝臊得连耳朵梢儿都红了。二愣盯着田宝宝的窘相，又挖苦上了：

"你也知道害臊哇？害臊你就别怕死！怕死你就别害臊！……"

你听听咱二愣这号理论！请不要觉着奇怪，话要不是这样说，那就不是二愣了！就这样，人家二愣还是觉着没说到骨头，他喘了一阵粗气，连打了几个唉声，又道：

"宝宝呀，你真是个宝宝！你叫我这当班长的说你个啥？唉！要不因为你是个新战士，我，我，我，唉——！"

世间之事，真是值得研究——这时的田宝宝，尽管觉着脸上像起了火，可是他的心里，却是半点也不烦恶二愣。他不仅不烦二愣的话说得尖刻，而且觉着班长该说，说得也满对！这是什么缘故？是因为他知道自己错了？是因为他理解班长是一片好心？是因为他已经摸到了二愣的脾气儿？还是因为他开始懂得了贪生怕死、临战怯阵在八路军中是丑事?……宝宝不怪二愣,究竟原因何在,咱没研究过! 我看也不用去研究了! 现在,就说他在挨了二愣这顿批评以后的表示吧——他说:

"班长,我错了,以后改!"

"光认错不行!"

"我不是说以后改吗?"

"那也不行!"

"怎么才行?"

"你得从思想上真正明白——"黄二愣说,"你的错误是个啥?"

田宝宝慨然道:

"我的错误,就是怕死!"

尽管田宝宝答得既爽朗,又肯定,可是,他的脸照样又红涨起来。黄二愣拍一下田宝宝的肩膀,笑着说:

"这话好!"

在黄二愣和田宝宝谈话的当儿,那边的战壕里,有一伙战士正在议论他们新上任不久的分队长——王锁柱:

"从今天这场战斗的部署看,锁柱还真不简单哩!"

"那当然喽! 要是没两下子,梁队长能把这么重要的一个阵地指挥权交给他?"

"你俩让个空儿,我插上一句:你俩说——梁队长为什么这么重用锁柱?"

"我来替他俩回答这个问题——因为锁柱根子正,苗子好,岁数小……"

就在这时,那位被战士们议论着的小锁柱,照例抓住了这个战斗间隙,正在向战士们做宣传鼓动工作:

"同志们,你们知道咱们的大刀队从十来个人发展到一百多号人了,你们知道我们大刀队送去升主力的同志也不少了,可知道咱毛主席领导的抗日根据地总共有多少人口了吗?"

每个抗日战士,每个抗日群众,谁不关心这件事?因此,锁柱用鼓动的口吻这么一说,围在他周遭儿的战士,民兵,还有来火线慰军的群众,一下子全活跃起来。

"锁柱,快说说——咱们的各个根据地总共有多少人口?"

"是啊,分队长快说说——俺俩前几天为这事争论了半晌,还打下了赌呢!"

"你别扯那些闲话,快让锁柱说正题儿!"

锁柱将大拇指头一掤,兴冲冲地说:

"到目下说话,咱毛主席领导的各个抗日根据地的总人口,已经发展到九千一百万了!"

"喔!真多呀!"

"真多!"

人们一片欢腾。

有人又问:

"这些根据地都分布在哪里呀?"

有人觉着这个问法多余:"在哪里?在中国呗!"

还有人帮腔道:"就是嘛,这话问得没理!"

可也有人为提出这个问题的人争理:

"人家问得在理!你们别来充那明白人——快叫锁柱跟咱们讲讲!"

锁柱说话了——他提高嗓门儿压下人声,然后道:

"现在,除了陕甘宁边区,在咱们华北,还有华中、华南,都有咱们的解放区,地界儿可大了……"

阵地上,又是一阵欢腾的议论声:

"叫锁柱这一说,我的心里更豁亮了!"

"有盼头啦!小鬼子闹不了几天了!"

"咱早就看透了——有咱毛主席领导,鬼子非完蛋不可,咱中国非胜利不可!"

"……"

正在这时,梁永生从别的阵地上转到这里来了。

他见人们都乐得这个样子,就问:

"你们得到什么喜讯啦?"

人们你一言、我一语,把锁柱跟大家讲的事儿学说了一遍。永生听后,满心里高兴,他拍着小锁柱的肩膀,笑吟吟地表扬道:

"你们一连打了两个胜仗——我祝贺你们呀!"

"两个胜仗?"

"就是嘛!"永生说,"刚才,你们打的那一仗挺漂亮嘛!那仗以后,这不又打了个宣传工作的政治仗……"

梁永生这么一说,把个锁柱的脸给说红了。他不好意思地低下了头儿,光抿着个嘴儿笑,一声不言语。

沉乎一阵儿,梁永生又说:

"锁柱,你说,敌人会不会再突围?"

锁柱抬起头:

"我揣摸着,会的!"

"怎么办?"

"队长,你放心,我保证!"

"保证啥?"

"保证揍回他去!"

锁柱为了加重他的语气,将拳头从空中砸下来。

梁永生拍他一下肩膀,笑着说:

"来,咱估计估计敌人再次突围的方式——"

"哎。"

随后,他俩踞踞在战壕里,不慌不忙地谈起来——

"我揣摸着,敌人再要突围,很可能要来个孤注一掷式的可面捅了!"

"为什么?"

"因为他们从早晨到现在,已经搞过两次突围活动了。第一次是试探性的。他们弄了六七个伪军窜出来,意在用这些送死鬼来侦察我们的兵力部署。第二次是试验性的。他们是伪军在前鬼子在后,意在让我们先和伪军拼杀一阵,鬼子再根据情况相机而行。因此,他们的下一次突围,便很可能是孤注一掷了……"

"敌人的上两次突围,你们那样打法,很好。不过,下一回,敌人要来个孤注一掷式的突围,咱就得来个硬碰硬了……"

"对!我就是这么想的!……"

在他们倾谈的当儿,据点上时而发出一声两声的冷枪。梁永生指指冷枪传来的方向,向锁柱说:

"这冷枪很讨厌!它闹得我们的活动很不方便,应当制止住它!"

"咋制止?"

"挑选几名神枪手,将据点的围墙封锁起来,敌人一露头儿,就揍他!"梁永生说,"不能让他们这么自由自在地逛来逛去!"

"哎。"

锁柱说干就干,立即派了两名神枪手,将据点的围墙监视起来。然后,他又和永生继续谈论。他俩正谈着,从那边来了一位老汉。

那是魏基珂老汉担着饭挑子走过来了。

锁柱赶过去,一面接饭挑子,一面说道:

"魏爷爷,这是啥时候儿呀,不响不乏的,怎么又送饭来啦?"

魏基珂老汉笑哈哈地说:

"管它是啥时候儿干啥?就着这一阵儿消停,你们抓紧这个空儿,先呛得饱饱的,好准备打仗啊!"

"那也不能一天吃五顿饭呀!"

"咱甭论多少顿,得空儿就吃!"魏基珂老汉说,"到了该吃饭的时候儿,敌人那小子们,还不一定让你们安安稳稳地吃哩!……"

他俩一边说着话儿,一边朝前走,来到梁永生的近前。

这一阵,梁永生早就在那边笑眯眯地瞅着魏大叔。他瞅着瞅着,忽见这位老人的腿上红了一大块,心里猛吃一惊。接着,他赶紧扶住已来到近前的魏大叔,指着他的腿问道:

"大叔,这里怎么啦?"

魏大叔笑着说:

"挨了敌人一冷枪,不碍事!"

梁永生急忙扶着老人坐下,又拿过放在旁边的急救包,忙着给大叔包扎伤口。

魏大叔用衣袖擦擦胡子,冲着柴胡店据点的方向怒冲冲地骂道:

"狗杂种!没本事对付我们的部队,向我个老头子抖威风!"

他缓了口气又说:

"也好哇!给我这一枪,是怕我忘了他们!"

魏大叔正说着,有一只大个儿的蚊子从他的眼前飞过去。他触景生情,在那已网结起来的话头儿后头,又加上这么一句:

"这些孬种们甭疯闹,秋后的蚊子长不了啦!"

这当儿,锁柱掀开了饭筐子。他一瞅,只见里边除了用新收下的谷子做的小米干饭以外,还有鸡蛋还有肉,就着急地说:

"魏爷爷,你……"

"我又怎么啦?"

"你怎么又弄这个呀!"

"这个吃不得?"

"几年来,群众叫敌人祸害得这么苦,今年才刚收了一个囫囵秋——"锁柱说,"这鸡呀肉的,我们说啥也不能吃……"

魏基珂老汉一听急了:

"小锁柱,你说的啥?不吃?你敢!"

他指指自己腿上的枪伤,又说:

"就冲着我老头子挨的这一枪,你们也得把这挑子饭菜给我老老实实地吃了它!"

他老人家说着,又从怀里掏出一个鸡蛋,举在他自己的眼前,深情地说:

"这个鸡蛋,在我被敌人的枪子打伤跌倒的时候,它从筐子里滚了出来。我冒着敌人的枪子儿,又将它拣回,顺手揣在了怀里——"

他说着,把鸡蛋向锁柱递过去:

"锁柱,给你!"

锁柱接过鸡蛋。

魏基珂老汉又说:

"我老头子要亲眼瞅着你把这个鸡蛋给我吃下去!"

鸡蛋,在小锁柱的手里,微微地颤动着。这个小小的鸡蛋啊!它,带着魏爷爷的鲜血;它,带着魏爷爷的体温;它,还带着魏爷爷那颗火一样的心!

小锁柱,盯着鸡蛋,瞅了多时。

渐渐地,渐渐地,他将一双视线,又移向魏爷爷腿上的受伤处。

他只见,冒着热气的鲜血,透过包扎的药布又将魏爷爷的裤筒洇湿了、染红了好大一片。这时节,锁柱的心里,像针扎一样地疼痛。两颗小小的亮晶晶的泪珠儿,从他的眼角儿上慢慢地滚下来。

继而,锁柱的视线,又移向敌人的据点。

此刻,一股仇恨的怒焰,在他的胸中升腾起来。

这时的锁柱,上牙咬着下唇,时而瞅瞅魏爷爷的伤腿,又时而望望敌人的岗楼,最后将一双眼睛又集中在正在手中颤动的鸡蛋上,沉思了片刻,随后,把拳头一挥,向他的战士们发布了吃饭的命令:

"同志们!吃饭!"

战士们正轮班吃饭,又来了一伙儿童团。

这些天真可爱的小家伙们,是在他们的团长高小勇的带领下,顺着一条弯弯曲曲的蛇形的交通沟跑过来的。他们就赛一帮欢老虎儿一样,脸上挂着讨人喜欢的微笑。每个人的手里,还拿着一副"呱嗒板子"。

他们来到战士们近前,齐声道:

"叔叔们!辛苦了!"

这句话,从一帮孩子们的嘴里说出来,而且又是在这硝烟弥漫的战壕里,所以,使得每个战士的心里,都觉着甜滋滋、热滚滚的。

随后,高小勇将胸脯儿一挺,郑重其事地说:

"叔叔们!你们为了全国人民的抗日救国事业,英勇杀敌,浴血奋战,我们儿童团来慰问你们啦!"

梁永生见高小勇那么神气,心里高兴得发痒,就故意逗他说:

"勇子!你们来慰问,带来的啥好慰问品呀?"

这时,人们都以为,这一下儿,准把个小勇子给问住了!可是,事实并不是那样。你看,我们的高小勇多么机灵!只见,他那两只水水汪汪的大眼珠子,叽里骨碌地乱张了一阵跟头,便竹板一打开了腔:

没带银,没带金,
带来我们一片心;
唱段快板送叔叔,
慰问我们的八路军!

…………

"欢迎!"

"欢迎!"

战士们嘻嘻哈哈地回答着。

还响起一阵噼噼啪啪的掌声。

掌声还没落下,突然响了一声枪——

"嘎勾儿——!"

这声枪是从我军阵地的战壕里响起的,一颗枪子儿一溜火光飞向柴胡店据点的围墙。伴随着这声枪响,只见那敌人据点的围墙上,有一个鬼子兵就像正在爬坡的骡子拉出的粪蛋子似的,从围子墙那高高的陡坡上,跟头骨碌地滚进那围墙下边的壕沟里!

嘿!多开心呀!

这种令人开心的情景,使那正要落潮的笑声、掌声,又升扬起来!在这笑声、掌声中,还夹杂着喜气洋洋的议论:

"谁来的这一枪?真棒!"

"这法儿行——当练习打靶子!"

"下一回你瞧我的——咱也露一手儿!"

"你那一手儿放着吧!"

"怎么的?"

"露不出来了呗!"

"为什么?"

"敌人还敢在围墙上游逛?"

"咦?你错了!错啥?别忘了,那是敌人!要知道,我们的敌人,是从来不会接受教训的!……"

在人们纷纷议论的同时,那些火线慰问军队的儿童团员们,并没因此而忘记他们的责任。他们在团长高小勇的指挥下,划分成了若干小组,仨一伙,俩一帮,分别到前沿阵地的各个战壕里去了。

不一会儿,牛子也带领着一伙儿童团员们,来到前沿阵地上。而今的牛子,已是儿童团长了。他和高小勇一样,也将他的小队伍分散开,在各个战壕里唱起来。

你听呀！伴随着呱嗒板子的响声,各种各样的快板,各种各样的歌曲,各种各样的小演唱儿,遍响在这前沿阵地上硝烟弥漫的各个战壕里。在这演唱声中,笑声,掌声,起起落落,阵阵相连。欢笑过后,又是新的演唱。这边唱的是：

> 打竹板,响连声,
> 我数快板叔叔听：
> 叔叔都是英雄汉,
> 奋勇杀敌立战功；
> 毛主席的好战士,
> 劳动人民子弟兵；
> 胸怀革命斗志昂,
> 共产主义记心中；
> 不怕苦来不怕死,
> 抗日救国打冲锋；
> 我们长大学叔叔,
> 当个人民子弟兵；
> 接过叔叔手中枪,
> 阶级斗争记心中；
> 定把革命干到底,
> 人民江山万年红！

那边,是些女孩子们的声音。她们唱的是：

> 竹板一响呱嗒嗒,
> 叔叔战场把敌杀；
> 我们长大学叔叔,

要为人民打天下!
…………

战士们,民兵们,一边吃饭一边听,越听越长劲,越听越爱听。有的在议论纷纷,有的在赞不绝口,有的在连连喝彩,有的竟嘎嘎地笑起来。

正在这时,突突突,突突突,柴胡店南门上的机关枪又响起来了。奉命负责监视敌人动向的唐铁牛,忽然向大家说:

"注意!敌人又开始突围了!"

锁柱向战士们命令道:

"准备战斗!"

随后,又掉过脸去,向正唱上劲儿的儿童团员们亲热地说:

"小同志们!我代表全体指战员,谢谢你们!"

儿童团员们的唱声收住了。

锁柱又关切地说:

"你们快顺着交通沟撤走吧,我们要打仗了!"

高小勇歪着小脑袋,鼓着腮帮子:

"不!"

"咋?"

"我们不走!"

"不走?"

"嗯。"

"我们要打仗呀!"

"我们儿童团,也和叔叔们一起打仗!"

锁柱一听,心里当然着急。可是,他在表面上,还是摆出一副十分耐心的神态,抚摸着小勇那毛茸茸的头顶,劝他说:

"小勇啊,听叔叔的话,啊?走吧,在这儿可不是闹着玩儿的!枪子儿会打着你们的!啊?……"

小勇子还是坚持着:

"不！我们不怕！"

别的儿童团员们,也在嚷:

"我们是毛主席的儿童团,为打鬼子不怕死！"

情况越来越紧急了。

好几个战士围在锁柱身旁,准备向分队长请示什么。

锁柱觉着,不能再跟这些小家伙们纠缠下去了！可他们就是不肯走,又怎么办呢？他想了一下儿,把笑脸一收,骤然严肃起来:

"儿童团员同志们！你们懂得'三大纪律八项注意'吗？"

"懂得！"

"既然懂得,就要服从命令,听从指挥！"锁柱说,"现在,我命令你们:马上撤退！"

小家伙们全不吱声了。

锁柱像带队下操似的,喝起口令来:

"立正！……向后转！……跑步走！"

他这一手儿,真来劲！儿童团员们全顺着交通沟往后跑去了。

锁柱望着渐渐远去的孩子们,脸上浮现起含苞待放的微笑……

在锁柱和儿童团员们纠缠的这一阵儿,梁永生和魏大叔在那边也正相持不下。刚开头是——梁永生说:

"大叔,你快走吧,要打仗了！"

魏大叔把旱烟袋斜斜地往脖后的衣领里一插,胡子抖动着,咬着牙说:

"永生,给我个手榴弹！"

"干啥？"

"我老头子也跟那杂种们干一家伙！"

梁永生望着魏大叔——这位在人生的大海中漂流了大半辈

子,曾经忍受过一个穷庄稼人能够忍受的一切苦难的老头子,现在要手榴弹想参加战斗,这叫永生怎好拒绝呢?

但是,永生是不能同意他老人家带伤参战的!

使他为难的是,不管他怎么死说活说,也不管他怎么左劝右劝,魏大叔却破例地耍起执拗来——就是高低不肯走!

这再怎么办哩?

也用锁柱对待儿童团的办法吗?显然是不能的!他怎么能向魏大叔这个亲敬的老人下命令呢?可是,情况越来越紧急,再也不容许用说服的办法拖延时间了!在这种局面下,梁永生哈腰背起了魏大叔,顺着交通沟向后跑去。

魏大叔趴在梁永生的脊梁上,在一个劲儿地嚷:

"永生!你放下我……"

永生没听。他刚把魏大叔背走,敌人攻上来了。

从柴胡店窜出来的那些家伙们,扬风扎毛挺狂气!他们用四挺机关枪,一齐朝我们的阵地猛烈扫射,直打得大地上尘土飞扬!

我们的战士和民兵,趴在战壕里,被敌人的机枪盖得抬不起头。白眼狼领着大批的伪军,趁这当儿蜂拥而上,一齐扑了过来。

石黑拿着军刀,舞舞扎扎,也在后边亲自督阵。

看敌人的阵势,显然是已经下了最大的决心,妄想凭着他们在武器上的优势,硬要在我们的阵地上冲开一条血路,逃之夭夭!

机枪越打越猛,敌人越来越近。

端着刺刀的敌人,可着性子往前冲!他们又是打枪,又是扔手榴弹,又是"冲呀""杀呀"一股劲儿地狼嗥鬼叫。

阵地上,硝烟滚滚,弹片横飞,吱溜吱溜的枪子儿,噗噜噗噜地钻进土里,拱得战壕边沿上的土堆接连不断地乱开花!

有些子弹打到了树上。刚见枯黄的树叶子,唰啦唰啦地向下飘落着。它们,洒落在阵地上,洒落在战壕里,洒落在战士们的头上,身上……

尽管敌人闹得这么凶,可是我们的战士和民兵们,都不慌不忙,严阵以待。

他们将子弹推上膛了。

他们将手榴弹掀开盖儿了。

他们将大刀片儿准备好了。

总之,他们做好了一切迎击敌人的战斗准备。只是,不吭声,不放枪,等待着敌人前来送死!

在这样的时刻,有的战士在暗暗自语:

"报仇的时候到了!"

还有些战士在相互鼓励:

"伙计,别忘了日本鬼子杀害你娘的血仇啊!"

"对!我一辈子也忘不了!伙计,你在入党申请书上写过的那些话,如今可到了该兑现的时候啦!"

有的新战士和身边的战友说:

"你们都立过不少战功了!我呢,才参军不几天,芝麻粒大的战功也没有,一想到这个我就觉着比别人矮着半脑袋!这一回呀,你就看我的吧!"

还有的是解放过来参军的战士,他们说:

"过去,我稀里糊涂地给鬼子卖过力气,今天,我要狠狠地揍那小子们,好立功赎罪呀!"

有的民兵就说:

"咱是毛主席的民兵,一定给毛主席争气!"

"……"

敌人距离我们的阵地前沿只有十几步远了。

汉奸头子白眼狼,好像驮着沉重的东西走在独木桥上,侧侧晃晃,战战兢兢,正在一伙伪军后头一边走一边嚷着:

"快!"

就在这时,锁柱突然发出一声炸雷般的巨吼:

"打!"

他嘴里喊着,手里的手榴弹飞了出去。与此同时,无数颗手榴弹,一齐飞起来。紧接着,敌群中立刻发出一阵隆隆的响声。这响声,连成一片,持续不断,就像天崩地裂一样,硝烟弥住长空,大地震得发抖!

敌军大乱。

我军大喊:

"冲呀!"

"杀呀!"

在这怒吼滚滚的当儿,锁柱腾身一跃跳出战壕,挥舞着寒光闪闪的大刀冲向敌人。几百名无畏的战士和民兵们,也都像离弦的箭头那样——

嗖!

嗖!

嗖!

一齐跃出战壕! 一齐冲向敌人! 他们不管三七二十一,见沟跳沟,见崖登崖,飞起双腿拼命猛跑,抡起大刀冲入溃乱的敌群!

一忽儿,在这硝烟弥空枪声滚动的战场上,便形成了敌我掺杂、喊杀震天的鏖战局面!

一场大刀对刺刀的白刃战开始了!

这时节,到处都是"缴枪不杀"的呐喊声,到处都是大刀和刺刀的碰击声!

到这时,那个方才还在咋咋唬唬的白眼狼,吓得从一个崖坡上滚下去,不见了。

而今的战场上,敌人的机关枪,已经失去了威风! 不! 因为机关枪不能上刺刀,所以,它在这种局面下,不仅仅是失去了威风,而且简直成了废物!

相形之下,我们的大刀,却大显神通!

你看呀!早已被手榴弹炸蒙了的鬼子们,伪军们,面对着一口口闪着寒光、带着风声的大刀片儿,全都吓得魂飞胆裂,骨酥筋软,纷纷各自奔命,几乎没有谁还顾得抵抗了!

这场肉搏战,吓得走在后头的鬼子兵,又急忙窜回据点去。他们,将一些尸体、伤兵,还有许多枪支、弹药和一挺机关枪,舍在这正在厮杀的战场上,不顾不管了!

没跑迭的伪军全都投了降。

残敌窜回柴胡店,没顾得关上围子门,就一头扎进了他那个鬼子据点。

石黑的鬼子据点,在柴胡店镇的大围子圈儿里头,是就着苏秋元的油坊,又经过扩修而成的。实际上,是个点中之点,城中之城。原来,他们是依靠大土围子,固守整个柴胡店;而今人数少了,只好将那大土围子弃之于不顾,全都龟缩到这个小小的据点里来了。

我们的大刀队战士们,民兵们,忽啦啦一阵风似的追进了柴胡店。不一会儿,便将石黑的鬼子据点,围了个风雨不透!

在这当儿,梁志勇带领的一批同志,从柴胡店的西面攻进来,同时占领了白眼狼原先盘踞的那个伪军据点。

战斗告一段落了。

经过清扫战场,在敌人的尸体中、伤兵中和俘虏中,一连搜寻了好几遍,但始终没有查清白眼狼那个大汉奸的下落。

他到哪里去了呢?

人们围绕着这个问题,纷纷议论起来:

"八成是跟着鬼子跑进石黑的据点去了!"

"没有!"

"你咋知道?"

"我见跑回去的净些戴铁帽子的家伙!"

大家正呛呛咕咕,小胖子忽然喊了一声:

"看!来了!"

人们顺着小胖子手指的方向一望,只见杨翠花和二愣娘正扛着扁担押着白眼狼朝这边走来。战士们,民兵们,一阵风似的一齐拥上去。

无数张愤怒的面孔,无数双愤怒的眼睛,一齐盯着大汉奸白眼狼。

而今的白眼狼,尖脑袋剃得光光的,前脑盖斜度很大,从他那尖尖的下巴颏经过瘦长的驴脸直到尖头的顶端,有着一段远得令人惊讶而又恶心的距离。这时他那浑身的部件好像都脱了臼,已经全不顶用了!他那胊细精长的罗圈腿,和那蛇形的身子一起弯成了七十二道弯儿!看来,如果不是杨翠花和二愣娘拖拉着他,提溜着他,他就会像一摊稀狗屎那样瘫在地皮上!

眼下,浑身是土的白眼狼,站在人圈儿当央,耷拉着两只三棱子母狗眼儿,神死目呆地盯着地皮。

八成是这个小子怕人们揍他吧?

你看!他那身子像抽神风似的哆嗦开了!

梁永生望着这个血债累累的白眼狼,立刻火冒三丈,气撞顶梁,仇恨的怒涛在心里翻滚着,使得他的身子微微地颤动起来。这种冲动的感情在促使着永生——狠狠地给白眼狼这个老杂种一顿耳掴子!

可他并没这么办。

这时在场的战士和民兵们,心里也都掀起一股憎恨的风暴。

有的说:"揍那个老杂种!"

有的说:"崩了这个大汉奸!"

还有的握着拳头朝白眼狼扑过去,但是被梁永生拦住了。梁永生的党性,正在促使他控制住自己的感情,按照党的政策办事。随后,他吐出一口唾沫,将憋在胸口上的怒气呼出来,继而指指白眼狼问翠花和二愣娘道:

"你们是怎么逮着他的哩?"

杨翠花还没答话,二愣娘抢先开了腔:

"我和他翠花婶子来给你们送水,在一个村头上正巧碰上白眼狼——"

她指指面无人色的白眼狼又说:

"这个老杂种,当时可悚啦!他一看见俺俩,就往草垛里钻!翠花因为不大认识他,觉着挺可笑!我一说那是白眼狼,翠花一下子急了!她舞起扁担就往前跑。我怕白眼狼有枪,翠花会吃他的亏,就说:'你先别去,咱上村里叫民兵去吧!'翠花没听我这一套,窜过去狠狠地揿了他一扁担!这一扁担,砸得白眼狼嗷的一声……"

二愣娘说到这里,人们轰地笑了。

这时节,这边在笑,那边也在笑。

这边笑是笑白眼狼,那边笑是笑啥哩?

原来是,在敌人的又一次突围失败后,我军的阵地上再次寂静下来,有些老战士很会利用这战斗间隙的暂时悠闲,正在说长道短扯东拉西地尽情说笑。

引着大家说笑的,是分队长王锁柱。他指指鬼子遗弃在阵地上的一具尸体,俏皮地说:

"哎,你们瞧,那个家伙正在张着个大嘴骂东条哩!"

首先接腔的,当然又得是锁柱的对头炮炮筒子。他以揭短的口气说:

"人家张着嘴就是骂东条?当得住是骂石黑?你揣摸也揣摸

不出个根据来!"

锁柱笑道：

"有根据嘛!你看,人家那不正张着大嘴冲着太平洋吗?……"

锁柱和炮筒子在这里逗哏,二愣在他俩身边摆弄枪。这支枪,是田宝宝在这次战斗中缴获的。二愣一面摆弄着,一面朝田宝宝笑着;过会儿,他又面向三华,语带讥讽地说：

"石黑这个鬼杂种,越来越不够'朋友'了!"

三华扑闪着莫名其妙的笑眼问道：

"啥不够'朋友'了？"

黄二愣指着手中的枪说：

"你瞧瞧,他送来的这枪支,一批比一批孬!"

这当儿,战士们正在饱享着胜利之后的快乐,作为领导人的梁永生,却悄悄地踱回他的指挥部去,趴在桌子上给县委写起报告来了。

在围困柴胡店的战斗中,梁永生是天天都向县委写报告的。他今天这份报告,采用了给县委书记的一封便信的形式。在这封信中,他除了详细地汇报了一天来的战斗情况外,还就围困柴胡店的战斗实践,谈了几点经验、教训——这是县委的明确要求,因为有些兄弟部队,目前也在进行围困战,需要随时交流经验、教训。

因此,这封便信写得比较长。

梁永生将信写完后,便马上派了锁柱去县委送信,并嘱咐他说：

"你见到县委领导同志,再作一些口头补充汇报,以争取县委给予更多、更具体的指示……"

在锁柱将要出发的时候,他又派了另外两名战士,和锁柱一路同行,将白眼狼以及另外几个汉奸小头头儿,一齐押送到县委去了。

第十九章　刀铣河山

县委指示大刀队：

"为配合我军主力部队的战役行动,要在三天之内攻克柴胡店据点,彻底消灭石黑这股残敌！"

大刀队对石黑据点的攻坚战,已进入第二天。

在已经过去的一天一夜中,我军的全体指战员,以及参战的民兵和群众,虽曾几经努力,但始终未能排除前进的障碍！因此,直到今儿一早,这个据点还没攻下来！

多急人呀！

战士们的决心书、请战书,好像雪片一样,一张紧接一张,纷纷飞向队部。

有的在决心书上写着：

"血染红旗,刀铣河山,这是我的誓愿……"

有的在请战书上写着：

"我请求党,请求首长:在解放柴胡店的战斗中给我一个机会,让我实现我那'血染红旗,刀铣河山'的强烈志向……"

还有的战士,将"血染红旗,刀铣河山"这两句誓言,写在枪托上,刻在刀柄上！

各村的民兵,各村的群众,接连不断地举行解放柴胡店的誓师大会！一阵阵气壮山河的口号声,此起彼落：

"坚决解放柴胡店,定用钢刀铣河山！"

"为了消灭石黑,宁愿血染红旗！"

这些战士们、民兵们、群众们的决心书、请战书、誓师会,既表现了人们的雄心壮志和英雄气概,也反映出了人们潜藏在心中的那股焦急情绪!

显然,要说焦急,大概谁也莫过于梁永生了!

你看!他连续开了一夜会,今儿一早又再次来到前沿阵地上。这前沿阵地上,充满着战斗的气氛。坚守在这里的战士们,民兵们,有的趴在房顶上,有的蹲在矮墙下,也有的卧在临时挖成的战壕中,还有的隐蔽在靠近据点的各种各样的建筑物里。

凡是隐蔽在建筑物中的战士和民兵,全都在对着石黑据点的墙壁上,挖了许多高高低低的枪眼和瞭望孔。目下,他们正在用枪瞄着敌人的据点,怀着焦急的心情等待攻击的命令。梁永生围着据点周围的前沿阵地转了一遭儿,尔后,又跨步走进一座破烂不堪的庙宇。

这是一座土地庙。

从前,梁永生就是在这里落入人贩子的魔掌的。

而今,第二分队的前线指挥部设在这里。

这个指挥部里的指挥员,当然就是锁柱了。梁永生走进这个指挥部时,第一分队队长梁志勇也在这里。他和锁柱蹲在一起,正喊喊喳喳地说着。看样子,显然他俩是在商量着什么。

这座房子里,除了他俩,还有黄二愣和另外几名战士。其中,包括那位火线入伍的小机灵。这时的小机灵,带着一身豪情英气,正对着墙上的枪眼,在监视着据点上敌人的动向。其余的战士们,正抓紧被换下班儿来的这个时机,将脊梁倚在墙上打着盹儿。

永生刚进屋,敌人的机关枪就疯狂地叫唤起来。

黄二愣对着瞭望孔,气冲冲地说道:

"哼!凭着机枪就能救了你们的狗命?"

当屋里的人们发现梁永生走进来时,大家都忽地站起身,全用

一双敬重的目光笑望着自己的领导人。锁柱望着望着,微微地皱起眉头,胸脯儿起伏着,说:

"老梁同志,你光强调别人轮班休息,可是你,可是你……唉!"

"我又怎么啦?还值得唉声叹气的!"

"你又没休息呗!"

"锁柱,咱别乱弹琴好不好?"梁永生习惯地拍一下锁柱的肩膀,乐呵呵儿地说,"小伙子啊,别乱给我扣帽子啦!啊?我已经休息过喽!"

锁柱盯着梁永生那汪满红丝的眼睛,噘着个小嘴儿心疼地说:"你又来骗俺!"

"这回可真不骗你!"

"不骗俺?上半夜儿,咱们一块儿开支委会,是不?下半夜儿,你又开村干部会,是不?"锁柱说,"这不,现在天刚发亮,你又跑到这里来了!你倒是哪个时候休息的?俺那队长!"

永生光笑,没答。

黄二愣又凑过来插了嘴:

"哼!休息?刚才我还见你在那边阵地上开小会儿来呢!"

梁永生往后推推帽子,指着二愣笑道:

"你看!管露馅子了——"

"啥?"

"又装迷糊?方才,你离开我那儿的时候,我跟你说的啥来?唉?"梁永生说,"我不是说叫你去睡一会儿吗?你睡没睡?咋又见到我在那边阵地上开小会儿哩?唉?准是做了个梦吧?"

人们都笑了。

这笑声和敌人那机枪的叫声搅在一起,反映出只有八路军的战士才有的这种乐观主义色彩。

随后,梁永生来到墙边,让小机灵闪开,他透过墙壁上的瞭望孔,对着石黑的据点凝望起来——这瞭望孔外头的景象,好似一张圆形的照片儿。

照片儿的中心是敌人的据点。

据点的周遭儿,有两层铁丝网。在这铁蒺藜网里头,是一道又深又宽的壕沟。壕沟里头,还有一圈儿高大的围墙。围墙的墙头上有一溜垛口。一根根黑色的枪筒子,从大大小小的枪眼里探出来。

梁永生望着,望着,久久地望着。看其神态,就像他正在欣赏一幅有名的字画那样,精神是那么活跃,而又那么集中。

这一阵,锁柱站在梁永生的身后,也在悄悄地朝外看着。当他发现梁永生的视线盯在一个独特形状的粗枪筒上的时候,便指指那个玩意儿悄声说:

"队长,看了吧——那个粗家伙,就是石黑那挺歪把子机枪!"

梁永生仍在凝望着,沉思着,没做声。

黄二愣气刚刚地插言道:

"就是那个家伙可恶!要不是它,早攻上去了!"

梁永生仍然没吱声。

这时,他那双炯炯闪光的眼睛,又盯在一棵大杨树上了。这棵杨树的枝叶,已被机枪扫得七零八落。永生不由得触景生情地想道:"是啊!要攻上去,就必须顶着敌人的机枪往前冲,伤亡可就大了!"

过了一会儿,他转念又想:"冲到据点近前,还得砍断铁丝网,爬过大壕沟,然后,再跐着云梯攀登围墙!这不算,在爬到云梯的最后一磴时,还得站在梯子上跟鬼子进行一场肉搏战……"

永生想到这里,情不自禁地摇起头来。这当儿,一句心里话,不由得摇出了口:

"不行,不行!那么办,伤亡太大了!"

永生这句随口流出的自言自语,尽管很低很低,可是,由于二愣正在注视着队长的表情,所以他还是听见了。因此,二愣说:

"队长!只要有办法就行,我们不怕死,你就下命令吧!"

梁永生转过身来,望望二愣,笑了。

可是,他啥也没说,只是习惯地掏出烟袋来。

这时,人们从永生的表情上,已经明显地看出,他对黄二愣这种英勇气概,是赞赏的。同时,人们还看出了,在他那赞赏的表情后边,还潜伏着一种作为一个领导人所特有的那种焦急难决的心情!

是啊!让同志们硬冲吗?永生当然不愿意付出那么大的代价!不让同志们硬冲吧,可又怎么攻进去呢?况且,三天的时限,已经过去一天多了!三天之内,要是拿不下柴胡店,势必会影响到县委的整个战略计划!在这种情况之下,作为领导人的梁永生,既要对县委负责,又要对战士负责,他怎能不焦急?又怎能不为难呢?

诚然,像梁永生这样一位受到群众爱戴的指挥员,他的焦急,自然会有许许多多的同志,在悄悄地自动地替他分担。你看!就连那几位战士,也都盯望着永生,面有急色,好像恨不能自己也帮着领导人吃把劲似的!

过了一会儿。锁柱说:

"队长,刚才你来时,我和志勇正在商量着一个攻打据点的办法——"

"唔!那好哇!说说看!"

"我们一致的看法是——"锁柱说,"在当前,关键的关键,是如何把炸药运到爆破点去!"

"是的!"

锁柱望着队长的神情,见领导对他提出的这个问题很感兴趣,他那张机枪嘴又打开连发了：

"咱们大刀队，没飞机，没大炮，要打攻坚战，就得用土办法来对付洋鬼子——"

志勇嫌锁柱说得不明确，从旁插上一句：

"也就是说——得想法子用人往上运炸药！"

志勇的话题刚落地，锁柱又把话头抢过去：

"对！问题就是这样！"

他变换一下语气，紧接着说：

"可是，我们只要往前一凑，敌人就用机枪扫！要是冒着敌人的机枪火力硬往上闯，再越过双层铁蒺藜网，还有那道壕沟，把炸药送到围墙根儿底下去，伤亡大不算，成功的希望还极小！"

锁柱喘了口大气又说：

"我们要用机枪压住敌人的火力吧，一来我们的子弹少，拼不过敌人；二来我们就是那么一个歪把子，如今支在南门外的阵地上……"

"那是用来专门对付敌人突围逃走的！"

"对！要是把那个玩意搬到这里来，万一敌人钻了这个空子，再次从南门突围，那不麻烦了？"锁柱说着说着又拐了弯儿，"我们支委会的决议很明确嘛——首先是不让柴胡店的敌人突围逃走，这样才可保证就地消灭他们！因此，是不能那么办的！……"

梁志勇见锁柱老是说不到正题上，就再次打断他的话弦插嘴说：

"我们曾想过这么个办法——用一张八仙桌子，桌子上搭上一床用水泡透的棉被，两个人钻在桌子底下，顶着桌子，抱着炸药，硬往上闯！……"

梁永生插话道：

"泡湿的棉被，枪子儿打透打不透？"

"棉被厚一点,枪子儿倒是打不透……"

"机枪呐?"

"问题就在这里!"锁柱接过来说,"因为我们分队没机枪,所以当初没用机枪试验过。后来,我们派人把志勇同志请了来,共同研究这个问题。原来,他们分队,也在研究运送炸药的办法,并且,正巧和我们分队想到一门上去了……"

"怎么样?"

"不行!"

"咋不行?"

"棉被用水泡透以后,机枪能打透!"

"你们试验过?"

"试验过。"志勇说,"我们找出的原因是,因为机枪可以打连发……"

永生听到这里,迈开沉重的步子,在屋中慢慢地走动起来。他一面踱步,一面抽烟,完全陷入沉思中。过了一霎儿,他像突然想到了什么,猛地留住那沉甸甸的步子,掉过脸来询问志勇和锁柱:

"你们搞试验,借用的谁家的棉被?……噢!记住:因为上边打上一些枪眼儿,要包赔人家的损失!"

"对!这是个群众纪律问题!"

"不光是个群众纪律问题,还是个群众观念问题!"永生稍一停顿,带着浓厚的阶级感情又说,"要知道,一床被子,哪怕是一床很破很破的被子,也是穷苦人的半拉家当啊!他们没有这床破被子往前靠啥过冬?……"

志勇和锁柱动情地点着头。

梁永生反剪起双手,继续在屋里踱步。

这时,梁永生的焦急心情,就像有传染性似的,闹得屋里的所有人都锁起眉头。

人们都自觉地、主动地在和自己的领导人一起思考问题。

屋里寂静得很。

又过了一阵,黄二愣突然扔出这么一句:

"咱要是有个大炮就好了!"

锁柱带着批评的语气接言道:

"废话!甭说有大炮,就是有个掷弹筒,也不至于这么难治呀!"

永生听了,觉着二愣和锁柱的语气里,都有点儿丧气的味道,又见屋里的气氛也有点低沉,便转身凑过来,笑盈盈地问:

"二愣,你说咱没大炮?"

没等二愣说啥,永生随后又道:

"大炮嘛!咱并不少哇!"

"咱有大炮?"

"当然有喽!"

"在哪里?"

永生扯起二愣的手,指指他手掌上那成串的血泡,笑哈哈地说:

"你看!这泡(炮)还小吗?"

人们都笑了。

人们一笑,永生却又收起他的笑脸,严肃认真地说:

"同志们,我们所有的指战员,谁的手上没有血泡?没有这样的同志吧?这血泡是怎么来的?不是在帮助群众干活时磨出来的吗?不是在抢修工事时磨出来的吗?"

"是!"

"同志们!咱们可不要轻看这些血泡呀!"梁永生进一步加重了语气,"要知道,这手上的血泡,和那用钢铁制成的大炮相比,威力不知要大着多少倍哩!"

猛然醒悟的人们,全敬服地点着头。

这时,梁永生忽然发现,在黄二愣那鼓鼓囊囊的衣兜里,露出两片嫩绿的菜叶儿。这一发现,使梁永生的心里猛地一翻。

这是为什么?

梁永生几乎是靠吃野菜长大的。当然他一眼就能看出来——二愣衣兜里装的,是一种可以生吃的野菜。这野菜,使永生立刻想起一些战士的反映:黄二愣觉着自己的饭量大,又想到目下群众的生活十分苦,有时群众送来好一些的饭食,他总是舍不得吃饱,过后,再偷偷地去生吃野菜。

永生想起这些,不由心中暗道:

"我党有这样的党员,我军有这样的战士,还愁抗战不能胜利?还怕革命不能成功?……"

随后,他将屋里的人们召集一起,向大家讲述了这样一个故事——

在我们八路军的主力部队里,有一位战士,是个侦察兵。有一天,他在完成一项任务时,由于叛徒告密,被敌人围困在荒洼中的破庙里。这位同志,凭着一颗对党对人民的赤胆忠心,和上百号鬼子、伪军战斗了两天一夜,并使敌人遭到了重大伤亡。最后,敌人冲进去时,他拉响了最后一颗手榴弹,和五六个鬼子兵同归于尽了……

只有一名八路,为什么竟能有这么大的战斗威力?这是所有的敌人都不能理解的。一个鬼子头子说:

"我倒要看看这个八路的肚子里有什么特殊的东西!"

后来,当这个刽子手发现我们的烈士的肚子里装满野菜时,却吓得浑身颤抖起来,瞪着一双迷惘的眼睛愕然叫道:

"野菜?野菜?野菜能有这么大的威力?!"

这也难怪!一个鬼子头子,他怎么能够理解野菜比肉面威力更大的道理？

永生说到这里,人们都在为有这样忠勇的同志而高兴,而自豪,并对那位烈士的英雄气概肃然起敬。与此同时,还有一股对敌人的仇恨心,和因失去一位并不认识的战友而产生的悲愤拧在一起,聚会成一团熊熊烈火,在每个人的胸膛里燃烧起来。

黄二愣汪着眼花说:

"我一定向那位烈士学习!"

锁柱和志勇,都攥得拳头嘎嘎直响,同声道:

"坚决给烈士报仇!"

人们正谈着,那位一直在瞭望孔上监视敌人的小机灵凑过来,向永生说:

"梁队长!石黑向我们喊话哩——"

"他喊啥?"

"你听——"

人们静下来。

瞭望孔里传进石黑的大嗓喊叫声:

"我是石黑!请梁队长阁下出来讲话!"

梁永生听了,站起身来,朝瞭望孔处走过去。

志勇、锁柱、二愣、小机灵等人,紧紧跟在他的身后。

在这当儿,石黑那边又是一遍:

"我是石黑!请梁队长阁下出来讲话!"

石黑那只老狐狸,又要耍什么鬼把戏?梁永生心里这么想着,正要到瞭望孔处去答话,叫个黄二愣一把给拽住了。

二愣关切地说:

"队长,你别去!"

"咋?"

"是不是石黑那个孬种要耍什么花招儿害你呀?"

"不怕他!"

"不行!我先看看!"

二愣说罢,用他那粗大的身子硬把梁永生挡在后边,他自己凑到瞭望孔上朝外张望起来。他望了一阵儿,没发现什么可疑的迹象,就放开了他那大嗓门儿,朝据点上喊开了:

"石黑听着!我们的梁队长就在这里,你有啥话就说吧!"

石黑紧接着二愣的话尾又开了腔:

"梁先生!我们谈判谈判好不好?"

梁永生答话了:

"又要谈判吗?可以!但还是有个条件——"

石黑赶忙说:

"好的好的!可以商量……"

梁永生又说:

"我们的条件很简单——就是你们先缴枪!"

石黑一怔,又奸笑了两声:

"梁先生!你太激动了吧?一方先缴枪,还谈判什么?我建议:贵我双方,还是先无条件地谈谈。梁先生!你看好吗?"

梁永生干脆截脆地说:

"你们不缴枪,没有'谈判'可言!"

石黑又说:

"梁永生先生!你应当明智一些:尽管你们人多势众,尽管你们已兵临城下,可是,你要知道,我们的官兵训练有素,我们的武器装备优良,而且,我们还有充足的弹药储备,兼有坚固的防御工事,我们是完全可以坚守几个月的,你们是攻不进来的!……"

梁永生说:

"只要你们不放下侵略的武器,我们就决不停止反侵略的战斗!不管你们能顽抗多久,我们是决心奉陪到底的!石黑!你自己倒是应当'明智'一些:你们的彻底失败是已经注定了的!不论你们要什么鬼把戏进行垂死挣扎,也决逃脱不了被消灭的命运!"

怒不可遏的黄二愣插言接舌道:

"石黑!你这个老小子甭撑洋劲,我们要把你这些强盗们饿成肉干儿!"

石黑假装镇静,冷笑两声,又说:

"梁先生!我奉劝你们,还是不要这么强硬!再这么对峙下去,你们中国的老百姓,是要吃苦头的!比如说,镇上的老百姓到井上去打水,我们是完全可以用机枪扫射的!这柴胡店镇上的民房,我们还能把它变成一片火海……"

石黑变换成另一种口气又说:

"可是,我们并没这样做。而且,我们还主动提出了'谈判'。你们应当明白,这完全是善意的,是从人道主义出发的!"

梁永生说:

"石黑!你们侵略者什么残暴的事情都能干出来,这一点,我们早就知道!可是,对你们那一套,我们中国人民从来没有怕过,这一点,你也是完全知道的!石黑!你们侵略中国,七年多来,好话说尽,坏事做绝,但是,并没骗了中国人民,更没吓倒中国人民!……"

石黑插嘴道:

"梁先生!咱不要提已经过去的那些事了,还是来谈一谈眼前的现实问题吧——"

"眼前的现实是,你们的出路只有一条——"

"哦!哪一条?"

"投降!"

"梁先生!我还是奉劝阁下——不要太自信,也不要太激动嘛!"石黑单刀直入地说,"现在,我们提出十四条建议,供你们考虑——"

梁永生没答腔。

石黑停顿一下,又自己独白下去:

"第一,我们的问题,可以和平解决,也应当和平解决;第二,你们退出柴胡店,我们保证不出柴胡店;第三,我们能够同意在你们方便的任何时间,在贵我双方都安全的地点,举行正式谈判;第四,如果贵方认为我们是侵略者,不喜欢用'谈判'这个字眼儿的话,也可以进行不拘形式的讨论,或者,用贵方所能接受的一个无论什么字眼儿……"

"我们所能接受的,只有一个字眼儿——受降!"

石黑又冷笑道:

"先生,不要说玩笑话了!还是让我把建议讲完,你们再作个全盘考虑,好不好?"

没人理他。

他厚着脸皮继续独白:

"第五,你们提出的各种条件,也都可以作为谈判或讨论的基础;第六,我们并不想久驻柴胡店,经过谈判之后,我们可以把武器交给你们,你们要保证我们的人员安全撤走……"

石黑正侉腔野调地嚷叫着,突然一名战士来到梁永生的身边:

"报告队长!我奉赵生水同志之命,前来向你报告!"

永生扭头一望,只见气吁吁的庞三华正站在他的身后。庞三华,是永生在几个钟头之前,才将他派到由县城到柴胡店之间那个打阻击的阵地上去的。现在他奉赵生水同志之命前来报告,这显然是有什么新的情况!于是,永生离开瞭望孔,拍一下三华的肩膀说:

"来,这边谈。"

永生领着三华到另一个屋角上去了。石黑在据点上还继续嚷着：

"我再说一遍：我们并不想在柴胡店久驻了！经过谈判,我们可以把武器交给你们。不过,你们要保证我们的人员安全撤走！这是第六条。"

在石黑看来,大概是以为这一条对八路军有吸引力,因而他又重复了一遍。事实上,他这一条,也确乎在战士们中引起了许多不同的看法。

田宝宝先说：

"叫我看,他这一条倒可以应下！"

炮筒子哼了一声道：

"他要真这么办,咱倒是省点劲！"

"他不会真这么办的！"锁柱说,"这是又一套鬼把戏！咱可不能上当……"

炮筒子不服这笼统的说法,他质问锁柱：

"啥鬼把戏？咱会上什么当？你总得说出个幺二三来呀！"

能言善辩的锁柱,还没来及答话,志勇接言道：

"叫我说,这是缓兵之计！……"

战士们在这边议论,永生和三华在那边谈着：

"县城里的敌人,已派出部队来增援柴胡店了！"

"目前他们已到达什么地方？"

"我离开阵地时,他们已到边临镇！"

"情况怎么样？"

"情况很紧张！我们这班人,和别区的兄弟部队,还有当地的一些民兵同志,并肩战斗,堵住了敌人前进的道路！"三华说,"不过,敌人兵多枪好,给我们的压力很大！……"

梁永生皱一下眉头。

庞三华又接着说下去：

"兄弟部队和当地的民兵同志,大家一致表示:不惜一切代价,坚决拦住驰援柴胡店的敌人!他们还让我给梁队长捎信来,请你放心!……"

"赵生水同志是怎么说的?"

"赵生水同志的看法是:我们一定能够阻住敌人,但咱这边的攻城部队如能尽早将柴胡店的残敌消灭,那将会大大减少协助我们打阻击的兄弟部队和民兵同志的伤亡!"三华说,"生水同志派我来,除要我向你报告阻击阵地的战况外,还特地嘱咐我,要我把他的看法报告给队长!"

庞三华滔滔地说着,石黑的喊叫声还在阵阵传来:

"……以上是第八条。第九条,我们深知贵军医药缺乏,你们的伤员正在受着痛苦!如果你们同意的话,我们从人道主义出发,可以协助你们医疗伤员……"

二愣越听越生气。后来他实在憋不住了,就伸开高嗓门儿大声嚷道:

"石黑!少来这些闲言淡语吧!要'谈判',先缴枪!"

小胖子接着说:

"石黑!告诉你:你们不缴枪,我们就困你个油尽捻子干,叫你的饭锅闲起来当钢盔戴!"

石黑又嚷道:

"你们太没有自知之明了!你们没有重武器,是攻不开我们的据点的!你们还应当明白:我们的粮食、弹药,都有大量储备!更重要的,你们不要忘了:我们的武器和装备是精良的……"

"迷信武器的蠢猪!"

梁永生冲着据点的方向骂了一句,又扭过头来问三华道:

"那边的战况怎么样?"

"从黎明到我来时,已经进行了三次肉搏战了!"三华说,"可是,从五更到现在,那些蠢猪们,只向前爬进了里把路儿!……"

梁永生听了三华的汇报,心里又激动,又焦急,身子在微微地颤动着,久久地没有吭声。

屋里,静得好像没人一样。

只有石黑的喊叫声,还在陆续传来。他说:

"梁先生!你是个精明人,仔细考虑考虑吧!还是明智一些好,不要太自信!你的应当知道,我们还是有力量的!如果咱们通过谈判解决问题,将形势缓和下来,对贵我双方,对黎民百姓,对那些趴在战壕里的士兵们,都是大大的有好处的!……"

这时的梁永生,再没理睬石黑这些淡话。

他含着小烟袋,抽着烟,倒背起手,在屋中慢慢腾腾地走动着,久久地沉思着。

时间在飞逝。

人们在着急。

那位前来报信的庞三华,见梁队长已深深地陷入沉思中,呆愣愣地站在一旁等着,不肯多嘴,生怕打扰了队长的思路。可是,他凝视着永生出了一阵神,又出了一阵神,见永生仍然不理会他,只好上前说道:

"梁队长,我可以回去了吗?"

三华一问,梁永生从沉思中醒过来。他,仿佛这时才突然意识到——那位前来送信的小三华,直到这时还等在他的身边!他问三华道:

"三华,对咱这次强攻柴胡店的歼灭战,你有些什么好主意呀?说说看!"

小三华在参军之前,可以说是一片玩心。入伍后,日子虽还不多,但很快地有了一个明显的进步,就是在思想上有了责任感。不过,他这种正在成长中的责任感,在目前阶段还是有它的局限性的。也就是说,对他自己所担负的任务,总是千方百计去完成;可是,除此而外,他就很少主动去想一想了。特别是像这一仗该怎么打这类的重大问题,除非是就着会议场合跟大伙儿一起谈谈看法而外,并没有把它一直装在心里,经常不断地认真想一想。当然,他更没预料到,在这么大的重要问题上,梁队长竟会向他这个年龄最小的新兵求策问计。因为这个,永生现在一问,他茫然无措了!愣沉了一阵,这才有些不好意思地说:

"我一个小孩子价,哪懂得这么大的事呀!"

这里,庞三华口中的"小孩子",其含意显然是年轻人。年轻人就不懂大事?不!年轻人能懂大事,而且也能办大事!也就是说,懂不懂大事,能不能办大事,不是由年龄来决定的。

这是梁永生的看法。

他基于这样的看法,所以不仅一向注意对青年人的培养,还一向重视青年人的长处。特别是自从县委书记跟他谈话以后,他对青年人的估价更全面了,更准确了,更高了。就在前几天,他还曾以个人名义,给县委写了个报告,建议县委提拔王锁柱当大刀队队长,他自己继续担任大刀队的指导员。在那个报告中,他写上了这样几句话:

"……为了党的革命事业的长远利益,我认为应当把像王锁柱这样的青年人提拔到领导岗位上来。那种'岁数还不到,办事不牢靠'的论调,我以为是错误的。衡量一个人的能力大小,不能用年龄作为尺度……"

由此可见,梁永生显然不会同意三华的说法。不过,他面对着小三华,并没将他那些已成定念的理论搬出来,而是先笑眯眯地拍一下三华的膀头儿,然后轻摸着自己下颏上的胡茬子说:

"三华啊,你看,这后生的胡子,比那先生的眼眉还要长!是不?"

永生这么一说，人们才注意到，由于近来战况紧张，梁永生已好些日子没顾上刮脸，现在胡子确乎是不算短了。特别是小三华，他这时望望永生的胡茬子，又望望永生的眼眉，心里好像忽地懂得一个什么道理。他懂得了一个什么道理？又觉着一口说不出来。在这个节骨眼上，永生又说话了：

"三华啊，年纪轻，不一定见识短！年纪轻，更不一定责任心差！三华呀，革命这件大事，是咱们大家伙儿的事；这个'大家伙儿'，包括着每一个革命者，不论其年龄大小都算数儿，显然其中既有我也有你了！你说是不？"

"是！"

"就你我二人来说，你比我更重要——因为你的年纪比我轻！"永生说，"我们所从事的革命事业，正在向前发展，而且将永远发展下去，所以说这不是一代革命者可以完成的革命事业！是这么个理儿不？如果你同意我的这种看法，就应当想想——革命能不能成功，更大的希望应当寄托在哪些人身上呢？……"

按永生的意愿，他本是还要继续说下去。可是，目前的客观现实情况，不允许他完全按照这种意愿行事。于是，他说到这里转了话题：

"三华，你有什么话要说不？"

"没有！"

"那么，你该走了——"

"是！"

三华刚要转身，永生又喊住他：

"三华！你回去后，要代表我，代表咱大刀队上的全体同志和参战的全体民兵、群众，向兄弟区的同志们表示感谢——感谢他们对我们的全力支援！"

"是！"

"另外,还要告诉那些打阻击的战友:我们这边一定千方百计克服困难,力争尽快、尽早地将柴胡店的残敌收拾掉!……"

永生话毕。

三华走了。

他走在路上,一面飞步疾行,一面心中在想:"过去,我对全局想得太少了!今后,一定要注意这件事……"这时的小三华,心忙腿更忙,边想边走,远去了!

梁永生送走三华以后,又踱着步子沉思起来。

屋里又是一阵寂静。过了一阵,也不知永生想了些什么,只见他将二愣叫到近前,吩咐道:

"你去三分队,传达我的命令,要他们立即出发,跑步前进,到阻击阵地去,和兄弟部队并肩作战!"

"是!"

"别走!还有,在他们和兄弟部队并肩作战中,一定要听从兄弟部队的统一部署和指挥!"

黄二愣也走了。

这一阵,梁志勇一直在思考攻打据点的办法。待二愣走后,他立刻凑到永生近前,向爹建议道:

"我想了个法儿——"

"啥?"

"咱们是不是化装成敌人的援兵,叫开据点的大门,进去后,来个内外夹击……"

志勇没说完,永生摇头道:

"这法子,好倒好。可是,就在前几天,枣林区的同志们已经用过了。这就像诸葛亮的空城计只能用一回一样。他们第一次用,确乎成功了。可我们再二次用,怕是要失败!"

"枣林区用过,柴胡店的敌人会知道?"

"石黑知道不知道,咱还搞不清。在搞不清的情况下,就得先按他已经知道来行事……"

"对!要是石黑知道了,这法儿就不灵了!"

"不!"

"咋?"

"不仅是不灵了——"永生说,"还要往更坏处想一下儿!敌人来个'将计就计'怎么办?那,我们不就吃亏了?"

志勇觉着有理,点点头,又皱起眉来。

过了一阵。

梁永生将志勇、锁柱叫到近前,向他们说:

"这是一次攻坚战。我们呐,打游击战打惯了,干这手活儿,还没什么经验。越是没有经验,越要大胆试验。大胆的试验,是成功的一半。俗话说,失败是成功之母嘛!方才,你们研究的那个运送炸药的问题,我认为路子是对头的,只是具体方法还行不通!"

他向志勇、锁柱瞟了一眼,又说:

"我看,这样吧——你们去各个阵地,动员那些所有参加战斗的战士和民兵们,让大家一齐开动脑筋,来个群策群力……"

他俩要走时,永生又补充说:

"星多夜空亮,人多智慧广。还要想法开个村干部会,把柴胡店附近各村的群众也发动起来,请他们也参加我们这个想办法的'战役'!"

志勇和锁柱走后,永生又向炮筒子一招手说:

"来呀!攻打据点了,还得用用你这个'大炮'啊!"

"队长,你怎么无论在啥节骨眼儿,总是忘不了逗闷子?"炮筒子来到永生近前又说,"队长,叫我说,你趁早甭找这号麻烦!"

"麻烦?"

"可不是呗!"

"是啥?"

"你找我就是自找麻烦!"炮筒子见永生还不理解他的意思,又说,"你不是找我帮助想想办法吗?队长,刮风下雨你知不道,我这个脑袋瓜儿你还知不道?研究办法找上我,那还不是白搭一盘菜?"

"嘻!你真是主观!"

"咋?"

"我要派你到县委去一趟——"

"去干啥?"

"去取爆炸管儿。"

"哦!原来是这么回事儿呀,那你算找着了!"炮筒子说,"要论这宗差事,派我去是老生戴胡子——正扮!"

"就是道儿远……"

"腿长不怕它道远!"炮筒子一拍大腿说,"要动这个,不是吹,咱是拿手的压轴儿戏哟!"

梁永生笑了:

"老炮啊,你知道,县委已主动派人给我们送了炸药来了,并在信中问我们:是不是需要爆炸管儿。我想,根据目前战斗的进展情况,甭管人们讨论出什么办法,大概总是离不开爆炸管儿的!因此,你要把步叉子迈大点儿,快去快来!"

"瞧好儿吧!"

"县委的负责同志问到这里的战斗情况,你就知道什么说什么,知道多少说多少,你怎么想的、怎么看的就怎么说。听了不?啊?"

炮筒子抓抓头皮说:

"哟!再加上这么个重载货……"

"拉不动?"

"队长,你最好是写个信,我带着……"

"你需要马上出发,写信来不及了!当然,向县委要爆炸管儿的信,还是要写的。不过,要在信上汇报战况,时间不允许!"永生说,"你走了以后,我再抓紧时间向县委写报告。"

永生说着,从衣袋里掏出钢笔和纸,垫在膝盖上,唰唰地写起信来。只见他,想一阵,写一阵,写一阵,想一阵,笔尖时而在字句的末尾停顿一下,时而又在纸面上飞舞起来。信写完后,永生又从头到尾一连看了两遍,而后熟练地折成三角儿,递给炮筒子,又郑重地嘱咐道:

"放好。可别丢了哇!"

"放心吧!"炮筒子一面往内衣袋里装着,一面说,"丢了这个,县委能给我爆炸管儿?要是白跑一个来回儿,不把时间误了?"

"你理解这一点很好!"永生转了话题说,"县委有什么指示,要带回来。"

"这个……"

"这个又准怵头!是不?"

炮筒子为难地笑着。

梁永生拍拍炮筒子的肩膀头儿:

"甭怵头!用你常用的老办法就行——"

"啥'老办法'?"

"这不才刚还跟我用一回吗?"永生学着炮筒子的神态、语调说,"'你最好是写个信,我带着'……"

"给写?"

"给写!"

"我不认识县委书记……"

"你不认识他,他可了解你。"

"你向他谈到过我?"

"我谈到过。他也经常问到你们。"梁永生说,"咱们的县委书记,对大刀队里的同志们,虽然不都认识,可他对大家十分关心,并且,他对每一个战士都了解得清清楚楚……"

梁永生打发炮筒子走了以后,又向在这个屋里坚守阵地的战士们安排一下,便出屋去了。

直到这时,石黑求和的喊叫,还在断断续续地响着。梁永生一边朝外走,一边心里说:"石黑呀石黑!你想要个花招儿骗取喘息时间呀?见鬼去吧!我们是不会上当的!"

经过广大军民的热烈讨论,往敌人据点近前运送炸药的办法,终于想出来了——挖地道。

偏午时分。挖地道的工程开始了。

地道的洞口儿,就设在王锁柱这个小分队的指挥部里。坑道工程的总指挥,就是王锁柱。副总指挥,是杨大虎和沈万泉。

在工程开始的时候,队长梁永生,也特地赶到工地现场,并作了一番政治动员。

锁柱将参加挖坑道的青壮年们,分成了三支专业队伍——一支叫掘进队,负责挖土;一支叫滑车队,负责提土;一支叫运输队,负责运土。

工地上,刨的刨,掘的掘,镐镐锹锹起起落落,铿铿锵锵响成一片。参加挖坑道的人们,尽管头上、脸上的汗都流成河了,可是人人都干劲冲天,笑逐颜开。可也是啊,我们能不能迅速攻克石黑的据点,关键问题就是运送炸药的办法。现如今,办法想出来了,挖坑道也动工了,这就是说,攻克据点就在眼前了,石黑就要完蛋了,人们怎能不高兴呢?

可是,说来也真蹊跷!正当人们都乐不可遏的时候,梁永生却突然皱起了眉头!

这是咋的个事儿哩?

大家正纳闷儿,永生突然摆摆手说:

"住手!"

总指挥锁柱不理解队长的意思,他用手背抹一把前额上的汗水,惊奇地问道:

"队长,这是为啥?"

梁永生指指据点的方向:

"这儿离据点这么近,这镐锨的响声又这么大,你揣摸揣摸,敌人能不能听见?"

"听是能听见!"

"那怎么能行?"

二愣不以为然!插言道:

"管它哩!敌人听见又怎么的?他反正不敢出来,怕他个屁!"

"不对!"

"为啥?"

"不论啥事儿,只要敌人有准备,就不易成功!"永生说,"就是在如今这种情况下,虽说我们占着优势,还是要做到出其不意才好!"

"这倒对!"锁柱把眉头一皱,"咋办哩?"

梁永生胸有成竹地说:

"办法嘛,还得向群众去要呗!"

锁柱点点头。随后,他将工地上的人们全组织起来,一场热烈的讨论又开始了。一个皮鞋匠,难出好鞋样;两个皮鞋匠,有事好商量;三个皮鞋匠,胜过诸葛亮。过了一阵。在汇报时,各个讨论小组提出了许多办法。

黄二愣首先发言:

"我参加的那一组,有人提议用打枪的办法,压下挖坑道的声音……"

锁柱摇头道：

"那得多少子弹？"

二愣不吭声了。

杨大虎也是一个组的代表。他是最后发言的：

"我们那个组的讨论结果,跟小胖子那个组的意见差不多——也是主张把锣呀,鼓呀,镲呀,全弄出来,来个猛敲猛砸……"

沈万泉点了点头。可紧接着他又提出了新的问题：

"这个办法,倒是能把挖坑道的响声压下。不过,咱无缘无故的敲锣打鼓,敌人会不会怀疑？他们一怀疑,也许能猜出个七成八脉的！……"

这一阵,梁永生一直在抽烟。他一面抽烟,一面听着人们的议论,一面沉思。当他听到这里时,头脑中忽地一闪,脸上立刻浮起一层笑意。

跟梁永生打了几十年交道的杨大虎,一见梁永生这种表情,脸上也立刻浮现出一层笑意。接着,他凑过去,戳了永生一把,满怀希望地问：

"永生,你想出什么名堂来啦？"

梁永生摇摇头：

"我啥名堂也没想出来！"

"那你乐啥？"

"我觉着你们想出的那个'名堂'不错！"

"我们的啥'名堂'？"

"敲锣打鼓嘛！"

"能行？老沈不说敌人会怀疑吗？"

"布个'迷魂阵'嘛！"梁永生说,"弄上点狮子、秧歌什么的闹腾闹腾……"

黄二愣一听乐了：

"对！也就着热闹热闹！"

永生朝二愣笑笑，没吱声。

王锁柱想了想说：

"行！那么一闹腾，敌人准以为咱们是在军民联欢庆祝胜利呢！"

志勇接言道：

"这是一！除此外，敌人也许认为咱们是在故意气他们哩！"

小胖子又补充说：

"还有三呐——石黑也可能猜疑是咱们用这种办法引他们出来！……"

"行啦行啦！"梁永生笑道，"咱们别给人家石黑算卦了，就让他爱咋想就咋想去吧！"

人们都不做声了。

梁永生抽了口烟又说：

"锁柱，你们替人家敌人想得这么周到，可别忘了替咱自己想想呀！"

王锁柱说：

"我已经想好了！"

梁永生问：

"你想好了啥啦？"

王锁柱答道：

"咱得把据点的大门封锁住，以防敌人万一真的窜出来！"

"很好！"

永生将笑脸移向志勇：

"你负责这项任务！"

"是！"

这时,梁永生突然想起杨大虎在三十多年前闹元宵引狮子的事来,他又面向杨大虎意味深长地说:

"大虎哥,你卖卖老吧?"

"啥?"

"狮子一出动,你不得显显身手吗?"

杨大虎会意地笑了:

"这一套,你就都交给我吧!"

在杨大虎的张罗、组织和指挥之下,柴胡店四街和附近村庄的群众,搬出锣鼓,驾起狮子,扮上秧歌,还绑上高跷,扎上太平车,在墙遮壁挡的街道里,在机枪射程之外的广场上,又打又敲,又扭又唱,又嚷又闹,那股火爆劲儿就不用提了!

人们的兴头子比从前闹元宵还要大。

也不知是谁,还弄来一些鞭炮。

这种景象,梁永生多少年没有看到了哇!因此,它一下子把个梁永生带回到了少年时代的元宵夜晚……

鬼子据点里的大洋马,被这来自四面八方的锣鼓声、鞭炮声,惊吓得咴儿咴儿地叫唤起来。石黑也蒙了。他赶忙招来一伙喽啰,研究起这种新的情况来。

与此同时,我们的坑道工程,又动手了。

滑车哗啦哗啦地响着。两条一攥把粗的滑车绳,系着两只用桑条编成的大土筐;土筐上来,空筐下去,一筐接一筐的泥土提出坑道口来。

井口般的坑道口越来越深了。

在挖到一丈五尺深的时候,坑道便朝着据点的方向拐了弯儿,又平行着向前挖去。

过了一阵。

王锁柱脱了光脊梁,握着滑车绳站在坑道口上,压着声儿喝号子指挥着井上井下所有的人。正在这时,刚开过一个小会儿的梁永生凑过来。他拍一下王锁柱的光脊梁,半嗔半嘻地说:"锁柱,又玩命呀!"

锁柱嘿嘿地笑着:

"没关系!两手一忙活,浑身是火!"

梁永生说:"我不是怕你着凉!"

王锁柱说:"怕我累垮——是不是?"

梁永生说:"你明知,为啥'故犯'?"

王锁柱说:"累不垮!心里一高兴,浑身是劲呀!"

梁永生插上手干了一阵,又到别的阵地上去了。他解下腰里的皮带提在手里,一边走一边抽打着身上的尘土。刚走出不远,望见魏基珂老汉拄着一根棍子走过来,永生赶紧迎上去,着急地说:

"大叔,你怎么来啦?"

"我骑小毛驴来的。"

"你不好好在家养伤,跑到这里来干啥?"

"你尤大哥回村去弄滑车,说是要挖坑道……"

"挖坑道,那是棒小伙子干的活儿,你老人家跑来干啥呀?"梁永生上前扶着魏大叔,又说,"大叔,你已经这大岁数了,虽说身板儿还好,可是年纪不饶人呀!再说,你这腿又受了伤!大叔啊,你别叫我着急了,还是赶紧回去吧!"

魏大叔说:

"永生啊,我来也干不了啥,去看看还不行?"

永生还是劝:

"大叔,这有个啥看头儿?回去吧!"

"永生,你可别忘了我是打井的把式呀!"魏大叔说,"我琢磨着,挖坑道这手活儿,八成跟打井是一个理儿。我来看看,兴许能给你们出个主意哩!"

永生听后,笑了。

因为他觉着魏大叔说得有理,没再拦他,只是关切地说:

"大叔,加点小心,可别碰着呀!"

魏大叔张开了他那牙齿不全的嘴,孩子似的笑着:

"永生啊,只管放心好了——忙你的去吧!"

他说着,朝挖坑道的工地走去。

梁永生笑望着魏大叔的背影,觉着这位老头子好像更年轻了。他站在那里愣沉了一阵,扎上腰里的皮带,又继续向前走去。

前边,有一伙妇女,正在说笑。

她们聚在一块儿,说笑得那么火爆,真比八台大戏还热闹。这里正打仗,这些妇女来干什么呢?原来,她们是来自各个村庄的妇救会组织的慰问团。这些人中,有村妇救会的干部,有子弟兵的家属,还有苦大仇深的老贫农。

杨翠花、秦玉兰、二愣娘、尤大嫂和小勇奶奶都来了。她们全是慰问团的成员。有的还是带队的领导人哩!梁永生特地赶过去,跟她们亲亲热热地说了一阵话儿,便向北边的阵地走去了。

他一边走,一边和路遇的战士、民兵打招呼,还跟因种种使命而来到前线的群众热情地握手,并关切地嘱咐他们:

"当心敌人的冷枪!啊?"

断黑时分。梁永生在走遍了据点四周的阵地之后,又回到挖坑道的阵地上来了。

坑道工地附近,有片大树林。

树林里,满是白杨绿柳。许多小鸟儿,正在林中歌唱着,喧闹着。林边有个池塘。晚霞的余晖,照着千层细浪,映出万片彩光。

当梁永生从这林边路过时,突然望见志勇和玉兰正在林中。只见,他俩肩并肩地走着,谈着,谈着,走着……

而今的秦玉兰,在梁志勇的面前,在经历了一个拘束阶段之后，又恢复了在兴安岭下那种少年时代的自然劲儿。你看，她现在像志勇注视她一样地注视着志勇，似笑非笑地说：

"放心吧！你嘱咐的这些，我全记住了！在今后的工作中，我一定再呛一把劲，积极创造条件，争取早日参加党的组织……"

志勇笑着，点点头。

玉兰浅浅一笑，胸脯起伏着，又说：

"你可得多帮助我呀！"

"过去，在这方面我注意不够！"梁志勇先检查了一句，又转过话题说，"现在，你已经给我做出样子了，今后，我得向你学习呀！……"

"向我学习？"

"是啊！方才，你不是主动帮助我了吗？"志勇又举例说，"你嘱咐我，在解放柴胡店的战斗中，要英勇杀敌，多立战功……这不是对我的关心和帮助吗？"

"那是俺作为一个慰问团成员的责任……"

梁永生又往前走了一阵，只见一条条的交通沟里，慰问团的同志们正在跟战士们、民兵们倾谈着。他们仨一伙俩一堆，谈得是那么亲切，就像一家人佳节团聚、围桌吃饭时的气氛一样。

一阵阵的笑声从交通沟里升扬起来。

一声声动人心弦的话语撞击着永生的耳鼓：

"大娘，瞧好吧，我们一定狠狠打击敌人！"

"大嫂，我们一定替你的丈夫报仇！"

"老奶奶，你只管放心，据点上那些鬼子，一个也让他跑不了！"

永生正然兴冲冲地且看、且听、且走，杨翠花从那边急匆匆地走过来。梁永生笑望着妻子问道：

"瞧你走得像刮旋风似的，有啥急事呀？"

翠花以问代答地说道：

"你见到志勇没有?"

"找他干啥?"

"我得嘱咐嘱咐他呀!"

"嘱咐啥?"

"嘱咐他勇敢杀敌立战功呗!"翠花说,"俺慰问团里有这么一项任务——鼓励鼓励自己的家属……"

"噢!那你就先鼓励鼓励我吧!"

"看你!不管啥时候,总是这么没要拉紧的!"翠花说,"俺没这闲工夫跟你逗闷子——快告诉我:你倒是见到志勇没有?"

永生朝树林子一甩头:

"你瞧!"

翠花向林中一望,远远看见志勇正和玉兰走着谈着。这时,她的脸上立刻泛起一层笑意。可是,她那朝向树林刚刚迈开的步子,又停住了……

在杨翠花迟疑不前的当儿,梁永生跨开步子又继续朝那坑道工地走去了。

当永生来到工地近前时,只见黄二愣和他的老娘正在一个墙角处站着。这时,二愣的脸上阴沉沉的,眼里含着泪水,牙齿咬得咯咯嘣嘣响……这是怎么回事儿呢?梁永生凑过去,一问,原来是这样:

在一个大雁南飞的季节,被白眼狼逼到关东去的二愣爹黄大海,怀着抗日救国的迫切心情回到关里来了。谁知,当他在奔向龙潭的途中经过柴胡店附近的时候,被鬼子们抓进了据点。

白眼狼当然认识黄大海。他向石黑说:

"这个黄大海,是八路的探子……"

因此,石黑对黄大海一再用刑,折磨得死去活来。在进行最后一次审讯的时候,黄大海站在石黑的审讯桌前,昂首挺胸,一声不响。蘸水的皮鞭连连落在黄大海的身上,黄大海脚不挪,身不闪,不低头,不闭眼。

后来,石黑假模假样地凑过来,拍着黄大海的肩膀皮笑肉不笑地说:

"你的有骨头,是好汉子!你只要……"

石黑话没说完,黄大海的巴掌落在石黑的脸上。

一个鬼子兵开枪了。

子弹从黄大海的胸膛上穿过。

黄大海一趔趄,又站住了。他的眼里闪射着怒火,朝石黑举起一把椅子……

石黑又是一枪。

二愣爹那两只暴起青筋的大手,渐渐地松开了……

黄大海身上带的那只手镯,落在石黑手里。

后来,石黑又把它送给了白眼狼的姨太太。

这些事,是一个从柴胡店开小差儿回来的伪军告诉二愣娘的。那个伪军是二愣娘她娘家村的人。方才,二愣娘将这件事告诉给她的儿子,现在永生一问,她又向永生叙述了一遍。

这个消息,使永生的心里升起了一团怒火。他听完以后,强压住自己的悲痛和气愤,劝慰哭得两眼通红、气得浑身发抖的二愣娘说:"老嫂子啊,我们一定给黄大哥报仇!"

他说罢,转身走进第二分队的指挥部。

这时,坑道已朝据点的方向挖出了好几十米。

锁柱见永生走进来,他一边摘下帽子扇着风,一边向永生汇报说:

"队长,照这个进度,半夜前后就能完成!"

由于锣鼓的响声太大,锁柱这话尽管是凑在他的近前说的,可是梁永生还是没听清楚。于是,他把锁柱拉到一边,让锁柱又重说

一遍,永生这才问道:

"测量过?"

"测量过!"

"好!我下去看看。"

他们回到坑道口,在永生要下坑道时,锁柱想陪他一同下去。永生不同意:

"指挥嘛!擅离岗位还行?"

他笑呵呵地说着,两手握住滑车绳。滑车一阵爆响,永生下了坑道。

坑道里,又窄,又矮,又黑。黑得两个人走个对面碰着鼻子尖儿也看不清彼此的面目。在里边挖坑道的人们,全都是弓着腰,曲着腿,摸着黑儿干活。

梁永生正往前走着走着,忽然跟迎着他走过来的一个人碰了头。那人带着火气嚷道:

"谁?不是贴着左边走吗?忘啦?净犯纪律!"

永生一听语音,忙说:

"大虎哥啊,我……"

杨大虎虽看不清对方的模样,可他已从语音中听出来了——被他斥责的这个人,原来不是哪一个负责运土的运输队员,而是他没有料想到的梁永生。于是,大虎吃惊地说:

"哦?永生啊!"

"是我。"

"你怎么跑到这里来啦?"

"你不是去舞狮子了吗,怎么也跑到这里来啦?"

两人都笑了。

这时,运土的人们从后头赶上来了。他们一边匆匆忙忙地走着,一边大声小气地嚷道:

"闪开！闪开！"

"谁这么不睁眼？这是个说闲话的地界儿吗？"

"有话出去说，别拦路！"

人们这些粗声粗气的话语，尽管都属于严厉的责备，可是，在梁永生听来，却从心眼儿里觉着舒坦。这是因为，这些责备的话语，反映出一种梁永生作为领导人所特别喜欢的心情。

于是，永生将身子紧紧地贴在左边，顺着黑咕隆咚的坑道，又朝前走下去。

坑道的尽头来到了。

这里，沈万泉正领着两个小伙子干到劲上。

梁永生和沈万泉打过招呼，硬夺过他手中的小镐镐干起来。他一边干一边说：

"老沈同志，力气出在年轻啊！你这个年纪儿，怎么也来干这个玩意儿？"

永生一干，那两小伙子干劲更足了。

沈万泉蹲在一边，趁这个机会装上一袋烟，一边叭嗒叭嗒地抽着，一边向永生说：

"我搂算着，再有四五个钟头，就能挖到敌人据点的壕沟……"

经沈万泉这么一说，梁永生蓦然想起一件事来——他禁不住地插言道：

"哎呀！还有个难题哩——"

"啥？"

"壕沟那么深，咱这坑道挖到那里，八成得露出来！"

永生一句话，提醒了沈万泉：

"哟！可说哩！"

他想了一想，又说：

"我估量着，凭咱这坑道的深度，挖到壕沟那里，就算露不出来,它上边的土层,也一定是很薄很薄的了!"

"那不得塌下来吗?"

"谁说不是哩!"

"那怎么办?"

一个小伙子从旁插了这么一句。

沈万泉只顾一口接一口地抽闷烟,没有答腔。因为这个新的难题,使这位负责指挥掘进的老头子,深深地沉思起来。

梁永生一边干着一边说:

"咱们动动脑筋吧!我想,办法总是能想出来的!活人还能叫尿憋死?"

他说罢,继续刨土,不再吭声。

负责挖土的其他人,也都围绕着梁永生提出的这个新难题思索起来。

这时,整个挖掘工地,再也没有人语,只剩下了吭噔吭噔的刨土声。

沉寂了片刻。

沈万泉开了腔:

"哎,你们说,这样行不行——"

人们迫不及待地问:

"怎么样?"

"从现在开始,逐步往下深,让坑道斜度前进!"沈万泉说,"这么一来,等坑道挖到据点壕沟那里,它上边的土层不就厚了吗?"

"好!"

"行!"

"就这么办!"

最后这一句,是永生说的。人们一致同意了老沈的意见后,稍有消沉的干劲儿,又高涨起来。

黎明时分。

梁永生正在指挥部里和几位战士谈话。

炮筒子从县委回来了。他将带回来的爆炸管儿递给梁永生,而后耸动着双眉汇报说:

"队长,县委完全同意咱们的做法。"

他说着,从衣袋里掏出一封信,又递给永生:

"这是县委书记方延彬同志写给你的信。"

永生接过信,伸开,聚精会神地看着。

在梁永生看信的当儿,炮筒子站在一旁喜气洋洋地说着:

"方书记对这里的情况问得可细啦!多亏你又派人送了个报告去……"

永生一边看信一边点头。

炮筒子还在继续说下去:

"方书记一再问我们还有什么困难,并说,有困难就提出来,县委一定千方百计大力支援……"

炮筒子的话没说完,永生已把信看完了。他又将信重新折叠起来,一面往衣袋里装着,一面问炮筒子道:

"县委还有什么指示吗?"

"方书记只说预祝我们胜利成功!"炮筒子说,"如果有什么指示的话,八成是让去送报告的梁志勇同志带给你。"

梁永生问:"你来的时候,志勇已经赶到啦?"

炮筒子点点头:"嗯嗬。"

永生又问:"他什么时候回来?"

炮筒子说:"这个我就说不上了!方书记只是说,让我头前一步,他和志勇还有话说……"

在炮筒子说着的同时,梁永生轻摸着像个大爆仗似的爆炸管儿,头脑中思索着县委书记方延彬同志那封信上的话语,觉着心口

窝儿里热滚滚的,脸上又流露出特别急迫而又特别兴奋的气色。接着,他向围在身边的几位战士吩咐道:

"你们分头到各个阵地去,把县委对我们的关怀,以及爆炸管儿已经拿来的喜讯,赶快告诉给所有的战士和民兵同志们!让大家高兴高兴……"

"是!"

那几位战士异口同声地应着,继而一跃而起,纷纷跑出屋去。

少顷。刚刚掩上的屋门又开了,一股热风扑进来。紧接着,只见有个黑影儿在门口一晃,杨大虎就像被风刮进来的一样,一步闯进屋子。

梁永生将爆炸管儿已经来到的事告诉给大虎。

大虎将爆炸管儿拿在手中,端详了一阵儿,他触景生情,想起了梁永生在少年时代的一个元宵夜晚,往火堆里扔爆仗炸狼羔子的事来,就笑乎乎地逗哏说:

"喔!这个爆仗可真大呀!"

永生先是一愣,接着很快领悟了大虎的意思。于是,他俩对视一下儿,都嘎嘎地笑起来。笑声落下,永生风趣地说:

"它准能迸石黑一身火星子!"

随后又是一阵笑。

就在这时,同样的笑声,也在据点四周的各个阵地上响着。因为,这爆炸管儿来到的喜讯,已经传遍了各个阵地。你想啊,战士们,民兵们,特别是那些正在挖坑道的同志们,谁能不兴奋,谁能不激动,谁能不高兴地笑上几声?

伴随着这笑声而出现的,是挖坑道的进度更快了,战壕里的战士们斗志更旺了!

次日拂晓。

坑道竣工了。

人们将爆炸管儿和炸药都放进去,又在导火线上拴好一根长长的绳子,并把绳头儿拉出了坑道口。梁永生亲自指挥着人们把这一切安排就了绪,他舒出一口大气,又问志勇和锁柱:

"周围群众的撤离工作都安排好了吧?"

锁柱首先说:

"早安排好啦!"

永生继而问:

"各个阵地上,冲锋准备工作怎么样了?"

志勇接言道:

"都已'万事齐备'!"

锁柱补充说:

"就'只欠东风'啦!"

梁永生当然明白:锁柱这个"只欠东风",就是说光等着队长下命令了!

于是,永生点点头,说了声"好",继而乓的一声,将手中那支匣枪的子弹登上了膛,又闪射着两条炯炯的目光将身边的同志们扫视了一眼,只见那一条条棒硬溜直的小伙子们,脸上都挂着一副随时准备冲锋的那种紧张而又喜悦的神色,眼里闪动着在进入战斗之前特有的那股兴奋的光彩。永生看罢,这才转向正然握绳待命的黄二愣,并将紧紧攥着的拳头提在胸前,又伴随着短促的命令声往下一击:

"拉!"

系着导火索的绳子拉动了。

梁永生又向屋里的人们一挥手臂,紧接着发布了第二道命令:

"撤离!"

人们迅速地而又是有秩序地走出屋来。

这时,据点上的机关枪,正在狂气地响着。

不一霎儿。轰隆隆!一声巨响,敌人那吐着长长火舌的机枪,一下子哑巴了!与此同时,人们刚刚离开的那座土地庙,也被这巨响震塌了!它变成了一座小土山!

这时节,人们仿佛觉着天在摇,地在颤,空气在急剧地波动。就连据点四面八方十里以内的人们,也都觉着就像在不很远的地方天塌下一块来似的,将偌大的个地球给震撼了!

在这一声巨响之后,柴胡店的上空升起一片火焰!

在这样的时刻,周围的村庄里,该有多少双笑眼眺望着柴胡店镇!我军的阵地上,又该有多少双眼睛,笑望着那被浓烟笼罩着的敌人据点呀!

敌人的据点怎么样了呢?它那高高的围墙,被炸开了一个很大很大的豁口。那个豁口足有两丈宽!

这个两丈宽的豁口呀,正是我军通向胜利的大门!

从围墙上塌下来的大土块子,大都溜进了壕沟,把那深深的壕沟几乎快填平了!这时,这个本来属于中国人民的柴胡店镇啊,在被敌人蹂躏了好几年之后,而今好像突然变成了一只怒吼的雄狮,正久久地颤动着,决心彻底抖掉它身上的耻辱,来喜迎自己的主人。

原先趴在围墙上的鬼子兵,如今全不见了!他们哪里去了?咱哪知道!咱只见,这时据点的天空,被硝烟、飞尘和鬼子的黑血染成了灰黄色!据点的地面上,滚滚的硝烟,团团的黄土,强烈的火药味儿,形成了好像一座山峦似的雾气。这宛如山峦般的尘埃烟雾,正在向四外扩散着,向高空升腾着,升腾着,一直升得顶上了天!

这时节,梁永生和他的战友们,笑望着被烟尘笼罩的鬼子据点,嗅着阵阵扑鼻的火药味儿,心头上,泛起一股异常兴奋、异常清新的感觉!

因为他们知道:正是这种火药味儿,炸开了残敌赖以顽抗的围墙;也正是这种火药味儿,为我们彻底消灭残敌,开辟了前进的道路!

眼下的梁永生,像每一次战斗开始时一样——他虎目圆睁,凝望着血肉横飞、影物迷离的鬼子据点,千仇万恨汇聚在心口上,浑身汹涌着一股海潮般的力量。

片刻,他将那雄伟的身躯往后一仰,朝那硝烟起处一挥手臂,用尽生平之力,宛如又一声爆炸似的发布了向敌人据点冲锋的命令:

"同志们!为人民立功的时候到了!冲锋啊!"

决不辜负党的信任,决不辜负祖国的期望,要争取一切机会,在那革命的红旗上,洒上几滴自己的鲜血——这是大刀队战士们的誓愿!对这样的战士来说,指挥员的命令,就是党的召唤,就是祖国的召唤,就是人民的召唤!

永生的吼声未落,冲锋的号声响起来了。

一位英武的小号兵,站在高高的屋脊上,挺着胸,昂着头,鼓着腮,用上了他的全身力气,嘀嘀哒哒地吹着军号。一块鲜艳的红绸布,从号柄上朝下垂着,正在号兵那起伏的胸前随风飘动。一阵嘹亮的号声,从那朝四外闪亮的号口里喷射出来,冲上九霄,像撕扯天空的电闪一般,划破了万里长空!

这冲锋的号声,仿佛正在重述着指挥员的命令;

这冲锋的号声,正在汇集着战士们的力量,正在鼓舞着战士们的勇气,正在凝聚着战士们的仇恨,正在点燃着战士们的怒火……

在这队长命令下、军号冲天起的时刻,无数的吼喊声,势如落地滚雷一般,一齐冲向敌人的据点:

"冲呀——!"

"杀呀——！"

在这"冲呀""杀呀"的喊声中,还夹杂着政治攻心的喊话:

"活捉石黑!"

"缴枪不杀!"

"八路军优待俘虏!"

"日本士兵们快投降吧!"

"……"

这异口同声的吼喊,愈扬愈高,愈响愈烈,势如千万头雄狮在齐声吼鸣,又如夏日的炸雷滚过长空！直震得天在抖,地在颤,房在撼,树在摇！它,比那尚未落尽的雷管儿爆炸声,不知还要大着多少倍！

这些正在吼喊的大刀队战士们,来自各村的民兵们,手中刀光闪闪,人人精神倍增！这是什么精神？这是准备用自己的鲜血去换取胜利的精神！是准备用自己的生命去报答祖国的精神！

冲锋开始了！

嗖嗖嗖！

嗖嗖嗖！

战士、民兵掺杂一起,或挥枪,或舞刀,宛如下山之虎,犹如离弦之箭,争先恐后,健步飞腾,一齐朝前扑上去！

前面,是爆炸引起的烈火；

前面,是大雾一般的硝烟！

除此而外,还有那被气浪冲上漫天云的砖头瓦片,而今正然像下雹子一样地向地面洒落着……

这些,所有这些,对在抗战烈火中熔炼成钢骨铁胆的勇士们来说,它又算得了什么？我们的战士,我们的民兵,对此全然不顾,只顾向前冲,向前冲,向前冲！

那些飞步跑在前头的人们,抡起一口口银光闪闪的大刀片儿,将一道道的铁丝网砍了个七零八落。继而纵身一跃,跳下那已被倒塌的围墙快垫平了的壕沟。像山洪暴发一样的人流,从被炸开的围墙豁口涌进敌人的据点!

说来也真怪!我们这些健儿们冲进据点后,据点里的鬼子兵就像全死净了一样——没谁抵抗!这是咋的一回事哩?只那一声爆炸,就将据点里的鬼子全炸死了吗?并非如此!原来是:那些如今还活着的鬼子兵,也全被这突如其来的剧烈爆炸声震蒙了!吓傻了!你瞧,有的鬼子兵被那强大的气浪掀倒后,手中的大盖儿枪摔出老远,四脚拉叉地仰面朝天躺在地上,一副苍白的脸,绝望地看着天,只会拍打眼皮儿,别的地方全不会动弹了!有的鬼子兵,被深深地埋在土里,外边只露着两只脚。还有的鬼子兵,虽然端着枪蹲在围墙上,可是他的身子简直成了一具僵尸,连一动也不会动了!

这些家伙们,就在这迷迷瞪瞪的状态中做了俘虏。

过了一会儿。

那些还没当俘虏的鬼子兵开始清醒了。

他们,有的像耍癔症似的,在半昏迷中磕头碰脑地胡跑乱窜,歇斯底里地狼嗥鬼叫;有的则像酩酊大醉了,溜脚巴滚,跌跌撞撞,直到脑袋瓜子碰上枪子儿了,他这才吭噔一声扑身倒下去,趴在地上闹了个狗啃蜜,再也不动了;还有的正往草垛里钻,身子的前半截钻进去了,后半截还没钻进去,就被那闪着寒光的大刀给他分了家!

又过了一阵儿。

那些还没被活捉或杀死的鬼子,完全清醒过来了。

敌人越临近灭亡,就越加疯狂。现在,残敌开始了垂死挣扎,负隅顽抗。有一个鬼子兵,从窗口里嗖地蹿出来,端着刺刀直扑梁永生。这时,梁永生正在指挥着战士和民兵们跟敌人进行拼杀,当他发现那个扑过来的鬼子时,鬼子已经来到他的近前!

怎么办?

开枪射击吗?来不及了!

挥刀还手吗?也来不及了!

因为,鬼子的刺刀,已经来到他的胸口上!

这时节,手疾眼快的梁永生猛一闪身,那鬼子的刺刀从他的腋下穿过去;嘶啦一声,永生的衣裳被刺刀捅了个大口子!当那鬼子正要抽刀再刺的时候,他的脑瓜子,已被梁永生的大刀片儿削下来了!

嘿!好一个能征善战的梁永生啊!

你瞧他,一手挥刀,一手端枪,像只下山猛虎似的,又朝还在那边顽抗的敌人冲过去了!这时,他手中那口明晃晃的大刀片儿,在左闪右晃,在横砍立劈,直杀得那些外强中干的敌人,屁滚尿流,失魂落魄,吱吱哇哇地四处奔逃!

这当儿,时而有颗子弹擦着永生的头皮飞过去,时而又有颗手榴弹在他的身边爆炸开来!可是,我们的共产党员梁永生,他不是准备牺牲自己的一切才投入革命的吗?对这些情况,他自然是全然不顾的;他只顾向敌人冲杀,只顾向敌人射击!

一个敌人在他的刀口下倒下去了;

又一个敌人在他的枪口前跌翻在地……

一团团的飞尘,一层层的烟雾,忽而将永生吞没了,忽而又把他喷出来!

梁永生正在冲杀,突然从那边传来一阵吼喊声:

"打倒日本帝国主义!"

永生朝吼声传来的方向一望,只见那边有个日本鬼子正要放火烧监狱;被关在监狱里的阶级弟兄们,正在齐声怒吼!于是,他,腾!腾!腾!箭步如飞冲上去。那鬼子,一见永生冲过来了,端起刺刀挺枪便刺。永生挥臂抡刀,将鬼子的刺刀开了出去!只听当啷一声脆响,那鬼子的刺刀断成两截!

鬼子掉头就跑!

永生向前一窜,挥臂又是一刀;咔嚓一声,将那鬼子头上的钢盔砍成了两瓣儿!那鬼子,一个仰八叉倒栽下去!

永生回过身来,用上全身力气,高高举起那口银光闪闪的五寸宽刀——

咔!

咔!

咔!

朝着监狱的锁链连砍了三刀。伴随着嗖嗖飞溅的火星,锁链眼看就要被大刀砍断了!谁知,就在这时,一颗子弹从那边射过来。永生回手一枪,将那放枪的家伙打倒地上……

轰!

呀!不好了!

当梁永生刚刚踢开一颗正在冒烟的手榴弹之后,另一颗手榴弹在他的身边爆炸了!与此同时,那颗被他踢得飞起来的手榴弹,也在离他不远的上空发出了一声巨响!由于这两颗手榴弹的同时爆炸,永生的衣裳燃烧起来……

情况显然已经十分危急了!

在这十分危急的时刻,黄二愣箭步腾身赶过来。当他来到梁永生的面前时,梁永生依然是,一手举着刀,一手端着枪,昂首挺胸站在那里。只见,他那双深沉的眼睛,比平时更加明亮,亮得仿佛连钢铁也能看透;他那张因战斗热情的冲激而涨红起来的面孔,闪着照人的光彩!

他的身上腾着火光!

火光在他手中那口大刀面上跳跃,烟雾在大刀周围缭绕,一片激战的动人场景,清晰地映射在那口高高举起的明晃晃的大刀片上!

可是,满怀着激动心情的黄二愣,一连喊了好几声,这位巍巍屹立的梁永生,却没有答腔!

这是为什么?

哦!我们的英雄梁永生同志,已经失去知觉了!

就在这时,他那潜浮着一层胜利微笑的脸上,是严肃的,坦然的,平静的。仿佛是在经过了一场激烈战斗之后,目下正稍事休息片刻……

就在这时,我们的黄二愣,瞪着一双吃惊的大眼,盯望着自己的领导人、入党介绍人梁永生,心中肃然起敬,眼里滚下了泪珠!于是,他赶紧扑上去,一只手紧紧地拢住梁永生,一只手连忙扑打永生身上的火苗。

就在这时,一颗子弹从那边的窗户里射出来!这颗罪恶的子弹,打中了黄二愣的胸膛!

就在这时,那些被敌人关在监狱里的阶级弟兄,终于撞断了那条被梁永生砍过的锁链,一齐冲出监狱,围在梁永生和黄二愣的周围……

黄二愣用命令的口气向人们说道:

"你们抬着梁队长,马上撤出去!"

人们撤走了。

黄二愣瞪起一双目眦欲裂的火眼,放出两条气愤、仇恨交织在一起的视线,射向了那个射出子弹的窗口!

这一阵,黄二愣一直被一股仇恨的火焰和狂烈的感情缠裹着。方才敌人那一枪,打在他的身上,更使他怒气满胸,火冒三丈!

胶着激战中的时间是宝贵的。

目下,时间不容许二愣多想。只见他,上牙咬着下唇,腾身而起，朝着那座开枪的房子猛扑过去。他扑到那座房子的门口附近，一甩腕子，扔出一颗手榴弹。那颗像个铁流星似的手榴弹，尾巴上拖着一股白烟扎进屋里。

屋里的鬼子们，一见手榴弹钻时屋来，全吓愣了！他们哇哇地叫唤着，你拥我挤，跌跌撞撞，都在拼命地往外跑！

在这眨眼之际，有个闪光的念头像雷雨之夜的闪电一样掠过黄二愣那辽阔的脑海："决不能让这些凶煞神在我共产党员的眼皮子底下逃掉一个！"二愣在这样的念头指使下，一头扑上前，大喝一声：

"你们休想活着出去！"

黄二愣一边喊着，又一边用他那魁梧高大的身躯堵住了屋门口。这时候，屋里的鬼子们拼着命地往外挤，黄二愣就拼着命地往里挤。你说怪不怪？好几个鬼子兵，一齐朝外拥，劲头儿该是多么大呀，可是，竟没挤过我们这位负了伤的黄二愣——他们硬是被黄二愣给挡在屋里了！

屋里。

那颗突突冒烟的手榴弹，正在嘟辘辘地打转转，眼看就要爆炸了！那手榴弹，距离黄二愣只有一米多远。黄二愣隔着敌人，双眼越过敌人的头顶，盯着这颗手榴弹，急得脖子上那一条条发着紫色的血管全暴起来了，他话在心里说："手榴弹呀手榴弹，你怎么还不快点响呢？"

死亡，对有些人来说，它是最可怕的东西。不过，它在真正的革命者面前，却失去了所有的威风！因为，一个革命者，他是时刻都在为革命而战斗，时刻都在准备着为革命而牺牲；他既然明白了为什么而生，为什么而死，自然就会不仅不感到死亡的可怕，反而会在危及生命的斗争中，骤然产生出无穷的智慧、勇气和力量，并能做到平素本来不可能做到的事情！特别是当他明确地意识到自己死得有价值的时候,他面对死亡时的心情,却比素常里更兴奋,更轻松,更从容!

这是每一个革命英雄所共有的特色!

你就看我们眼前的黄二愣吧!他现在一面暗暗地自语着,还一面暗暗地下了决心:"我黄二愣宁可粉身碎骨,也要履行自己作为一名八路军战士的责任——决不让这些杀害中国人民的刽子手们逃掉一个!"

这样的决心,在鼓舞着二愣和那些拼命往外挤的鬼子进行着意志持久力的较量,并使他感觉着仿佛自己的身躯突然扩张起来,个子更高了,膀臂更宽了;他又仿佛觉着,自己的身子就是一座石山,就是一座碉堡,完全能够堵挡住一切敌人……

轰!

一片飞红的火光一闪,手榴弹终于响了!

伴随着手榴弹的爆炸声,火热的铁片满屋飞溅。鬼子们,死的死了,伤的伤了,噗嗤嗤,吭噔噔,全都倒下去了。

一顶钢盔,滴溜溜飞上屋顶,撞到梁上,又跌落地上,摔瘪了。

黄二愣挺立在屋门口上,望着这种场景,一股兴奋的心情油然而生,他的脸上笑成了一朵花。

不好了!

二愣笑着笑着,突然觉着眼前蓦地腾起一团黑雾,闹得他的两只眼睛啥也看不见了!就在这时,他觉着天在转,地在旋,头重脚轻,身子不由自主地摇晃起来。继而,他对自己失去了控制能力,浑身悠悠忽忽,就像正从一个很高很高的地方掉下来!

接着,他的身子摇摆了一阵,倒下去了!

原来是,二愣又一次受了重伤,伤势使他失去了知觉!

时间在血战中流过去;

时间在硝烟中飞逝着。

黄二愣从昏迷中醒过来了。

这时,战斗还在激烈地进行。

在如今这场胶着状态的激战中,尽管梁志勇已自动地取代了梁永生的队长职务在进行指挥,可是我们的战士们、民兵们,同时又都在自觉地"人自为战"。整个据点里,子弹横飞,刀光闪闪,杀声一片。你看那机枪手将皮带挂在肩膀上,端着机枪正向成堆的敌人猛扫!机枪手挂花了,另一位战士抢上去,接过机关枪又向敌人冲去。你瞧!那位同志倒下后,又挣扎着身子站起来,举着他的大刀,猛力朝前跑去追杀敌人了!

从昏迷中苏醒过来的黄二愣,强打精神睁眼一看,只见他自己的身上落满了灰尘瓦片,滚滚的浓烟已将他罩了起来。他透过烟雾朝那喊杀处一望,又见梁志勇正和石黑那个老杂种对阵拼杀。

小志勇,由于他面对着石黑这个杀人魔王,心中升起一团仇恨的火焰,使得他胆不怯,气不馁,一直采取攻势,朝石黑连劈数刀。但是,石黑这个小老子,刺枪的技术很熟练,这时虽被志勇的勇猛精神吓得有点紧张,可他还在拼命招架。

他俩大体上形成了僵持局面。

正在这个节骨眼儿上,又一个鬼子兵从那边扑过来。问题已十分明显,等那个鬼子冲到近前,敌我的力量对比就要发生变化!到那时,梁志勇将腹背受敌,处于一种非常不利的地位!

可是,我们的小志勇,在这一分钟内就有上百次牺牲的风险面前,早把那生死抛上了九霄。他面对着其力量正在增加的敌人,没有一丁点儿示弱的意思,并且冲杀得更加勇猛了。

就在这样的时刻,从那边的浓烟烈火中喷出一个人来!

他是谁?

他,就是那位两次负伤才刚刚从昏迷中苏醒过来的黄二愣。二愣抡着大刀飞跑着,赶来助战了!

这时的黄二愣,有一股仇恨的火焰正在他的心头升起,旺盛的生命力正在他的周身燃烧,使得他的神志特别清醒,使得他第一次感觉到自己有一股从来没有过的那种无穷无尽的力量,还使得他觉着眼前的小鬼子小得像蚍蜉一样渺小!

在革命战争中,人的自觉的意志力量,能使人干出事后连自己都感到惊讶的事来。那回龙潭巷战前,二愣砍死一个敌人以后,蹿过垣墙跑出村子,可是后来他又试着蹿了好几回,那垣墙并没增高可怎么也蹿不过去了。今天,黄二愣带着重伤,一个箭步奔了上去。石黑一见黄二愣冲上来,知道自己腹背受敌性命难保了!他正想说:"我的投降!"可是,他这话还没等出口,黄二愣已抡起大刀砍在石黑的身上。二愣这一刀,叫那罪恶累累的刽子手石黑,像个死龟似的实朴朴地趴在血汪里……

此刻,历史正在向石黑庄严宣布:你这个双手沾满了中国人民鲜血的法西斯匪徒,还想逃脱审判吗?中国人民的法庭已开了七八年,现在这就是对你的最后的判决!

这一来,那个正在扑来的鬼子,立刻吓飞了真魂。他哇啦哇啦地叽歪着,掉过屁股就往回跑。

黄二愣望着石黑的尸体,他的脸上,再次闪现出胜利的幸福的微笑。这笑容,反映出他那因实现了自己的宿愿而感到无限喜悦的心境;这笑容,也标志着他那顽强的生命力,已发挥到最高限度!

但是,就在二愣的笑意愈泛愈浓的时候,他那魁梧的身躯,却不由自主地轻轻地向上飘开了!继而,又渐渐地向后仰去!

这时的梁志勇,本想去追赶那个正在逃窜的鬼子兵。他忽见黄二愣要栽倒,就腾身一跃来了个箭步蹿过来,一下子将二愣抱住了!

战友的友情,是生死一脉相流的,是人间的任何友情所不能比拟的。而今的梁志勇,在这战火硝烟的沙场上,怀抱着战友黄二

愣,两眼汪着热泪,满腔希望地大声呼喊着:

"二愣!二愣!……"

黄二愣已经不能回答他了!

然而,二愣那颗还在跳动着的心,这时正在向他的战友梁志勇大声疾呼:

"志勇!不要管我!你快抡起大刀,向敌人的头上砍呀!"

也就在这时,梁志勇已明显地感觉出,黄二愣那沉重的身子,正从他那颤动的胳膊上,慢慢地往下溜着,慢慢地往下溜着……

当梁永生睁开眼睛时,发现自己躺在一张床上。又见,许多战友,许多民兵,许多乡亲们,都聚拢在床边围着他。

这是怎么回事呢?

他不知道。

他只知道口干舌燥,头晕脑涨,身上像是被绳子一道又一道地紧紧地绑着,每一个毛细孔里又仿佛都扎上了一根钢针!

过了一会儿。

梁永生觉着脑海里忽忽地闪了一阵,对眼前这陌生的场景,唰地明白过来了。

站在他身旁的人们,原先脸皮都绷得紧紧的,连呼吸都放轻了。现在,他们一见梁永生苏醒过来,那一张张挂着泪痕的脸上,不约而同地浮现出一层兴奋的笑纹。锁柱首先凑上来,激动地轻声地喊着:

"梁队长,梁队长!……"

梁永生当然知道这时战友们是啥样的心情,他为了使人们那根紧绷绷的心弦松弛下来,就振作起精神风趣地说道:

"哎呀!这一觉儿睡得好舒服呀!"

他这一逗,人们全笑起来。

笑声渐稀,有人又问:

"队长,你觉着怎么样?"

像这类问题,在永生看来是不需要回答的。因此,他啥也没说,只是瞪着两只大眼望着身旁的战友们。他只见,每个人的脸上,都被硝烟战火熏燎得花儿胡哨,有的还挂着血迹。他不由得心里一沉,带着几分急迫的语气问锁柱道:

"锁柱,战斗怎么样了?"

"胜利结束了!"

"石黑呐?"

"叫二愣劈了!"

"其余的鬼子……"

"全消灭了,无一漏网!"锁柱兴冲冲地说,"就连石黑的翻译官阙七荣那个大汉奸,也已俘获在案……"

梁永生听到这里,高兴地笑了。他接过锁柱递在他面前的水碗,喝了几口,稍一停,又问:

"我们的伤亡情况呢?"

永生一问这个,人们闷了宫。屋里,鸦雀无声。人们全都垂着头,轻轻地短促地呼吸着,谁也不肯做声。后来,还是锁柱打破了这个令人难以忍受的沉默,淌着热泪把我军的伤亡情况告诉给永生。这时永生的眼里,像下上了一层露水,潮乎乎湿漉漉的。当锁柱说到黄二愣身受重伤时,梁永生忽地坐起身,追问道:

"二愣的伤势怎么样?"

"很重!"

"他在哪里?"

"已派人抬着他和另外两位伤员去县大队医疗所了!"

锁柱的音韵里,充满了激愤和沉痛。他说罢,再也忍不住,回过头去,头顶着墙,哭开了。他虽然没哭出声来,可是直哭得一对膀头在一阵阵地抖动。

永生听说二愣和另外两位同志受了伤去医疗所了,心窝儿里像压上了一块千斤重的大石头,又像有谁从他的心尖儿上削去了血淋淋的一片肉。他再也呆不住了,忽地下了床,匆匆忙忙朝外就走。

当然,在这样的时刻,如果不是那股在他的身上潜伏着的英雄气质撑持着他,如果没有那层在他的心头荡漾着的阶级深情地激励着他,他不要说会走路,恐怕连站也站不起来的。可是,目下的梁永生,他已经忘了一切,只知朝外冲!

人们问他要去干啥,他不吱声。锁柱见他脚下没有根儿,就想拉住他。谁知,一把没拉住,永生冲出屋去了。锁柱知道永生是要去追担架,便抹去脸上的泪珠,紧随其后赶上去。

梁永生在一股无比强烈的阶级感情支持下,在锁柱的细心照料下,经过一阵疾走,终于赶上了担架。在他们刚刚望见担架的影子时,锁柱喊了一声,想让担架站下等一等,为的是让永生少走几步。

可是,抬担架的人们,以及护送担架的志勇,全没听见锁柱的喊声。担架,继续朝前走着。锁柱正想提高嗓门儿再喊,永生把他制止住了。

永生为啥不让锁柱喊住担架?他虽没有讲明理由,可是锁柱心里明白——多少年来,梁永生这位领导人,对每一个战士的关心,胜过关心他自己。尤其是在一些紧要关头上,他总是将每一个战士装进自己的心窝儿,惟独把他自己的安危置之度外。你想啊,在眼时下这样的时刻,他恨不能想个办法让那担架一步赶到医疗所,岂肯忍心让担架停下来等他几步呢?说真的,这时永生的心情是:既希望担架快走,又希望马上见到二愣和另外那两位受了伤的同志。这两种愿望,显然是矛盾的。这个矛盾怎么解决?有办法。你看,他自从望见担架的背影以后,脚步不是明显地加快了吗?

喔！他要飞起来了！

担架，终于被永生赶上了。

走在后边的两副担架上，抬着两位伤势较轻的战士。梁永生先看了看这两位同志，并询问了一下情况，然后又来到黄二愣的担架近前。

你说怪不怪？当梁永生不顾一切地拼命追赶担架的时候，他仿佛觉着心中有千言万语要跟二愣说。可是，现在他站在了担架的旁边，一看二愣的伤势很重，觉着心里猛地收缩一下儿，就像有个什么东西一下子把他的嗓子哽噎住了，闹得他只是用两只大眼直瞪瞪地、久久地望着黄二愣，啥也说不出来，仿佛他正在尽力地把二愣的面容深深地印在自己的脑子里。

多少个和二愣一齐度过的艰苦岁月？多少个和二愣一起冲杀的战斗场景？……这时在永生的脑海里一齐闪过去。因此，现在永生的外表虽然十分平静，可是他的心脏却跳动得又是格外剧烈。他的两眼，正在一阵阵发黑；他的鼻子，正在一阵阵发酸；他的脑袋，正在轰轰地胀大起来；他的双脚，仿佛正踩在棉花包上。你看，他的呼吸不是越来越急促了吗？他眼窝儿里那颗越来越大的泪珠儿，不是眼看着就要蹦出来了吗？

又过了一会儿，梁永生终于艰难地张开了口，声音沙哑地说道：

"二愣啊，到县医疗所里，好好养伤。过两天，我和同志们去看你们。"

二愣听到永生的语音，强力睁开眼睛，瞳孔里闪出一道生命力极其顽强的光波。当他看到站在他身边的领导人时，他那带血的脸上浮现出幸福的微笑。这时候，他的眼珠子一动不动，厚硕的嘴唇颤动着，显然，他正在用上最大的力气，极力忍受着剧烈的疼痛。过了一霎儿，他攒了攒劲断断续续地向他的入党介绍人、支部书记梁永生说：

"永生同志……放心吧……我不会死的……因为党和人民……正需要我……"

二愣说着说着，一阵难以忍受的疼痛，又突然爬上他的嘴边。他那额头上的汗粒子，一串串地滚下来。梁永生一边用毛巾给二愣擦着汗，一边焦急地想道："二愣伤太重了！怕是……"他想到这里，觉着就像有人正用刀子在他的心上一片片地往下剐肉，不敢再想下去，便嘱咐志勇道：

"一路上，要多加小心，处处留神，越快越好……"

他正说着，大刀队的一位战士飞步跑来。那战士先向永生打了个敬礼，然后将一封信递给他。永生一边拆信，一边顺口问道：

"哪来的？"

"县委的通讯员同志送来的。"

梁永生伸开信纸，一看，高兴地笑了。接着，他又向志勇说：

"真好！主力部队的随军医院，派出一个抢救小组，已经远路赶来了……"

"现在哪里？"

"现在正走在奔向宁安寨的路上。"永生说，"这不，县委通知我们，要我们把伤员赶快送往宁安寨……"

"那可太好了！"

"快走吧！"

"是！"

担架走开了。

梁永生木然不动地站在原地，将一双沉甸甸的目光投向远方，眺望着担架那越来越模糊的后影，久久地不肯离去。此刻，梁永生的心情，像那些经历过战争生活的人常有的心情一样，当战斗正在紧张进行的当儿，就是亲眼看见自己的战友倒下去了，他只有气，没有泪,只有愤怒,没有悲痛。可是,如今战斗已经结束了,而且是胜利结束的,他眺望着那个抬着黄二愣的即将消失的担架,大滴大滴的热泪却从梁永生的脸上滚了下来,滴落在他那被战火燎烧过的衣襟上。

担架拐过了前面的村庄,消逝在林荫深处,望不见影儿了!

梁永生,还在原地呆呆地站着,久久地站着。

只是,他那双失去目标的视线,又集中到一棵正散发着强大生命力的小松树上。不过,直到这时,黄二愣那副英武、倔强的面容,还在永生的眼前晃动着;直到这时,黄二愣向永生告别时的那句动人心弦的话语,也还清晰地回响在他的耳畔……

在梁永生久久深思、久久出神的当儿,忽而仿佛看到了黄二愣那双忽悠忽悠的大眼睛,忽而又仿佛听见了黄二愣那朗朗暴响的笑声。这一阵,锁柱一直站在梁永生的身边。过了一阵,有几位战士和民兵赶来了。锁柱打破了这长时间的沉默,提醒永生说:

"队长,你看,同志们来了!咱该回去了吧?"

"啊!"

永生从沉思中醒来,慢慢地转过身,拖着沉重的步子,迎着那些正在赶来的战友走回去。

大路两旁,是一片万紫千红的秋景。

一行行的枣树,果实累累,宛如千万颗红色的宝石;势如浩瀚大海的晚茬禾田,正在扬波滚浪,碧光闪闪;青菜畦里,黄花遍地,香气扑鼻;棉花地里,绒绒似毯,银白一片……

多么迷人的景色啊!

多么富饶的河山!

梁永生和他的战友们,越过一洼又一洼,穿过一村又一村,一直朝前走着。

村中的景象,比漫洼的自然景色更感人肺腑,更动人心弦!灿

烂的朝阳,已将这村村庄庄都染成玫瑰色。绚丽的彩虹,辉映着巨大的墙标:

"热烈庆祝解放柴胡店!"

村村庄庄的老老少少,都正在为举行祝捷大会而忙碌着。有的正在搭舞台,准备演节目;有的正在化装,准备闹秧歌;也有的将柴胡店大捷的胜利消息编成快板,写在黑板报上:

人民救星毛主席,
领导人民来抗战;
打了胜仗千千万,
出了英雄万万千;
别的暂且咱不表,
先说解放柴胡店;
军民协力来作战,
抡起大刀铣河山!
…………

还有的村庄,写出了这样的墙头诗:

太阳红,太阳亮,
太阳的光芒万万丈;
我们胸中的红太阳,
比天上的太阳还要亮;
天上的太阳暖皮肤,
我们的太阳暖心房;
太阳就是毛主席,
太阳就是共产党;
毛主席,共产党,
抗战救国指航向;
万里河山万里营,

亿万人民举刀枪；
刀铣河山河山美，
枪震宇宙宇宙亮！
…………

梁永生边走边看,越看心潮越高,越看精神越旺。锁柱见梁队长的神色已经恢复过来,就一面走着一面问道:

"队长,主力部队随军医院的医疗小组,怎么来得这么及时?是不是县委给咱们联系的?"

永生点点头。锁柱又问:

"在县委刚才送来的这封信上,除了谈到医疗小组的问题以外,还有别的什么指示精神?"

梁永生说:

"县委还指示我们:要我们原地休整三天,然后全体指战员一齐赶到县委那里……"

"赶到县委那里?"

"对呀!"

"噢!我明白了——"

"你明白啥?"

"准是调我们去攻打县城!"

永生笑了。锁柱问:

"不对?"

"这回你又揣摸对了!"永生兴奋起来,"锁柱啊,我告诉你个好消息吧——在我们围攻柴胡店的同时,我们的主力部队不是在临县打了个大胜仗吗?在那次战斗结束之后,那支主力部队来了个连续作战,马上挥师渡河回到我县。现在已将县城团团围住。锁柱啊,我县的县城很快就要解放喽!"

人们听后,都心情振奋。有人问:

"这是县委的信上说的?"

永生答道:

"是的!"

锁柱感慨地说:

"哎呀!形势发展得可真快呀!"

梁永生点点头道:

"是啊!"

稍一沉,锁柱又问:

"这么说,县委调咱们大刀队到县委去,是不是让我们去配合主力部队攻打县城?"

"是的!"

"分配给我们的战斗任务是什么?"

"哎呀!县委信上没说,我又不会'揣摸'——"永生笑道,"你提的这个问题,我可答不上来呀!"

锁柱听后,也笑了。走了一阵儿,有人又问:

"梁队长,县委这封信上,除了刚才说过的这些事以外,还有别的什么新精神不?"

"还有——"

"还有啥?"

"……"

他们且谈且走远去了。

阳光普照的原野上,留下一溜浓密鲜明的脚印。瓦蓝瓦蓝的天空里,一阵又一阵地回响着他们那朗朗的笑声。

尾　声

"日本鬼子投降了！"

这个抗战胜利的喜讯，就像一阵扑面而来的春风，卷走了笼罩在人们心头上的阴云。这股春风，吹到了江南塞北，吹到了关东口西，吹到了全国各地。当然，也吹到了这弹坑累累的冀鲁平原。

冀鲁平原运河两岸的抗日军民，全都怀着兴奋的心情，噙着激动的泪水，带着一脸喜气，还有那一串串的欢笑，街谈巷议，奔走相告。村村庄庄，鼓乐齐鸣，红旗招展。各种字体的大字墙标，比比皆是，抬头可见：

"热烈庆祝抗战胜利！"

这几经战火洗礼的龙潭街，和临河区的其他村庄一样，连日来，一直是被庆祝抗战胜利的节日气氛笼罩着。这天晚上，这龙潭街比"七七事变"前的元宵灯节还要热闹！

自从天还不大黑，人们就把锣呀鼓的架到街上，叮叮叮呛呛呛地敲打起来了。那些准备扮演角色跑秧歌的人们，为了提前化装，全都早班早儿地吃了晚饭，跑到村北头的民兵队部——关帝庙里去了。

由于这次跑秧歌是庆祝抗战胜利，可能还因为多年没有这种热闹儿看的缘故，村中的男女老少，对这回跑秧歌兴致格外高。

昔日里，元宵节闹社火，跑秧歌，是街上拴绳挂灯笼。而今，风俗变了。在秧歌队出场的时候，人们都燃起火把，举在手中。火把代替灯笼，据说有好几层意思——一是，火把照明胜过灯笼；二是，火把除了起照明的作用而外,还可为秧歌队助兴;三是,这是庆胜利,不是闹元宵,从意义上讲,火把要比灯笼好!

真巧!这天晚上,大刀队正住在龙潭街上。

前一段时间,大刀队根据上级的命令一直在外地作战。因为,这县虽然解放了,可是,邻近的一些地区,有的城镇还没解放。如杨柳青,就是前两天才解放的。我们的大刀队,在外地配合主力部队打了许多胜仗以后,现在是奉命回到他们的老基地龙潭街一带来休整的。因此,今天晚上,有些大刀队的战士们,也参加了群众的秧歌队。

不光这,就连许多来这里慰问军队的外村人,也都化上装跑起秧歌来了!

这么一来,这支本来就不小的秧歌队,闹得大上加大,气氛空前火爆。

参加秧歌队的,有黄大海的老伴儿二愣娘,王长江的儿子小锁柱,房治国的儿子房春洪,庞安邦的儿子庞三华,唐峻岭的儿子唐铁牛,乔士英的孙子小机灵,汪岐山的孙子汪小洪,李月金的孙子李小春,梁宝成的孙子梁志勇,沈万泉的孙子小牛子,高荣芳的孙子小勇子……另外,还有以秦玉兰为首的一群姑娘,以魏基珂为首的一伙老将。

杨大虎自告奋勇担任了秧歌队的总指挥。

沈万泉被聘为秧歌队的顾问。

总之,这个秧歌队,男男女女,老老少少,不下上百号人。

秧歌队在一个大场院里打开了场子。

而今的秧歌队,和抗战前的秧歌队大不相同了——不再是什么高跷、龙灯、太平车……唱的曲子也不再是过去的老一套了。他们所表演的节目,不论是歌曲也罢,快板也罢,还是街头活报剧也罢,一律是新内容,新形式,而且大都是集体创作、自编自演的。

今天演出的节目,主要有:

活报剧:《黄二愣刀劈石黑》;

小演唱:《杨翠花活捉白眼狼》;

数来宝:《巧夺黄家镇》;

快板书:《夜战水泊洼》;

大联唱:《虎口拔牙》;

对唱:《茶馆训敌》;

独唱:《龙潭巷战》……

观众们,在广场的周遭儿围了个大圈儿。这些观众中,有穿着军装的八路军战士,有扎着皮带背着大枪的民兵,有龙潭街上的男女群众,还有来自各村的宾客。他们,军军民民,本村人外村人,掺杂一起,说着,笑着,听着,看着,都沉浸在抗战胜利的喜悦气氛中。

广场中央的秧歌队,尽情地演着,唱着。你看,那些青少年妇女们,腰里扎着一条红绸子,两只手抓着红绸子的两个头儿,脚步踩着锣鼓点儿,双臂一张一张的,活像一对大翅膀。那些小伙子们的腰里,都扎着一条宽皮带,头上罩着清一色的白毛巾,手里拿着呱嗒板子,边扭,边敲,边唱。

夜深了。冉冉升起的月亮,给大地罩上一层金色的面纱。

一九七一年十月至一九七四年十月
草于山东省宁津县时集公社郭皋大队
一九七五年三月至五月改定于北京

"新中国70年70部长篇小说典藏"书目

书 名	作 者	书 名	作 者
风云初记	孙 犁	白鹿原	陈忠实
铁道游击队	知 侠	长恨歌	王安忆
保卫延安	杜鹏程	马桥词典	韩少功
三里湾	赵树理	抉择	张 平
红日	吴 强	草房子	曹文轩
红旗谱	梁 斌	中国制造	周梅森
我们播种爱情	徐怀中	尘埃落定	阿 来
山乡巨变	周立波	突出重围	柳建伟
林海雪原	曲 波	李自成	姚雪垠
青春之歌	杨 沫	历史的天空	徐贵祥
苦菜花	冯德英	亮 剑	都 梁
野火春风斗古城	李英儒	茶人三部曲	王旭烽
上海的早晨	周而复	东藏记	宗 璞
三家巷	欧阳山	雍正皇帝	二月河
创业史	柳 青	日出东方	黄亚洲
红 岩	罗广斌 杨益言	省委书记	陆天明
艳阳天	浩 然	水乳大地	范 稳
大刀记	郭澄清	狼图腾	姜 戎
万山红遍	黎汝清	秦 腔	贾平凹
东 方	魏 巍	额尔古纳河右岸	迟子建
青春万岁	王 蒙	藏獒	杨志军
许茂和他的女儿们	周克芹	暗 算	麦 家
冬天里的春天	李国文	笨 花	铁 凝
沉重的翅膀	张 洁	我的丁一之旅	史铁生
黄河东流去	李 準	我是我的神	邓一光
蹉跎岁月	叶 辛	三 体	刘慈欣
新 星	柯云路	推 拿	毕飞宇
钟鼓楼	刘心武	湖光山色	周大新
平凡的世界	路 遥	大江东去	阿 耐
第二个太阳	刘白羽	天行者	刘醒龙
红高粱家族	莫 言	焦裕禄	何香久
雪 城	梁晓声	生命册	李佩甫
浴血罗霄	萧 克	繁 花	金宇澄
穆斯林的葬礼	霍 达	黄雀记	苏 童
九月寓言	张 炜	装 台	陈 彦